ERSTER TEIL

I

Sie schaukelte auf der Dünung, tauchte weg, wenn die Wellen, sich überschlagend, an Land rollten, ritt auf den Wellenkämmen und wurde zusammen mit abgerissenem Tang, einem Kistenbrett, einer Coladose, Bananenschalen, zwei angefaulten Äpfeln und drei Blauquallen auf den Sand gespült: eine ganz gewöhnliche, weiße, jetzt von grünbraunen Algen glitschig überzogene Limonadenflasche mit einem Klemmverschluß.

In der Nacht hatte es gestürmt. Dröhnend hatte die Flutwelle der Nordsee den Oststrand von Norderney überrannt, die zu nahe ans Meer gebauten Strandburgen niedergerissen und den Boden wieder geebnet. Man kannte das hier auf der Insel. Von Radio Norddeich war die Sturmwarnung rechtzeitig gekommen. Die Strandwärter hatten die Strandkörbe in die schützenden Dünen geschleppt und die Attraktion des Oststrandes – die alten, bunten Badekarren – weggeschoben.

Das Meer eroberte den Strand mit urweltlichem Getöse.

Nun, am Morgen, lag die See glatt unter der noch milchigen Sonne. Lars Lüders war schon um fünf Uhr aufgestanden, um seine Arbeit zu tun: die Säuberung des Strandes, bevor die ersten Kurgäste mit Luftmatratzen, Liegestühlen, Fahnen, Ballons, Kofferradios und aufblasbaren Gummitieren kamen, ihre zerstörten Burgen wieder besetzten, als eroberten sie Feindesland, sich wieder eingruben in den weißen Sand, hohe Wälle schaufelten, ihre Bollwerke mit Muscheln kennzeichneten, sie »Köln«, »Darmstadt«, »Wanne-Eickel« oder – sehr persönlich – »Villa Mathilde« und »Kleine Möwe« nannten, an Bambusstangen die deutsche Fahne hißten und mit den Kindern aus den Nachbarburgen Krach begannen, wenn diese beim fröhlichen Spiel dem Kunstwerk des Sandwalles und der Ordnung im Festungsbetrieb zu nahe kamen.

Jetzt, in dieser frühen Stunde, waren Meer und Strand von einer überwältigenden Stille und Schönheit.

Lars Lüders schlurfte mit einer wannenartigen Eisenkarre durch den feinen weißen Sand und kehrte den angespülten Meeresmüll weg. Ein paarmal blieb er stehen, sortierte Schwemmholz aus, das noch zu gebrauchen war, setzte sich dann nach einer jeden Morgen genau berechneten Wegstrecke in einen der Strandkörbe, rauchte eine Pfeife und blickte über das Meer.

Diese Minuten der Ruhe waren jeden Morgen die schönsten des Tages. Er war allein mit seinem Meer. Allein mit dem weiten Himmel. Allein mit der Erinnerung.

Das mit der Erinnerung war so eine Sache für sich.

Bis vor zehn Jahren war er noch selbst zur See gefahren, mit einem Bananendampfer von der Karibischen See bis Bremerhaven. Immer hin und zurück, immer Bananen, manchmal auch ein paar Passagiere, die die Romantik eines Trawlers genießen wollten und verdammt harte Arbeit mit fröhlichem Seemannsleben im Stil der »Haifischbar« verwechselten.

Dann kam der 9. Oktober. Lars Lüders fiel im Hafen von Port of Spain von einem Ladebaum, brach sich dreimal das linke Bein und vier Rippen und wurde auf Kosten der Reederei zurück nach Bremerhaven geflogen.

Die große Reise über die Meere war für ihn vorbei.

Damals rannte er von Arzt zu Arzt, beschäftigte auf eigene

Kosten, von seinem ersparten Geld, eine Reihe von Knochenexperten, schaltete in einem Anflug von sturem Gerechtigkeitssinn sogar das Seeschiffahrtsamt ein, kämpfte verbissen um seine Lebensaufgabe, die Bananenroute Karibische See – Bremerhaven, belästigte jedes zuständige Amt, das sich erstaunlicherweise dann als nicht zuständig entpuppte. Aber alles Rennen und Untersuchen, alle Aufenthalte in den Kliniken, fachärztliche Gutachten und ein Berg von Eingaben und Beschwerden halfen nichts. Lüders hinkte, und auch in der modernen christlichen Seefahrt ist ein hinkender Matrose so etwas wie ein blinder Flieger.

Mit zweiundfünfzig Jahren amtlich anerkannter Invalide, kehrte er nach Norderney zurück, fuhr ein Jahr lang mit einem geerbten Krabbenfänger hinaus ins Watt, nur um den Klugscheißern in den Ämtern zu beweisen, daß ihn keine Welle umwarf und er mit seinem lahmen Bein genauso fest auf Deck stand wie die jungen Rotznasen. Aber auch das mißlang; bei völlig ruhiger See, einer See, bei deren Anblick man gähnen kann und die Augen schläfrig werden, rutschte er auf den Planken aus, auf einer Bananenschale, Gott sei's geklagt, und brach sich das Bein noch einmal.

Lars Lüders resignierte und aß auch keine Bananen mehr. Nach seiner Rückkehr aus dem Krankenhaus in Norden, wo man den komplizierten Bruch heilte, zwar so vortrefflich, daß Lüders nur noch andeutungsweise hinkte (aber er blieb amtlich anerkannter Invalide und seeuntauglich), wurde er Arbeiter der Kurverwaltung, schleppte Strandkörbe hin und her, verlieh Bambusstangen für die lustigen Fähnchen und das Hissen der deutschen Flagge, Liegestühle und Strandzelte, verkaufte gegen gutes Geld Pensionsadressen attraktiver junger Damen an ältere, gutsituierte Herren, säuberte jeden Morgen den Sand von den Überresten der Zivilisation, ließ sich einen Bart wachsen, wild, windzerzaust und von einer geradezu aufreizenden Weiße (natur, nicht gebleicht!) und wurde für die Kurgäste im Lauf der Jahre zum Inbegriff des alten Seemannes.

Manchmal erzählte Lüders auch von wahnwitzigen Abenteuern in der Südsee (die er nie gesehen hatte), berichtete im Kreis ehrfurchtsvoll lauschender Kurgäste von Taifunen und Haifischkämpfen, bis er selbst unter seinen Norderneyern nur der »Südsee-Lars« hieß.

Und langsam wurde er mit diesem Leben zufrieden.

Kurz nachdem er heute seine Pfeife ausgeklopft hatte, entdeckte er die Flasche. Er kehrte sie auf seine breite Schaufel, ließ sie in den Eisenkarren rutschen und wollte weitergehen, als er durch die Algen hindurch etwas in der Flasche aufleuchten sah. Er griff in den Karren, zog sie unter dem Müll hervor, hielt sie gegen die Sonne und schnaufte dann erstaunt durch die Nase.

In der Flasche lag ein zusammengefaltetes Blatt Papier. Bräunlich, wie von der Sonne gegerbt. Lüders putzte mit dem Ärmel seiner Jacke die Algen fort, versuchte den Klemmverschluß aufzudrücken, aber der war oxydiert und verrostet und wie mit dem Glas verschmolzen. Da steckte er die Flasche in seine Rocktasche, knurrte: »Wart man, di krieg ich open!« und kehrte weiter den Strand.

Er war heute mit der Zeit zurück. Die ersten Kurgäste erschienen oben in den Dünen. Die Frühaufsteher, in der Mehrheit Nacktbader. Sie irrten durch die Sandhügel und suchten ihre vor der Flut geretteten Strandkörbe.

Erst gegen Mittag hatte Lüders Zeit, sich an seinen Fund zu erinnern. Mit den anderen Strandwärtern saß er in einem Aufenthaltsraum der Strandgaststätte, rauchte eine Pfeife, las die Zeitung und wurde durch die Reklame einer Limonadenfirma angeregt, an die linke ausgebeulte Tasche seiner Jacke zu fassen. Die Flasche war noch da. Er zog sie heraus, stellte sie auf den Tisch, tippte mit dem Zeigefinger auf den verrosteten Verschluß, hüstelte, damit die anderen Kollegen aufmerksam wurden, und schob die Flasche näher ans Licht, zum Fenster. »Wat segst di nu?« fragte er und blickte sich um.

Die anderen warfen einen Blick auf die Flasche und lachten. Bei Lüders wußte man nie, was nach solchen Fragen kommen würde. Lachen war daher immer richtig.

»Am Morgen schon 'ne Buddel Köm?« fragte ein dürrer Mensch, der Ludwig Sickers hieß.

»Kiek genau hin!« Lüders hielt die Flasche gegen das Sonnenlicht. »Da is 'n Brief drin!«

»Us de Südsee, Lars?« Der dicke Enno, Vorarbeiter bei der Kurverwaltung und als einziger in der Runde fest angestellt, nicht nur in der Sommersaison, lehnte sich zurück und streckte die Beine von sich. »Bestimmt! Lars, mach de Buddel auf. Das is bestimmt so 'n Liebesbrief von deiner Hawaiibraut...«

»Und so 'n praktisches Mädchen«, rief ein anderer. »Ohne Porto...«

Lüders tat es leid, seine Flasche überhaupt gezeigt zu haben. Er hob sie wieder gegen die Sonne. Das vergilbte Papier drehte sich wie ein Gegenstand im luftleeren Raum. Es schwebte wie schwerelos zwischen dem Glas. »Sieht so verdammt echt aus«, sagte er und hielt die Flasche dem dicken Enno hin. »Man sollte sie zur Polizei bringen.«

»Zur Post!« Der dicke Enno grinste unverschämt. »Da fehlt die Nachgebühr, Lüders. Per Eilboten und Einschreiben.«

Die anderen Strandwärter brüllten los.

Lüders sah sie böse an, steckte die Flasche wieder in seine Tasche und sprang auf. »Idioten!« sagte er steif, trat die Tür auf und ging.

Den ganzen Tag trug er die Flasche mit sich herum, stellte sie unter die Theke, als er Ausgabedienst für Liegestühle und Sandschaufeln hatte, widerstand der Versuchung, einen Kurgast, der Professor Dr. Pütz hieß und als Professor sicherlich einen Rat geben konnte, zu fragen und ihm seinen Fund zu zeigen. Und er fragte ihn nur deshalb nicht, weil er sich nicht ganz sicher war, ob er sich mit seiner Flasche nicht doch lächerlich machen würde. Aber als er am späten Nachmittag abgelöst wurde und mit dem Rad nach Hause, zu seinem kleinen hinter die Dünen geduckten Klinkerhaus, gefahren war, wurde in ihm ein unerklärbarer Drang mächtiger.

Er stellte die Flasche auf den Tisch, setze die Lampe daneben, umkreiste den Fund wie ein Forscher eine ausgegrabene ägyptische Vase, strich sich durch den Bart und beschloß nach langem Nachdenken, die Flasche doch der Polizei zu zeigen. Nur zeigen, nur um einen Rat zu hören, obwohl er wußte, daß ihm auch dort ein verhaltenes Grinsen antworten würde. Der Südsee-Lars mit einer Flaschenpost – eine neue Kursensation?

Lüders hockte sich auf einen Stuhl vor die Flasche und starrte auf das zusammengeknüllte bräunliche Papier. Wirf sie weg, dachte er. Sie macht dich lächerlich. Gestern hat sie ein Junge in die See geworfen, und du alter Idiot fischst sie heute raus und läßt dich übertölpeln.

Aber es waren erzwungene Gedanken. Etwas anderes in ihm behielt die Oberhand: ein nicht greifbarer Drang, eine unhörbare Warnung, dieses Glas mit dem vergilbten Papier nicht wieder zu dem anderen Strandmüll zu werfen.

»Holt di steif!« sagte er nach langem Nachdenken zu sich. »Lars, laß sie lachen!«

Er steckte die Flasche in einen Plastikbeutel, auf dem »Inselbraun durch Solecreme« stand, sicherte durch einen Spalt der Haustür, daß niemand in der Nähe war, und hinkte im Schutz der Dunkelheit und auf Umwegen zur Polizeistation.

»Die Übermittlung der Post per Flasche ist seit Einführung der Briefmarke kaum noch möglich«, grinste Hauptwachtmeister Karl Bergsen, der Nachtdienst hatte und sich mit einer Kanne Tee beschäftigte. Er vermied es dadurch, noch fröhlicher zu werden, denn Lüders hatte gleich an der Tür gesagt: »Korl, 'ne Dienstsache. Lach nich, mir is ernst damit.«

Bergsen schüttete sich erst eine Tasse Tee ein, zelebrierte das Eingießen von Sahne und die Zugabe von Kandiszucker, trank einen vorsichtigen Schluck des heißen Getränkes und kümmerte sich dann notgedrungen um die Flasche. Lüders klopfte mit dem Knöchel gegen das Glas.

»Sag bloß, die kann echt sein ...« Bergsen umging damit die Aufforderung, mitsamt der Flasche die Polizeiwache zu verlassen.

»Die Nachtflut«, sagte Lüders. »Korl, die Nachtflut hat sie gebracht.«

»Die bringt viel. Davon lebste doch, Lars.«

»Ich hob' so 'n komisches Gefühl. Mach de Buddel auf, Korl. War voller Algen und Tang, als se an Land kam. Von gestern is sie nich.« Er tippte mit dem Zeigefinger auf den Verschluß. »Ganz verrostet.«

»Das geht im Meerwasser schnell, Lars, das weißte doch. Salz, die Luft, und dann oxydiert alles. Korrosion nennen sie das.« Bergsen holte die Flasche auf seinen Schreibtisch, streckte den Kopf vor, betrachtete den Zettel genau und versuchte, den Klemmverschluß herumzudrücken. Obwohl Bergsen ein kräftiger Mann war, gelang es ihm nicht.

»Wenn das so einfach wäre... ja...«, sagte Lüders gedehnt.

»Dann zerkloppen wir se, amtlich!« sagte Bergsen. »Von den alten Phöniziern wird die Flasche nicht sein – die kannten noch keinen Bügelverschluß.« Er zog die Schublade auf, holte einen kleinen Hammer heraus und visierte die Flasche an.

»Vorsicht, Korl!« brüllte Lüders. »Das Papier!«

Bergsen holte aus. Das Glas klirrte, die Splitter spritzten über den Tisch. Der zusammengefaltete Zettel flatterte wie ein kranker Vogel, fiel über die Scherben und brach an der linken Ecke ab.

»Morsch wie Zunder!« sagte Bergsen verblüfft.

»Von vorgestern is er also nich«, sagte Lüders mit Triumph in der Stimme. »Und Papier rostet nich, aber es wird brüchig. Wat segst di nu?«

Mit spitzen Fingern, ganz vorsichtig, versuchte Bergsen, das Blatt aufzufalten. Er schob sogar einen weißen Bogen unter, um die Papierstückchen, falls der Brief auseinanderbrechen sollte, aufzusammeln.

Es dauerte über eine Minute, bis das vierfach geknickte Papier ohne Beschädigung aufgeschlagen war. Lüders beugte sich vor. Er atmete heftig.

»Blas nich wie 'n Walroß!« sagte Bergsen laut. »Wenn du das blödsinnige Papier an de Wand pustest, war alles umsonst.«

Es war tatsächlich ein Brief. Von der Sonne ausgedörrt, mit Bleistift geschrieben. Buchstaben wie bleiche kleine Gerippe.

»Na also«, sagte Lüders leise. Seine Stimme war unsicher. »Aber immer müßt ihr lachen.«

»So was kann man fälschen.« Bergsen drehte die Tischlampe an ihrem Schwenkarm direkt über den Brief. »Da gibt es ganz andere Sachen, Lars. Madonnen, die man in feuchte Erde eingräbt und nachher die Holzwurmlöcher mit Schrot reinschießt und sie als Funde aus dem 17. Jahrhundert verkauft... Da ist so 'n Brief 'ne Kleinigkeit. Außerdem ist er deutsch geschrieben. Sehr verdächtig, Lars. Nenn mir mal 'ne deutsche Flaschenpost! Alle echten historischen Flaschenposten stammen von den Engländern, Spaniern oder Portugiesen. Und sind mit Lack verschlossen. Mit Teerkorken. Aber deutsch? Nie!«

»Lies vor!« sagte Lüders. »Mensch, Korl, quatsch nicht so viel!«

Es machte Mühe, die kleinen grauen Skelette zu entziffern. Bergsen las so, wie er die Worte zusammensetzen mußte, langsam, stockend. Von Wort zu Wort wurde seine Kehle trockener.

»29. April 1965. Ich, Werner Bäcker aus Lübeck, bin an eine kleine Insel im Pazifischen Ozean angeschwemmt. Meine Motorjacht hat ein Sturm zerschlagen, sie ist gesunken. Meine Frau und meine drei Kinder sind ertrunken. Nur ich allein lebe noch. Ich danke Gott dafür. Aber helft mir, helft! Helft sofort! Das Trinkwasser geht zu Ende, die wenigen Lebensmittel reichen nur noch ein paar Tage. Irgend jemand soll mich abholen. Mein Bein ist gebrochen, ich kann nicht ins Innere der Insel. Ich bin hilflos. Rettet mich! Die Insel liegt, glaube ich, Länge 140 Grad West, Breite 12 Grad Süd.

Hilfe, Hilfe! Rettet mich!«

Bergsen legte ein sauberes Blatt Papier über den vergilbten Brief. Er schluckte ein paarmal, griff zur Teetasse, nahm einen tiefen Schluck, sah Lüders an und zwang sich, die durch nichts zu erschütternde Haltung eines Polizisten zu bewahren. »Blödsinn!« sagte er rauh. »1965. Vor sechs Jahren! Wo ist das überhaupt: 140 Grad West, 12 Grad Süd?«

Er stand auf, holte aus dem Wandschrank einen Schulatlas, schlug die Weltkarte auf, suchte die Gradeinteilung der Erde ab und grinste dann breit.

Lüders ahnte Schreckliches. »Wo?« fragte er.

»Südsee! Mitten drin!« Bergsen schlug den Atlas mit einem Knall zu. »Frag mal Enno, wer die Flasche in die See geworfen hat!«

Lüders starrte das weiße Blatt an, unter dem der morsche Brief lag. Das unerklärliche Gefühl, das ihn den ganzen Tag über begleitet hatte, stieg wieder in ihm hoch. Er stützte sich auf den Tisch, drückte die rechte Hand dabei in einen Glassplitter und spürte es gar nicht vor Aufregung.

»Gib ihn weiter«, sagte er leise. »Korl, bei Gott, gib's weiter.«

»Und wenn Enno wirklich dahintersteckt? Die Insel wakkelt ja vor Vergnügen, wenn das rauskommt. Überleg doch mal, Lars: Von der Südsee bis Norderney, das läuft doch gar nicht. Das ist ja fast rund um die Erde, Mann. So viel Strömung gibt's doch gar nicht.«

»Gib mir 'nen Schluck, Korl.« Lüders griff zu Bergsens Teetasse, trank sie leer, schob vorsichtig das weiße Blatt zur Seite und starrte auf das vergilbte Papier. Es war, als röche man aus ihm die Sonne der Jahre und das Verdorren eines Menschen.

»Schick es weg«, sagte Lüders noch einmal. »Ich bitte dich, schick es weg. Und wenn sie mich auslachen und für den größten Idioten von Norderney halten.«

Ein junger Wasserpolizist, der sich an die Stirn tippte, als Bergsen ihm den Auftrag erteilte, brachte das morsche Stück Papier mit dem ersten Schiff am nächsten Tag von der Insel zum Kommissariat nach Norden.

Auch dort las man Karl Bergsens Bericht mit mildem Lächeln und echter Skepsis, betrachtete die Flaschenpost unter einer Lupe und war sich einig, daß hier eine riesige Seifenblase ins Behördengetriebe gerutscht war.

»So etwas gibt es nicht!« sagte Kommissar Fleischmann nach dieser nicht gerade wissenschaftlichen Prüfung. »Vor allem gibt es keine so einsamen Inseln mehr, daß jemand nicht entdeckt würde. Im Urwald – zugegeben, da kann einer, wenn er mit einem Flugzeug abstürzt, rettungslos verloren sein. Aber im Pazifik? Da wimmelt es von Booten, und in der Luft ist auch allerhand los. Und Länge 140 Grad West und Breite 12 Grad Süd, bei so präziser Auskunft dürfte dieser Werner Bäcker längst wieder Tee trinken. Auf jeden Fall ein phantasiebegabter Erfinder.«

Aber damit war der Fall nicht abgetan. Der Brief war eine Dienstsache geworden und lief nun seinen amtlichen Weg.

Zwischen zwei schützenden Pappdeckeln wurde er auf die Reise geschickt, machte einen Abstecher zur Staatsanwaltschaft, wo man ihn laut und erheitert vorlas und dankbar war für dieses sommerliche Intermezzo, reiste dann noch durch einige Amtsstuben und traf fünf Tage später beim Landeskriminalamt in Hannover ein. Mehr als Kuriosum denn als ernsthafte Ermittlungssache.

Der zuständige Kriminalrat sagte denn auch ziemlich humorlos: »Mit so einem Blödsinn muß man sich nun beschäftigen!« und gab den Brief an das Labor weiter.

Der Kriminalrat war gallenkrank und vergaß die Flaschenpost völlig.

Nicht so das Labor, das an Absonderlichkeiten gewöhnt war. Wer aus dem Nageldreck mikroskopisch feine Partikel von Kopfhautzellen analysiert, für den ist ein schöner, breiter, morscher Brief eine Fundgrube.

Das Papier wurde untersucht, die Schrift, das Papieralter nach dem Bleichzustand in pazifischer Sonnenintensität berechnet – es wurde nichts ausgelassen, um ein grandioses Gutachten zu erstellen.

Nach vier Tagen schickte das Labor den Brief zurück.

Er war echt.

Im Landeskriminalamt schüttelte man die Köpfe. Aber vorsichtshalber fragte man beim Einwohnermeldeamt in Lübeck an. »Ich wette«, sagte der gallenkranke Kriminalrat, »es gibt tatsächlich einen Werner Bäcker, und der sitzt jetzt beim Bierchen und denkt nicht mehr an den Quatsch, den er vor sechs Jahren vielleicht auf Borkum in die Nordsee geworfen hat. Wir werden ihn ermahnen, nicht noch mal so einen dämlichen Text zu schreiben. – Was der Brief schon jetzt an Steuergeldern gekostet hat, nicht zu sagen! Meine Herren, da sehen Sie mal, welch ungeahnte Folgen ein kleiner Urlaubsulk haben kann. Wir nehmen aber auch alles so bierernst auf.«

Nach wiederum vier Tagen lag die Antwort des Einwohnermeldeamtes von Lübeck in Hannover vor. Nüchterne Worte, die den Weg einer Familie in ein neues Leben festhielten:

»Am 15. 2. 1962 abgemeldet von Lübeck nach Auckland (Neuseeland) wegen Antritts einer neuen Stelle:

Werner Bäcker, Dipl.-Ing., Architekt, geb. 14. 5. 1930 in Lübeck,

Viktoria Bäcker, geb. Plannitz, Ehefrau, geb. 26. 10. 1933 in Grevesmühlen.

Kinder:

Holger, geb. 4. 3. 1955 in Lübeck,

Peter, geb. 20. 11. 1956 in Lübeck,

Marion, geb. 17. 8. 1958 in Lübeck.«

»Das ist ungeheuerlich!« sagte Kriminalrat Busse, als er die mittlerweile mit einer Registriernummer versehene Akte sofort bekam. Alles, was »heiß« war, lief über seinen Schreibtisch. Er war der Fachmann für Fälle, vor denen sich andere, der Undankbarkeit der Aufgabe wegen, drückten. »Das ist kein Witz mehr! Das ist einfach ungeheuerlich.«

Wenig später tickten die Funksprüche nach Auckland in Neuseeland: Wer und wo ist Werner Bäcker?

II

Auch Zeitungsreporter müssen Urlaub machen.

Wer ständig in der Welt herumfliegt und mit dem Menschen in seiner ganzen erschreckenden Vielfalt konfrontiert wird, sehnt sich nach ein paar Wochen Ruhe, um sich von diesem ständigen Anprall von Unzulänglichkeiten zu erholen. Einmal allein sein – das ist etwas Herrliches in unserer Welt.

Fritz Hellersen hatte sich auf Norderney bei der Familie des Gemüsehändlers Freese verkrochen. Hier gab es kein Telefon, aber Hellersen war sich nicht sicher, ob die Redaktion des »Globus« im Ernstfall nicht doch auf seine Spur kam und nachbarliche Telefone belästigte.

»Wenn Sie einen ruhigen Mieter haben wollen, der nicht die Tapeten von den Wänden kratzt«, sagte er beim Einzug in sein kleines Zimmer zu Gemüsehändler Freese, der von Kurgästen viel gewohnt war und nun seine Erfahrungen mit einem Journalisten bereicherte, »dann sagen Sie jedem, der mich an irgendeinem Telefon sprechen will: Es gibt hier keinen Hellersen, Sie haben mich nie gesehen! Ich will wie die drei heiligen Affen leben: nichts hören, nichts sehen, nichts sprechen. Himmel, muß das schön sein!«

Jens Freese stimmte dem zu und verlangte die Miete für

zwei Wochen im voraus. Wer nichts hören, sehen und sprechen will, kann eines Tages selbst nicht mehr da sein... Hellersen bezahlte, und Freese versicherte, er habe ab sofort den Namen Hellersen nie gehört. Nur der Kurverwaltung müsse er ihn melden.

Eine Woche lang hielt Hellersen dieses Eremitenleben aus. Konsequent sonderte er sich von allen anderen Menschen ab, wanderte jeden Morgen in aller Frühe zur Weißen Düne und noch ein Stück weiter, hinter den Leuchtturm, wo die Insel so einsam wurde, daß sich ein einzelner Mensch in dieser hügeligen Landschaft verlor. Hier konnte man in Sandschluchten und im harten Gras nackt unter der Sonne liegen. Das Rauschen des Meeres schläferte ein, und das schrille Schreien der Möwen vermischte sich damit in solcher Vollkommenheit, daß Hellersen dachte: Es wäre gut, wenn die Zeit jetzt stehen bliebe. Ein Mann braucht diese Ruhe der Natur. Sie ist der Strom, der den Akku in uns auflädt.

Ab und zu spielte er sein Fitneß-Programm durch, rannte die Dünen hinauf und hinunter, turnte nackt bestimmte Übungen, die die Muskeln lockerten und alle Sehnen in Bewegung brachten, schwamm viel im offenen Meer, warf sich in die Brandung und ließ sich vom Wasser peitschen. Dann sammelte er Treibholz, das jede Nacht angeschwemmt wurde, baute sich daraus zwischen den weißsandigen Dünen eine kleine Hütte. Aber als sie fertig war, erinnerte sie ihn fatal an einen Bambusunterstand in Vietnam. Vor sieben Monaten hatte er mit einer Gruppe GIs im Dschungel gelegen und hatte es nur einem unverschämten Glück zu verdanken, dem letzten Vietkong-Angriff entkommen zu sein. Er saß hoch oben in einer dichten Baumkrone und fotografierte die Gegend, als unter ihm die GIs innerhalb von zehn Minuten getötet wurden. Wie ein Spuk brachen die Vietkong aus den Büschen, und wie ein Spuk verschwanden sie wieder. Als Hellersen in der Nacht erst aus seinem Baum kletterte, fand er seine Bambushütte unversehrt vor – aber an den Wänden hatte man mit zugespitzten Bambusstangen vier amerikanische Soldaten aufgespießt.

Die Erinnerung daran verdarb Hellersen den Spaß an seiner Treibholzhütte – er riß sie sofort wieder ein.

Nach einer Woche absoluter Ruhe wurde Hellersen unruhig. Es erging ihm wie so vielen Menschen, die vor sich flüchten und sich dann doch immer wieder einholen, weil ihr Schatten mitläuft. Am achten Tag zog Hellersen seine Badehose an, schlang das Badetuch um seine Schultern und wanderte am Meer entlang zum Oststrand. Hier traf er – neun Tage nach Auffinden der Flaschenpost – auf den Strandwärter Lars Lüders.

Es war wieder einer der frühen Morgen, an denen Lüders mit seiner Eisenkarre den Strand abging und reinigte. Mit einem Seitenblick musterte er Hellersen und saugte an seiner Pfeife. Um fünf Uhr früh ein zweiter Mensch am Meer, und dazu noch ein Kurgast, das konnte nur bedeuten, daß man seinen Alkoholkopf ausdunsten wollte. Meistens waren die Übriggebliebenen wortkarg und knurrig.

»Schöner Tag, nich?« sagte Lüders und blieb stehen. »Bannig heiß schon so früh. Gibt ’nen sonnigen Tag, nich?«

Hellersen nickte unlustig. Die Unruhe in ihm wuchs. Das völlige Abschalten ist doch nicht das Richtige, dachte er. Es kribbelt einem bis in die Fußspitzen und Haarwurzeln. Ich muß etwas tun, irgend etwas Produktives, nicht bloß turnen und Hütten bauen, die an Vietnam erinnern und wieder eingerissen werden müssen. Man kommt nicht von sich selbst los; es ist wie bei der Hydra, wo man ein Stück abhackt, wachsen zwei neue Stücke nach.

»Hallo«, sagte er. Er musterte den bärtigen Mann und dachte sofort an das Heimatmuseum. Eine gute Type, dachte er. Als ob man einer dieser Museumsfiguren Leben eingehaucht hätte, und nun läuft sie hier herum, sammelt Papier und Limoflaschen auf und bekommt als Fremdenverkehrsattraktion die Stunde 5,50 DM, Frühstück eingeschlossen.

Hellersen blieb stehen, drehte sich um und kam zu Lüders zurück.

Auch Lüders blieb stehen und lehnte sich an seinen Eisenkarren. »Hallo«, sagte auch er.

Das wäre eine Abwechslung, dachte Hellersen. Ein Interview mit einem alten Seemann. Das ist nichts Neues und wirft keinen Zwerg um, aber mit einigen verrückten Erlebnissen aus der Seemannskiste kann man die Saure-Gurken-Zeit beim »Globus« unterpflügen. Er griff in den umgehängten bunten Bademantel, holte eine Packung Gauloises heraus und hielt sie Lüders hin.

Der nickte, bediente sich, riß sein sturmsicheres Feuerzeug an und blies dann den Rauch durch die breiten, behaarten Nasenlöcher.

Eine Weile rauchten sie wortlos, standen nebeneinander im Sand und blickten über die See. Die Wellen rollten bis zu einer flachen Sandbank, brachen sich dort und glitten müde an den Strand. Ein träger, heißer Tag.

»Ebbe, nich?« sagte Lüders zuerst.

Hellersen nickte. »Waren Sie auch mal Matrose oder so was Ähnliches?«

»Vierzig Jahre Bananendienst, jawoll.« Lüders lehnte sich an seine Eisenkarre und benutzte den Schaufelstiel als Stütze für seine schweren Hände.

Vierzig Jahre, dachte er plötzlich. Mein Gott, ist das eine Zeit! Das überfällt einen ja richtig, wenn man darüber nachdenkt. Vierzig Jahre auf hoher See – und jetzt lachen sie mich alle aus, weil ich eine alte Flasche gefunden und bei der Polizei abgegeben habe. Das Leben ist beschissen!

»Bananen? Fast ein halbes Jahrhundert Bananen? Mann, da haben Sie ja Europa mit den gelben Dingern überschwemmt!« Hellersen setzte sich auf den gewölbten eisernen Karrenrand. Das gibt eine gute Story, dachte er. Ein Mann schippert ein halbes Leben lang Bananen nach Deutschland, und jetzt im Alter fegt er den Wohlstandsmüll vom Strand. Eine Story mit sozialem Aufwärtshaken. Die Langeweile verflog aus ihm. »Erzählen Sie mal. Das kann eine Geschichte werden: Überschrift: ›Bananen-Willi.‹«

»Ich heiße Lars Lüders«, sagte Lüders. Er sog an der Gauloise und hüstelte. »Und wieso Geschichte?«

»Lars heißen Sie? Noch besser!« Hellersen begann, wieder in Schlagzeilen zu denken. »Das riecht nach Tang und Teer. – Kennen Sie den ›Globus‹?«

»Ich habe die Schule bis zur achten Klasse besucht«, sagte Lüders steif. »Und bei Meiers steht einer im Fenster.«

»Nicht der! Die Zeitschrift ›Globus‹.«

»Die auch. Bei Meiers im Fenster. Meiers verkauft hier auf der Insel Zeitschriften.«

»Ich bin Reporter«, sagte Hellersen.

»Aha.«

»Und ich verspreche Ihnen hundert Mark, wenn Sie mir ein paar Stories aus Ihrem Leben erzählen. Stories, die meine Leser auf den Boden hauen. Wahr brauchen sie nicht zu sein – es genügt, wenn sie nur so klingen. Das sind die besten Geschichten.«

»Sie sind also Reporter?« fragte Lüders nachdenklich. In seinen alten, hinter Falten und Runzeln verborgenen Augen, in denen noch der Wind von vierzig Jahren hoher See hockte, leuchtete es auf. Etwas wie Hoffnung brach aus ihnen. Hoffnung, endlich einmal ernst genommen zu werden. »Ich habe etwas Besseres für Sie. Etwas Wahres. Garantiert hier passiert, vor neun Tagen, dort drüben, wo jetzt der Korb Nr. 218 steht.«

»Zwei Körbe waren zusammengeschoben und wackelten rhythmisch – alter Hut, mein Lieber.«

»Nein, ich sag's Ihnen, aber alle anderen lachen mich aus. Sie lachen nicht, nicht wahr? Sie sind doch Reporter.«

»Eine Aphrodite stieg aus dem Meer, was?« sagte Hellersen sauer.

»Quatsch! Eine Flaschenpost kam an Land.« Er wartete auf eine Reaktion, sah Hellersen mit geradezu bettelnden hündischen Augen an. Junge, eine Flaschenpost, begreifst du das? Ein Brief war drin, sechs Jahre alt. Verdorrt in der Sonne. Wenn du jetzt auch lachst, schlage ich dir die Schaufel über den Schädel.

Hellersen überlegte schnell. Flaschenpost ist ein gutes Thema, dachte er. Da ist es: das Geheimnis des Meeres. Ein Feld der Phantasie, das nie ganz durchzuackern ist; immer bleibt ein Fleckchen Neuland übrig. Da kann man allerhand drumherum schreiben, das Meer auf dem Papier ist weit und geduldig.

Er war sich darüber klar, daß Lars Lüders' Flaschenpost eine völlig unreale Sache war, ein Scherz allenfalls, aber die Idee war brauchbar für eine gute Sommerstory.

»Das ist genau das, was ich suche«, sagte Hellersen und zertrat den Zigarettenrest im Sand.

Lüders bückte sich und kehrte ihn sorgfältig auf seine Schaufel.

»Haben Sie Zeit, Seemann? Daraus kann etwas werden.«

Lüders blickte übers Meer, den Strand, in den Himmel und

dann erst auf seine Uhr. Alles stimmte. »Gehn wir zum Liegestuhlverleih«, sagte er. »Dort sind wir um diese Zeit noch allein. Der Betrieb fängt erst in einer Stunde an.« Er drückte seine Zigarette an der Innenseite des eisernen Karrens aus und warf Besen, Kratzer und Schaufel in die Eisenwanne. »Und ich schwöre Ihnen, es ist alles wahr. Aber keiner will's mir glauben.«

Er stellte sich zwischen die Holme des Karrens, packte sie mit seinen großen Händen, stemmte die Beine in den Sand und begann zu ziehen. Es war schwer, der Weg führte durch die Dünen hinauf. Hellersen beugte sich vor und drückte von hinten nach.

Gemeinsam schoben sie die Karre durch den Sand.

Um zehn Uhr morgens klingelte bei dem Chefredakteur des »Globus« das Telefon. Nervös blickte er auf die Uhr, legte die Hand auf den Hörer und holte tief Luft, um die Sekretärin in seinem Vorzimmer anzubrüllen. Er wollte nicht gestört werden – seit zwei Tagen liefen Bildberichte von Agenturfotografen bei den verschiedensten Redaktionen ein, und es schien, als würde in der nächsten Ausgabe der »Globus« von seinem Konkurrenzblatt »Rund um die Welt« an Aktualität übertroffen werden.

Der Chefredakteur – er hieß Otto Otto, sein Vater muß ein Komiker gewesen sein – riß den Hörer hoch und schrie: »Ruhe!«

»Hellersen ist am Apparat«, sagte die Sekretärin im Vorzimmer unbeirrt. »Aus Norderney.«

»Das ist doch nicht möglich!« Otto Otto lehnte sich zurück und atmete heftig durch die Nase. »Marlenchen, stellen Sie durch. Wissen Sie, wie lange ich den Kerl suche? Seit vier Tagen!« Es klickte im Hörer, und Otto Otto wußte, daß er jetzt mit Norderney verbunden war. Er sah Hellersen vor sich, wie er jetzt am Apparat sitzen würde, in einem Hotelzimmer, in der Badehose, neben sich einen eiskalten Drink, hinter sich im Bett eine Blondine, morgens um zehn, mit dikken roten Augen, gähnend und lendenlahm, die Gauloise im Mundwinkel. »Hellersen?« brüllte Otto Otto. »Sie verdammter Tauchkünstler! Wie oft soll ich predigen: Wer verduftet, soll wenigstens die Richtung seines Gestankes hinterlassen! Auf Norderney stecken Sie? Mensch, ich brauche Sie. Dringend! Sofort! Sie müssen nach Irland. Dort rappelt es aus allen Fenstern und Kellern. Sofort nach Londonderry! Was? Sie sagen noch was? Sie sind noch da? Hellersen, ich brauche bis Mittwoch einen Exklusivbericht aus Irland. Erschossenes Kind im Rinnstein, schwangere Mutter von Terroristen mißhandelt... Ich schicke Böhme als zweiten Fotografen rüber. Hellersen, nun sagen Sie mal was!«

»Ich fliege in die Südsee«, sagte Hellersen artikuliert. Mit Otto Otto mußte man wie mit einem Partner auf der Bühne sprechen, klassische Betonung aller Konsonanten; später hieß es sonst, Otto Otto habe nur die Hälfte verstanden. »Hören Sie mir bitte erst zu, ehe Sie Ihr bekanntes Nein brüllen. Hier wurde vor neun Tagen eine Flaschenpost angeschwemmt –«

Otto Otto unterbrach das Gespräch mit einem Seufzer und legte auf. »Die Sonne ist zu heiß«, sagte er laut in das leere Zimmer. »Und Hellersen läuft immer ohne Hut herum, das wissen wir alle.«

Am Nachmittag erschien Hellersen in der Redaktion des »Globus«, gebräunt, voll frischer Nordseeluft, innerlich gekräftigt, mit Otto Otto jeden nur erdenklichen Kampf aufzunehmen.

»Sie können hinein, ohne anzuklopfen«, sagte Marlene im Vorzimmer.

»So schlimm?«

»Noch schlimmer. Die ›Aktuelle Redaktion‹ will Essiggurken anbauen und sich dazwischenlegen.«

»Und alles meinetwegen?«

»›Rund um die Welt‹ hat einen phantastischen Irlandbericht. Wir wissen das jetzt genau. Der Chef guckt durch eine undichte Stelle. Los, gehen Sie rein.«

Otto Otto saß hinter seinem mit Manuskripten und Fotos, Druckfahnen und Büchern, Andrucken und Fernschreiben übersäten Schreibtisch und zog sofort das Kinn an, als Hellersen durch die Tür kam. Allein schon die Gesundheit, die Hellersen ausstrahlte, regte ihn auf. »Mann«, sagte er laut. »Die Kosten für ein Sanatorium bezahlt der ›Globus‹ Ihnen nicht. Sie haben ein verbranntes Hirn, Hellersen! In Irland sollten Sie sein.«

»Kennen Sie Länge 140 Grad West und Breite 12 Grad Süd, Chef?«

Otto Otto drückte sofort auf die Sprechtaste vor sich. »Einen Arzt, sofort!« brüllte er. Aber als Marlene im Vorzimmer es wiederholte, schrie er dazwischen: »Warten Sie noch, Marlenchen! Vielleicht findet gleich ein Tötungsdelikt im Affekt statt.« Er ließ die Sprechtaste los und warf sich in seinen Schreibtischsessel zurück.

»Fünf Minuten, Chef«, sagte Hellersen völlig ruhig. »Dann steht es Ihnen frei, mit Aschenbechern zu werfen. Hören Sie bitte zu.«

Otto Otto blickte auf die Uhr an der Wand. Morgen um elf war Imprimatur. »Rund um die Welt« war nicht mehr einzuholen. »Legen Sie los«, sagte er voll Resignation. »Ich habe genau neun Minuten Zeit für Sie.«

»Fünf genügen.« Hellersen holte sein Notizbuch aus der Tasche und begann vorzulesen.

Und noch während er die Bedeutung des Fundes zu erklären versuchte, griff Otto Otto zum Telefon und alarmierte die Dokumentar- und Recherchierabteilung. Als Hellersen aufhörte, sprach Otto Otto noch immer mit allen möglichen Leuten im Hause und gab gezielte Anweisungen.

»Das wär's!« sagte Hellersen laut.

Otto Otto warf den Hörer weg, als sei er zu heiß geworden. »Die Sache läuft«, sagte er langsam, schob Hellersen eine Pakkung Zigaretten über den Papierhaufen zu und faltete die Hände vor der Brust. »Wenn das alles stimmt, gönne ich ›Rund um die Welt‹ ihren Irlandtriumph. Ich habe eben schon Beimann nach Londonderry geschickt – er soll die Stoppeln nachlesen, vielleicht bringt er noch ein paar Körnchen. Aber Sie, Hellersen, Sie sind journalistisch tot, wenn Sie mich auf einer dicken Ente reiten lassen. Ist das klar?«

»Ganz klar, Chef.« Hellersen lächelte zufrieden. Auch wenn man es nicht sah, er hatte Otto Otto überzeugt. »Das ist alles zu schön, um bloß erfunden zu sein.«

Im »Globus« begann das große Arbeiten.

Bis zum Abend lagen die ersten Meldungen auf Otto Ottos Schreibtisch. Fast militärisch, wie eine Geheime Kommandosache, sammelte er sie in einem roten Schnellhefter. Hellersen hockte seit Stunden am Telefon, sprach mit der Polizei in Norddeich, Norden und Hannover, zankte sich mit untergeordneten und ahnungslosen Beamten herum, aber er hatte die Spur des Flaschenbriefes aufgenommen und blieb wie ein Bluthund auf der Fährte. Gegen neunzehn Uhr lief er gegen eine Wand des Schweigens. Von jetzt an sprach er nur noch mit Beamten, die von nichts wissen wollten.

»Ab nach Hannover«, sagte Hellersen zu Otto Otto. »Sie mauern sich zu. Mein Gefühl, es hat mich noch nie verlassen. Ich rufe aus Hannover an.«

Im Landeskriminalamt war Hellersen nicht unbekannt. Um allen Diskussionen auszuweichen, verwies man ihn gleich an den härtesten Stein der Mauer allen Schweigens, an Kriminalrat Busse. »Die schnelle Truppe des ›Globus‹«, sagte Busse, als Hellersen zu ihm vorgelassen wurde. »Wie ist das eigentlich bei euch Journalisten: Habt ihr auch eine besondere Riechausbildung hinter euch? Examensaufgabe: Wer wittert in Ecuador einen Rebellen? – Nehmen Sie Platz. Was kann ich für Sie tun?«

Hellersen setzte sich und lächelte Busse freundlich an. »Es riecht hier nach Frangipani-Blüten.«

»Wieso?« fragte Busse überrascht.

»Südsee, Herr Kriminalrat. Zum Beispiel Tahiti.«

»Beim Gehalt eines deutschen Beamten ein ewiger Traum.«

»Hören Sie zu, Herr Kriminalrat.« Hellersen beugte sich vor. Er sprach jetzt sehr ernst. »Sie kennen mich. Sie wissen, daß Sie sich auf mich verlassen können. Wenn Sie mir sagen, daß eine Sache streng vertraulich ist, dann halte ich den Mund. Sogar meiner Zeitung gegenüber – ich stehe Gewehr bei Fuß. Ist das ein Angebot? Sie brauchen mir also nicht zu sagen, daß nichts geschehen sei. Das habe ich jetzt oft genug gehört.«

»Ich hätte nicht gedacht, daß eine Flaschenpost die Presse so alarmiert«, sagte Busse deutlich verschlossen.

Hellersen war zufrieden mit der Antwort – der erste Stein war aus der Mauer gebrochen. »Aus der Südsee?« hakte er ein.

Busse nickte. »Ja. Aber jetzt stopp! Machen Sie nicht gleich eine Sensation daraus, Hellersen. Denken wir nüchtern: Im 20. Jahrhundert ein Brief per Flasche, ganz gleich, woher er kommt, ist doch eine Sache für Spinner und Romantiker. Oder für Journalisten, denen der Stoff ausgegangen ist. Sommerzeit! Das Ungeheuer von Loch Ness ist schon bemoost – aber so eine Flaschenpost kann ein paar Zeilen füllen. Nein, Hellersen, alle Aufregung ist umsonst.«

»Angenommen, Sie haben recht, Herr Rat – noch eine Frage?«

»Bitte!« Busse paßte höllisch auf. Hellersens Fragen waren immer Fallgruben.

»Ist der Brief in der Flasche ein Fahndungsvorgang geworden?«

»Er hat als Dienstsache natürlich eine Laufnummer.«

Hellersen grinste verhalten. Busse wich aus, wie ein Boxer wollte er wegtänzeln. Aber Hellersen setzte nach, unbarmherzig, mit einem Ziel, das fast offen und ohne Deckung war. »Ich sagte Fahndung, Herr Rat. Läuft eine Fahndung?«

»Sie sind der klettenhafteste Zeitgenosse, den ich kenne, Hellersen. Ja, es läuft eine Fahndung.«

»Dann besteht das Landeskriminalamt Hannover also aus lauter Spinnern und Romantikern?«

»Man hätte Sie am Hauseingang fesseln sollen, Hellersen.« Busse zog unter dem Schreibtisch aus einer Schublade die neue Akte heraus. »Ja, es gibt einen Werner Bäcker. Architekt in Lübeck. Ausgewandert nach Auckland auf Neuseeland. Wir sind gerade dabei, feststellen zu lassen, ob der Schreiber der Flaschenpost mit diesem Bäcker identisch ist. Alles deutet darauf hin. Wir haben diesen mysteriösen Brief ja auch erst seit einigen Stunden in Händen, nachdem die Laboruntersuchungen seine Echtheit bewiesen haben. Hier ist er.« Er schob die Mappe zu Hellersen.

Der beugte sich über den vergilbten Brief und las langsam die kaum noch entzifferbaren Worte. Ein verzweifelter Hilferuf aus der Flasche. Dahinter lag die Auskunft des Lübecker Einwohnermeldeamtes.

»Und dabei bleiben Sie so ruhig?« fragte Hellersen leise. Aus dem von der Sonne verbrannten Papier wehte ihn die Ungeheuerlichkeit eines um Erlösung schreienden menschlichen Schicksals an.

»Wir müssen genaue Daten haben. Alles ist im Fluß, Hellersen. Alles, was für Antworten zuständig ist, haben wir angefragt. Die Recherchen laufen. Mehr kann ich Ihnen auch nicht bieten, Hellersen.«

»Das ist genug.« Hellersen klappte den Aktendeckel zu. Das elektrisierende Gefühl in seinem Inneren verstärkte sich. »Wenn alles, was in dem Brief steht, stimmt, werde ich diesen Werner Bäcker in der Südsee suchen.«

»Im Auftrag des ›Globus‹?«

»Ja.«

»Nach sechs Jahren?«

»Ich werde mindestens seine Knochen finden.«

»Sind Sie so sicher?«

»Ja. Männer meines Berufes – Sie sagten es selbst – haben ein Gespür dafür. Eine Art Wolfsinstinkt. Wenn es diesen Werner Bäcker wirklich gegeben hat, wenn es der Architekt aus Lübeck wirklich ist, dann finden wir ihn auch.«

Kriminalrat Busse legte die rote dünne Mappe zurück in sein Schreibtischfach.

Hellersen sah ihm an, daß er noch etwas verschwieg. Er spürte, wie ihm heiß wurde. »Herr Kriminalrat«, sagte er leise.

»Wir wissen mehr«, sagte Busse und sah Hellersen dabei nicht an. »Seit einer Stunde. Werner Bäcker, seine Frau Viktoria und seine drei Kinder sind wirklich ertrunken.«

»Aber die Flaschenpost?«

»Das letzte Zeichen. Eine Art Abschied, ein Aufschrei vor dem Nichts.«

Hellersen verbarg nicht seine Erschütterung. »Das riecht nach einer Tragödie«, sagte er leise.

»Es ist eine Tragödie.« Busse legte die Hände flach auf den Tisch. »Aus Auckland wissen wir, daß sechs Jahre Schweigen Endgültigkeit bedeutet. Bleiben Sie hier, Hellersen.«

Bis weit nach Mitternacht arbeitete im »Globus« ein kleiner Stab Redakteure um Chefredakteur Otto Otto. Man hatte begonnen, ein Bild des Werner Bäcker zusammenzusetzen. Als Hellersen aus Hannover zurückkam, waren alle Möglichkeiten der Recherchen durchgespielt worden. Fernschreiber, eigene Korrespondenten in Australien und Neuseeland, deutsche Behörden, neuseeländische Ämter, Einwanderungsstellen, Werner Bäckers Arbeitgeber in Auckland, die »Central Building Corporation«, seine Nachbarn in der Titirangi Street, wo er einen schönen, hölzernen, weißgestrichenen Bungalow bewohnt hatte, die Firma, bei der er seine Motorjacht »Viktoria« gekauft hatte, alle wurden gefragt und erinnerten sich mehr oder weniger an den großen blonden Deutschen, der in Auckland Häuser gebaut hatte. Die beste Auskunft kam vom Hafenmeister: Er konnte sich genau erinnern, wie die neue, schneeweiße, mit Fähnchen geschmückte »Viktoria« Auckland verlassen hatte. Eine Frau und drei Kinder waren an Bord gewesen.

Zum ersten Mal in seinem Leben schien Otto Otto vollauf zufrieden zu sein. Er spendierte seinen müden Redakteuren eine Flasche Whisky und einen Kasten Bier.

Am nächsten Morgen um zehn fand die ausschlaggebende Redaktionskonferenz statt. Auf Otto Ottos Schreibtisch und den Nebentischen quollen die Aschenbecher über, es roch stark nach Whisky in dem ungelüfteten Raum. Mit dicken Augen saß Hellersen neben dem Chefredakteur. Er hatte in dieser Nacht eine große Schlacht geschlagen und sie gewonnen.

»Hier haben wir Werner Bäcker«, sagte Otto Otto und legte seine Hände auf einen Berg von Fernschreiben und Notizen. »Fassen wir zusammen, wie er vor uns steht: Er wandert nach Neuseeland aus, um dort Fabriken und Wohnblocks zu bauen. Nach drei Jahren hat er so viel Geld verdient, daß er sich einen langen Urlaub leisten kann. Am 14. Februar 1965 geht er mit seiner Motorjacht in See, eine Kreuzfahrt durch die polynesische Inselwelt, bis hinüber nach Tahiti, Tuamoto und den Marquesas-Inseln. Zum Hafenmeister sagt er, es sei ein Traumurlaub. Es ist seine erste Fahrt mit einem neuen Schiff – ein Kapitänspatent für kleine Fahrt hat er schon in Deutschland gemacht. Er gilt als erfahrener und klardenkender Mann, ist mutig, schnell entschlossen, ein fanatischer Arbeiter, die Arbeiter in Auckland nannten ihn ›Mr. Roboter‹. Als Seemann stellt ihm das Schiffahrtsamt Lübeck ebenfalls ein gutes Zeugnis aus – er ist sogar schon mal kurz nach seinem Steuermannspatent aus purer Freude auf einem Seenotrettungskreuzer gefahren. Alles in allem ein toller Hirsch!«

Otto Otto holte Luft, trank einen Schluck Mineralwasser und blätterte weiter in den vor ihm liegenden Papieren. »Auf diese Traumreise – sie soll drei Monate dauern – nimmt Bäkker die ganze Familie mit: seine Frau Viktoria und seine drei Kinder. Er erreicht mit seiner Jacht Papeete und Tahiti und fährt weiter in die Welt der Archipele. Von da an sind er und seine Familie verschollen. Natürlich sucht man sie, soweit das da drüben möglich ist bei diesen unvorstellbaren Ausdehnungen und Entfernungen. Man findet nichts, nicht mal ein Brett der Jacht ›Viktoria‹. Nach dem Gesetz der Logik – und dem Gesetz der Südsee – dürfte Bäcker jetzt, nach sechs Jahren, nicht mehr leben. Frage: Sollen wir einen Toten suchen? Antwort: Ja, wir suchen ihn: Hellersen fliegt, als Fotograf reist Alfred mit.«

Alfred Buddke, Starfotograf des »Globus«, langmähnig, der letzte progressive Kommunarde in der Redaktion trotz seiner dreißig Jahre, warf die Arme hoch. »Unmöglich!« rief er. »Chef, Freunde, Mitbürger, hört mich an: Ich will in vierzehn Tagen heiraten!«

»Blödsinn!« sagte Otto Otto.

»Ich muß, Leute!«

»Buddke-Kinder haben Zeit.« Der Chefredakteur winkte ab. Wenn Otto Otto mit der Hand wedelte, war niemand da, der sie festhalten konnte. »Aber Bäcker hat keine Zeit. Ich weiß, ich weiß, sechs Jahre – eben darum! Ihr fliegt morgen schon. Marlene hat die Tickets bereits im Kasten. Eine Organisation ist das! Hellersen, wie stellen Sie sich das alles vor?«

»Wenn die Angaben in der Flaschenpost stimmen, wurde Bäcker auf einer Insel zwischen den Tuamoto- und Marquesas-Archipelen angeschwemmt. Ich werde also Station in Atuana auf Hiva Oa machen.«

»O Himmel, so weit weg«, sagte Buddke und dachte an Hanni, die in sechs Wochen ihr Kind bekam.

»Atuana besitzt einen winzigen Flugplatz, aber der reicht. Von Hiva Oa werden wir mit einer Chartermaschine systematisch jedes Riff abfliegen, jede Insel, jede Lagune, jedes Korallenatoll, jeden Fleck im Meer.« Hellersen blickte Otto Otto fordernd an. »Was wir dringend brauchen, ist ein Haufen Geld vom Verlag. Das alles kostet eine Menge.«

»Der Verleger wird weinen, aber ich boxe es für euch heraus.« Otto Otto sprang aus seinem Sessel. Man konnte über seinen Namen lächeln – wer ihn jetzt ansah, war das Kaninchen, das den Blick der Schlange lähmt. »Viel Glück, Hellersen, aber kommen Sie mir nur wieder unter die Augen, wenn Sie von Bäcker wenigstens einen Zahn gefunden haben. Ich kann schlimmer sein als ein Hai!«

Es war keiner da, der das bezweifelte.

Am nächsten Morgen flogen Hellersen und Buddke ab.

ZWEITER TEIL

I

Es gab keinen Himmel und kein Meer, keine Erinnerung an die Erde und keine Hoffnung auf ein Morgen mehr. Es gab nur noch ein Brüllen und Kreischen, Berge aus Wasser, die zerbarsten und heulend herunterstürzten auf das kleine weiße Schiff. Es gab nur noch Wellenfelsen, die donnernd aus riesigen Tälern geboren wurden, und schwarze brüllende Tiefe, in die man hineinstürzte, um wieder hinaufgeschleudert zu werden in eine Welt, die aus salzigem Gischt und tosendem Wasser bestand.

Sie hatten sich zusammengebunden: der Mann, die Frau und die drei Kinder. Mit dicken Schiffstauen und guten Knoten waren sie aneinandergefesselt, umklammerten das Gestänge unterhalb des Ruderhauses, ein Klumpen Leben inmitten brüllender Vernichtung. Und sie glaubten mit einer verzweifelten Hoffnung an die Worte des Mannes, als der Taifun über sie hergefallen war: »Wir kommen durch! Wir schaffen es! Wir haben ein gutes Schiff!«

Es war der 27. April 1965, mittags vierzehn Uhr.

Seit drei Stunden schlug die Riesenfaust des Pazifiks das kleine weiße Schiff zusammen.

Es hatte ganz harmlos begonnen, mit Sonnenschein, einem postkartenblauen Meer, das sich in langen, ruhigen Wellen bewegte.

Viktoria Bäcker lag unter dem aufgespannten Sonnensegel und las in einem Roman. Die Kinder Marion und Peter spielten auf dem Vorderdeck Seeräuber, Holger, der älteste, hockte bei seinem Vater im Ruderhaus und übte das Spleißen von Knoten. Das Schiff machte gute Fahrt, es glitt über die See ohne jegliche Erschütterung, so als berühre es gar nicht das Wasser. Nur das hohle, tuckernde Stampfen der beiden Dieselmotoren durchbrach die völlige Lautlosigkeit des Tages.

Die Wochen, die hinter ihnen lagen, waren wie ein Märchen gewesen. Sie hatten die Tubai-Inseln und Tahiti besucht, waren kreuz und quer durch den übersichtlichen Korallen-Archipel der Tuamoto-Inseln geschippert und fuhren jetzt in einem vernünftigen Reisetempo den Marquesas entgegen, ihrer letzten Station in drei Monaten Ferien. Von Hiva Oa sollte es dann in schneller Fahrt zurück nach Auckland gehen.

Drei Monate allein mit Sonne, Meer und Wind. Drei Monate das herrliche Gefühl genießen, durch ein Paradies zu gleiten, das letzte dieser Erde. Nur schwimmen konnte man nicht. Seit Wochen begleiteten die Haie das Schiff; sie lösten sich ab in der Verfolgung, schwammen bis zum Ende ihres Reviers und übergaben das Schiff dem neuen Rudel, so wie man eine Stafette von Hand zu Hand weiterreicht. Wenn Viktoria Küchenabfälle über Bord warf, schossen die spitzen Rückenflossen durch die See, und sie sahen in dem klaren Wasser die torpedoschnellen, langen Fischleiber mit den kleinen, tückischen, mordgierigen Augen neben dem Schiff entlanggleiten. Ein lautloser, vom sicheren Deck aus beobachteter, geradezu eleganter Tod.

Gegen zehn Uhr starb auch der letzte Windzug. Die Fahnen am Mast hingen schlaff im Seil, unter dem Sonnensegel brütete die feuchte Hitze, im Ruderhaus staute sie sich und drückte wie ein riesiges Gewicht auf den Schädel. Werner Bäcker schob alle Fenster zur Seite, aber es gab kaum einen merkbaren Durchzug, selbst der Fahrtwind verlor sich wie in einer Wand aus Watte.

Der Pazifik rollte in dieser Stille mit einem untergrundigen, noch kaum vernehmbaren Grollen. Die Wellen verwandelten sich, bekamen weißglitzernde Kronen und kräuselten sich, als begännen sie zu frieren. Gnadenlos brannte die Sonne.

»Ein herrliches Wetter«, rief Viktoria unter ihrem Sonnensegel. Mit dem Buch, in dem sie las, fächelte sie sich Luft zu. »Nur diese Schwüle! Wenn man jetzt schwimmen könnte –«

Sie blickte über Bord, sah wieder die dreieckigen Rückenflossen und dachte, daß auch das letzte Paradies unvollkommen sei. Kühles, stahlblaues Wasser, in dem sich der Tod tummelte.

Bäcker starrte auf die Instrumente im Ruderhaus. Der Luftdruck fiel und fiel, ins Uferlose. Es war, als sauge der messingfarbene Himmel den letzten Sauerstoff aus. Das Atmen wurde immer schwerer, Schweiß brach aus allen Poren.

»Mir gefällt das Wetter gar nicht!« rief Bäcker durch das offene Frontfenster des Ruderhauses. Er stellte das Ruder fest auf Fahrt geradeaus, klopfte seinem Sohn Holger, der sich mit einem komplizierten Schifferknoten beschäftigte, auf die Schulter und kletterte über die kleine Brückentreppe hinunter zu seiner Frau. Er blieb vor Viktoria stehen, lehnte sich an das verchromte Gestänge des Sonnensegels und beobachtete das träge, sich fortwährend in der Farbe verändernde Meer.

Als er mit dem Seenotrettungskreuzer der Küstenwacht über die Ostsee gefahren war, hatte er auch schon einen starken Wind, so um die Stärke 8 herum, erlebt – aber eine richtige Sturmfahrt ist etwas anderes, er hatte sie noch nicht durchgestanden, und einen Orkan in der Südsee kannte er bisher nur von der Landseite her.

In Auckland hatte er es mehrmals erlebt, und es war unbegreiflich, was ein Sturm anrichten konnte. Mit unberechenbarer Gewalt knickte er Bäume wie morsche Zweige, deckte Häuser ab, schleuderte Autos wie Bälle durch die Luft und trieb in die Häfen und über das Land Flutwellen, gegen die es keine Dämme gab.

Bei seinen Bauten in Neuseeland hatte er diesen neuen, in Europa kaum bekannten Faktor der Statik berechnen müssen: Stabilität bei Taifunen. Die Werte des Winddrucks, die dabei herauskamen, hatten ihn als Architekten fasziniert. Welch eine Kraft in der Natur, gegen die der Mensch sich stemmen muß!

»Es wird Sturm geben«, sagte er bewußt leichthin. »Das geht hier schnell, Viktoria.«

»Bei dieser Sonne? Dieser Schwüle?« Sie lächelte ihm zu.

Ihr Lächeln ist schöner als alles auf der Welt, dachte er. Warum fahren wir hier herum? Man hätte genug zu tun, Vikkys Lächeln zu genießen. »Eben wegen dieser Schwüle. Und sieh sie dir an, diese Sonne – wie eine Scheibe aus Messing. Ich schlage vor, wir machen das Schiff sturmdicht. Wir sollten nicht warten, bis der Wind da ist; das geht hier schnell.« Er drehte sich um und spreizte die Beine. Wie ein Kapitän zog er eine Trillerpfeife aus der Tasche und pfiff.

Der schrille Ton durchschnitt die lähmende Stille um sie herum. Für die Kinder war das ein herrliches Vergnügen, und Bäcker dachte: Ich muß sie warnen. Ich muß ihnen die volle Wahrheit sagen. Der Schritt vom Paradies zur Hölle ist nur ein kleiner Hüpfer, aber sie werden es nicht begreifen. Wer kann das schon?

Vom Ruderhaus schallte Holgers helle Jungenstimme. »Aye, aye, Sir! Welche Befehle, Käpt'n?«

Vom Vorderdeck liefen Peter und Marion heran. Viktoria klappte den Liegestuhl zusammen.

Das Meer schimmerte grünlich mit weißen Schaumkrönchen.

»Sturmappell!« schrie Bäcker. In seiner Stimme, die unbeschwert klingen sollte, schwang etwas mit, was die anderen nicht hörten: Angst.

Angst vor diesem Meer, das sich von Minute zu Minute weiter verwandelte, das die Glätte abspülte, das Blau des Paradieses, den Goldglanz der Sonne und sich häutete zu einem grünen Ungeheuer.

Bäcker überblickte seine Familie, wie sie jetzt jeden Handgriff, den sie wochenlang im Hafen geübt hatte, ausführte. »Wer die See erobern will, muß erst lernen, ihre Tücken zu begreifen«, hatte er gesagt. Dann hatte er an Bord exerziert, mit militärischer Präzision; er hatte die Unwetterlektionen durchgepaukt, das Wassern der Notinsel aus Gummi und Nylon, das Anhaken an den Griffstangen, die richtige Lage beim Schwimmen mit umgeschnallten, aufgeblasenen Schwimmwesten – er hatte das Überleben immer und immer wieder geübt, bis es allen zum Hals heraushing.

»Sollen wir Freude an der Jacht haben, oder wollen wir Seeleute werden?« hatte Viktoria einmal gefragt, als sie und die Kinder müde auf Deck hockten, mit Haken an die Sturmstange gefesselt.

Und Bäcker hatte geantwortet: »Beides. Wir werden hier nicht über den Bodensee fahren, sondern über ein Weltmeer.«

Jetzt machten sich diese Übungen bezahlt. Jeder Handgriff saß, von Deck wurden alle beweglichen Teile entfernt, Viktoria und die Kinder legten die Schwimmwesten an. Die wie ein großes orangefarbenes Paket wirkende Rettungsinsel aus Gummi wurde mit Karabinerhaken in einer Ablage vor dem Ruderhaus vertäut. Gegenseitig schnallten sich Viktoria und die Kinder die breiten Gurte mit den Stangenhaken um.

»Bei Sturm bleibt keiner unter Deck!« hatte Bäcker bei jeder Übung gesagt. »Lieber naß werden, aber im Notfall an der richtigen Stelle.«

Das Meer kräuselte sich stärker, ohne ersichtlichen Grund. Die Luft, jetzt völlig unbewegt, machte das Atmen schwer. Es gab kaum noch etwas Sauerstoff, den die Lungen aufsaugen konnten.

»Kommt ein Taifun, Papi?« rief Marion. Sie stand neben Viktoria, zierlich, schwarzlockig, in ihrer gelben Schwimmweste wie ein fremdartiges Insekt wirkend. Holger turnte auf dem Aufbau herum und zurrte das Sonnensegel ein.

Bäcker schüttelte langsam den Kopf. »Bloß das nicht, Kaninchen.«

Als sie noch ganz klein war, hatte er sie Kaninchen genannt, weil sie so sanfte Augen hatte und am liebsten an Äpfeln und Mohrrüben nagte.

»Hoffen wir, daß es vorübergeht. Es wird uns nur ein wenig anblasen.«

»Also der Ernstfall, Sir? Keine Übung?« rief Holger fröhlich vom Dach des Ruderhauses.

Bäcker entschloß sich, seinen sorglosen Tonfall aufzugeben. »Ja, mein Junge. Der Ernstfall!« sagte er laut. »Blickt mal in die Sonne!«

Sie hoben die Köpfe. Die Sonne war zu einer Scheibe geworden, die in einem milchigen Himmel schwamm. Noch nie hatten sie die Sonne so gesehen, so fahl, so drohend, so verwaschen, wie hinter einem blinden Fenster. Und das Meer wurde dunkelgrün und flach wie ein Brett.

Noch einmal überdachte Werner Bäcker alles, was er gelernt hatte für das Patent »Große Küstenfahrt«. Es blieb ihm nichts mehr zu tun. Jetzt mußte er warten. Warten auf den Wind, warten auf die brüllende See, warten auf das Glück, daß sich das Schiff vielleicht nur am Rande eines Sturmes bewegte. Er hätte um diese Möglichkeit auch beten können. Aber Bäcker war nicht der Mann, der Gott für seine Not verantwortlich machen wollte. Er hatte das Beten verlernt, aber die Kinder, sie waren Gott noch näher, und Viktoria besuchte sogar in Auckland die Kirche, obgleich es dort keine lutherische Gemeinde gab.

Die Kinder! Und Vicky! Meine Familie, dachte er. Eine Handvoll Glück – das habe ich im Leben wirklich erreicht. Wer kann das so uneingeschränkt von sich behaupten? Eine schöne Frau, die ich liebe, drei Kinder, die ich beinahe noch mehr liebe, Erfolg im Beruf, ein Haus und ein Schiff – man sollte sich bei seinem Leben bedanken. Und – verdammt sei dieses Meer! – ich werde sie alle gesund nach Hause bringen.

Plötzlich, wie ein riesiges Gebläse, das angestellt worden ist, war der Sturm da. Er fiel über sie her, drückte sie gegen die Aufbauten, und die schwammige Sonne zerfloß, unbegreiflich und grauenerregend schön.

»Anhaken!« schrie Bäcker, rannte ins Ruderhaus, holte ein langes Nylontau und warf es Vicky zu. »Festhalten! Ich komme gleich!« Er band das Ruder fest, schaltete die Motoren aus und schob die Fenster zu.

Das Meer brüllte auf.

Als hebe ein Vulkan es aus der Tiefe herauf, wallte das Wasser hoch wie ein Haus, formte sich zur riesigen Welle, unübersehbar breit, phosphoreszierend den Himmel in sich hineinsaugend, und stürzte dann auf das kleine Schiff.

Die erste Faust der entfesselten Natur traf die Jacht von vorn. Sie ächzte in allen Nieten, tauchte weg unter dem ungeheuren Druck und bohrte sich in diese schreiende Woge. Bäkker wurde gegen die Wand des Ruderhauses geschleudert und hielt sich an der Kompaßsäule fest. Sein Rückgrat schmerzte, einen Augenblick war er wie gelähmt und dachte: Jetzt hat's mich erwischt, schon bei der ersten großen Welle. Sie hat mir das Kreuz zerschlagen, ich werde lahm zusehen müssen, was aus uns wird.

Er stemmte sich hoch, nachdem der Schmerz nachgelassen hatte, wurde bei einem neuen Schlingern nach vorn zum Fenster getragen und prallte mit dem Gesicht gegen die triefende Scheibe. »Ich bin nicht lahm!« sagte er laut. »Ich kann noch gehen, du Saustück von einem Meer! Das ist ein armseliger Mann, den der erste Schlag schon umwirft!«

Er starrte hinunter aufs Deck und dann hinaus auf die See. So also sieht eine Welt aus, wenn sie untergeht, durchfuhr es ihn. Immer hat es Überlebende gegeben. Immer! Auch die Sintflut war nicht Vernichtung, es gab einen Noah. Verdammtes Meer, hörst du mich? Ich werde ein neuer Noah sein. Ich werde dich überleben, Natur! Ich, Viktoria und die Kinder! Brülle nur auf, du mistiges Meer, ich brülle zurück!

Er sah Vicky und die Kinder unterhalb des Ruderhauses stehen. Das Wasser lief an ihnen herunter, und sie schienen zusammenzuschrumpfen unter diesem ersten Schlag.

Als das Schiff in ein Wellental glitt, stürzte er hinaus und rutschte die Brückentreppe hinunter. Neben Vicky hieb er seinen Gürtelhaken in die massive Haltestange.

Viktoria und die Kinder hingen mit ihren Gurten sicher am Ruderhaus. Die kleine Marion drückte ihr Gesicht gegen den Leib der Mutter. Holger, der Älteste, umklammerte die Leine der Rettungsinsel, bereit, sie aus ihrer Verankerung zu reißen. Nur Peter weinte plötzlich, in seinen weit aufgerissenen Jungenaugen stand die Angst. Er streckte die Arme nach seinem Vater aus, und Bäcker ergriff ihn und zog ihn zu sich heran.

Das Meer war kein Meer – es verwandelte sich zum kreischenden Schlund.

»Nicht den Mut verlieren!« schrie Bäcker. »Haltet die Köpfe hoch! Die Münder zu!« Er faßte nach Vicky, zog ihren Kopf mit den triefenden Haaren zu sich und küßte ihre zitternden Lippen. »Mut!« sagte er in ihre entsetzten Augen hinein. »Mut, Vicky! Das ist das einzige, was wir noch haben – aber es ist genug, um durchzukommen!«

Sie nickte. Über ihren verzerrten Mund stürzte in Bächen das salzige Wasser. Sie warf die Arme um seinen Hals und drückte ihr Gesicht gegen seine breite Schulter. Zwischen ihnen wimmerte Marion vor Angst.

Mein Gott, lieber Gott, ich liebe ihn, dachte Viktoria. Alles an ihm liebe ich: sein blondes, verwuscheltes Haar, seine kantige Stirn, die hellen Augen, den zärtlichen Mund, das feste Kinn, den kräftigen, muskulösen Körper. Wir haben drei Kinder miteinander, und es hätte ein viertes gegeben im nächsten Jahr; diese Nacht auf Tahiti, als die Ukeleles klangen und die Vahines ihren Tamure-Tanz tanzten. Mein Gott, lieber Gott, laß uns zusammenbleiben! Nimm ihn mir nicht! Laß uns überleben! Gott, ich rufe dich! Laut aber sagte sie an Bäkkers Hals: »Das Schiff, Werner! Wenn es zerbricht –«

»Schwimmwesten aufblasen!« brüllte Bäcker gegen den tosenden Orkan. »Gummiinsel bereit machen!«

»Und die Haie?« schrie Vicky zurück.

»Bei solchem Sturm kommen sie nicht an die Oberfläche«.

»Sicher?«

Er nickte. Er wußte es nicht, aber er wußte ganz sicher, daß es sie beruhigte, und das allein war wichtig. Eigentlich war es logisch – wie kann ein Hai in einem solchen kochenden Meer noch nach Beute jagen?

Immer, wenn sie in eines der abgrundtiefen Wellentäler fielen, in ein entsetzliches, luftleeres Nichts, arbeitete Bäcker weiter. Er schlang das lange Nylontau um sich und seine Familie, fesselte sie alle zusammen, und als sie, angehakt an die Stange in der Wand des Ruderhauses und aneinander festgeklammert, ein Klumpen mit fünf Köpfen und zehn Händen waren, atmete Bäcker auf. »Uns zerreißt nichts mehr!« schrie er gegen den Sturm an. »Wir kommen durch! Wir schaffen es! Wir haben ein gutes Schiff –«

Das Meer brüllte dazu, dröhnend, kreischend, heulend. Bäcker breitete die Arme weit aus, umfaßte das Bündel seiner zusammengebundenen Familie, küßte Viktoria das von den Salzwellen wie zerstörte Gesicht und starrte dann auf die See, die keine See mehr war, sondern nur noch urweltlicher Untergang.

Mehr konnte er nicht tun. Was ist ein einzelner Mann gegen das Meer? Er konnte nur noch warten und wußte nicht, worauf er warten sollte. Es gab keine Wunder mehr.

Es war eine Welle, breit und hoch und gezackt wie ein Gebirge, die das Schiff zerplatzen ließ. Mit einem kreischenden Aufschrei brach es auseinander.

Bäcker und Holger umklammerten die Gummiinsel; das Ruderhaus und ein Teil des Decks hielten noch zusammen.

»Haken los!« brüllte Bäcker. »Haken los!« Und noch im Untergang gehorchten Viktoria und die Kinder.

Zehn Hände lösten die Haken von der Stange, dann wurden sie weggeschleudert in das tobende Meer.

Fast hoheitsvoll, widerlich ruhig entfaltete sich die Rettungsinsel, aus den Preßluftflaschen zischte die Luft in die einzelnen Schwimmkammern. Ein orangenfarbener Fleck in schwarzgrünen, zerberstenden Wellen. Oben auf dem Kamm eines Wassergebirges zerflatterte plötzlich das Ruderhaus. Bäcker hing an der Gummiinsel, und an ihm hing seine Familie. Vor ihnen der mit Leuchtstoff bespannte Fleck war das Leben. Mein Gott, Leben!

»Aufpassen!« schrie Bäcker. »An den Gurten festklammern! Bleibt zusammen!«

Die kleine Strecke zum Leben stand ihnen bevor, diese lächerlichen fünfzig Zentimeter bis über den Rand der Rettungsinsel. Aber sie mußten überwunden werden – einzeln mußte man sich aus dem Wasser stemmen und hinüberrollen in die Sicherheit.

Bäcker löste das Nylontau, das sie zusammenfesselte, und griff zuerst nach Marion. Sie war mit Viktoria wie verschmolzen, ihr Köpfchen hing zur Seite, und Bäcker wußte nicht, ob sie schon ohnmächtig war. »Vicky!« brüllte er. »Hinein!« Er drückte nach, und er mußte dabei das Tau loslassen.

Das Meer war stärker. Im gleichen Augenblick, da Viktoria den Inselrand ansprang, zerriß eine neue, wie tausend Dampfloks schnaufende Woge das Bündel Mensch aus fünf Köpfen und zehn Händen.

Bäcker sah, wie Viktoria hoch auf einen Wellenkamm geworfen wurde, er sah, wie Holger und Peter mit weitaufgerissenen Mündern in einem brüllenden Tal versanken, und er sah Marion einer zerbrochenen Puppe gleich hoch in die Luft fliegen und irgendwo in dem heulenden Brodeln aufschlagen. Noch einmal erkannte er Vicky – mit hocherhobenen Armen verschwand sie in einem tosenden Himmel. Durch alles hindurch aber vernahm er ihren Schrei. Und was das Meer nicht schaffte, erreichte diese Stimme – den Gipfel des Entsetzens.

»Die Haie! Hilfe! Die Haie! Werner!«

»Nein!« schrie er, und er schrie immer weiter, so sinnlos es war, schrie jede Woge an, schrie mit vom Wasser zerschlagenem Mund, schrie ins Meer und in den Himmel hinein, schrie: »Nein! Vicky! Holger! Peter! Marion! Nein! Nein! Nein!«

Zum letzten Mal erkannte er vier helle, gelbliche Punkte im Wasser, Spielbälle der Vernichtung, dann rauschte eine neue

Welle heran und pflügte auch die Punkte unter. Was blieb, war der brüllende Gischt, war der Salzschaum des Meeres, war ein Himmel, fahlgelb, mit Phosphor bestrichen.

Bäcker zog sich schreiend hoch, wälzte sich über den Wulstrand in die Rettungsinsel, und es gab für ihn nichts mehr, als alles aus sich wegzuschreien. Und so schrie und schrie er ohne Unterlaß, keine Worte mehr, nur noch Töne, nur noch blanken Schmerz, nur noch unfaßbare Verzweiflung.

Dann fiel er nach hinten, starrte mit irren Augen noch einmal auf das mordende Meer und verlor das Bewußtsein.

II

Er erwachte, weil die Sonne auf der Haut brannte und sein Körper sich mit juckendem Salz überzog.

Er lag auf einem flachen Sandstrand, vier Meter vom Meer entfernt, so wie ihn eine Welle an Land gespült haben mußte. Zehn Meter weiter lag die Gummiinsel, zusammengesunken, beim Sturz auf die spitzen Steine einer Klippe aufgeschlitzt.

Die See war ruhig, glatt, eine Scheibe aus Kobalt mit goldenen Sonnentupfen. Ein Zaubermeer.

Werner Bäcker wollte sich aufrichten und fiel stöhnend zurück. In seinem linken Bein brannte der Schmerz, als habe man ihm einen Spieß ins Fleisch gestoßen. Es hing an ihm wie ein sinnloser Lappen. Er tastete das Bein ab und fühlte unter seinen aufgerissenen Fingerkuppen den Bruch und die Splitter, die in den Muskeln staken.

Er ließ sich zurückfallen, schloß die Augen und lag mit ausgebreiteten Armen da. Der Schmerz ließ nach, oder nein – er verteilte sich bloß, durchzog den ganzen Körper und machte sich daran, das Herz und das Gehirn zu zerstören.

Er hielt den Atem an, um dem Sterben entgegenzukommen, aber so leicht starb es sich nicht. Über sich hörte er den Flügelschlag eines großen Vogels, und der Luftzug seiner Schwingen warf pulverfeinen Sand über sein Gesicht.

Ich lebe, dachte er. Ich lebe wirklich. Es ist keine Vision – ein Vogel bewirft mich mit Sand.

Warum lebe ich? Ich allein? Was hat das für einen Sinn? Das Meer hat mich ausgespuckt wie einen faulen Fisch, und da liege ich nun herum mit einem gebrochenen Bein, irgendwo auf einer Koralleninsel, völlig sinnlos, denn was ist dieses verfluchte Leben noch wert, jetzt hier in der Einsamkeit, ohne die Kinder.

Er warf die Hände vor das salzverkrustete Gesicht und weinte wieder, haltlos laut, von Schluchzen durchrüttelt, und jedes Schluchzen teilte sich seinem Bein mit und stach in ihm bis hinauf zum Herzen und später bis unter die Hirnschale.

Ein Mann, wenn er weinen muß, weint nicht lange. Auch Bäcker wurde ruhiger, die guten, klaren Gedanken kehrten zu ihm zurück. Aber die Augen öffnete er noch nicht wieder.

Was soll das? dachte er. Bin ich an Land geworfen worden, um hier zu verrecken? Dieses verdammte Bein wird mich umbringen. Der Durst wird mich austrocknen, und die Sonne wird mich dörren, bis ich nur noch ein Haufen Knochen und Leder bin. Das hat keinen Sinn, du verfluchtes Meer, durch diese Rechnung mache ich dir einen Strich. Es stimmt, ich will nicht mehr leben, aber ertrinken ist schöner als verdursten.

Er riß die Augen auf. Die Lider brannten, das Salz biß in die Schleimhäute der Nase und des Gaumens. Er sah die Sonne über sich, wie von einer goldenen Aura umgeben. Der Tod mit einem Heiligenschein. Und als er den Kopf um ein paar Zentimeter hob, sah er das Meer, eine Scheibe von tiefem, strahlendem, anmaßendem, höhnischem Blau.

Dahin gehöre ich, dachte er. Zu Viktoria und den Kindern. Mach dich bereit, Meer, ich komme. Es ist ein wundervolles Wetter, um zu sterben.

Er versuchte wieder, sich zu bewegen. Das Bein stach und brannte, und der Schmerz füllte ihn randvoll aus.

Ein Mann muß leiden können, dachte er schwer atmend. Verdammt, für ein paar Meter bis zur ewigen Ruhe lohnt es sich, vor Schmerz zu brüllen. Dann wird Stille sein. Wunderbare Stille.

Er wälzte sich auf den Bauch, biß vor Schmerz in den feinen, gelbweißen, wie Pulver aufstaubenden Sand, ruhte sich nach dieser Anstrengung wieder aus und sammelte neue Kraft für sein Vorwärtskriechen in den Tod.

Es sind nur vier oder fünf große Schritte, dachte er. Wie wertvoll so ein Schritt sein kann. Da geht man fünfunddreißig Jahre lang aufrecht durch dieses Leben und weiß gar nicht, wieviel sechs Schritte wert sind. Aber man schafft sie, du Satan Meer – man kann sie schaffen, auch mit einem zertrümmerten Bein. Und weißt du, wie? Ich werde es umklammern und mich wegrollen, ich werde mich mit dem rechten Bein abstoßen, brüllen und rollen – bis zu dir, du Scheißmeer, bis ich in deinem Wasser liege, und wenn der Boden zu flach ist, werde ich dich aussaufen, ich werde dich zwingen, mich zu ersäufen...

Über ihm war jetzt wieder der Flügelschlag des großen Vogels. Bäcker hob den Kopf, beugte sich nach hinten und sah in den Himmel. Ein weißer Vogel umkreiste ihn, schwanengroß, mit weitgespannten, segelnden Flügeln.

Vier Meter in der Spannweite werden es sein, dachte er völlig sinnlos. Ein Albatros. Nisten sie hier auf der Insel? Sieh gut zu, Albatros. So stirbt ein Mann. Du wirst so etwas nicht oft zu sehen bekommen.

Er begann auf dem Bauch zu kriechen wie ein Wurm. Zog sich zusammen, streckte sich, wühlte eine breite Furche durch den Sand und eroberte Stück für Stück den Weg zum Meer.

»Es geht«, keuchte er. »Du kannst dich nicht zurückziehen, wie ich vorwärtskomme, du verdammtes, stilles, sanftes, mit deinen Wellen den Strand streichelndes Meer!«

Ab und zu hielt er inne, klapperte mit den Zähnen vor Schmerzen. Der Schweiß löste das Salz an seinem Körper auf und floß als ätzende Brühe über ihn. Er legte den Kopf auf die Unterarme und fragte sich, ob man nicht sterben konnte, wenn man den Kopf in diesen heißen Stand steckte und sich an ihm vollfraß, bis man erstickte.

Ich schaffe es nie, dachte er, und war nahe daran, vor Wut und Qual aufzuheulen. Fünf Meter nur noch, dann durch das flache Wasser. Aber das ist mein Freund, er trägt bereits und macht es leicht, hinaus in die Tiefe zu kommen, in die ich hinunter will. Aber so schaffe ich es nie. Mein Bein hindert mich daran, ein Mann zu sein.

Vier Meter vom Meer entfernt blieb er wieder liegen. Mit offenem Mund ruhte er sich aus, und der leichte Wind, der über die Insel strich, war gut und roch nach irgendeinem Gewürz, das er nicht kannte. Er wälzte sich auf den Rücken zurück und betastete seine Füße, die Unterschenkel, die Muskeln bis zur Hüfte. Überall brannte es in ihm; jetzt war es schwer, genau zu sagen, wo das linke Bein gebrochen war. Er wußte nur, daß dieses verfluchte Bein an ihm hing und ihm doch nicht mehr gehörte.

»Gut, du glattes Meer, leben wir weiter!« sagte er heiser. Das Salz brannte ihn auch von innen aus, und wenn der Schmerz etwas nachließ, überfiel ihn der Durst mit schrecklicher Sehnsucht. Dann dachte er flehend: Hör nicht auf,

Schmerz. Bleib bei mir. Du bist ein besserer Kamerad als der Durst. Dich kann ein Mann ertragen.

»Gut«, sagte er noch einmal. »Im Augenblick bist du stärker, Meer. Warten wir noch eine Weile. Nur so lange, bis ich besser kriechen kann. Zum Sterben ist immer Zeit, man braucht da nicht den Minuten nachzurennen.« Er stützte sich auf den Ellenbogen und blickte um sich.

Landeinwärts sah er einen vom Meer angenagten Hang. Ein paar hohe, schlanke Kokospalmen fächerten ihre Blätter im Wind, gewaltige Bambuswedel bogen sich in der Luft, die mild und lind war wie Seide. In den Zweigen weiß und rot blühender Gestrüppe saßen wie große, dunkle Zapfen Scharen von Vögeln.

Überall ist Leben, dachte er. Der Wind trägt es weg über Tausende von Meilen und lädt es einfach ab. Und dann ist ein Flecken Erde da, und es wächst und wächst und weiß nicht, warum es wächst. Vielleicht, damit die Vögel darin nisten.

Ich bin kein Vogel.

Er setzte sich unter Zähneknirschen, umklammerte sein zerschmettertes Bein und blickte böse über das ruhige Meer. »Ich will sterben!« brüllte er und wunderte sich, wie stark noch seine Stimme war. »Ich komme zu euch, Vicky, Holger, Peter, Marion. Laßt mir nur Zeit, mein Bein zu besiegen. Ich schaffe es schon...«

Dann war der Albatros wieder da, umkreiste ihn und zerteilte die Sonnenstrahlen mit seinem Gefieder und zeigte mit unwissender Grausamkeit, wie schön das Leben ist.

Bäcker wartete, bis er glaubte, sich an den nie abreißenden Schmerz gewöhnt zu haben. Er wälzte sich auf die gesunde Seite, hielt das gebrochene Bein mit beiden Händen umklammert und rutschte am Ufer entlang zu der zerfetzten Gummiinsel. Er erreichte sie mit knirschenden Zähnen und einem kaskadenartigen Flimmern vor den Augen, legte den Kopf auf das heiße Gummituch und merkte erst jetzt, daß etwas Seltsames mit ihm geschehen war. Er blickte die Strecke zurück, die er überwunden hatte, und begriff nicht, wie es möglich war, sie zu schaffen. Sie war um das Doppelte länger als die Strecke bis zum Meer, wo er versagt hatte.

»Der Drang zum Leben ist stärker als der Tod, das ist es«, sagte er laut. »Aber glaubt nicht, daß ich da mitspiele. Ich überliste dich, Natur. Ich will nur leben, um mich für das Sterben fit zu machen.«

Die Rettungsinsel hatte nicht nur ihn an Land gebracht, sie war auch mit dem gesamten Inhalt ihrer verschiedenen Packtaschen auf die Insel geschleudert worden. Nun lag sie da, wie eine beim Untergang heruntergefallene Sonne leuchtend, und Bäcker tastete sie ab und verfluchte die Versuchung, der er immer noch erlag.

Er wälzte sich auf ihren noch unversehrten Boden, sah, daß drei Luftkammern aufgeschlitzt waren, und schlug mit der flachen Hand auf den Gummi.

»Du den Bauch, ich das Bein – wir gehören zusammen. Wir werden gemeinsam krepieren, nur ist es um dich schade, denn du warst eine gute Insel, aber ich war ein schlechter Kapitän. Natürlich, Kumpane sind wir auch – du warst dabei, als ich meine Frau und die drei Kinder tötete. Nein, widersprich nicht. Sag nicht: Das Meer hat sie ersäuft. Oder: Die Haie haben sie zerrissen. Das ist zu einfach, Vetter! *Ich* habe sie auf dieses Saumeer gebracht, und als der Sturm kam, konnte ich nichts als brüllen. Das ist zu wenig für einen Mann! Und deshalb müssen wir jetzt sterben.«

Aus den wasserdichten Taschen der Gummiinsel holte er heraus, was er vor Wochen hineingepackt hatte: einen Wassertank aus Plastik und Lebensmittel in Büchsen für zwei

Wochen, Verbandszeug, einen Werkzeugkasten, eine Signalpistole mit weißen und roten Raketen, eine Seekarte des südwestpazifischen Bassins, ein ausrollbares Stoffband, auf dem in roter Leuchtfarbe SOS geschrieben stand, zwei Dekken und einen kleinen Sextanten.

Er breitete alles vor sich aus wie ein arabischer Händler seine Ware im Basar, ordnete alles mit einer höhnischen Akkuratesse, legte Stück neben Stück in den weißen Sand, und dann saß er davor und rang mit einem widerwärtigen Gefühl von Hoffnung.

Eine Zange, einen Beutel Nägel, einen Hammer, einen Zollstock und ein Beil – das hatte ein Neandertaler nicht, als er zu leben begann. Und trotzdem erschlug er Mammuts und wurde der Vater aller Menschen.

Bäcker setzte den Sextanten an die Augen und maß den Sonnenwinkel. Die Seekarte auf den Knien, zog er mit einem Bleistift einen Kreis mitten in das Meer. »Länge 140 Grad West, Breite 12 Grad Süd«, sagte er dabei laut. Es war gut, seine eigene Stimme zu hören. Er war so gut, dieser Klang, daß er die Worte mehrmals wiederholte und auf ihn lauschte. Nach einer Weile schrie er: »140 West und 12 Süd!« und sah sich um, wo die Töne blieben.

Sie zerfaserten schon dicht vor seinen Lippen. »Mein Gott«, sagte er da. »Wie einsam bin ich hier.«

Es war das erste Mal, daß er Gott beim Namen nannte.

Er knüllte die Gummiinsel zu einem Paket zusammen, breitete eine der Decken aus, zog sie über das Paket und beschwerte die Auflage mit Sand. Dann kroch er einen halben Meter weiter, schaufelte mit den Händen Sand zu einem kleinen Hügel und legte mit großer Mühe das andere Ende der Decke darüber. Auch hier beschwerte er sie mit einem Sandhaufen, stellte noch den Werkzeugkasten darauf und prüfte mit der flachen Hand die Stabilität der gespannten Decke. In dieses winzige Tal zwischen Gummiinsel und Sandhügel, unter das Dach einer Decke, legte er seinen Kopf.

Mein erstes Zelt im neuen Leben, dachte er. Dreißig Zentimeter über dem Sand. Ein flacher, erbärmlicher Schatten, aber er bedeckt den Kopf. Ihn brauche ich noch, um das Meer zu überlisten. Früher habe ich Hochhäuser gebaut, Betonpaläste und gläserne Hallen. Wo war das, Gummiinsel? Sind wir von einem anderen Stern gefallen?

Er streckte sich vorsichtig. Das Bein signalisierte Schmerz, es knirschte in den Knochen.

Um besser atmen zu können, werde ich mit dem Hinterkopf eine Kuhle in den Sand bohren, dachte Bäcker. Ich werde leben wie eine Viper. Er streckte sich vollends aus, empfand den heißen Schatten unter der gespannten Decke als wohltuend und schlief erschöpft ein.

Als er erwachte, hatte er die Erinnerung an die Zeit verloren. Er mußte lange und gut geschlafen haben, denn er lag auf dem Bauch, und seine Erschöpfung war so tief gewesen, daß selbst die Schmerzen im Bein ihn nicht zurück an die Oberfläche rissen.

Jetzt fühlte er sich frischer, aber als er den Versuch machte, sich umzudrehen, schlug ihm der Schmerz mit geballter Faust in das Herz.

»Oho, Bein«, keuchte er, »fängst du schon wieder an? Ich habe mich erholt und du auch, nun geht's in die nächste Runde? Na warte, ich zeig es dir!«

Er riß den Hammer an sich, biß in den Stiel, wälzte sich herum mit dumpfem Brüllen und lag dann auf dem Rücken, Holzsplitter zwischen den Zähnen.

Die Sonne schien noch immer, oder schon wieder, er wußte

es nicht, und auch der schöne, große Albatros war wieder da, schwebte lautlos über ihn hinweg und strich dicht am Meer den Strand entlang.

»Wärst du ein Geier«, sagte Bäcker und verfolgte den Flug des Vogels, »würde ich mit der Signalpistole auf dich schießen. Ob ich dich treffen würde, weiß ich nicht, es ist eine Kunst, mit einer Signalpistole nach einem Geier zu schießen – aber du bist ein friedlicher Vogel, Albatros, ein Freund. Ich danke dir, daß du da bist.«

Der Vogel kam vom Meer zurück, setzte sich in sicherer Entfernung vorsichtig vor Bäcker in den Sand und beäugte ihn. Der Wind blähte sein Gefieder. Er sah herrlich aus.

»Worauf wartest du?« sagte Bäcker und setzte sich gerade. »Ein Logenplatz für das Schauspiel: Wie verreckt ein Mensch, was? Ein langweiliges Theater, Vogel, laß es dir gesagt sein. Wenn ihr sterbt, stürzt ihr ins Meer, und selbst euer Tod sieht noch grandios aus. Aber ein toter Mensch, Albatros, ist etwas Häßliches. Ein Haufen Fleisch, das verfault und stinkt. Es lohnt sich nicht zu warten...«

Er sprach und sprach und merkte dabei nicht die Wandlung, die sich in ihm vollzog. Er merkte nicht, daß er weiterleben wollte.

III

Auf den Knien, den Deckel des Verbandskastens als Unterlage, schrieb er später, als die Schmerzen im Bein etwas nachließen, einen Brief. Die Decke hatte er als Sonnenschutz über seine Schulter gezogen, es war heiß darunter. Die Haut juckte und begann, sich an vielen Stellen zu röten, große, vom Salz verätzte Flächen, und während er schrieb, dachte er: Die Natur ist eigentlich gründlich, das muß man ihr zugestehen. Sie läßt einen mehrmals sterben, um ganz sicher zu sein. Mein Bein kann mich umbringen, der Durst und jetzt auch noch die Haut. Das Salz und die Sonne verbrennen sie, und da ein Mensch nicht nur mit der Lunge atmet, sondern auch durch seine Haut, werde ich ersticken. Ich kann es mir aussuchen: freie Auswahl für den Tod. Aber es bleibt dabei: Aus dem Meer bin ich gekommen, zum Meer kehre ich zurück.

Den Brief schrieb er auf ein Blatt, das er aus einem Schulheft riß. Auch dieses Heft lag in der Gummiinsel. Was er zu sagen hatte, schrieb er mit Bleistift auf ein Blatt, holte eine Flasche aus der Gummiinsel, füllte den Inhalt, warmes, gurgelnd sprudelndes Mineralwasser, in einen Plastikbeutel um und schwang dann die verschlossene Flasche, nachdem er den Zettel, mehrmals gefaltet, hineingesteckt hatte, einige Male über dem Kopf. Mitten im Schwung ließ er sie los, in der Sonne aufblitzend flog sie davon, klatschte tatsächlich ins Wasser und schaukelte dann träge in der schwachen Dünung.

»Natürlich kommst du nie an«, sagte Bäcker laut. »Die Strömung steht zur Insel. Wäre ich sonst hier gelandet? Ich weiß das alles, aber es ist gut, zum letzten Mal zu schreiben, das Leben hat's verdient, denn mein Leben hat es immer gut mit mir gemeint. Man soll nicht undankbar sein, gerade nicht in der letzten Stunde.«

Das Schreiben und das Wegwerfen der Flasche hatte ihn sehr angestrengt. Er legte sich vorsichtig zurück – Bein, halt still, halt bloß still, dachte er dabei –, zog sich die Decke über den Kopf und beschloß, sich auszuruhen. Da er entdeckt hatte, wie schön es war, mit sich selbst zu reden, sagte er nach einer Weile: »Du mußt zuerst eine Schiene für dein Bein machen. Gib nicht auf, mein Junge. Laß dich von deinem Bein nicht einfach unterkriegen. Kämpfe! Und später mußt du dir

Krücken machen. Es ist alles nur eine Frage der Zeit, denn jeder Knochen wächst einmal zusammen. Auf Krücken und auf einem Bein läßt es sich leben. Weißt du noch, wie sie aus dem Krieg zurückkamen, die zusammengeschossenen Krüppel, die man vorher Helden nannte und jetzt Sozialfälle? Diese ausgebluteten, dem Tod von der Schippe gesprungenen Jungs, denen man damals Orden und Blumen auf die Brust legte und um die sich heute keiner mehr kümmert. Doch ja, man kümmert sich noch um sie. ›Na, Opa, du Kriegskrüppel?‹ sagt die neue Generation und schlägt sie mit Fahrradketten zusammen. Damals, als sie zurückkehrten, bis zum Kotzen voll vom Krieg, war ich ein Kind, aber wie sie da auf ihren Krücken vor dem Lübecker Bahnhof standen, das vergesse ich nie. Und sie lachten, das war am ergreifendsten, sie lachten ohne Beine und ohne Arme und waren irgendwie auf rätselhafte Art glücklich zu leben. Soll ich jetzt weinen, nur weil ich ein zertrümmertes linkes Bein habe?«

Er blickte hinüber zu den hohen Palmen auf dem Hang und dem Bambuswald und dem blühenden Gestrüpp. Eine geballte Masse gesunden Lebens. »Dort hinauf muß ich«, sagte er und zeigte dem um ihn herumgehenden Albatros die Böschung. »Dort wächst Holz für Schiene und Krücke. Und ich habe ein Beil. Ein Beil! Damit kann man alles machen. Aber um dort hinaufzukommen, müßte ich fliegen können wie du, Albatros.« Er winkte dem stillen Vogel zu und schätzte die Entfernung und die Höhe der Böschung.

Der Mond war näher, und trotzdem beschloß er, den Wald zu erobern.

Die ersten Versuche mißlangen kläglich.

Kaum bewegte er sich, warf ihn der Schmerz im Bein wieder um. Aber jetzt war es ein verräterischer Schmerz. Er zeigte ihm deutlich, wo das Bein gebrochen war. Eine Handbreit überm Knie, er konnte es deutlich tasten, und er erinnerte sich an die erste Stunde nach seiner Wiederkehr ins Leben, wo er meinte, den Bruch bereits schon einmal gefühlt zu haben. Jetzt war es ganz klar: Der abgeknickte Knochen stach durch den dicken Muskel. Eine Lanzenspitze, die bei jeder Bewegung ins tiefe Fleisch drang.

»Das ist ein ganz verfluchter Bruch!« sagte Bäcker laut. »Eine kompliziertere Sache konntest du dir wohl nicht aussuchen, Bein?« Er legte sich zurück, bettete den Kopf auf die Gummiinsel und legte ein Mulltuch aus dem Verbandskasten über seine Augen.

Die Sonne glitzerte im Meer, die funkelnde Scheibe des trägen Wassers blendete ihn und trieb Tränen unter den vom Salz geschwollenen Lidern hervor.

»Nummer vier«, sagte Bäcker wie ein Buchhalter, der Zahlen addiert. »Man kann blind werden. Ein blinder, verdurstender Krüppel mit verbrannter Haut... Du bist tüchtig, Natur. Du denkst an alles, um sicherzugehen. Unter zivilisierten Menschen würde man den Bruch jetzt nageln oder eine Stahlplatte über den Bruch legen und den Knochen daran festschrauben. Das sind keine Wunder mehr, denn solche Wunder werden jetzt von Menschen gemacht. Die Götter haben sich zurückgezogen.« Er faltete die Hände über die Brust, aber er hatte nicht die Absicht zu beten. Er dachte nur, wenn man schon mit Gott spricht, weil hier nichts ist außer einem großen Vogel, einem selbst und eben Gott, sollte man so höflich sein und die Hände falten. Er ist's so gewöhnt, mag sein, daß er's auch gerne sieht. Warum soll man nicht höflich sein? »Ich aber bin jetzt allein«, sagte er laut. »Der einzige Mensch. Gott, wenn du das Wunder verlernt hast, laß mich ein kleines menschliches Wunder tun.«

Er war schon froh, daß das spitze Knochenende nicht irgendeine Arterie in seinem Schenkel aufgerissen hatte, aber das hieß nicht, daß es nicht noch passieren konnte, wenn er sich zu viel bewegte. Dann würde er von innen verbluten. Sein Bein würde anschwellen zu einem Ballon aus Blut, bis alles, was sein Herz herauspumpte, sich in seinem Schenkel gesammelt hatte. Die Lanze war da, um jederzeit zuzustechen, er trug sie mit sich herum, sie war in ihm angewachsen.

»Nummer fünf!« sagte Bäcker nüchtern. »Natur, du wirst mir unheimlich mit deiner Gründlichkeit.«

Er überlegte eine lange Zeit, wie man das spitze Knochenende entschärfen konnte, aber er fand nichts, was gut dazu gewesen wäre. Drei Meter neben ihm im Sand saß der große Albatros, majestätisch schön mit seinem im Wind geblähten Gefieder und den klugen, runden Augen. Langsam war er näher gekommen, Zentimeter um Zentimeter, und Bäcker lag ruhig, beobachtete ihn und war gerührt, wie der Vogel sich seine Freundschaft erschlich. Jetzt stand er mit dem Kopf zur Windrichtung, riß ab und zu den Schnabel auf und gab einen gurrenden Laut von sich.

»Das Leben kann auch im Bein liegen, das hast du auch noch nicht gewußt, was, mein Vogel? Solche Weisheiten lernt man, wenn man sie am wenigsten gebrauchen kann. Da hat man seine Beine fünfunddreißig Jahre lang am Körper, und außer daß man sie wäscht und die Nägel schneidet, beachtet man sie nicht und nimmt hin, daß sie ihre Pflicht tun und gehen und rennen und springen und schwimmen und tanzen und wer weiß was sonst noch ertragen müssen. Und dann gibt es hinterhältige Beine, die sich einmal bei bester Gelegenheit rächen. Mein Bein ist so eines. Was soll ich tun, Vogel? Es ist ein verdammtes Spiel mit dieser Lanze in meinem Schenkel. Wenn ich ein Stück Holz hätte, ein kleines, schmales Brett, ein paar Bambusstangen, ha, ich würde dieses Bein besiegen! Siehst du, Albatros, jetzt ein Stück Holz zu haben, das ist ein Wunder.«

Er wagte nicht mehr, sich zu rühren, nachdem er die Knochenspitze so nahe an seiner Arterie gefühlt hatte, aß etwas Schiffszwieback aus einer Vakuumdose, wo er sich jahrelang frisch hielt, trank zwei Schlucke Mineralwasser aus dem Plastikbeutel, untersuchte den Wasserkanister und rechnete aus, daß diese zehn Liter immerhin eine ganz vernünftige Galgenfrist waren, in der ein Mann Ideen haben konnte, wie er sich selbst half, legte beide Hände auf den anschwellenden Schenkel und faltete sie wieder, denn er hatte vor, wieder mit Gott zu reden.

Da er aber nur Klagen hervorzubringen hatte, schwieg er lieber, starrte über das tintenblaue Meer und dachte an Viktoria und die Kinder. Er weinte eine Weile, ergriffen von diesen Gedanken, und wunderte sich gleichzeitig, woher ein austrocknender Körper die Flüssigkeit nimmt, um Tränen zu produzieren.

Nach einer halben Stunde hüpfte der Albatros um ihn herum, zog immer nähere Kreise und blieb dann so nahe vor ihm stehen, daß Bäcker ihn hätte mühelos greifen können. Er spreizte die Flügel und gurrte dunkel.

»Du hast noch nie einen Menschen gesehen, stimmt es?« fragte Bäcker leise, um den Albatros nicht durch seine Stimme zu erschrecken. Es kann sein, dachte er, daß eine menschliche Stimme für ein Tier scheußlich klingt. Unser Geruch ist es, aber ich weiß nicht, ob ein Albatros riechen kann; auf jeden Fall kann er hören.

»Das ist nun ein Mensch, Vogel!« sagte er weiter. »Es lohnt sich, ihn zu betrachten. Er hält sich für das Größte und Klügste auf dieser Welt, er baut diese Welt auf und vernichtet sie wieder, und keiner kann sagen, warum er so viel Sinnloses tut und auch noch stolz darauf ist und Orden und Preise dafür bekommt. Es muß nicht viel her sein mit seiner Größe und Klugheit, Vogel – er ist einfach zu dumm, sich selbst zu begreifen. Und dann liegt er eines Tages da wie ich, den Tod im Bein oder im Herzen oder im Hirn oder im Magen oder in den Gedärmen – es bleibt sich gleich, Vogel –, und weiß nicht einmal, wie er urinieren soll, ohne sich selbst vollzupissen. Bei mir ist es jetzt soweit, Albatros, und das ist ein großes, neues Problem.«

Er umklammerte wieder sein Bein, wälzte sich auf die Seite, knöpfte seine Hose auf und hielt den Blechdeckel des Verbandskastens, nachdem er ihn abgebrochen hatte, unter sich. In den blechernen Deckel schlug er sein Wasser ab und schwabbte dann den Urin so weit von sich, wie seine Kraft reichte.

Mit seinem großen Sinn für Reinlichkeit wusch er den Verbandskistendeckel sauber, indem er ihn mit dem feinkörnigen, goldenen, von verwitterten, winzigen roten Korallenstäbchen durchsetzten Sand ausscheuerte. Das machte ihm Freude, er zeigte dem Vogel den glänzenden Deckel und klappte ihn dann wieder auf den Verbandskasten. »Das ist Kultur!« sagte er und lachte vergrämt. »Darauf ist der Mensch stolz, Vogel. Aber genau betrachtet pinkelt auch ein Hund nicht die Stelle voll, auf der er schläft.«

Ihm blieb in den kommenden Stunden nichts übrig, als sich umzusehen und an vieles zu denken, was man machen könnte. Er starrte wieder hinüber zu dem Hang mit dem Kokospalmenwald und der wogenden Bambuswand, den leuchtenden Blütenbüschen und dem Gestein der Anhöhe. Wo Bäume wachsen und Blumen blühen, muß auch Wasser sein, dachte er. Süßwasser. Es hilft alles nichts – ich muß dort hinauf. Aber vorher muß ich die Lanze in meinem Schenkel überlisten, diesen gnadenlosen, spitzen, feindlichen, gemeinen, hinterhältigen Knochen, der mich unbedingt umbringen will.

Er faltete schnell die Hände und hob den Kopf in den grenzenlosen blauen Himmel. Gott da oben, dachte er, du weißt, wie wenig ich von dir halte. Du hast in letzter Zeit herzlich wenig von dir gegeben, vielleicht hast du geschlafen, die Menschen haben dich so verdammt müde gemacht, und du hast recht, es ist abscheulich, immer und immer nur auf die Menschen herabzublicken und sich sagen zu müssen: Das habe ich nun geschaffen! – Trag's mir nicht nach, Gott, laß einmal mit dir reden, laß mich ein Wunder tun! Dort hinauf, den Hang, hilf mir wenigstens ein bißchen...

Er leerte den Verbandskasten aus, verstaute den Inhalt in die Seitentaschen der Gummiinsel, schob den Kasten unter seinen linken Oberschenkel, legte den Hammer und das Beil an die Innen- und Außenseite und begann, alles mit einem starken Bindfaden aus der Werkzeugkiste zu umwickeln.

Das Bein wehrte sich, er spürte es ganz deutlich.

Zuerst raste Schüttelfrost durch seinen Körper, dann löste eine Hitzewelle das Kältegefühl ab, und trotzdem klapperte er mit den Zähnen, denn so heiß alles in ihm war, er fror erbärmlich. Mitten in seinen Gedanken trübte sich plötzlich sein Blick, er sah den großen Vogel wie eine bizarre Schleiertänzerin um sich herumhüpfen, und als er mit Gewalt den Kopf hochwarf, verschmolzen vor ihm Himmel und Meer zu einer kompakten Masse flüssigen Bleis.

»Nein! Du bringst mich nicht um, du Knochen!« schrie er. »Du nicht! Das Meer – ja! Die Sonne – angenommen! Der Durst – akzeptiert! Der Hunger – komm nur ran! Der Wahnsinn der Einsamkeit – ich weiche nicht aus! Aber du, mein eigener Knochen? Nie! Nie! Ein Mann sollte nie eines lächerlichen Todes sterben.«

Am Abend erkannte er nichts mehr um sich herum. Er lag unter seiner Decke, fror wie auf Eis gelegt, hatte die geballten Fäuste gegen das Bein gepreßt, wußte nicht mehr, ob der große, schwankende Fleck vor seinen Augen die untergehende Sonne oder der aufsteigende Mond war, und stammelte immer wieder: »Du verfluchter Knochen, du! Du Mistknochen! Du Satan von einem Knochen! Mich kriegst du nicht unter. Du nicht! Du Saukerl von einem Knochen!«

Das Fieber nahm ihn endlich weg aus dieser Welt. Er glitt in die Bewußtlosigkeit, als er die Schmerzen plötzlich nicht mehr spürte und dachte: Siehst du, ich habe es geschafft, du lächerlicher Knochen!

Er lag im Sand herum wie Treibholz, reglos, dem Verdorren preisgegeben.

Über das Bein wehte der Korallenstaub. Ein Bein, eingeklemmt zwischen Blechkasten, Hammer und Beilstiel. Ein Bein mit roten Flecken vom Salz verätzter Haut.

Der große Albatros umwanderte Bäcker, kam dann heran, beäugte ihn ganz aus der Nähe, senkte den Kopf und stieß ihn mit dem Schnabel an, tastete ihn ab, als röche er dieses Gebilde, das Mensch hieß, in sich hinein, hockte sich dann neben ihn, einer Wache gleich, und hockte sich so hin, daß sein großer, vom Wind aufgeblähter Vogelkörper das Gesicht des Menschen im Schatten bedeckte und damit die Sonne besiegte. Nur am frühen Morgen und am dämmernden Abend strich der Vogel mit sanften, schwebenden Flügelschlägen über die Insel, tauchte ins seichte Meer und suchte seine Nahrung.

Irgendwie war Gott in der Nähe.

Werner Bäcker erwachte aus dem Delirium seines Fiebers an einem Morgen, als die Sonne aus dem Meer tauchte wie eine gewaltige Apfelsine. Es war kühl, ein harter Wind blies durch die Palmen, bog die Wedel des Bambus und trieb den Ufersand in kleinen, wirbelnden Streifen landeinwärts gegen die Böschung. Das Meer zitterte; er spürte es fast körperlich bis in seinen letzten Nerv.

Plötzlich stieg etwas Seltsames aus dem Wasser, eine graue Wand, der Wind begann zu rauschen, aber es war gar nicht der Wind, wie Bäcker ratlos sah, sondern der Himmel rauschte, alles roch nach Feuchtigkeit, nach herrlicher, glatter, kühler, lebensspendender Feuchtigkeit. Und dann brach der Himmel auf und tränkte die Erde.

»Regen«, stammelte Bäcker. »Regen! Es regnet, es regnet!«

Dann brüllte er vor Freude, riß die Decken von sich, streckte sich aus, breitete die Arme von sich, lag wie gekreuzigt unter den rauschenden Tropfen und lachte, lachte, lachte. »Ich lebe!« schrie er in den Regen hinauf. »Ich lebe! Du verfluchter schiefer Knochen in meinem Bein, ich lebe!«

Das Wasser rann ihm in Bächen über Gesicht und Leib, er riß den Mund weit auf und ließ den Regen in sich hineinströmen, er trank dieses neue Leben, und je stärker das Wasser über ihn stürzte und die Tropfen seinen wunden Körper schlugen, um so betrunkener wurde er von diesem himmlischen Wasser. Es floß und floß über ihn und in ihm, und es war das köstlichste Fließen, das er je gespürt hatte.

Herrliche Kühle und eine neue, verbissene und unbeugsame Kraft wuchsen aus diesem Regen. Die Reste des Fiebers schwemmte er aus Bäcker fort, er schien durch und durch gereinigt zu werden, durchgespült mit einer sich immer mehr aufladenden Energie.

Als der Himmel wieder blau war und die Sonne wieder eine

Sonne, saß er im nassen Sand und sagte aus tiefstem Herzen: »Ich danke dir, du da oben.«

Dann begann er, gegen seinen Knochen zu arbeiten. Er griff in den nassen Sand, gipste sein gebrochenes Bein rundherum mit dieser pappigen Erde ein, wickelte ein Handtuch darum und winkte der nun wieder glühenden Sonne zu. »Nun mach es hart wie einen Lehmziegel, Sonne«, rief er. »Zeig es dem Teufelsknochen! Schweiß ihn zusammen! Du, der Regen, der Sand und ich, wir kriegen ihn klein!«

Er aß aus einer Büchse, die er mit dem Beil aufschlug, kalte Nudeln mit Gulasch, und es schmeckte ihm so gut wie nichts bisher in seinem früheren Leben. Er trank dazu das Regenwasser, das sich in der Mitte der Gummiinsel gesammelt hatte, und das brachte ihn auf einen neuen Gedanken.

Ich werde nicht verdursten, dachte er, solange es regnet. Das gute Wasser spare ich auf für eine Notzeit, wenn es überhaupt nichts mehr zu trinken gibt. Aber wenn es jetzt regnet, lege ich mir ein Wasserreservoir an, einen kleinen, eigenen Wasserturm aus orangefarbenem Gummi. Es ist zwar eine fade Brühe, dieses Regenwasser, aber es ist das Herrlichste, was Gott je erfunden hat. »Kompliment, Gott da oben«, sagte er und blickte in den wieder blaustrahlenden, wolkenlosen Himmel. »Du hast Überzeugungskraft. Vielleicht geht es wirklich nicht ohne dich!«

Von diesem Tag an regnete es immer. Meistens am Abend, aber immer früh genug, daß die Sonne vor dem Untergehen noch den Strand und den kleinen Menschen im Sand trocknen konnte. Es war ein wundervoller Rhythmus, aus dem Kraft strömte und eine unbändige Hoffnung.

So lag Bäcker im köstlichen Regen und in der heilenden Sonne. Jedesmal nach dem Regen umwickelte er sein Bein mit frischem, nassem Sand. Das kühlte den Bruch und das heiße, aufgetriebene, entzündete Fleisch, wurde später hart wie ein Panzer und zerfiel am Morgen wieder zu Staub. Aber dann kam ein neuer Regen und mit ihm ein neuer Verband, und Bäcker sagte am vierzehnten Tag: »Du hast keine Chancen mehr, Knochen. Gib es auf! Wachse zusammen! Vielleicht werde ich zeit meines Lebens hinken und auf der linken Seite kürzer sein, was schadet das? Mich bringst du jedenfalls nicht mehr um, Knochen!«

In der vierten Woche konnte er herumkriechen wie eine Robbe. Er spürte keine Schmerzen mehr, wenn er das Bein hinter sich herzog durch den staubenden Sand, und er weinte und lachte vor Glück.

Schweigsam, immer zwischen ihm und der Sonne, begleitete ihn der große, schöne Vogel.

IV

Die ersten Ausflüge brachten ihn hinunter zum verhaßten Meer, den Strand entlang, in dessen Sand die Ebbe ein Muster aus zierlichen Wellen hinterließ, wo Muschelschalen und leere Krebsgehäuse lagen, manchmal ein paar stinkende tote Fische, die aber schnell zu Leder austrockneten, Reste von abgerissenen Palmblättern, Bambuslaub und Blütenblättern.

Bevor Bäcker diese kleinen Strecken abkroch, hatte er lange darüber nachgedacht, wie sich ein Mensch mit einem nutzlosen Bein, das man außerdem noch schonen mußte, fortbewegen könne, ohne Stütze, ohne Krücken, allein auf einem Sandstrand, wo nicht einmal ein Pfahl war, an dem man sich auf sein gesundes Bein aufrichten konnte.

Ein Zufall brachte ihn darauf, seine Schwimmweste zu benutzen.

Der Gedanke war ihm plötzlich gekommen, als er die gummierte Nylonweste, mit dem Mund mühsam aufgeblasen, als Unterlage für seinen mit dem nassen Sand verbundenen Schenkel benutzte. War der Verband hart, schob er die Weste weg; sie glitt über den weißen Sand wie ein Ski über den Schnee.

»Das ist es!« sagte er zu dem Albatros, der neben ihm stand und mit dem Schnabel klapperte. »Man könnte aus ihr einen Schlitten machen. Was hältst du davon, Vogel?«

Er sprach jetzt in jeder Situation mit dem Albatros. Der Vogel war ein guter Partner, er hörte zu, widersprach nicht, war klug, lobte alles, was Bäcker tat, durch Flügelschlagen oder durch gurrende Laute, und außerdem war er das Leben schlechthin, etwas, das man ansprechen konnte.

An dem Vogel schliff Bäcker seine Panik ab, für immer allein zu sein. Ein Mann braucht einen Freund, ein Mensch etwas anderes Lebendes; völlig allein zu sein ist mehr als die Hölle.

Für Bäcker war der große Vogel ein stiller Freund, und es war ein Rätsel, was Vogel und Mensch so eng miteinander verkettete, daß jeder den anderen nicht mehr aus den Augen ließ. Flog der Albatros morgens und abends übers Meer und suchte seine Nahrung, wartete Bäcker ungeduldig, bis er das majestätische Flügelrauschen wieder hörte, und der Albatros ging nervös um Becker herum, wenn dieser unter seiner Decke lag und schlief, zu einer Zeit, wo man eigentlich etwas tun mußte.

So wurde mit den Wochen Bäckers Einsamkeit wie ein runder Kiesel, der keine Wunde mehr aufreißen konnte, sondern mit dem man zu spielen begann. An die Flaschenpost dachte er nicht mehr. Sie war zwar mit der Ebbe im Meer verschwunden, aber wer die Maßlosigkeit des Pazifiks mit der Armseligkeit einer Mineralwasserflasche verglich, hörte auf, an Hoffnungen zu glauben.

Mit seiner Schwimmweste aber hatte Bäcker eine gute Idee gehabt. Er wälzte sich ganz langsam über das nur halb gefüllte Luftpolster, legte sich auf die Seite, nahm die Zange und den Zollstock aus dem Werkzeugkasten und stakte sich mit ihnen durch den Sand. Es war mühsam, schweißtreibend, ein verbissener Kampf um Zentimeter, aber es war eine Flucht von der Stelle, eine Loslösung vom Endgültigen.

»Es geht, Vogel!« keuchte Bäcker, nachdem er ein paar Meter sich mit Zange und Zollstock vorwärts gestoßen hatte. Der Albatros lief neben ihm her und schrie leise und klagend. »Ich bewege mich! Damit fing alles an – mit einem Gedanken und einer Bewegung.«

Er glitt auf seiner Schwimmweste bis zu der Stelle, wo er an Land geworfen worden war, und blieb hier liegen, den Kopf zum Meer, das leise herankam, wie schleichend, voller Untertänigkeit, wie um ihn zu streicheln.

»Geh weg!« sagte er voll Haß. »Geh bloß weg! Ich kenne dich! Du bist eine tödliche Geliebte.«

Nach diesem Ausflug zu seinem Feind wurde Bäcker mutiger. Er rutschte auf seinem »Jeep«, wie er seine Schwimmweste jetzt nannte, am Strand herum, in immer größeren Kreisen, und er erreichte sogar den Fuß der Böschung und lag hier zum ersten Mal im Schatten von Bäumen. Über ihm standen drei Kokospalmen, riesengroß aus dieser Wurmperspektive, schlank und hochmütig. Ein Fächer aus Zweigen, der sich rauschend bewegte, und unter ihm das gefilterte, streifige Licht und ein bläulicher, kühlerer Fleck Erde.

Bäcker legte sich in diesen Schatten und fühlte wieder ein Stück seines Menschseins zurückkommen. So geht es jetzt weiter, dachte er, Stück um Stück baue ich mich auf. Ich erschaffe mich neu, auch wenn's die alten Steine sind. Es ist noch gar nicht so lange her, wo man aus Ruinen und Trümmern ganze Städte baute. Ich war zertrümmert wie sie, aber ich werde jetzt Stein auf Stein aufeinandersetzen, bis der Werner Bäcker wieder steht.

Hier im Schatten der stolzen Palmen nahm er auch das Taschentuch von den Augen, diesen einzigen Schutz vor dem Erblinden. Das Meer reflektierte das fast weiße Licht und schleuderte Strahlenbündel wie aus einem Brennglas gegen die Augen.

Er untersuchte die Böschung und wunderte sich. Der ganze Hügel bestand aus Korallen, deren obere Schicht zu fruchtbarem Boden verwittert war. Unter den Korallen aber – er schlug mit dem Beil einen Schlitz in den Hang – traf er auf hartes Gestein und etwas weiter auf porösen Fels, in den die Erosion eine Menge kleine Höhlen gewaschen hatte.

»Der Hang ist nicht höher als vier Meter, Vogel«, sagte Bäcker. Der Albatros stieß sich ab, flog hinauf und setzte sich oben auf den Rand der Böschung. »Siehst du, du kannst es. Machst die Flügel breit, und hinauf geht's. Wenn ich stehe und die Arme ausstrecke, habe ich über die halbe Strecke erreicht, und wenn ich die kleinen Höhlen als Stütze nehme, kann man mit Leichtigkeit hinaufklettern. Aber ich kann nicht stehen und schon gar nicht klettern, und daran scheitert alles. So ist das mit den Menschen, Vogel. Unsere herrliche Größe scheitert an den Kleinigkeiten.« Er lehnte sich an die zerklüftete Böschung und wartete, bis der Albatros vom Hang wieder herunterkam und sich vor ihn und das Meer stellte. In seinem Gefieder lag golden der Sonnenglanz.

»Warum, Vogel, bist du auf dieser einsamen Insel kein Urvogel?« sagte Bäcker weiter. »Es wäre dann deine Pflicht, mich in deine Krallen zu nehmen und den Hang hinaufzutragen. Dort oben ist Wasser, weißt du das? Kein Leben ohne Wasser. Hast du schon Blumen gesehen, die auf totem Boden blühen? Es gibt gar keine andere Wahl, mein Lieber, ich muß da hinauf!«

Auf seinem »Jeep« rutschte er die Böschung entlang, und obwohl er jetzt im Schatten der Palmen blieb, war es ein weiter Weg, er brauchte drei Tage dafür, bis er an der Biegung lag, die er schon vom Strand gesehen hatte und hinter der er die ganze Größe der Insel erst vermutete.

Er war enttäuscht, als er sein Ziel erreicht hatte. Der Hang ging in einen kahlen, dunklen, zum Meer hin mit weißem Vogelkot überzogenen Felsen über, der gezackt wie ein Drachenrücken weit in die See hineinstieß.

»Das ist die Grenze«, sagte er. »Was dahinter liegt, wird lange unbekanntes Land für mich bleiben. Aber was ich gesehen habe, genügt. Die neue Welt scheint in Ordnung zu sein.« Er ruhte sich lange aus und aß und trank mit großem Genuß. Wie für eine große Fahrt hatte er sich vorher ausgerüstet, schleppte, wie eine Schildkröte ihren Panzer, einen Plastiksack mit Keksen, zwei Fleischbüchsen, zwei Zinkflaschen mit Wasser, Hammer, Zange und Beil auf dem Rücken und kam sich reich ausgerüstet vor. Nachts drückte er sich zum Schlafen eng an die brüchige Hangwand und schlief sofort ein.

Am vierten Tag entdeckte er eine Stelle, wo das Meer einmal in seiner schrecklichen Wut einen Keil in die Böschung geschlagen hatte. Hier stieg die Insel sanfter an, wie durch einen Hohlweg konnte man ins Innere des Landes gelangen.

»Siehst du, Vogel«, sagte Bäcker, als er an dieser Stelle lag, »es ist nichts umsonst, was ein Mensch tut, auch wenn's manchmal so aussieht. Nun werden wir auch den Hang besiegen.«

Er schob sich weiter, ein kurzes Stück in den Hohlweg hinein, aber vor der Steigung, die dann begann, kapitulierte er klaglos. Er sah vor sich den Wald aus Palmen und Bambus und eine Fülle von Blüten, deren Anblick ihn vor Freude fast betäubte. Ein süßer Duft zog zu ihm herunter, er war unerklärlich schön und ekelerregend zugleich, eine Mischung, die er sich nicht erklären konnte. Ein Hauch von Verwesung schien aus allen Blumen zu strömen. Vielleicht riechen sie hier anders, die Hibiskussträucher, die Frangipani-Blüten und die betörenden Tiare-Blumen, dachte er. Das hier ist eine Insel aus der Urwelt – da haben auch die Blumen das Recht, anders zu duften.

Er blieb auf seiner Schwimmweste liegen, drehte den Kopf nach rückwärts und sah den Vogel am Beginn des Hohlweges stehen, mit gespreiztem Gefieder und aufgerissenem Schnabel.

»Hier fängt die Welt wieder an!« schrie Bäcker. »Und du hast Angst, Vogel? Komm her, Genosse! Du willst mich doch nicht an einem großen Tag allein lassen?«

Ein großartiges Gefühl durchrann ihn. Er begann, die Entdecker zu begreifen, wenn sie auf ihrem Neuland niederknieten und beteten.

Später stakte er sich wieder zurück zum Strand, machte es sich an der Böschung, im Schutz der Palmen, gemütlich, musterte seine mitgeschleppten Bestände und rechnete aus, daß Kekse, Fleisch und Wasser noch gut drei Tage reichen würden. Er aß und trank und bezog dann Posten vor dem Hohlweg.

Ich werde es wagen, dachte er. Verdammt, ich werde meine Knochen einfach zwingen. Alles habe ich bei mir: eine Zange, einen Zollstock, um das Bein als Stütze gewickelt einen Hammer und ein Beil. In der rechten Hosentasche habe ich eine Handvoll Nägel. Was ich brauche, ist nur noch die Kraft, mich aufzurichten. Dann stehe ich, verdammt, dann stehe ich aufrecht, wie es einem Menschen zukommt.

Er lag zwei Stunden auf seinem »Jeep« vor dem Hohlweg, noch voll von Freude, hoffte auf eine Süßwasserquelle dort oben im Palmenwald und dem blühenden Garten, dachte an eine Höhle in den Felsen, wo er beginnen konnte, wie ein Urmensch zu leben, als über ihm sich eine dunkle, flatternde Wolke bildete.

Sie wehte zu ihm hin, verdichtete sich zu einem schreienden, kreischenden Klumpen, senkte sich zu ihm herab und zog in niedriger Höhe über ihn hinweg. Kot bespritzte ihn wie Regen, er riß die Hände hoch, um seine Augen vor diesem ätzenden Seevogelkot zu schützen, aber diese plötzliche Bewegung machte den Schwarm noch wilder, die flatternden Leiber stürzten auf ihn herunter und hackten beim Hochziehen nach seinen Armen, seinem Gesicht, seinen Beinen.

Es sind Kampfmöwen, durchfuhr es ihn. Ich weiß nicht, ob sie so heißen, aber ich habe von ihnen gelesen. Sie sind wie die Geier, stürzen sich auf verendendes Leben, zerhacken die Wehrlosen mit ihren messerscharfen, gebogenen Schnäbeln und reißen Fetzen aus ihren Körpern.

Die schreiende Wolke über ihm wurde dichter, das Gekreische ohrenbetäubend. Hunderte aufgerissener Schnäbel, Hunderte gebogener Krallen, Hunderte starrer, mordlustiger Augen schossen auf ihn herab.

Ich bin Aas für sie, durchfuhr es ihn. Ein auf dem Boden liegendes, über den Sand kriechendes Etwas, ein zuckendes Stück Fleisch, weiter nichts. Sie spüren das, sie sehen es mit ihren starren, kalten Augen, sie kennen es nicht anders.

Er riß seine »Schiene« aus Beil und Hammer vom Bein, rutschte stöhnend an die Böschung, umklammerte die Werkzeuge, die jetzt zur Waffe wurden, und legte alle Kraft, die er noch hatte, in beide Arme. Kommt, dachte er. Kommt nur. Ich bin bereit.

Und sie kamen. Der Himmel verdunkelte sich von schlagendem Gefieder, das fürchterliche Kreischen klang wie Triumphgeheul.

Die erste Welle.

Bäcker riß die Arme hoch. Die herunterstürzenden Schnäbel hackten nach ihm. Mit Beil und Hammer hieb er gleichzeitig zu, hinein in diese flatternde Masse, immer hinein in diesen weichen, kreischenden Berg, der auf ihn herunterfiel, und er traf, er konnte gar nicht verfehlen, denn um ihn herum gab es nichts mehr als Vögel.

Ein paar der Riesenmöwen fielen in den Sand, taumelten benommen, brachen in sich zusammen und blieben liegen. Andere schwankten zum Meer, legten sich auf das Wasser, mit ausgebreiteten Flügeln, als könne jede Welle ihre Wunden heilen.

Die zweite Angriffswoge. Dichter aufgeschlossen, mutiger, eine Mauer aus Schnäbeln. Bäcker hieb um sich, ließ beide Arme kreisen, sein Beil schlug Schneisen in die Wolke, sein Hammer dröhnte gegen Köpfe und Körper. Und dabei brüllte er, seine Stimme überschlug sich, bis er glaubte, daß seine Lungen platzten. »Nicht mit mir!« schrie er. »Nein! Nein! Da, wieder eine! Und du! Und du! Ihr Mistbrut! Ha, das war dein Kopf, nicht meiner! Und noch einmal! Verfluchte Bande! Verfluchte! Verfluchte! Nur zu, nur zu! Und noch einer! Und du auch! Ich habe ein Beil! Jeder Schlag ist ein Treffer! Seht ihr nun, daß ich noch kein Aas bin?«

Seine Arme begannen zu schmerzen, Schnabelhiebe trafen ihn trotz seiner unentwegt kreisenden Hände. Blut brach aus den Wunden, die diese schreienden, schnellen, gefiederten

Mörder in seinen Kopf schlugen. Blut rann ihm über die Augen, verklebte den Blick, machte ihn fast blind. Aus seinen Mundwinkeln floß es über seine Lippen, und der süßliche Geschmack signalisierte ihm die Wahrheit: Du hast verloren! Sie zerhacken dich bei lebendigem Leib! Dein Blut macht sie wahnsinnig. Sie sind wirklich wie Haie, Haie mit Flügeln...

Er spürte seine Arme nicht mehr, und als die zweite Angriffswelle elegant abdrehte und der dritten Platz machte, der letzten, alles vernichtenden Flut, gegen die es keinen Widerstand mehr gab, merkte er, daß er gar nicht mehr um sich schlug, sondern nur dasaß, Hammer und Beil in den Händen hielt und keine Kraft mehr in ihm war, sie auch nur einen halben Meter hochzuheben. »So geht's nun zu Ende«, sagte er schwach. »Nicht das Meer, nicht die Sonne, nicht der Durst, nicht du, verfluchtes Bein, sondern Vögel! Herr im Himmel, welch ein Tod! Habe ich den verdient?«

Er ließ Hammer und Beil in den Sand fallen, schlug die Hände vor die Augen und zitterte hemmungslos vor Angst. Schweiß rann über ihn wie Regen und vermischte sich mit dem Blut, biß in den Wunden und machte diese letzten Minuten zu einer wahren Höllenqual. Der Kopf fiel ihm auf die Brust – er war der kraftloseste Mensch auf der Welt.

Kommt, dachte er, kommt doch. Macht ein schnelles Ende. Ihr seht doch, ich ergebe mich. Soll ich mich wie ein Tier auf den Rücken werfen und Arme und Beine von mir strecken? Wie ist dieses Sterben überhaupt? Lebt man, bis sie einem das Herz heraushacken, oder wird der Tod so gnädig sein und sie eine Schlagader treffen lassen? Verbluten, so heißt es, ist ein sanfter Tod. Die große Müdigkeit schleicht über einen hinweg, man entgleitet dem Leben mit einer geradezu perversen Leichtigkeit. Mein Gott, so kommt doch endlich. Wo bleibst du denn, du dritte Welle?

Das Kreischen der Kampfmöwen wurde noch schriller, gellender. Aber seltsamerweise spürte er ihre scharfen Schnäbel nicht mehr, ihre Flügel schlugen ihn nicht mehr wie mit Peitschen. Er senkte den Kopf, kroch in sich zusammen und fror vor Grauen.

Plötzlich war die kreischende tödliche Wolke weg. Das Rauschen der Flügel entfernte sich. Bäcker sah nicht, wie sich die dritte Angriffswelle wie auf ein Kommando drehte, abschwenkte und sich hoch in den heißen Himmel hob. In einem weiten Bogen zog sie davon und strich um die Felsnase herum zu einem anderen Teil der Insel. Dafür blieb ein einsames, dunkleres, kräftiges, fast trompetendes Kreischen zurück.

Dann war plötzlich Stille. Bäcker lag reglos an der Böschung und wunderte sich, daß sich die Stille mit sanften, neuen Geräuschen auffüllte.

Das Rauschen des Meeres, das Singen des Windes in den Palmen, ein paar zaghafte Vogelstimmen. Das Paradies ist wirklich so wie in den Kinderbüchern, dachte er. Es gibt ein blaues Meer, eine warme, immer strahlende Sonne, einen köstlichen Wind und pulverfeinen Sand. Er krallte die Finger neben sich in den Boden und begriff erst nach einer ganzen Weile, daß er noch lebte.

Er wagte es, die Augen aufzuschlagen, und das kostete eine große Überwindung, weil er sich noch immer nicht im klaren war, ob er noch auf der Erde war oder in einem anderen Leben, von dem so viel in den Kirchen gesprochen wurde und an das er nie geglaubt hatte. Gab es das nun wirklich, war er bereit, Abbitte zu tun und zu bereuen.

Er war auf der Erde. Vor ihm lag der Pazifik, hinter ihm war die Insel, über ihm wogten die Fächer der Palmen, der Hohlweg ins Innere des Landes war da, die Felsenbarriere, der Strand, rechts von ihm, erstaunlich weit entfernt, der orangen leuchtende Fleck der Gummiinsel. Es hatte sich nichts verändert, nur das Blut tropfte noch aus den vielen Rissen und Wunden seines Körpers.

Dann sah er den Albatros. Er stand im Schatten und rupfte seine blutbesudelten Federn. Brust und Hals des schönen weißen Gefieders waren rot und verklebt, er hatte ein Bein angezogen, stand auf dem anderen Bein gegen den Wind und blickte ab und zu zur Seite auf den elenden Menschen im Sand. Als Bäcker matt die Hand hob, nickte er und zog wieder die Federn durch seinen Schnabel, um so das Blut von ihnen abzustreifen.

»Du also warst es«, sagte Bäcker gerührt. »Du hast dich allein einem ganzen Heer entgegengeworfen. Welch ein Mut, Vogel! Wärest du jetzt ein Mensch, gäbe es ein großes Trara. Orden, vaterländische Reden, Beförderungen, Heldenlieder, Denkmäler, Ehrentafeln, Aufnahme in Schulbüchern, Alibis für Politiker, Themen für Schulaufsätze. Aber du stehst nur da, reinigst dir die Federn und hast nichts getan, als eben ein Freund zu sein. Das ist es, Vogel – man braucht einen Freund! Du hast mir das Leben gerettet – ich werde es dir nie vergessen. Nur danken kann ich es dir nicht, ich habe nichts.« Er war so gerührt über den Albatros, daß er den Arm ausstreckte, ihn mit den Fingerspitzen gerade berühren konnte und die weichen Federn streichelte.

Der Vogel ließ es geschehen und zupfte weiter an seinem Gefieder.

»Danke«, sagte Bäcker leise.

V

Um wieder zurück zur Gummiinsel und zu seinem flachen Deckenzelt zu rutschen, fühlte sich Bäcker zu elend. Er beschloß, den Rest des Tages und die Nacht hier an der Böschung neben dem Hohlweg zu bleiben, sich auszuruhen, seine Wunden mit dem gesammelten Regenwasser zu kühlen und auszuwaschen und morgen früh, gleich nach Sonnenaufgang, den Rückweg anzutreten.

Er umfaßte mit beiden Händen sein Bein, legte es unter Stöhnen und Zähneknirschen zurecht, packte es wieder in nassen Sand und lehnte sich gegen den Hang. Vom Meer her zogen dunkle Wolken, das Wasser wurde grünlich, der Wind rauschte durch die Zweige, und der Albatros ging davon, stellte sich eng an die Böschung und senkte den Kopf.

»Es gibt einen Sturm, was?« sagte Bäcker. »Und Regen, viel Regen! Ich kann's gebrauchen, Vogel. Oh, ich möchte mich jetzt vom Regen durchweichen lassen. Ich sehne mich nach Wasser. Wie das Meer sich verändert! Jetzt wird es wieder ein Ungeheuer.«

Die Wolken schoben sich zusammen, öffneten sich dann und gossen den Regen aus wie aus Eimern. Der Wind verdichtete sich zum Sturm, aus dem Sturm kreißte heulend ein Orkan, das Meer brüllte auf, und Bäcker hob die Fäuste, drohte zurück und brüllte: »Du Miststück von einem Meer! Jetzt bist du wieder so wie damals, als du mir Viktoria und die Kinder genommen hast!« Er preßte den Rücken gegen den Hang, schüttelte die geballten Fäuste, verfluchte das Donnern der Wellen, das Heulen des Sturmes und den rasenden Himmel. Alle Bilder seines eigenen Unterganges kehrten zurück und tobten in ihm mit dem Wind um die Wette. Dabei saß er im strömenden Regen und badete sich in der Kühle, ließ alles von sich abspülen und rieb seinen Körper ab.

»Jetzt erwischst du mich nicht mehr!« schrie er dem Meer entgegen, das weit über den Strand brandete, bis nahe an die einsame Gummiinsel. »Du müßtest schon den Himmel ersäufen, um mich zu kriegen!«

Es war ein Wunder, wieviel Mut und Kraft zum Leben mit diesem Regen in ihm geboren wurde, aber er merkte es nicht in seiner Wut gegen das Meer.

Er schlief erschöpft ein, lag im rauschenden Regen, und so lag er auch noch am Morgen, als die Sonne mit einer weißglänzenden Glut emporstieg und das nasse Land sich in silbrigen Dunst hüllte. Aus Tausenden von Blüten über dem Hang strömte ein süßer Duft des satten Lebens.

Bäcker blickte um sich. Ein Teil der Palmen über ihm waren zerschunden und zerrupft, durch den dichten Bambuswald hatte eine Sense des Windes einen Weg geschlagen und die langen, zierlichen Stämme über den Strand verstreut. Dicke Äste, ausgerissene Büsche, knorriges Wurzelwerk und Palmblätter, die wie riesige grüne Federn aussahen, bedeckten weithin den Sand. Nahe dem Hohlweg, der wie ein Trichter gewirkt haben mußte, stapelte sich ein Haufen langer Bambusstangen. Unten am Meer zog sich ein Streifen Treibholz entlang, an den Felsen erschlagene Schildkröten und Ballen von Blasentang. Und auch der Albatros war wieder da, sein Gefieder war vom Blut reingewaschen, es leuchtete weiß und seidig in der Sonne, er hüpfte wieder auf beiden Beinen und klapperte mit dem langen Schnabel.

Von Bäckers Körper dampfte die Feuchtigkeit, er hatte sich mit Regen vollgesogen wie ein Schwamm.

»Jetzt siehst du, Vogel, was eine Schöpfung ist«, sagte Bäkker und dehnte sich im Sitzen. Es tat gut, diesen neuen, völlig veränderten Tag zu erleben. »Es kam ein Sturm, es brüllte das Meer, der Himmel zerbarst, aber sie brachten mir Holz. Weißt du, was das für mich bedeutet? Holz! Ich brauche nicht mehr diesen verdammten Hang zu erklettern, ich kann mir jetzt Schienen machen, Stützen, Krücken, mein Bein kann ich besiegen; ich kann mir ein Dach bauen, auf schönen festen Pfosten, und mit den Blättern decke ich es ab. Ich beginne ganz von vorn. Vogel, ich habe gesiegt!« Er aß und trank von seinem Vorrat und machte sich dann an die Arbeit.

Zuerst konstruierte er eine Schiene aus Bambusrohr. Das war eine einfache Sache. Stangen fest um das Bein gewickelt, rund herum, ein Röhrenkorsett von den Knöcheln bis zu den Hüften, gebunden mit langen biegsamen Palmwedeln, deren Fasern einen guten Zug aushalten konnten. Nach dieser Arbeit hatte er Hammer und Beil frei, beugte sich vor, hieb das Beil in einen dickeren Ast vor sich und zog ihn heran. Mit beiden Händen rammte er ihn in den Sand, so tief, daß er von allein stehen blieb, umklammerte ihn dann und blickte an seinen Armen vorbei auf den Albatros. »Jetzt, Vogel, kommt der große Moment!« sagte er. »Erschrick nicht, wenn es mir gelingt. Jetzt bist du noch größer als ich, aber wenn ich stehe, bin ich ein Riese für dich. Lauf nicht weg, Vogel, bleib mein Freund, auch wenn ich aus dem Sand aufgetaucht bin.«

Er atmete tief ein, biß die Zähne zusammen und zog. Das gesunde Bein stemmte er in den Boden und zog sich langsam in die Höhe. In seinem gebrochenen Bein raste wieder der Schmerz, aber er übertönte ihn, indem er zu brüllen begann. »Ruhe!« brüllte er. »Ruhe da drinnen! Es nützt dir nichts. Ich bin stärker als du, stärker!«

Und dann stand er. Zum ersten Mal seit fünf Wochen stand er aufrecht, klammerte sich an den in den Boden gerammten Ast, nahm noch zwei dicke Bambusrohre zu Hilfe, drückte die Stirn gegen das knorrige Holz und atmete laut und pfeifend und mit weit offenem Mund.

Er war wieder ein Mensch! Er konnte sich dehnen und rekken, den Rücken durchdrücken und den Kopf frei nach allen Seiten drehen. Er konnte im Wind stehen und kam sich der Sonne so nahe vor, daß er die rechte Hand ausstreckte, den Arm hochwarf und das Gefühl hatte, in die Sonne zu greifen. »Sieg!« brüllte er dabei. »Sieg! Herrgott, sieh auf mich herab! Ich stehe! Verdammt, ich habe dich immer verleugnet – nimm zur Kenntnis, daß ich deine Anwesenheit ahne. Ich danke dir.«

Er riß das Taschentuch von seinem Kopf, knotete es an eine der Bambusstangen und schwenkte es hoch über sich wie eine Fahne. »Leben, ich grüße dich!« schrie er aus voller Brust. Tränen rannen ihm über das Gesicht, und sein dichter, verfilzter Bart sog sie auf. »Ich komme dir entgegen, Leben! Himmel, Sonne, Meer, Sand, Bäume und du, Vogel, seht mich an: Ich fange an zu gehen!«

Er klemmte den dicken Ast unter die linke Achsel, stützte sich darauf, zog das gebrochene Bein in seiner Bambusschiene etwas an und begann mit dem ersten Schritt. Erst das rechte Bein, dann links auf dem Ast ein Stück vorwärts, der Knochen, der den Kampf verloren hatte, pendelte mit; dann wieder einen Schritt vor mit rechts, links mit dem Ast weiter. Und so ging es langsam voran, ein Schritt, zwei Schritte, drei Schritte, an der Böschung entlang, durch die abgerissenen Palmblätter, über die Bambusrohre, vorbei an den zerfetzten Büschen, den Ästen, den Wurzeln, den vom Wind geköpften Blüten, vorwärts, vorwärts, Meter um Meter, und der Albatros lief nebenher, schrie gellend, schlug mit den breiten Flügeln und klagte gegen den Wind.

»Meine Welt!« schrie Bäcker und stapfte weiter. »Meine

ganze große Welt! Hier bin ich: Werner Bäcker!« Er blickte zur Seite und lachte, als er den nervösen Albatros herumlaufen sah. »Komm, Vogel, komm! Das hier wird eine herrliche Welt werden. Was weißt du, wieviel wert ein geschenktes Leben ist!«

Nach zwanzig Schritten blieb er erschöpft stehen, lehnte sich an die Böschung, stützte sich auf den Ast, legte den Kopf auf die Unterarme und schloß die Augen. Er verstand, warum Gott bei der Schöpfung am siebten Tag ausruhen mußte.

Gegen Mittag war er wieder kräftig genug, um zu seiner Gummiinsel zurückzukehren. Es war ein stolzer Augenblick, dem Meer, diesem verhaßten, mörderischen Meer aufrecht gegenüberzustehen, und Bäcker blieb hoch aufgerichtet, stumm und mit verkniffenen Augen am Ufer stehen, als wolle er nichts, als diesem Meer zu zeigen: Sieh her, hier bin ich! Unser Kampf geht in die nächste Runde.

Bis in die Nacht hinein schleppte Bäcker seine Vorräte bis dicht an die Böschung hinauf, aus der Reichweite der See hinaus. Er schwang sich auf seinem dicken Ast hinunter zum Ufer und hinauf zum Hang, holte die Werkzeugkiste, die Apotheke, die Beutel und Flaschen, den Kanister und zuletzt die Gummiinsel selbst, eine verdammt mühselige Arbeit, bei der er außer Atem kam und seine letzte Kraft für diesen Tag verbrauchte. Die Nacht verbrachte er sitzend am Hang, aber so müde er war, er konnte nicht schlafen. Ich stehe, dachte er immer wieder. Wer denkt daran, welch ein Glück es ist, aufrecht zu stehen!

Am nächsten Morgen holte er die letzten Sachen vom Strand und hatte nun alles, was er besaß, nahe unter dem Hügel und den weitausladenden Palmen. Die Sonne brannte gnadenlos, am Nachmittag regnete es eine Stunde, dann trocknete die Hitze noch einmal alles aus, bevor die Glut in herrlichen, goldgestreiften Farben im Meer versank. Es war ein jetzt immer wiederkehrender Rhythmus, und Bäcker paßte sich ihm an.

Er arbeitete nur in den Morgen- und Abendstunden und in der Nacht, wenn die Sterne und der Mond eine ständige, tiefblaue Dämmerung hervorzauberten und ihr Abglanz in der jetzt spiegelglatten See schimmerte. Er sammelte und schleppte alles heran, was jetzt herumlag: Palmblätter, Äste, Bambusrohre, Wurzeln, Dornbüsche, Zweige von Büschen, biegsam wie Weiden und bestens zum Flechten geeignet. Aus allem baute er auf vier Stützen ein Dach und davor eine grüne Wand, die seinen Lagerplatz verdeckte. Wenn er hier lag, empfand er ein Gefühl der Sicherheit. Er war, in die Landschaft hineingekrochen, irgendwie unsichtbar geworden; selbst vom Meer aus sah man nur Holz und Palmblätter. Er überzeugte sich davon, schwang sich auf seinem Ast hinunter zum Strand und freute sich über sein Werk.

»Das ist der Anfang, Vogel«, sagte er zu dem Albatros, der das Dach neugierig betrachtete und draußen in der Sonne blieb, als Bäcker fröhlich im Schatten saß. »Weißt du, ich habe gelernt, Häuser zu bauen. Das ist ein schöner Beruf. Man schafft kleine eigene Welten, und das wäre eigentlich der Sinn vom Paradies auf Erden, wenn es nicht immer wieder jemand gäbe, der das alles zerstört. Warum? Frage das nicht, Vogel; darauf weiß kein Mensch eine Antwort. Wir aber, mein Freund, machen es anders. Wir werden uns hier ein Haus für die Ewigkeit bauen. Eine begrenzte Ewigkeit, Vogel. Wenn alles gut geht, werde ich noch vierzig Jahre leben, aber in diesen vierzig Jahren wird Frieden sein. Vierzig Jahre Frieden, das ist für einen Menschen fast undenkbar!«

So gingen die Tage und Nächte dahin mit Schlafen und Arbeiten, mit Herumschleppen von Bambus und Ästen und Blättern, mit Hammerschlägen und Beilhieben und der Beobachtung des Beines. Es hing noch immer in der Hüfte wie ein Fremdkörper, und Bäcker dachte: Es wird nie zusammenwachsen.

Sorgen machten ihm seine Vorräte. Die Konserven gingen bei aller Sparsamkeit zu Ende, das gute Wasser war aufgebraucht, er lebte jetzt nur noch vom Regen, fing das Wasser in seiner Gummiinsel auf und füllte es in Flaschen und Kanister ab, bohrte in dem Hang die Höhlen breiter und schuf somit eine Art Vorratskammern, in denen er alles verstaute, was gegen die sengende Sonne zu schützen war. Später kam ihm eine gute Idee: Er rammte sechs Pfähle in den Sand – eine Arbeit, für die er zwei Tage brauchte – und spannte die Gummiinsel zwischen ihnen auf. So fing er das Regenwasser auf, schuf sich damit ein Wasserreservoir und hatte nach fünf Tagen so viel Wasser gesammelt, daß er sich den Luxus leistete, am Mittag, nach dem Essen, mit Hilfe eines durchlöcherten Plastikbeutels ein Brausebad zu nehmen. »Und das alles auf einem Bein, Vogel«, sagte er zu dem Albatros. »Man sollte es nicht für möglich halten.«

Bei einem erneuten Ausflug zu dem Hohlweg fand Bäcker einen schönen, langen, dicken Ast mit einer Gabelung. Er hieb ihn mit dem Beil auf die richtige Länge zurecht, schob ihn unter die Achsel und hatte jetzt den festen Halt, den er immer gesucht hatte. Er stapfte ein paarmal hin und her, es ging sich viel besser damit, der Körper konnte sich in der Gabel ausruhen, und das Bein blieb immer in der gleichen Entfernung vom Boden.

»Auch wenn du still bist«, sagte Bäcker, »ich weiß, du lauerst nur darauf, daß ich auftrete. Aber den Gefallen tue ich dir nicht, Bein! Du bist ein hinterhältiger Knochen, und wenn du jetzt wieder auseinanderbrichst, bin ich erledigt. Ich werde mich hüten.«

Aber nach fünf Wochen wagte er es doch ein paarmal, senkte das Bein ganz langsam auf den Sand und trat so vorsichtig auf, als hauche er auf den Sand. Der Knochen reagierte sofort. Er signalisierte seinen Unwillen, der Schmerz kletterte empor bis zur Hüfte.

»Meckere nicht!« sagte Bäcker. »Gewöhne dich daran, Knochen, mir wieder zu gehorchen. Das Fundament des Lebens ist die Ordnung. Wachse weiter zusammen!«

VI

Eines Tages stand er im Meer und fischte.

Er hatte sich aus Bambusrohr eine Angel gemacht, die Schnur aus Nylon hatte er von einer Plastikbeutelverschnürung genommen, als Köder hängte er an einen krummgebogenen Nagel ein Stück Gulasch aus der Konservendose. Aber das war ein sinnloses Warten, wie er bald einsah. Kein Fisch biß an, und er sagte sich, daß Fische wohl kein Gulasch mochten, wenn das Meer voll von frischen Nahrungsmitteln war. So holte er sich eine lange, dünne Bambusstange, schnitzte das dünne Ende zu einer nadelfeinen Spitze und zeigte dem Albatros stolz sein Werk. »Ein Speer«, sagte er. »Paß auf, was man mit ihm machen kann. Du hast es einfacher, du hast zwei Flügel und deinen Schnabel.«

Schon der erste Versuch gelang. Er stach einen Fisch aus den Wellen, trug ihn wie eine Trophäe an Land, opferte ein Streichholz, machte ein Feuer und briet den Fisch auf einem hölzernen Stecken. Es war der herrlichste Fisch seines Lebens.

Auch an diesem Tag stand er im Meer, über dem Kopf ein Handtuch, die Augen zusammengekniffen. Bis zum Gürtel ließ er das Wasser an sich heran, stemmte sich gegen die lang anrollenden Wellen, die ihn trotz ihrer Sanftheit umwerfen konnten, denn nur langsam kam seine volle Kraft zurück, und jeden Tag verbrauchte er sie wieder.

Er stand da, beobachtete das Meer und wartete auf einen großen, leichtsinnigen Fisch. Manchmal kamen sie bis ans Ufer, schwammen im seichten Wasser, und ihre schlanken Leiber glitzerten silbern. Sie, die Großen, hatten hier keine Feinde. Einen Menschen kannten sie nicht. Aber nun war ein Mensch da, und sie schienen nicht zu begreifen, daß ihr Leben sich damit verändert hatte.

Den Bambusspeer stoßbereit in der Hand, wartete Bäcker auf seinen Fisch. Er suchte das Meer ab, sah, zu weit von sich entfernt, die glänzenden Leiber hin und her schnellen und dachte: Kommt näher, meine Lieben. Das Feuer brennt schon oben neben meinem Dach. Ich habe Hunger, und es ist unbeschreiblich, wie gut euer weißes, heißes Fleisch schmeckt.

Aber da war plötzlich der Ton, der nicht in diese Welt paßte. Hoch oben in der Luft hing er, war nicht erklärbar, zerschnitt die Einsamkeit und brach in die Ordnung ein, in die sich Bäcker eingelebt hatte. Der Ton war auf einmal da, mischte sich in das Rauschen des Meeres, er war wie ein Schnurren, als kraule man eine Katze hinter den Ohren.

Bäcker hob den Kopf und lauschte.

Der Ton kam näher, schneller, als ob ein Wind anwächst, übertönte das Meer, stand massiv in der klaren Luft, und da begriff Bäcker, was es war, auch wenn er nicht verstehen konnte, wie so etwas möglich sein konnte. Er ließ den Bambusspeer fallen, drehte sich im Meer und suchte alle Richtungen des Himmels ab.

Da war es, ein Fleck im strahlenden Blau, von Sonnenglanz getroffen und plötzlich aufblitzend, ein träge unter dem Endlosen dahinziehender Punkt. Und dieser Punkt kam näher, wuchs und nahm Formen an: ein Rumpf, zwei Flügel, breite Schwimmer, eine gläserne Kanzel, und das Brummen füllte jetzt alles aus und nahm Besitz von Insel und Meer.

»Halt!« brüllte Bäcker und warf beide Arme empor. »Halt! Nicht so schnell! Hierher! Hierher! Halt!« Er faltete die Hände, hob sie hoch empor und stützte sich verzweifelt auf seine Gabelkrücke. »Mein Gott, laß ihn auf mich zukommen! Auf mich zukommen! Mein Gott, hilf mir! Ein Flugzeug! Es ist nicht zu fassen! Hier ein Flugzeug! Halt! Halt!«

Er humpelte aus dem Meer, so schnell er es mit seiner Krücke konnte. An Land schwang er sich über den Strand, winkte mit dem rechten Arm und brüllte sinnlose Worte in den Himmel. Das Flugzeug zog an ihm vorbei. Er sah, daß die Schwimmer gelb lackiert waren, daß auf den Tragflächen die französische Kokarde leuchtete, daß die gläserne Kabine vier Fenster hatte – greifbar nahe flog die Freiheit an ihm entlang und sah ihn nicht.

»Halt!« schrie er wieder. Er winkte mit der Krücke, balancierte auf einem Bein, fiel dann wieder auf die Krückengabel, als ihn das Gleichgewicht verließ, und das Flugzeug donnerte über ihn hinweg, und er brüllte, streckte die rechte Hand und bettelte in den Himmel hinauf um einen Blick herunter auf die Erde. »Halt doch!« schrie er immer wieder. »Halt! Laß mich an meine Signalpistole kommen! Hilfe! Hilfe!«

Die Pistole lag in einem Plastikbeutel in einer der schützenden Höhlen der Böschung. Er hatte sie nicht ausgepackt, weil es sinnlos war. Warum sollte er hier Signale verschießen? Nun, da er sie brauchte, als es um die wertvollsten Minuten seines Lebens ging, wo die Freiheit mit glitzernder Glaskanzel und breiten gelben Schwimmern über ihn hinwegflog, war die Pistole so weit entfernt wie die Sonne.

»Halt!« brüllte er noch einmal. Er konnte es nicht begreifen, daß man auf einem einsamen gelben Strand nicht einen winkenden, verzweifelten Menschen erkennen konnte. Es kann doch kein Blinder im Cockpit sitzen, dachte er. Oder blickte er nur hinauf in den Himmel, und ist dieses Fleckchen Erde hier so elend, daß es Verschwendung wäre, auf es herunterzublicken? Aber hier lebt ein Mensch, du Mensch da oben! Hier ist einer, der sich die Lunge rausschreit, ein lahmer, armseliger Kerl mit einem verfluchten Bein!

Er blieb stehen; die Strecke bis zur Böschung war jetzt ein Weg ins Grenzenlose. »Seht mich doch!« schrie er in den Himmel. »Seht mich doch! Nur einen Blick lang – das genügt doch! Gott im Himmel, nur einen Blick sollen sie herunterwerfen! Stoß sie an, Gott, die da oben, schick einen Windstoß, laß sie nicht vorbeifliegen.«

Er hakte sich durch den Sand, den Strand hinauf zur Böschung. Vielleicht drehen sie bei, dachte er mit einem verzweifelten Glauben. Sie ziehen eine Schleife und kommen zurück. Im letzten Augenblick haben sie mich gesehen, aber ein Flugzeug kann ja nicht bremsen und stehen bleiben wie ein Auto. Bestimmt kommen sie wieder, sie fliegen schon langsamer, sie drehen zurück aufs Meer...

Er erreichte die aufgespannte Gummiinsel, diesen orangen leuchtenden Fleck, den man überall sehen sollte, die Signalfarbe, den Schrei nach Überleben. Er stolperte auf seiner Krücke zum Hang, schnellte sich auf dem gesunden Bein vorwärts und schleppte das gebrochene nach; der strömende Schweiß biß in die Augen, sein Bein begann zu zittern und schien von innen aufzuweichen, die Armmuskeln erschlafften, und er hatte das Bedürfnis, einfach umzufallen, alle Viere von sich zu strecken und dann zu krepieren. Und über ihm zog der schimmernde Punkt, Flügel mit der französischen Kokarde, Glaskanzel und gelbe Schwimmer, am wolkenlosen blauen Himmel dahin, und er wußte, die Menschen da oben hinter den Fenstern hätten seine roten Raketen gesehen, jetzt, genau jetzt, da die Insel unter ihnen lag, diese verdammte Insel, die für alle unbewohnt war.

»Nicht so schnell«, keuchte Bäcker. »Gott, schick ihnen einen Gegenwind! Nicht so schnell.« Er konnte nicht weiter, er stand neben der Gummiinsel, vier Meter von der Höhle mit dem Plastiksack und der Signalpistole entfernt, der Strand drehte sich vor seinen Augen, die Sandkörner glitzerten in allen Farben, die Welt verwandelte sich in bunte, zerfließende Formen. »Fliegt doch langsamer«, stammelte er. »Langsamer... Nur noch ein paar Meter, nur noch ein paar Atemzüge. Hilfe! Hilfe!«

Die letzten Schritte legte er ohne seinen Willen zurück. Er wachte aus der zerfließenden Welt erst auf, als er vor der Höhle kniete und mit zitternden Fingern die Pistole aus dem Plastikbeutel riß. Er steckte eine rote Raketenhülse auf den Lauf, streckte den Arm hoch empor und starrte in den Himmel. »Hierher!« brüllte er.

Der Himmel war leer, der brummende Punkt verschwunden. Zwar lag noch der Widerhall der Motoren in der Luft, aber es war ein elender Nachklang, ein Abschiedsgruß, ein Hohngelächter, das schwächer und schwächer wurde.

Bäcker heulte wie ein hungernder Wolf. Er schoß, die rote Rakete zischte in den Himmel, beschrieb eine leuchtende Parabel, weithin sichtbar, und stürzte dann ins Meer. Es war ein vergeudeter Schuß. Wer blickt in einem Flugzeug nach rückwärts?

»Ich schieße dich herunter, Sonne!« schrie Bäcker. Seine

Verzweiflung war so groß, daß er mit den Fäusten in den Sand schlug, ihn mit beiden Händen hochschleuderte und sich mit dem goldenen Staub bewarf. »Oder soll ich mich erschießen? Soll ich jetzt aufgeben? Willst du das? Warum hast du das zugelassen, Gott? Warum?«

Er zuckte vor Verzweiflung, preßte die Hände gegen die Ohren, um dieses verfluchte, ganz ferne Brummen der Motoren nicht mehr zu hören, riß dann eine Decke über seinen Kopf und vergrub sich völlig vor allen Tönen.

Aber von diesem Tag an trug er die Signalpistole geladen im Gürtel. Er wartete auf ein zweites Wunder.

Es dauerte drei Tage, bis er den Schock überwunden hatte. Drei Tage, in denen er herumlag, kaum aß, sich bei dem abendlichen Regen aus dem Blätterdach ins Freie rollte und sich in die rauschenden Wassermassen legte, und die ganzen hellen, heißen Tage über betrachtete er von seinem Deckenlager aus den Strand, das Meer, den Himmel, die Korallenbänke und den großen Vogel, der unruhig vor ihm hin und her lief. »Geh weg«, sagte er zu ihm. »Auch mit dir spreche ich nicht mehr. Ihr habt mich alle verraten. Vielleicht werde ich wahnsinnig. Dann reiß aus, Vogel, du hast noch keinen wahnsinnigen Menschen gesehen.«

Aber am Morgen des vierten Tages war alles vorüber. Er hatte tief und gut geschlafen, und als er sich an seiner Krücke hochzog, sagte er zu dem schon wartenden Vogel: »Nimm's nicht tragisch, Albatros. Menschen sind launische Biester. Die Krise ist vorbei. Ich mache weiter. Gehen wir zum Meer und waschen wir uns!«

Er schwang sich hinunter zum Strand, stakte bis zu den Hüften in die See, schöpfte mit einer leeren Konservenbüchse Wasser und schüttete es sich über den Kopf. Es war herrlich, sich zu waschen. Nachher würde er sich noch einmal unter das gesammelte Regenwasser stellen und sich das Salz von der Haut spülen. Was machen wir nachher? dachte er und rieb sein Gesicht. Bauen wir das Dach weiter aus und ziehen Wände herum, bis es eine richtige Hütte ist, oder soll man mit den Möbeln beginnen? Ein Tisch, ein Hocker, ein Bettgestell, oder zwei, drei Hocker, wenn man Besuch bekommt.

Er lachte über diesen Gedanken und drehte sich zurück zum Land. Das Bein, frei im Wasser hängend, schmerzte jetzt nicht mehr; das Meer trug es, das verdammte Meer, das es zerschmettert hatte.

Bäcker stützte sich auf seine Krücke und strich mit der rechten Hand das Wasser von seinem Gesicht und aus seinem verwilderten Bart. Bald muß ich ihn schneiden, dachte er. Das wird ein Problem werden. Eine Schere habe ich nicht, gerade sie fehlt in dem Sanitätskasten, irgend jemand muß sie einmal herausgenommen haben und hat sie nicht wieder hineingelegt. Vielleicht war's sogar Viktoria...

Viktoria. Er starrte auf die Insel. Sie lag vor ihm im Sonnenglast, goldgelb und grün betupft, wie gerade erschaffen, und um sie herum Himmel und Meer, wie Eltern, die wohlgefällig ihr Kind betrachten.

Meine Insel, dachte Bäcker. Du gehörst mir. Mir allein. Du bist mein Land. Ich werde auf dir bleiben und eines Tages vertrocknen. Dich habe ich eingetauscht gegen Viktoria und die Kinder. Das ist ein Grund, dich zu hassen und zu lieben.

»Du hast noch keinen Namen, Insel«, sagte Bäcker laut. »Aber wir werden nun zusammenbleiben müssen, und deshalb sollst du einen Namen haben. Ich muß wissen, wie ich dich anreden muß, denn es flucht sich leichter, wenn man jemand beim Namen nennen kann.«

Er schöpfte mit der Konservendose Wasser aus einer flach

anrollenden Woge, schwang sich durch die See zurück ans Ufer und blieb im Sand stehen, den rechten Fuß noch umspült, noch im Meer stehend, eine Handbreit vom Trockenen entfernt.

Langsam ließ er das Wasser des Meeres aus der Konservenbüchse auf den Strand laufen, und es war ihm in diesem Augenblick sehr feierlich zumute. Die Erinnerung an Viktoria und die Kinder zerwühlte sein Herz, und seine Augen brannten, und es war nicht nur das Salzwasser und die weißliche Sonne. »Ich taufe dich, Insel«, sagte er, »und ich taufe dich auf den Namen, der mir am teuersten ist auf der ganzen Welt: Du sollst Viktoria-Eiland heißen!« Er schüttete die Konservenbüchse ganz aus und warf sie dann ins Meer. »Und das ist für dich!« schrie er. »Wir werden ewig Feinde bleiben!«

An diesem Abend fing er seinen bisher größten Fisch, ein silbern schillerndes Exemplar von fast einem Meter Länge. Als er ihn mit seinem langen, spitzen Bambusspeer aus dem Meer stach und Mühe hatte, den schweren, zappelnden Fisch an Land zu bringen, kam es ihm vor, als habe er zum ersten Mal gemordet. Er wartete darauf, daß der Fisch schrie, aber er starb stumm, und das war gut so. Bäcker hätte sein Schreien nicht ertragen. Mit größter Überwindung schlitzte er den Fisch mit dem Beil auf und warf die Eingeweide zurück ins Meer.

»Ich töte, Vogel«, sagte er zu dem Albatros, der ihm mit klugen Augen zusah und mit den Flügeln schlug, als Bäcker den Fisch aufschnitt. »Ich töte, um zu leben. Siehst du, es fängt schon wieder an. Das Leben normalisiert sich. Man bringt den Schwächeren um, um nicht selbst umgebracht zu werden. Irgend etwas hat Gott bei der Schöpfung falsch gemacht.«

Er briet den Fisch und war zufrieden.

Wenn er alles zusammenzählte, fehlte ihm nichts, um eine Zivilisation zu beginnen: ein Dach, ein Stapel Holz, ein Feuerzeug, zwei Päckchen Streichhölzer, ein Hammer, ein Paket Nägel, ein Schraubenzieher, ein paar Werkzeuge, eine Menge Plastikbeutel, ein Beil und zwei Hände. Das war schon verdammt viel. Feuer, Wasser und ein Gehirn – damit begann der Mensch.

Und mit noch etwas... Werner Bäcker holte es am nächsten Tag nach.

Er fertigte seine erste richtige Waffe an: Bogen und Pfeile aus Bambus.

Der Fortschritt war auch auf Viktoria-Eiland nicht mehr aufzuhalten.

VII

Nach zwölf Wochen trat Werner Bäcker zum ersten Mal mit seinem gebrochenen Bein auf.

Es war ein wichtiges Datum, auf das er sich gewissenhaft vorbereitet hatte. Von dem Tag an, da ihn das Meer hier an Land gespien hatte, führte er einen genauen Kalender. Der Tag des Schiffsuntergangs stand fest. Wie lange er ohnmächtig auf der Insel gelegen hatte oder wie lange er in der Rettungsinsel auf See getrieben war, wußte er nicht, aber er gab sich zwei Tage Vergessen – das erschien ihm reichlich – und rechnete von da an.

»Zwei Tage weniger in einem neuen Leben«, sagte er zu dem Albatros, »vielleicht auch drei – was macht das aus? Wieviel Tage lebt ein Mensch in seinem Leben sinnlos, und er zählt sie alle mit. Vergessen wir also zwei, drei Tage. Wir holen sie auf durch intensiveres Leben.«

Aus einem gespaltenen Baumstück, das er mit seinem Beil so glatt hieb, wie es möglich war, machte er einen Dauerkalender, ein ganz primitives Tagezählen, und malte für jeden begonnenen Tag mit dem Bleistift einen Strich. Danach war jetzt Ende Juli, nach der Zeitrechnung von Viktoria-Eiland. Wenn sechs Tage abgestrichen waren, zog er einen Strich quer über die Tage, das hieß Sonntag, der siebte Tag, Ende einer Woche.

»Die Einsamkeit habe ich mir schrecklicher vorgestellt«, sagte er, als die zwölf Wochen auf dem Brett voll waren. »Wo man auch ist, die Zeit hat ihr Wesen verloren, sie rast überall. Das ist beruhigend. Man rennt in das Alter hinein und vergißt darüber die Trostlosigkeit.«

Für diesen wichtigen Tag hatte er sich den frühen Morgen ausgesucht. Er hatte sich an der Gummiinsel mit dem weichen Regenwasser gewaschen, hatte auf dem Deckel der Arzneikiste zwei Vogeleier gebraten und kalten, am Vorabend gebakkenen Fisch gegessen. Die Sonne schwamm noch dicht über dem Meer, der Albatros war eben von den Brutplätzen auf dem Felsen herübergekommen, die Kühle der Nacht war noch nicht aufgesogen, vom Hang duftete der Atem der herrlichen Blumenfelder, die Bäcker zwar sehen, aber noch nicht erreichen konnte.

»Fangen wir an, du verdammter Knochen!« sagte Bäcker. »Glaub nicht, daß ich Angst habe! O nein!« Er sagte es sehr laut, weil es gelogen war, denn er hatte Angst, einfache, tierische Angst, daß sein Bein sofort wieder brach, wenn er ihm gleich die Last des Körpers zumutete.

Er wickelte die Bambusstützen, dieses Korsett aus starren Bambusrohren, von seinem Bein, hielt sich an einem Pfosten des Daches fest und sog die Luft laut durch die Nase ein.

»Ich weiß nicht, wie du da drinnen aussiehst, Knochen«,

sagte er, »aber ich weiß, was du gleich für eine Aufgabe hast. Das allein ist wichtig. Du hast zwölf Wochen Zeit gehabt, es dir zu überlegen, jetzt mußt du die Wahrheit sagen. Paß auf, Knochen, gleich stützt sich wieder ein Mensch auf dich.«

Er schob die Gabel der Krücke unter seine linke Achsel, stemmte sie in den Boden, setzte den linken Fuß in den Sand und verlagerte vorsichtig sein Gewicht auf das gebrochene Bein.

»Lauf nicht weg, Vogel, wenn gleich jemand schreit«, sagte er zu dem Albatros, der einen Meter vor ihm stand und leise gurrte. »Bleib hier. Ich brauche jemanden, den ich umarmen kann, wenn ich zehn Schritte gegangen bin, oder der neben mir steht, wenn ich besiegt werde.« Er sah an sich herunter. Das Bein, zum ersten Mal seit Wochen entblößt, war bleich, schmal, dürr, häßlich durch den Muskelschwund, armselig. »Bist du bereit, Knochen?«

Er belastete das Bein, hieb die Zähne aufeinander, wartete auf den stechenden Schmerz, der bis unter die Hirnschale zucken mußte. Die Zehen krümmten sich und krallten sich in den Sand – aber nichts geschah, nur ein Zittern durchflog ihn von den Augen bis zu den Fußsohlen und das erstaunliche Gefühl, links wie auf einer dünnen Säule aus Gummi zu stehen.

Natürlich, dachte er. Zwölf Wochen nur ein Anhängsel am Körper, da verkümmern die Muskeln, da ist kein Saft mehr im Fleisch. Er bewegte die Zehen stärker als vorher, freute sich, daß die Sehnen gehorchten, daß er sich wie ein Vogel in den Sand krallen konnte, atmete noch einmal tief auf und machte dann den ersten Schritt.

Die Knie gaben nach, er fing sich mit der Krücke auf, warf sich auf die Gabel, wartete auf ein Knirschen im Bein, auf den alles vernichtenden Schmerz, aber er stand, seine linke Fußsohle drückte sich deutlich in den Sand, sein Körper ruhte auf beiden Beinen.

Nach einer Stunde humpelte er, unterstützt von einem Stock aus Bambusrohr, vor dem Dach und der Böschung herum. Er ging hinunter zum Meer und brüllte: »Ich gehe! Ich gehe!« Er ging hinüber zum Hohlweg und schrie ins Innere der Insel hinein: »Ich gehe! Ich gehe!« Er stellte sich vor den Albatros hin, warf den Bambusstock weg und lief vier, fünf Schritte völlig frei und breitete dabei die Arme aus. »Ich gehe, Vogel, ich gehe! Ich habe den Knochen besiegt!«

Er trank eine ganze Flasche voll Wasser, aß kalten Fisch, sammelte neue Kraft und humpelte dann wieder los, die Böschung entlang, immer nahe genug, um sich an ihr abzustützen oder anzulehnen.

Und das Bein gehorchte.

Am nächsten Tag begann er, seinen großen Plan zu verwirklichen: Er baute eine Hütte. Er nahm endgültig Besitz von Viktoria-Eiland.

Alles, was an Holz, Palmblättern, Wurzelwerk und Bambusrohr herumlag, schleppte er zur Böschung. Mit dem Beil hieb er in der Nähe der Felsen schlanke rötliche Korallensäulen aus den Riffen, wenn die Ebbe die bizarren Korallenbänke freigab.

»Vogel, das wird mein schönster Bau!« sagte er. »In Auckland habe ich Fabriken gebaut, Hochhäuser, Kirchen, Wohnsiedlungen, Schulen. McKindley wird sie jetzt nach meinen Plänen weiterbauen, und vielleicht wird man einen dieser Klötze nach meinem Namen nennen, nach dem im Pazifik verschollenen Werner Bäcker. Welche Ehre! Soll ich stolz darauf sein? Nein, Vogel, hierauf bin ich stolz, auf diese Hütte; sie ist mein schönstes Werk!«

Nach einer Woche war die Hütte fertig. Aus einem Raum bestand sie, zwölf Quadratmeter groß, groß genug für einen Mann, der darin nur schlafen und sich erinnern wollte. In der dem Meer zugewandten Seite hatte er in der Bambuswand ein Fenster ausgespart, durch das er den Strand beobachten konnte und jeden Morgen nach dem Aufstehen und jeden Abend vor dem Niederlegen das Meer beschimpfte. Den Boden legte er dicht mit Palmblättern aus, in vier Schichten, und es wurde ein weicher grüner Teppich.

Als die Hütte fertig war, ruhte er zwei Tage aus, stach wieder einen großen silbernen Fisch, der gebraten ein paar Tage reichte, und begann dann, die Inneneinrichtung anzufertigen.

Auch hier nahm er vor allem Bambusrohr und biegsame Zweige der Büsche, die über die Böschung hingen. Er hackte die einzelnen Bambusstangen auf die richtige Länge, band sie mit Bastfasern zusammen oder verband sie mit dem Zweiggeflecht. So zimmerte er Tisch und Hocker und eine Kiste, in die er alles legte, was immer zur Hand sein mußte: Werkzeuge, Verbandskasten, die Signalpistole, einen Kanister mit Wasser, eine Seekarte – so sinnlos sie jetzt auch war –, den Sextanten und den hölzernen Kalender.

Für die Liege verwendete er besonders dünne Bambusstäbe, die biegsam waren und nachgaben, wenn man sich darauf legte. Er spannte sie eng zusammen, breitete die Decken darüber, und als er sich zum ersten Mal auf das Bett legte, federte es ganz wundervoll. Es war ein Genuß, darauf zu liegen und dem harten Boden entronnen zu sein.

»Der Luxus fängt schon wieder an, Vogel«, sagte Bäcker am nächsten Morgen. »Ich habe geschlafen wie auf Daunenkissen. Ein Mensch, das mußt du dir merken, ist nie zufrieden. Er verbessert immer alles – nur nicht sich selbst.«

Am schwierigsten war die Herstellung der Tischplatte. Sie

sollte glatt sein, denn er hatte vor, darauf zu schreiben. Er besaß in seiner Notausrüstung drei Schulhefte, und wenn man sie eng beschrieb, konnte man allerhand erzählen, was vielleicht einmal die Nachwelt interessieren würde. Außerdem verblödete man nicht. Wer schreibt, beschäftigt seinen Geist.

Bäcker widmete der Tischplatte fast eine ganze Woche. Mit dem Beil bearbeitete er die angeschwemmten, dickeren Hölzer so lange, bis sie brettdünn waren. Er schnitzte in die Kanten mit dem Schraubenzieher Nut und Feder hinein, fügte die Bretter zu einer Platte zusammen, opferte ein paar Nägel, die er zu Bügeln bog und einschlug, und umhumpelte dann stolz den Tisch, ein wahres Prunkstück seiner Hütte.

»Komm herein, Vogel«, sagte er erschöpft und hielt die geflochtene Tür auf. Er hatte nun zwei Wochen lang vom Sonnenaufgang bis zur Dämmerung gearbeitet, er hatte gestanden und war herumgelaufen, und sein Bein war still geblieben. Noch immer ging er mit einem Stock, verlegte das Gewicht seines Körpers mehr auf das rechte Bein und hielt das gebrochene beim Stehen immer etwas hochgezogen, in den Knien leicht angewinkelt. Er traute seinem Knochen nicht.

Der Vogel blieb draußen. Wenn Bäcker arbeitete, hockte er an der Böschung, zupfte an seinen Federn, flog ab und zu übers Meer, stieß ins Wasser hinunter, holte sich kleine Fische aus den Wellen und kam satt und zufrieden zurück.

»Du hast es gut«, sagte Bäcker. »Aber warte, ich werde mich anpassen. Wenn mein Haus fertig ist, sehe ich mir meine neue Welt an.«

An diesem Abend, als er den Tisch aufgestellt hatte, begann er mit der ersten Seite seines Berichtes. Er schrieb in das Schulheft: »Heute ist nach dem Kalender von Viktoria-Eiland der 9. August 1965. Ich habe ein Haus, einen Tisch, einen Stuhl und ein Bett. Ich bin wieder ein Mensch.«

Zwei Tage später nahm er seinen Bambusspeer und ging hinunter ans Meer. Die Ebbe war gelaufen, im gewellten Sandboden waren Krebse und Muscheln zurückgeblieben, man brauchte sie nur aufzusammeln und ins kochende Wasser zu werfen, um zu leben wie im Hilton. Manchmal waren es Dutzende von Krebsen, ab und zu auch eine Schildkröte; es war, als wolle das Meer sich bei Bäcker entschuldigen für alles, was es ihm angetan hatte.

Jedesmal aber, gerade bei Ebbe, konnte Bäcker die besten Fische stechen. Er wußte nicht, warum; wenn sie bei laufender Flut herangekommen wären, würde er das als logisch betrachtet haben, aber wenn das Meer zurückweicht und die Fische drängen zum Land, dann ist das verwunderlich.

An diesem Tag zog er seine Schuhe aus, klemmte den Bambusspeer unter den Arm und watete ins Meer. Er suchte nach Fischen, die man fast mit der Hand greifen konnte; es waren oft Schwärme, silbernen Wolken unter Wasser gleich.

Aber heute war das Meer leer. Erstaunt blickte er sich um, suchte die schnellen, eleganten, schuppigen Leiber und watete weiter in die See, so tief, daß ihn die flachen Wellen bis über den Gürtel trafen.

Und da sah er ihn. Zwei Meter von ihm entfernt schwamm ein großer, grauschimmernder Fisch mit einem breiten Maul und kleinen, böse glitzernden Augen. Nur ein kleiner Teil von ihm ragte aus dem Wasser, eine dreieckige Rückenflosse.

Bäcker blieb stehen und schob den Bambusspeer in beide Fäuste. Er begann zu zittern und betrachtete den Fisch mit fürchterlichem Haß. Der Albatros schwamm hinter ihm, das Gefieder aufgebläht, den Kopf mit dem scharfen Hakenschnabel zum Angriff vorgestreckt.

»Das ist er, Vogel!« sagte Bäcker heiser vor Haß. »Das ist der Mörder, der Vicky umgebracht hat und Holger und Peter und Marion. Den Orkan hätten sie vielleicht überlebt, sie hatten gute Schwimmwesten an, sie trieben auf dem Meer, sie konnten nicht ertrinken, es war ganz unmöglich. Aber dann kam er, schoß aus der Tiefe herauf, trotz Sturm, trotz Wellen so hoch wie ein Haus, und fraß sie stückweise auf. Sie hingen in ihren Schwimmwesten hilflos vor seinem Maul, wie zur Fütterung hingeworfen, und sie haben geschrien, Vicky, Holger, Peter und Marion. Ich habe es gehört, sie haben fürchterlich geschrien, und je mehr sie schrien, um so blutgieriger wurde er. Und jetzt ist er wieder da, der Mörder! Siehst du ihn, Vogel? Er ist krank, sonst wäre er nicht im seichten Wasser, er wird sicherlich sterben – aber ich gönne ihm keinen ruhigen Tod! Er soll zahlen mit allen Schmerzen dieser Welt für Vicky und meine Kinder.«

Er watete ein paar Schritte weiter ins Wasser, den Speer vor sich gesenkt, und der Hai sah ihn an, schlug mit der Ruderflosse, kreiste in der See und kam langsam zurück und auf ihn zu.

»Greif an!« stammelte Bäcker. Er war bleich vor Wut, und jedes Wort brannte ihm im Hals. »Greif an, du Mörder! Du oder ich – es gibt nichts anderes mehr zwischen uns. Komm her, ich habe keine Angst vor dir!«

Der Hai blieb fast auf der Stelle stehen, betrachtete den Menschen mit kalten, schrecklichen Augen und öffnete wie gähnend sein Maul. Die Zahnreihen, spitz wie Stacheln und dreieckig wie die Rückenflosse, bleckten dem selbstmörderischen Feind entgegen.

»Komm doch«, sagte Bäcker und watete noch zwei Schritte dem Hai entgegen. »Komm endlich, du verfluchtes Aas! Wenn du nicht angreifst, tu' ich es.« Er zielte auf das klaffende Maul, bog sich zurück, umklammerte mit beiden Händen den Bambusspeer und stieß zu. Sein ganzes Körpergewicht legte er hinein, und es war ihm gleichgültig, ob er sich nach diesem Stoß wieder auffangen konnte.

Er traf den Hai in die Nase, spürte, wie der Speer in den Körper drang, sah die Wunde aufreißen, das Wasser färbte sich rot, und der Fisch schien aus den Wellen zu schnellen, als wolle er sich breitseitig auf den Menschen stürzen, warf sich in der Luft noch herum, löste sich von der Speerspitze, klatschte ins Meer zurück, warf sich erneut herum und schoß auf den Feind zu. Wie ein Torpedo griff er an, die Rückenflosse durchschnitt das Meer wie ein Messer.

»So ist es gut!« schrie Bäcker. »Renn in deinen Tod, du Vieh!« Er stemmte sich gegen den Speer, hielt ihn so, daß der Hai in seiner blinden Wut genau auf die Spitze losschoß. »Ha!« brüllte Bäcker. »Ich stehe! Ich stehe!« Der Anprall war fürchterlich, der Speer bohrte sich in das Fischfleisch, Bäcker roch das Blut, und er meinte sogar, den Hai zu riechen, faulig, nach Aas, nach Verwesung. Er stemmte sich gegen den Druck des großen Fisches. Wenn er jetzt umfiel, war es das Ende, aber er stand, zog den Speer aus dem Fischleib, stieß wieder zu, immer wieder und schrie bei jedem Stoß: »Ich bring' dich um, du Satan! Das ist für Vicky und das für die Kinder und das für mein vernichtetes Leben und das –« Seine Stimme zerbrach, er sah den Hai noch einmal kommen, senkte noch einmal den Speer und ließ ihn hineinrennen. Das Meer wurde zu einem kochenden Kessel voll Blut.

»Hab' ich dich endlich?« keuchte Bäcker. Er konnte den Fisch nicht mehr sehen. Der Druck hatte nachgelassen, also war er wieder weg. Mit dem Speer stach er blindwütend um sich, suchte in dem aufgewühlten Wasser nach dem zerstochenen Leib, aber der Hai war nicht mehr da.

Bäcker stieß den Speer in den Meeresboden und hielt sich an ihm fest. Er schwankte, die Erschöpfung leerte ihn aus.

Aber er gab nicht auf, er suchte weiter die Meeresfläche ab und holte tief Atem, um zu brüllen. »Flüchte nicht, du Mörder!« brüllte er. »Vicky und die Kinder konnten auch nicht flüchten! Wo bist du, du verdammtes Aas?«

Er wartete, watete dann müde an Land und fiel in die Knie. Plötzlich weinte er, umfaßte die blutige Spitze des Speeres und zerrieb das Blut des Hais zwischen seinen Händen. »Du Feigling«, stammelte er. »Du erbärmlicher Feigling. Frauen und Kinder kannst du zerreißen, aber vor einem Mann bist du feige. Doch ich habe dich getroffen, du blutest, du wirst nicht weiterleben. Stirb, stirb!«

Am nächsten Tag lag der Hai am Strand, in der Nähe der Klippen. Noch im Tode sah er fürchterlich aus.

Bäcker ließ ihn liegen, den Raubmöwen zum Fraß. Er brachte es nicht über sich, diesen Mörder zur eigenen Nahrung zu zerteilen und zu braten. Er spuckte den Kadaver an, trat nach ihm. Aber als er wegging zu seiner Hütte, war der Stolz des Siegers nicht in ihm. Dazu war sein Haß zu groß.

An einem Sonntag – nach dem Kalender von Viktoria-Eiland mußte es ein Sonntag sein – hängte Bäcker sich seinen Bogen über die Schulter, band den Pfeilköcher um und nahm den Bambusspeer in die Hand. Dann winkte er dem Albatros zu, der vom Fischfang zurückgekommen war, gegen den Wind stand und seine Federn trocknete.

»Es ist soweit«, sagte er. »Erobern wir die neue Welt! So ist das nun, mein Bester – kaum kann man laufen, wird einem der Platz, auf dem man hockt, zu klein. Man könnte hier bleiben, natürlich, alles zum Leben ist da: der Strand, die Bucht, der Hang, das Meer, die Bäume, die Hütte, mehr als genug! Wenn man sich hinlegen will und verrecken, spielt die Platzfrage gar keine Rolle mehr – aber ein Mensch muß erobern! Immerzu.

Du, Vogel, hast dein Nest, deine See, dein Stückchen Sand, du bist zufrieden. Aber der Mensch ist nie zufrieden. Er ist Gottes mißlungenstes Geschöpf!« Er winkte, und der Albatros kam auf ihn zu. »Gehen wir.«

Er humpelte die Böschung entlang und in den Hohlweg hinein, überwand mit Schweißausbrüchen und großer Angst, sein Knochen könne das übelnehmen, die leichte Steigung und stand dann zum ersten Mal oben auf dem Hang. Die drei Palmen, denen vor Wochen noch seine ganze Sehnsucht galt, rauschten mit ihren breiten Fächern im Wind. Er ging zu ihnen, umfaßte mit beiden Händen einen der Stämme und war glücklich, die Handflächen an der Rinde reiben zu können. Ich bin gesund, dachte er, ich bin wirklich gesund. Und wenn ich im Inneren der Insel Wasser finde, will ich hier leben und dankbar sein für jede Stunde.

Die Sonne brannte aus einem wolkenlosen Himmel, der Passatwind ging ihm ins Blut und erfüllte ihn mit Sehnsucht nach etwas Unbekanntem, Unerklärbarem. Wie ein König durch einen Park stieg er zwischen den Palmen, Büschen und Farnen weiter den Hügel hinauf, stützte sich auf seinen Speer und fühlte sich so stark wie nie. Von der Kuppe des Hügels übersah er die ganze Insel. Sie war nicht groß, fast rund, am Rand durch sanfte Buchten ausgefranst, bis auf die Sandstrände dicht bewachsen und glich einer Riesenschildkröte, auf deren bemoostem Panzer er jetzt stand. Nur der dunkle Felsen, der links von ihm ins Meer schnitt, störte die Harmonie. Er war wie ein stählerner Griff, eine Zange, die dieses Paradies im Meer festhielt. Jenseits der Klippen war eine andere, halbkreisförmige Bucht mit rötlichem Korallensand und Erdnestern ihm unbekannter Vogelarten.

»Da hinunter, Vogel«, sagte Bäcker. »Wohnst du dort? Du hast mich besucht – machen wir bei dir einen Gegenbesuch!«

Auf dem Weg zur Bucht, der sanft den Hang hinabführte, durchbrach er Mangrovengebüsch, entdeckte Yam- und Tarowurzeln und erinnerte sich daran, daß man sie essen konnte und daß sie von gutem Geschmack waren. Er kam an Flächen von Tiare- und Frangipani-Blumen vorbei und atmete ihren starken, aufreizenden Geruch und die verschwenderische Süße des Hibiskus ein.

»Aber kein Wasser!« sagte er zu dem Albatros. »Siehst du Wasser, Vogel? Eine Quelle? Einen Bach? Nichts! Vielleicht irgendwo dort hinten auf der anderen Seite? Wir werden sehen. Zuerst in diese Bucht und zu den Felsen. Ein böser Felsen. Er ist wie ein Messer, das man in die Insel gestoßen hat.«

Das Wasser floß träge heran und spülte müde über den rötlichen Korallensand. Scharen von Vögeln bedeckten den Strand, und sie flogen nicht auf, als Bäcker am Waldrand erschien, sie drehten nur die Köpfe zu ihm und starrten ihn an. Sie kannten keinen Menschen, sie hatten keine Feinde.

Das flache Wasser, von der Sonne erwärmt wie eine Brühe, wimmelte von Fischschwärmen. Hier war es nicht nötig, sie aus der See zu stechen oder mit einer Angel zu überlisten, man griff nur ins Wasser, und sie schwammen einem in die Hände wie im Märchen vom Schlaraffenland.

Bäcker ging ein paar Schritte ins Meer hinein. Von den Felsen wuchsen wundersame Gebilde in die See und ließen die anrollenden Wellen brechen. Myriaden von Korallentierchen hatten hier in Jahrmillionen bizarre Türme und Bögen aufgehäuft, steinerne Gärten von zauberhafter Filigranarbeit. Aber sie waren gefährlich. Ihre Oberfläche war wild gezackt und die Spitzen scharf wie Messer. Wen das Meer in seiner Wut hier dagegen warf, dessen Körper wurde zerrissen, als würde man ihn über ein Nagelbrett ziehen.

Bäcker blieb im seichten Wasser stehen. Die Fischschwärme umringten ihn. Glitzernde, pfeilschnelle Leiber schossen an seinen Beinen entlang, und die Vögel umkreisten ihn mit ahnungsloser Vertrautheit.

»Ist das hier wirklich das Paradies, Vogel?« fragte Bäcker. Er fing mit der Hand einen Fisch, hielt den zappelnden Leib in die Sonne und warf ihn dann zurück ins Meer. »Arme Natur, es wird sich alles ändern! Ein Mensch ist gekommen!«

Es fing damit an, daß Bäcker ungewöhnlich große Vogeleier sammelte, wie er sie bisher noch nicht kannte – vielleicht waren es sogar Albatroseier –, mit dem Speer ein Loch hineinbohrte und eines austrank. Es schmeckte etwas herb, fischig, und er sagte sich, daß man sie besser braten oder kochen müsse. Dann nahm er einen Pfeil aus dem Köcher, legte ihn auf die Nylonschnursehne, spannte den Bogen und schoß auf ein entenartiges Tier, das nahe an ihm vorbeiflatterte. Er traf es gleich beim ersten Mal. Es stürzte in den Sand, und es war das erste Blut, das durch Menschenhand auf dieser Insel floß.

Nach vier Stunden – es war sein längster Ausflug, und er wunderte sich, daß sein Bein das aushielt – humpelte er durch den Wald zu seiner Hütte zurück, nahm die Ente aus, rupfte sie, würzte sie mit Meersalz und briet sie an einem Bambusspieß.

»Du hast es vorher gewußt, Vogel«, sagte er zu dem Albatros, der mit vorgestrecktem Kopf das gebratene Fleisch roch, wenn er überhaupt riechen konnte. »Kokospalmen, Bambus, Dornen, das Meer, die Sonne, der Himmel, Blumen, ein rundes, volles Paradies – aber kein Süßwasser! Daran muß man sich gewöhnen, das muß man erst verkraften, Vogel. Alles hier lebt nur vom Regen. Wir sind vollkommen in Gottes Hand. Darauf muß man sich einstellen. Ein Leben durch Gnade...«

Aber die Gnade blieb: Es regnete. Jeden Tag oder jeden

zweiten Tag, dann blieb der Regen vier Tage aus, aber es war immer genug, um mit der Gummiinsel das Wasser aufzufangen, die Plastikbeutel und den Kanister zu füllen. Die Gummiinsel hing jetzt aufgespannt an acht starken Pfählen, und Bäcker nannte sie »mein Wasserwerk«.

Mitte August konnte Bäcker frei, ohne Stock, gehen. Nur ab und zu stützte er sich auf seinen Speer und streckte das zusammengeheilte linke Bein voll aus. Da erst merkte er, daß er hinkte. Mit dem Zollstock maß er seine Beine nach, von der Ferse bis zum Hüftgelenk, dann hatte er Klarheit: Das linke Bein war zwei Zentimeter kürzer geworden.

»Damit wirfst du mich nicht um, Knochen!« knurrte er. »Ist das deine ganze Rache? Billig, Knochen, billig! Was sind zwei Zentimeter? Ich werde mir eine dicke Holzsohle schnitzen und sie mir unter den Fuß binden. Du machst dich lächerlich, Knochen.«

Er hatte sich in den langen Tagen angewöhnt, immerzu und mit allem, was ihm begegnete, zu sprechen. Er redete mit dem Wind und dem Meer – das er allerdings nur beschimpfte –, mit dem Sand und den Bäumen, den Blumen und den Fischen, seinen Gliedmaßen und den Kaurimuscheln, seinem Freund, dem Albatros, und dem Regen, der ihn am Leben hielt, seiner Hütte und seinem Bett, seinen Pfeilen und seinem Speer. Es war die einzige Möglichkeit, nicht zu verblöden.

Solange er an der Arbeit war und seine Hütte und seine Möbel baute, war der Rhythmus seiner Bewegungen Sprache genug, und selbst da sprach er mit dem Beil und dem Hammer, der Zange und den Nägeln; aber wenn er dann herumsaß wie ein reicher Faulenzer vor seiner Bambushütte und unter dem Palmblätterdach, fehlte ihm der Ton einer menschlichen Stimme im Konzert aus Meeresrauschen, Windgebläse, Vogelschrei und Ästeknarren. Dann sprach er mit seinem Paradies wie mit einer Gesellschaft von Menschen; später, mindestens einmal am Tag, sang er laut, aus voller Brust, im Sand stehend, Sonne und Himmel und Meer als Zuhörer. Zuerst sang er Volkslieder, dann Operettenlieder und am Ende Opernarien, ab und zu auch Schlager, aber in dieser herrlichen, grandiosen und verdammten Einsamkeit klangen sie ausgesprochen blöd. Er fand, daß Arien wie »Land, so wunderbar« oder »Im fernen Land, unnahbar euren Schritten« oder vor allem »Dich, treue Halle, grüß' ich wieder« am besten klangen. Von allen Arien kannte er nur den Anfang des Textes und sang dann mit lalala weiter, später machte er einen eigenen Text dazu und dachte: Den sollte man vorschlagen zur Opernerneuerung. Das sind Worte, die aus dem vollen kommen.

Wenn er sang, war er selbst ergriffen von seiner Stimme, deren Wohllaut er erst jetzt entdeckte. Er hatte Häuser entworfen und gebaut, Geld verdient und das Leben genossen, aber nie gesungen. Jetzt hörte er, daß er etwas verpaßt hatte.

Im August baute er seine einsamen Darbietungen aus. Er stellte regelrechte Programme zusammen und gab abends Konzerte und Rezitationsvorstellungen. Er begrüßte seine Zuhörer, sang ein ganzes, ausgewähltes Programm herunter, deklamierte Balladen von Schiller, Goethe und Uhland und spielte einmal sogar den Wilhelm Tell, so gut er die Handlung im Kopf hatte. Den großen Monolog vor Geßlers Tod konnte er noch von der Schulzeit fast vollständig auswendig, den anderen Text dichtete er dazu und durchsetzte ihn mit Schillerzitaten aus anderen Dramen. So hielt er sich geistig beweglich und trainierte nicht nur seine Muskeln.

»Nichts ist schlimmer, als völlig allein zu sein«, sagte er zu dem Albatros nach einem »Opernabend mit Verdi-Melodien«. »Es ist alles Blödsinn, was man von der ›göttlichen

Ruhe‹ sagt. Ein Mensch ganz allein auf einer leeren Welt würde verrückt. Er wäre die armseligste Kreatur überhaupt. Aber wir sind hier besser dran, Vogel: Du bist da, tausend Geräusche sind um uns – *wir* werden nicht verrückt, Vogel!«

VIII

Immer wenn ein Sturm das Meer hob und donnernde Schlünde aufriß, wenn die Wogen gegen die Insel anrannten und die Palmen sich bogen wie Riesenähren, wenn der Strand im heulenden Wasser versank und der Gischt bis vor die Hütte spritzte, der Himmel zerplatzte und die ganze Welt nur ein wimmernder Aufschrei war, nahm Bäcker die Herausforderung der Natur an.

Dann stand er draußen im Orkan, umklammerte zwei tief in die Erde gerammte Pfähle, ließ den Wind über sich herfallen und starrte in das mordende Meer. Es waren für ihn die Stunden des Requiems, dann dachte er an Viktoria und die Kinder, dann weinte er und brüllte dem anschäumenden Wasser zu: »Du Mörder! Du Mörder!« Und immer von neuem begriff er gerührt das Wunder, daß er noch lebte.

Auch an diesem Tag – in der Mitte des Augusts – war es so. Eine Sturmwand war aus dem Meer aufgestiegen, brauste über die Insel hinweg und versuchte erneut, das kleine Paradies zu zertrümmern. Bäcker bezog seinen Kampfplatz zwischen den starken Pfählen, beschimpfte das Meer, brüllte gegen den Sturm und war davon erleichtert, als der Wind sich legte und er wieder zurück in seine Hütte kriechen konnte. »Mich wirfst du nicht mehr um, Natur«, sagte er stolz. »Ich bin zu einem Felsen gebacken worden.«

Der nächste Morgen stieg aus dem stürmisch bewegten

Meer wie ein Schöpfungstag, der Boden dampfte in der Sonne, der große, stille Vogel strich von den Klippen herüber, aber er ließ sich nicht wie sonst vor der Hütte nieder und begrüßte wie jeden Morgen seinen Menschenfreund mit leisem Schnabelklappern, sondern zog einen weiten Bogen unter dem Himmel, strich am Ufer entlang und drehte dann ab aufs Meer.

»Nanu, Vogel!« rief Bäcker ihm nach. »Wohin denn? Hat dich der Sturm verrückt gemacht? Der Frühstückstisch ist gedeckt. Komm, Vogel!«

Er hinkte hinunter zum Strand, fand in der Brandung jede Menge Äste und Tang, ein paar Schildkröten und tote Fische und erkannte weiter draußen, jenseits der Uferströmung und der schmalen Korallenbarriere, einen tanzenden Fleck im Meer. Die Wellen spielten mit ihm, warfen ihn vor sich her, bis er so nahe war, daß er Gestalt annahm. Es war eine in der Sonne schimmernde, silberne Scheibe, ein merkwürdiges Ding, ähnlich einem großen, mit Metallfarbe bestrichenen Brett. Es trieb mit der Strömung an der Insel entlang, von der laufenden Ebbe zurückgehalten – ein rätselhafter Gruß von irgendwoher.

Wäre Flut gewesen, hätten die Wellen es über die Korallenbänke hinweg an den Strand geworfen; so aber lief Bäcker eine Weile am Ufer neben dem blinkenden Ding her, zur anderen Inselhälfte hin, die er noch nicht erforscht hatte und wohin er am nächsten Montag – nach Viktoria-Zeit – zu einer Expedition aufbrechen wollte. Der Strand zog sich anscheinend wie ein Kranz um die Insel – von der Höhe des Hügels aus hatte er es nur in Andeutungen gesehen –, ein Sandkragen gewissermaßen, den nur der nackte, dunkle Felsen links von ihm durchschnitt.

Meine Insel ist eine runde Sache, dachte er. Ein abgeschliffener Kiesel im Meer. Und auf so etwas lebe ich nun. Verdammt, es lebt sich gut darauf.

Er blickte zurück. Seine Hütte war nur noch ein Tupfer im gelben Sand, die ausgespannte Gummiinsel ein orangefarbener Klecks. Der Albatros war auch wieder da, hüpfte vor ihm her, blieb ab und zu stehen, plusterte sein Gefieder, breitete die Flügel aus wie Arme und benahm sich sehr nervös. Halt, konnte das heißen. Nicht weiter. Kehr um, mein Freund!

Bäcker ging weiter. Das glitzernde Ding verschwand, die Strömung war schneller als er, aber dann hieb es gegen ihn wie ein Schlag. Er blieb stehen und glaubte nicht, was er sah.

Vor ihm, aus dem Meer kommend, waren Eindrücke im noch feuchten Sand. Deutliche Spuren, tief in den Sand getreten. Daneben eine breite, flache Spur, als ob man jemand über den Strand geschleift hätte.

Menschenfüße.

»Das ist doch nicht möglich«, sagte Bäcker. »Vogel, ich werde wahnsinnig. Sag, daß ich verrückt bin! Ich sehe Menschenspuren. Hier auf meiner Insel. Sie kommen aus dem Meer. Das gibt es doch gar nicht. Hier bin ich doch allein auf der Welt!« Er sah sich um, kniete nieder, untersuchte die Eindrücke und stellte fest, daß es keine nackten Füße gewesen waren, sondern Abdrücke von Männerschuhen, vom Meer zum Land, und daneben eine Schleifspur.

Das elektrisierte ihn geradezu. Er sprang auf, legte einen Pfeil auf die Bogensehne, klemmte den Speer unter die linke Achsel und ging langsam den Spuren nach. Vor ihm, etwas höher gelegen, unterhalb der kranzförmigen Böschung, hatte die Natur begonnen, den Sand zu erobern. Büsche wuchsen hier, dorniges Gestrüpp, kleine, windzerzauste, armselige Palmen. Der Wald hatte zur Eroberung der Einsamkeit angesetzt und klammerte sich am Boden fest.

Der Albatros blieb stehen, spreizte wieder die Flügel und hielt Bäcker damit auf. Er vertrat ihm regelrecht den Weg und streckte den Kopf mit halbgeöffnetem Schnabel vor.

»Ich weiß, Vogel«, sagte Bäcker leise. »Das ist eine mistige Entdeckung. Aber wir müssen das klären. Viktoria-Eiland gehört *mir*!«

Nach ein paar Schritten hörte er plötzlich Stimmen. Unartikuliert, lallend, als stieße jemand Töne aus, nur der Töne wegen.

Bäcker duckte sich, winkte dem Vogel, daß er zurückbliebe, und schlich nach vorn gebückt, den Bogen gespannt, auf die Buschgruppe zu, die sich zwischen Böschung und Meer geschoben hatte.

Die Stimme wurde deutlicher, eine männliche Stimme, von Schwäche überwältigt, unterbrochen von Keuchen und Husten. »Leben Sie?« fragte die Stimme. »Geben Sie Antwort! Sie sind gerettet. Verdammt, ich weiß nicht, ob Sie wirklich noch ohnmächtig sind. Sie sind zäh wie eine Katze. Sie überleben alles! Wachen Sie endlich auf, Sie können nicht immer so daliegen. Glauben Sie, ich lasse Sie einfach wegschwimmen? Das wäre zu ungerecht gewesen. Vor einem Mord kann man nicht einfach davonschwimmen. Wachen Sie auf!«

Die Stimme ging wieder in Keuchen über. Der Mann hustete, spuckte aus, Sand knirschte – jetzt will er aufstehen, dachte Bäcker –, aber er fiel schon nach der ersten Bewegung wieder in sich zusammen.

Bäcker blieb in seiner Deckung jenseits des Busches. Das Wort »Mord« hatte ihn zusammenzucken lassen. Er drehte sich nach dem Albatros um. Der Vogel stand dicht hinter ihm, unbeweglich, mit hängenden Flügeln. Es ist merkwürdig, dachte Bäcker. Kaum ist ein Mensch da, fällt das Wort Mord. Es scheint an ihm zu kleben wie sein Geruch.

Er legte den Bogen in den Sand, umklammerte seinen Bambusspeer und bog ganz langsam die Zweige auseinander.

Im Sand lagen ein Mann und eine Frau. Sie trugen Schwimmwesten umgeschnallt, von denen das Wasser troff. Der Kopf der Frau lag in den Sand gewühlt, ihr schwarzes Haar klebte um ihr Gesicht wie verbrannter Tang. Der Mann lag auf dem Rücken und hatte die Arme ausgebreitet, als wolle er sich der Sonne ergeben. Er war mittelgroß und breitschultrig, sein Haar war streichholzkurz geschnitten. Hemd und Hose waren so zerfetzt, daß man die breiten Muskeln deutlich sehen konnte. Ein paarmal hob der Mann den Kopf, man merkte, wie große Mühe er damit hatte, er sah die Frau an und fiel dann wieder in den Sand zurück. Wie große, umgekippte Schildkröten lagen sie, die Sonne brannte ihre verzerrten Gesichter aus, und wenn sie hier liegen blieben, würden sie verdunsten wie Quallen.

»Geben Sie Antwort«, sagte der Mann mühsam. »Sie stellen sich nur tot! Ich weiß, daß Sie leben. Leider –«

Die Frau rührte sich nicht. Der Mann versuchte, sich auf den Bauch zu wälzen. Es gelang ihm, er kroch zu der Frau, faßte ihre Arme und begann mit sinnlosen, schwachen Wiederbelebungsversuchen. Nach viermaligem Pumpen stöhnte er auf und klatschte kraftlos neben der Frau in den Sand.

Das war der Augenblick, in dem Bäcker durch den Busch brach. Der Mann hob den Kopf, Entsetzen riß seine Augen auf, er stöhnte laut und wollte die Fäuste zur Abwehr heben. Was da vor ihm aufwuchs, war für ihn wie eine Geistererscheinung. Ein Wesen, das aufrecht ging, eine Gestalt von menschenähnlichen Maßen, aber sonst nichts Menschliches mehr – ein gegerbtes, von wilden Haaren überwuchertes Gesicht, ein Riese, von unten betrachtet, ein Fossil aus der Vorzeit.

Der Mann versuchte noch einmal, die Arme zur Abwehr hochzuwerfen, aber sie bewegten sich nicht mehr, sie zuckten nur noch. »Oh!« stöhnte er. »Oh! Oh!« Immer nur: »Oh!« Dann fiel er in Ohnmacht.

Bäcker atmete schwer. Die Begegnung mit zwei Menschen auf seiner Insel hatte ihn stärker mitgenommen, als er erwartet hatte. Er ließ sich erschöpft neben den beiden Ohnmächtigen in den Sand fallen und betrachtete die Frau vor sich.

Sie war sehr schön. Zwischen den langen schwarzen Haaren, die das Gesicht verklebten, sah er ihren Mund. Volle, weiche, sensible Lippen.

Sie trug ein dünnes Kleid, das durch die Nässe eng an ihrem schlanken Körper klebte; die Brüste und die weichen Rundungen der Schenkel zeichneten sich deutlich ab. Es ist dumm, sie so anzusehen, dachte Bäcker. Sie braucht Hilfe, aber wie sie so vor mir liegt, ist es merkwürdig, daß es in all den Wochen auf der Insel hundert verschiedene Dinge gegeben hat, an die man dachte, die man ersehnte, die man vermißte – nur an eine Frau habe ich nie gedacht. Doch ja, an Viktoria habe ich gedacht, es waren traurige Momente. Aber wie diese fremde Frau jetzt vor mir liegt, wäre es ein neues Erlebnis, sie zu berühren und die Linien ihres Körpers mit den Händen nachzuzeichnen.

Bäcker erhob sich, hob die Frau aus dem Sand und trug sie zu seiner Hütte. Sie war schwerer, als er gedacht hatte. Er hielt ein paarmal an, erholte sich, wunderte sich, daß sein Knochen das mitmachte, warf dann den zierlichen Frauenkörper über die Schulter und spürte ihre mädchenhafte Brust an seinem Rücken, umklammerte ihre langen, schlanken Beine und stampfte weiter durch den Sand. In der Hütte legte er sie auf die Decke, strich die Haare von ihrem Gesicht und bewunderte wieder die Feingliedrigkeit ihres Körpers.

Verrückt, dachte er. Kaum ist eine Frau da, verändern sich alle Gedanken. Wir müssen jetzt lernen, auf Viktoria-Eiland zu dritt zu überleben. Es wird nicht einfach sein. Das bedeutet dreifaches Wasser, dreifaches Essen, dreifaches Wohnen und dreifach die Chance, sich von der Verzweiflung anstekken zu lassen. Eine Frau wird nie die Nerven haben, Einsamkeit zu ertragen.

Er trocknete ihr schmales Gesicht, kämmte mit seinen gespreizten Fingern die nassen Haare nach hinten, betrachtete wieder ihren Körper und rang erneut gegen den Gedanken, daß er einen weiblichen Körper vermißt hatte, aber es bisher nie wissen wollte.

Er riß sich von dem Anblick los, hinkte zurück zu der Buschgruppe am Strand und überlegte, was er mit dem Mann machen sollte. Er würde ihn nie tragen können, und ihn an der Schwimmweste durch den Sand zu ziehen war eine viehische Anstrengung, die ihn selbst umwerfen mußte.

»Machen wir es so, Vogel«, sagte er zu dem Albatros, der aufgeregt hin und her lief und mit dem Schnabel klapperte. »Er ist ein Mann und muß die Zähne zusammenbeißen können.«

Er brach einige große Farne ab, steckte sie in den Boden und schuf damit ein bißchen Schatten, in den er den Mann hineinzog. Er legte noch ein großes Palmblatt über das mit Salz verkrustete Gesicht und lief dann zurück zur Hütte.

Mehr konnte Bäcker nicht tun. Er hatte für ihr Leben und für Schatten gesorgt. Dem, was jetzt folgte, stand er mißtrauisch gegenüber.

»Sie werden Hunger haben, wenn sie aufwachen«, sagte er zu dem Vogel. »Und einen Mordsdurst. Der letzte Regen war gut, wir haben genug Wasser für uns alle.«

Er briet vier Fische an einem Stecken über dem Feuer,

kühlte einen Beutel mit Wasser, indem er ihn an einem Strick hin und her pendeln ließ.

Dann wartete er. Sah die Frau, lauschte zum Strand hin, ob er den Schritt des Mannes hörte, tippte an die Stirn, als der Albatros wie ein Kind zu jammern begann. »Stell dich nicht so an«, sagte er leise. »Wir bleiben Freunde. Ob diese Menschen unsere Freunde werden, ist noch gar nicht sicher.«

Die Frau war die erste, die erwachte. Sie blieb liegen, hob nicht einmal den Kopf, nur ihre großen dunklen Augen bekamen Leben und sahen Bäcker an. Er merkte das erst, als er den vierten Bratfisch vom Stecken nahm und auf die Holzplatte legte, die er als Teller benutzte.

»Wer sind Sie?« fragte sie.

Sie hatte eine dunkle, warme Stimme, die gar nicht zu ihr paßte. Sie hätte kindlich klingen müssen, so zart wie ihr Körper war, so feingliedrig wie Hände, Füße, Brüste, wie ihr Körper unter dem nur langsam trocknenden, wie eine zweite Haut anliegenden geblümten Kleid. Sie sprach Englisch, aber sie war keine Engländerin. Bäcker hörte das sofort. Er selbst sprach Englisch auch nicht wie ein Engländer, und Viktoria hatte es fast genauso gesprochen wie diese Frau. Es war ein Zwischenklang darin, der ihm vertraut war.

»Ich heiße Werner Bäcker«, sagte er auf deutsch. Es war eine Eingebung. Natürlich kann sie kein Deutsch, dachte er. Sie könnte eine Französin sein dem Typ nach, aber sie sprach Englisch, also wiederholen wir es so. »I am Werner Bäcker«, sagte er noch einmal. Und er freute sich, als die Frau schwach lächelte.

»Ein Deutscher. Hier ein Deutscher! Alles ist verrückt auf der Welt, nicht wahr?«

Jetzt sprach auch sie Deutsch, und Bäcker war nicht einmal

erstaunt darüber. Hier verlernt man das Sich-Wundern, dachte er bloß. »Sie auch?« fragte er. »Natürlich... Es ist total verrückt. Mitten im Pazifik auf einer unbewohnten Insel sprechen zwei Menschen Deutsch.«

»Ich heiße Anne Perkins.« Die Frau stützte sich auf die Ellenbogen, richtete sich auf, lehnte sich gegen einen der Hüttenpfosten und legte die Hände gegen die Blendung des Meeres über die Augen.

Bäcker kniete vor ihr, tauchte einen Lappen in ein Holzgefäß mit Wasser, wusch ihr das letzte Salz vom Gesicht und legte dann den Lappen auf ihre Augen. Sie hielt still, streckte ihm den schmalen Kopf entgegen wie ein Kind, das gewaschen wird, preßte auch wie ein Kind die Lippen aufeinander und kniff die Augen zusammen, als Bäcker mit dem Lappen die Salzkristalle aus den Augenwinkeln holte. Und wie ein Kind lächelte sie, als sie hinterher sagte: »Fertig?«

»Ja, lassen Sie das Tuch über Ihren Augen. Gewöhnen Sie sich an die Helligkeit. Diese Sonne ist schrecklich und macht blind. Ich habe zehn Wochen gegen sie gekämpft, bis wir uns aneinander gewöhnten. Jetzt geht es.«

Sie nickte, preßte mit beiden Händen den Lappen auf die Augen und saß mit zurückgelegtem Kopf da. Das Kleid spannte über ihren Brüsten; es waren schöne, jugendliche Brüste, rund und fest.

»Ich heiße Perkins«, sagte sie, »aber geboren bin ich in Düsseldorf. Damals hieß ich Hartmann. Annamaria Hartmann.«

»Annamaria«, sagte er und legte die Hände aneinander. Er wußte plötzlich nicht, was er mit ihnen beginnen sollte. »Wie schön.«

»Wie kommen Sie hierher?« fragte sie.

»Wie Sie, Annamaria. – Dieses verfluchte Meer! Ich hatte

mal ein Schiff, eine Frau und drei Kinder. Dann kam der Sturm. Er zerschlug alles, nur mich nicht. Als ich am Strand dieser Insel aufwachte, mit einem zerbrochenen Knochen, der mich monatelang töten wollte, war ich allein.«

»Eine schreckliche Geschichte.« Sie schwieg, nahm das Tuch von den Augen und sah ihn an. Er wich den Augen aus und goß Regenwasser aus dem gekühlten Plastikbeutel in eine kleine Schüssel aus Palmholz. »Wir saßen in einem Flugzeug, als der Blitz einschlug. Das Flugzeug stürzte ins Meer und zerplatzte. Shirley und ich schwammen in einem Teil des Rumpfes herum. Wir hatten gerade noch Zeit, die Schwimmwesten umzulegen. Damit erreichten wir einen Teil des Flügels, er trug uns wie ein Floß, und kurz darauf versank auch der Rumpf.«

»Das blinkende Ding da draußen auf der See war also ein Stück vom Flugzeugflügel? An alles hätte ich gedacht, aber ein Flugzeug hier im vergessensten Winkel der Erde?« Bäcker reichte ihr die Schüssel mit Wasser. Sie trank, und er sah, wie es ihr gut tat. »Und die Haie?« fragte er.

»Wir haben nie daran gedacht.« Sie stellte die Schüssel ab und sah ihn wieder an. Es ist schrecklich, dachte er. Ich lege ihr das Tuch wieder über das Gesicht. Man muß diese Augen zudecken, sie machen einen verrückt. Diese großen, runden, braunen, sanften Rehaugen.

»Wir hatten gar keine Zeit, daran zu denken«, sagte sie weiter. »Erst als Shirley das Ufer sah und mir zuschrie: ›Jetzt kann uns kein Hai mehr fressen!‹, fing ich vor Angst an zu schreien.«

»Er heißt also Shirley?« Bäcker blickte hinüber zu der Buschgruppe. Dort rührte sich noch nichts. Er ist umgefallen wie ein gefällter Baum, dachte Bäcker. »Ihr Mann?«

»Ich heiße Perkins.«

»Shirley kann ein Vorname sein.«

»Er heißt Paul Shirley. Mein Mann hieß Yul. Er ist tot.«

»Dieses verdammte, dreimal verdammte Meer!«

»Nein, er ist nicht ertrunken. Yul starb schon früher.« Sie nahm die Haare mit den Händen und warf sie nach hinten über den Rücken. »Vor einem halben Jahr.«

»Ist Paul Ihr Freund?«

Die Frage tat ihm weh, schmerzte im Herzen, und er nannte sich einen Idioten.

»So kann man das nicht nennen«, sagte sie. »Aber er paßt auf mich auf. Er wird es Ihnen schon erklären, wenn er kommt.« Sie schielte zu dem Holzteller. Der Duft des gebratenen Fisches war köstlich. »Kann ich einen Fisch essen?« fragte sie.

»Natürlich! Ich habe sie für Sie und Shirley gebraten.« Er gab ihr einen Fisch, heiß von der glühenden Holzasche. Sie wußte nichts damit anzufangen, sah ihn bittend an, und er zeigte ihr, wie man einen Bratfisch in beide Hände nimmt und von ihm abbeißt, das saftige Fleisch von den Gräten zieht, ganz so, wie man an einem Maiskolben oder an einem Hühnerbein nagt.

Sie lachte dunkel, biß in das duftende Fleisch und aß. Dabei war es, als blühten ihre Lippen auf.

Bäcker schien es, als höre er draußen Schritte. Er stand auf und ging aus der Hütte. Paul Shirley kam vom Strand herauf. Er schien die Gefahren der Sonne zu kennen, hatte sich ein Stück vom Hemd abgerissen und hielt es vor seine Augen. Anne kam aus der Hütte, setzte sich in den Schatten des Blätterdaches und nagte weiter an ihrem Fisch.

Shirley blieb stehen, lüftete das Tuch etwas von seinen Augen und blickte auf den vor ihm stehenden Bäcker und dann hinüber zu Anne Perkins.

Sie hatte jetzt den Fisch gegessen, warf die Gräten weg und schabte im Sand das Fett von ihren Händen.

»Entschuldigen Sie«, sagte Bäcker. »Ich mußte Sie liegen lassen. Sie waren zu schwer.«

»Schon gut.« Shirley nickte. »Ich bin froh, daß ich nicht mehr mit dieser Frau allein bin.« Er deutete mit dem Kopf zu Anne. »Sie haben mit ihr gesprochen?« Er sprach leise, sein Atem roch nach Salz.

»Ja.«

»Eine faszinierende Frau, nicht wahr?«

»Ich weiß es nicht.« Bäcker ärgerte sich, daß sein Herz rascher schlug. Ich habe es geahnt, dachte er. Er ist ein unangenehmer Mensch. »Vielleicht.«

»Bestimmt sogar!« Shirley lächelte grimmig und drückte den Hemdfetzen wieder gegen seine Augen. »Sehr faszinierend – und sie ist eine Mörderin.«

»Danach sieht sie nicht aus«, sagte Bäcker. Er wunderte sich, daß ihn die Mitteilung weder erschreckte noch tiefer ergriff. Sie ist eine schöne Frau, dachte er bloß. Weiter soll sie auch nichts sein. Was interessiert mich, was gewesen ist! Hier ist ihr altes Leben zu Ende, und das neue fängt gerade an. Auch dieser Paul Shirley wird umdenken müssen.

Sie wurden unterbrochen. Der Albatros kam um die Hütte herum, wo er bisher vorsichtig gewartet hatte. Er schlug mit den Flügeln und klapperte aufgeregt mit dem Schnabel. Shirley riß seinen Lappen von den Augen.

»Das ist mein Freund«, sagte Bäcker und wies auf den Vogel. »Einen Namen hat er nicht. Er heißt einfach Vogel.«

Shirley schüttelte den Kopf. »Verrückt, einen Vogel zum Freund zu haben.«

»Manchmal ist ein Vogel wertvoller als ein Mensch. Wollen Sie auch einen gebratenen Fisch haben?«

»Nein. Wenn Sie einen Schluck Wasser hätten... Ich kann jetzt nichts essen. Übrigens, die wenigsten Mörder sehen wie Mörder aus. Das wäre eine schöne Sache, wenn man es ihnen von der Nase ablesen könnte.«

Bäcker gab Shirley die Schale mit Regenwasser, und Shirley trank ein paar kräftige Schlucke. »Eine fade Brühe«, sagte er, als er die Schale zurückgab.

»Regenwasser. Hier auf der Insel gibt's keine Quelle.«

»Es hätte mich auch gewundert.« Er blickte zu Anne Perkins hinüber, die regungslos unter dem Blätterdach saß.

»Sie hat einen Fisch gegessen«, sagte Bäcker.

»Da sehen Sie, was für Nerven sie hat. Bringt ihren Mann um, stürzt mit dem Flugzeug ab, schwimmt zwischen den Haien herum, wird an Land geworfen; ich denke, sie ist nun endlich tot, aber kaum ist sie an Land, geht sie zum Lunch und ißt, als sei sie im Claridge. Ich sage Ihnen: Was auch geschieht, sie verzieht keine Miene. Eine Maske, eine steinerne Maske! Als das Flugzeug abstürzte, auf dem Meer aufschlug, der Rumpf auseinanderbrach und vierzehn Menschen um sie herum ertranken, hat sie das nicht berührt. Sie hockte auf dem Rumpfende, band sich die Schwimmweste um und rief: ›Los, Shirley, angeln Sie sich das Flügelstück da! Ertrinken können wir immer noch!‹ So eine Type ist sie.« Shirley lehnte sich gegen die Böschung. Er hatte getrunken und fühlte sich frischer. Er stand jetzt im Schatten der hohen Palmen und atmete kräftig durch. »Geben Sie mir doch einen Fisch«, sagte er. »Der Salzgeschmack ist widerlich und geht mit dem Regenwasser nicht weg.«

Bäcker holte einen Fisch, und Shirley aß ihn, indem er ihn der Länge nach mit dem Fingernagel aufschlitzte und dann das helle, saftige Fleisch fast aufsaugte.

»Hat sie gestanden?« fragte Bäcker.

In seinem Nacken spürte er den Blick von Anne Perkins. Sie lag jetzt langgestreckt in der Sonne und ließ sich trocknen.

»Nein.« Shirley warf die Gräten weg, nachdem er sie gründlich abgenagt hatte. »Die gesteht nie!«

»Wer sind Sie überhaupt?« fragte Bäcker.

»Paul Shirley, Inspektor der Polizei von Papeete.«

»Sind Sie Deutscher?«

»Amerikaner.«

»Ein Amerikaner auf Tahiti, der so gut Deutsch spricht?«

»Meine Mutter war Deutsche. Ich bin auf Tahiti geboren. Zum Pflanzer, wie mein Vater einer war, hatte ich keine Begabung, da wurde ich Polizist. Ein ruhiger Job auf Tahiti. In fünf Jahren vierzehn Einbrüche und drei Morde. Alle drei Ritualmorde. Wissen Sie, da opfert man Jungfrauen, um den Regengott zu versöhnen. Eine leichte Sache, das aufzuklären. Die Menschen in der Südsee sind die ehrlichsten der Welt. Nur wo die Zivilisation hinkommt, werden sie versaut. Alkohol und unsere Doppelmoral – das bringt sie um! Man lebt als Polizist in Papeete, als sei man mit dreißig Jahren schon in Pension. Bis diese Anne Perkins auf Atuana ihren Mann Yul umbrachte. Ich wurde in Marsch gesetzt, um sie nach Papeete zu bringen. Und da muß auf dem Rückflug dieser Mistorkan kommen! Wo sind wir denn hier?«

»Auf Viktoria-Eiland, Shirley.«

»Nie gehört. Verflucht einsam hier, was? Unbewohnt?«

»Nein. Es wohnen drei Menschen auf der Insel.«

»Machen Sie keinen Blödsinn! Wie heißen Sie?«

»Bäcker. Werner Bäcker.«

»Drei Menschen? Wir also? Man wird uns suchen und finden.«

»Seit fast vier Monaten habe ich nichts von der übrigen Welt gesehen. Auch wenn man Teile des Flugzeugwracks findet, wird man Sie abschreiben, Shirley. Wer hier ins Meer fällt, ertrinkt, oder die Haie fressen ihn. Auf jeden Fall hat er aufgehört zu existieren. Da lohnt sich keine Suche.«

»Vielleicht haben Sie recht. Aber wir sind zu dritt, das ist viel wert. Was meinen Sie, Bäcker?«

»Eine seltsame, aber typische Mischung von Menschen, ein getreues Spiegelbild unserer Welt: ein Zerschlagener, eine Mörderin und ein Polizist. Wir könnten damit einen eigenen Staat gründen.«

»Sie haben einen verdammt unter die Haut kriechenden Humor, Bäcker. Ich will hier nicht mit Ihnen Robinson spielen – ich muß Anne Perkins nach Papeete bringen. Man wird ihr einen fairen Prozeß machen, aber der Ausgang ist klar.«

»Lebenslänglich, nicht wahr?«

»Oder die Todesstrafe. Für einen Mord aus Liebe oder Eifersucht hat ein französischer Richter immer ein weiches Herz, aber Anne hat ihren Mann aus Habgier umgebracht.«

»Das weiß man genau?«

»Die Indizien sind lückenlos. Was ist eigentlich los mit Ihnen, Bäcker?« Shirley trat einen Schritt zur Seite, von Bäcker weg. »Sie fragen wie ein Verteidiger im Kreuzverhör. Verdammt, ich wußte es, als ich aufwachte und das Weib war weg und bei Ihnen im trauten Heim: Es hat Sie umgehauen, als Sie Anne sahen. Was für eine Frau! Sie sieht unschuldig aus wie ein Engel von Botticelli. Aber dieser Engel hat seinem Mann den Hals durchgeschnitten, mit einem Malaiendolch. Dazu gehören Nerven, mein Lieber.«

Shirley hatte das Sprechen doch sehr angestrengt. Er legte sich in den Schatten unter die Palmen, breitete den Hemdlappen wieder über sein Gesicht, schob die Arme unter seinen Kopf und schien bequem zu liegen. »Sie haben nicht zufällig einen Malaiendolch in Ihrem Gepäck?« fragte er sarkastisch.

»Nein. Ein Beil.«

»Das genügt auch. Wir sollten uns absprechen, Bäcker. Wenn der eine schläft, sollte der andere Wache halten. Die bringt es fertig und hackt uns beiden den Kopf ab. Auf Schutzengel ist nicht immer Verlaß.« Shirley rückte sich zurecht, legte die Hände über den Bauch, atmete tiefer, und es schien, als sei er sofort eingeschlafen.

Bäcker stand auf, ging zu dem glimmenden Feuer, holte einen Fisch aus der heißen Asche und aß ihn mit großer Nachdenklichkeit. Der Albatros stand vor ihm. Er hatte sich wieder beruhigt; in seinen Federn glänzte die Sonne.

»Hast du das gehört, Vogel?« fragte Bäcker leise. »Ein Polizist und eine Mörderin. So kommt die Zivilisation nach Viktoria-Eiland. Paß gut auf, du lernst – ein Glücksfall ist das nicht! – die Entwicklung einer normalen Welt kennen. Mit der Ruhe wird es jetzt vorbei sein, das kann ich dir versprechen. Du wirst die seltsamsten Lebewesen dieser Erde aus nächster Nähe beobachten können: die Menschen. Wetten, daß du froh sein wirst, ein Vogel zu sein?« Er wusch sich die Hände mit Regenwasser und Sand, hinkte in seine Bambushütte, holte eine leichte Decke und ging zu Anne Perkins.

Sie lag noch immer mit geschlossenen Augen im Sand. Die Sonne hatte ihr Kleid getrocknet, die Formen ihres Körpers verwischten sich wieder, aber Schenkel, Bauch und Brüste waren deutlich unter dem dünnen Stoff zu unterscheiden.

Sie lag ganz still, als Bäcker die Decke über sie breitete, aber sie schlief nicht. Er sah es sofort: Ihre Lippen und die Lider zuckten.

»Sie sind durchgeweicht, Anne«, sagte er. »Die Sonne dörrt Sie aus. Sie ist nicht Ihr Freund, sie ist Ihr Feind. Alles hier ist Ihr Feind, nur der Regen nicht. Von ihm werden wir leben, von ihm allein! Sie sollten sich mit dem Regenwasser abspülen, Anne. Die Salzkruste auf Ihrem Körper wird Ihnen sonst schwer zu schaffen machen. Es wird heiß unter der Decke werden, aber das ist besser, als in der Sonne zu braten. Wollen Sie nicht in meine Hütte kommen?«

Er wartete auf ihre Antwort. Es dauerte lange, aber dann schüttelte sie den Kopf und sagte: »Nein.«

»Warum nicht?«

Sie rührte sich nicht, nur ihre schlanken Finger gruben sich in den Sand. Das bewies ihre angestaute Nervosität. »Er hat Ihnen von mir erzählt?« fragte sie.

»Ja.«

»Er ist ein sturer, gefühlloser Mensch.«

»Als Polizist kann er sich keine Gefühle leisten.« Bäcker zog die Decke wieder weg. »Kommen Sie in den Schatten, Anne. Die Sonne ist für Sie tödlich.«

»Als ob das noch wichtig wäre!« Sie richtete sich auf, dehnte sich und hielt mit beiden Händen ihr Haar fest, in das der Wind fuhr und es wie eine Piratenfahne, in hundert Stürmen zerfetzt, schwarz und glänzend um ihren Kopf wehen ließ. Ihr Körper beugte sich nach hinten, das Kleid spannte sich über den Brüsten, wie eine Bogensehne war der Leib, dem Wind entgegengereckt.

Er ging voraus zu seiner Hütte und hörte, daß sie aufstand und ihm folgte. Unter dem Blätterdach, in der gedämpften Helligkeit, baute er aus einer zweiten Decke, seiner Schwimmweste und einem Handtuch ein zweites Lager auf dem mit Palmwedeln bedeckten Boden. Im Vergleich mit draußen war es hier drinnen kühl. Es atmete sich angenehm.

»Sie nehmen das Bett«, sagte Bäcker. »Ich schlafe auf der Erde.« Er ging hinaus, sah nach Shirley, aber der lag noch immer im Schatten unter den Palmen an der Böschung und schien fest zu schlafen.

Als Bäcker zurückkam, lag Anne auf seinem Bett, und er fand das ganz natürlich, es beglückte ihn sogar in seinem unruhig gewordenen Inneren.

»Sie hinken?« fragte sie.

»Ich hatte mir das Bein gebrochen, als ich hier an Land geworfen wurde. Oder vielmehr: Es wurde mir gebrochen. Der Knochen war gesplittert. Er wollte mich umbringen, dieser Knochen! Spitz wie eine Lanze war er und zielte auf die Oberschenkelarterie. Aber ich habe ihn besiegt. Es war ein verfluchter Kampf zwischen uns, doch schließlich gab der Knochen auf und heilte zusammen. Aber eines ist ihm doch gelungen: Er machte mein Bein um zwei Zentimeter kürzer. Einen Kampf ohne Spuren, das gibt es eben nicht.«

»Sie haben einen starken Willen, nicht wahr?«

»Es scheint so. Es gehört was dazu, mich umzuwerfen. Bisher habe ich es nicht gewußt, aber hier lernt man es.«

Sie richtete sich auf. Die großen braunen Augen, die ihr schmales Gesicht beherrschten, sahen ihn forschend an. »Glauben Sie, was Shirley sagt?« fragte sie.

»Was soll ich glauben?« fragte er zurück. Eigentlich gab es gar nichts zu fragen. Er hatte diesen Augenblick gefürchtet von da an, als ihm Shirley von Anne erzählte. Nun war es soweit, die Frage war da; es war sinnlos auszuweichen. Sie würde immer wieder nachsetzen, es kam ihr auf seine Meinung an.

»Glauben Sie, daß ich meinen Mann umgebracht habe?« fragte sie prompt.

Er zuckte mit den Schultern. »Ich weiß es nicht.«

»Glauben Sie das?«

»So dürfen Sie mich nicht fragen, Anne. Das ist nicht fair. Shirley hat mir nichts Genaues gesagt. Nur so allgemein. Es reicht nicht, um sich ein Bild zu machen.«

»Aber es könnte möglich sein, nicht wahr?«

Er war verärgert. Sie sollte so nicht fragen, dachte er. Sie provoziert. Wenn er ja sagte, war es ein Urteil, eine Verdammung. Wenn er es verneinte, nahm er offen für sie Partei, aber auch das wollte er nicht. Er begriff ihre Gedanken. Sie suchte Schutz bei ihm, sie wollte ihn als einen Schild vor sich herschieben gegen Shirley.

Er machte eine vage Handbewegung und setzte sich an seinen mächtigen Tisch. »Wir haben uns daran gewöhnt«, sagte er, »mit Unmöglichkeiten zu leben, die dann doch möglich werden. Der heutige Mensch ist kaum noch zu überraschen. Nehmen wir Sie, Anne. Wer Sie ansieht, würde schwören, daß Sie unmöglich eine Mörderin sind. Und dann kommt jemand und blättert Beweise auf den Tisch. Wie soll man sich da vorher festlegen? Das geht nicht gegen Sie, Anne, ich glaube Ihnen alles. Aber auch Ihnen wird es kaum gelingen, mich zu überraschen, wenn es anders wäre.«

Eine Weile war Schweigen. Sie schien nachzudenken. Dann legte sie die Hände auf die Brust, wie eine Buddhistin, die ihre Räucherstäbchen entzündet hat und nun mit den Ahnen und den Göttern allein ist. Ihr Blick sah durch Bäcker hindurch. »Ich war es nicht«, sagte sie. »Es ist alles so hoffnungslos, wenn einem keiner glaubt. Bitte, glauben Sie mir wenigstens, Werner. Ich bin keine Mörderin.«

IX

Bäcker nahm sich vor, das alles nachzuprüfen.

Es hatte keinen Sinn, mit Anne darüber zu diskutieren, ob eine Frau, die schöne Augen hat, eine Mörderin sein kann oder nicht. Sie hat nicht mit den Augen gemordet, dachte er, sondern mit einem Malaiendolch ihrem Mann die Kehle durchgeschnitten. Dazu gehört mehr Härte, als Shirley und ich zusammen haben.

Bis zum Abend vermied es Bäcker, mit Anne oder mit Shirley zu sprechen. Auch die beiden gingen sich aus dem Weg. Shirley ging zum Meer, besichtigte den Wald auf der Anhöhe und sah Bäcker zu, wie er Vogeleier suchte; Anne saß meistens unter dem Blätterdach, starrte über die See, sprach ein paarmal mit dunkler Stimme auf den Albatros ein, der neugierig und ohne Scheu vor ihr hin und her lief, aber nicht näher als bis auf zwei Meter an sie herankam.

Nach der kurzen Abenddämmerung standen alle unschlüssig herum, bis Bäcker die Situation löste und in seine Hütte ging. Wenn Anne hinterherkam, war es gut. Sie auffordern wollte er nicht – er scheute die erneute Diskussion und ihre bohrende Frage: »Glauben Sie, daß ich meinen Mann umgebracht habe?«

Anne Perkins kam nicht in die Hütte. Sie legte sich unter die aufgespannte Gummiinsel, zog die Decke, die ihr Bäcker gegeben hatte, über sich, verkroch sich unter sie und schlief.

Paul Shirley suchte sich einen Platz hinter der Hütte, von wo er Anne sehen konnte. Als er Bäcker in der Hütte rumoren hörte, klopfte er gegen die Bambuswand. »He«, sagte er leise. »Hören Sie mich, Bäcker?«

»Ja. Was wollen Sie, Shirley?«

»Wie ist das mit unserer abwechselnden Wache?«

»Blödsinn ist das! Was soll passieren?«

»Ich habe nicht gern meinen Kopf zwischen den Beinen liegen.«

»Das Beil liegt unter meinem Bett. Sie können ruhig schlafen.«

»Ruhig! Sie Gemütsathlet! Und wenn sie ins Meer rennt?«

»Was soll sie da?«

»Sich das Leben nehmen. Sie weiß, was sie in Papeete erwartet.«

»Es gibt schönere Todesarten, als sich von Haien zerfleischen zu lassen. Außerdem macht sie nicht den Eindruck, daß sie unbedingt darauf erpicht ist zu sterben. Das hätte sie beim Flugzeugabsturz leicht haben können.«

»Stimmt. Meine Nerven sind noch elektrisiert, Bäcker. Entschuldigen Sie. Schlafen Sie gut.«

»Sie auch, Shirley.« Bäcker legte sich in sein federndes Bambusbett, aber es dauerte lange, bis er einschlief. Natürlich kann sie ihren Mann getötet haben, dachte er. Was haben da schöne Augen und weiche Lippen zu sagen? Es ist unfaßbar, daß so eine Frau mit einem Dolch einem Mann die Kehle durchschneidet, mit diesen schlanken, feingliedrigen Händen, die man kaum zu drücken wagt. Vielleicht war es Notwehr, oder irgend etwas trieb sie dazu. Er drehte sich auf die Seite, ärgerte sich, daß er sich dabei ertappte, an Annes Schuld zu glauben, und klopfte mit den Fingerknöcheln an die Hüttenwand. »Shirley?« rief er.

Aber Shirley schlief. Draußen rauschte das Meer: Die Flut lief. Mit diesem ewigen Rauschen kam auch über ihn der Schlaf.

Bei Sonnenaufgang erhob sich Bäcker und verließ seine Hütte. An der Böschung schnarchte Shirley, unter der Gummiinsel, völlig unter der Decke vergraben, lag Anne Perkins. Der Albatros wartete schon vor der Tür, sein Gefieder war naß, er hatte im Meer gebadet und seine Portion Fische gestoßen.

»Es wird verdammt unruhig werden, Vogel«, sagte Bäcker. »Gestern haben wir drei Menschen uns einander nur vorgestellt, aber heute werden wir uns kennenlernen.« Er nahm

Pfeil und Bogen, ging etwas abseits den Strand entlang zu den Felsen und Korallenriffen und schoß dort wieder einen entenähnlichen Vogel.

Der Albatros, der ihn wie immer begleitet hatte, stieß einen Schrei aus und wandte sich ab, als sei er angewidert.

»Sei nicht ungerecht«, sagte Bäcker und zog den Pfeil aus der toten Flugente. »Du lebst auch von Fischen, die du aus dem Meer holst und noch lebend verschlingst. Stell dich nicht so an, Vogel!«

Er ging zur Hütte zurück, entfachte das mit Steinen und Blättern abgedeckte Feuer, indem er kräftig in die Glut blies und gleichzeitig trockene Zweige in die Asche steckte, sengte dann über der aufzüngelnden Flamme die Federn ab und nahm die Ente aus. Während er den Balg über dem Feuer drehte, blickte er über das ruhige, in der Morgensonne gleißende Meer und dachte an Anne Perkins. Er dachte immer an sie, er kam nicht davon los.

»Sie ist eine schöne Frau«, sagte er zum Meer hinüber. »Es ist merkwürdig, wie sich die Welt verändert, wenn plötzlich eine Frau auftaucht. Nicht daß ich mit ihr sofort schlafen möchte, nein, daran denke ich nicht. Und du brauchst dich auch nicht abzuwenden, Vicky. Dich und die Kinder vergesse ich nie. Wer kann euch vergessen? Aber eine Frau, die plötzlich da ist, einfach nur so da, versteht ihr, ein schönes Lebewesen, etwas Atmendes, Sprechendes, Lachendes, Weinendes, ganz einfach etwas Schönes, kann alle Gedanken in eine neue Richtung lenken. Die Welt rundet sich wieder. Das ist eigentlich eine Erkenntnis von ergreifender Großartigkeit.«

Er blickte hoch. Ein Schatten fiel über den Federbalg des Vogels. Shirley stand da, breit, gedrungen, die Hände in den Hosentaschen, nur mit dem zerrissenen Unterhemd über der breiten Brust. Jetzt, da Bäcker ihn zum ersten Mal richtig auf den Beinen sah, ausgeschlafen, sichtlich erholt, nicht mehr von der See aufgeweicht und entnervt, wirkte Shirley gar nicht wie ein Polizist, eher wie ein Kerl aus grauer Zeit, als man mit Steinhämmern und Meißeln Runen in Felsplatten schlug.

Der hat Kraft, dachte Bäcker. Seine Oberarme sind voller Muskeln, zwei runde Pakete. Man sollte sie nicht übersehen und schon gar nicht unterschätzen.

»Anne hat Ihnen gesagt, daß sie unschuldig ist?« fragte Shirley.

»Das ist ihr gutes Recht.«

»Sie behauptet das seit drei Monaten.«

»So lange sitzt sie schon in Haft?«

Shirley winkte lässig ab. »Hat sie Ihnen erzählt, wie alles gekommen ist? Die Sache mit dem blutigen Kleid, das ein Hund aus dem Garten gebuddelt hat?«

»Sie hat gar nichts erzählt, Shirley. Es interessiert mich auch nicht.«

»Warum lügen Sie, Bäcker? Natürlich interessiert es Sie. Sie denken an nichts anderes. Sie werden ab jetzt jede Nacht davon träumen.«

»Also gut, wenn Sie durchaus wollen: Ja, es interessiert mich. Zufrieden?« Bäcker nahm den Vogel vom Feuer, dehnte den Bauchschnitt aus und rieb das Fleisch von innen mit Meersalz ein. »Sie sollten dort oben nach Bambussprossen suchen«, sagte er dabei und zeigte auf die Böschung. »Sie wissen doch, wie köstlich sie schmecken.«

»Ein Festmahl!« Shirley blieb in der Sonne stehen, breitnackig, gedrungen, mit Beinen wie kleine Säulen. »In der Zelle von Atuana hat sie Reis und gekochten Fisch bekommen. Drei Monate lang. Ich fürchte, sie wird sich den Magen verderben an diesem Luxusessen.«

»Heute ist Sonntag«, sagte Bäcker. »Wußten Sie das?«

»Beim Himmel, nein! Führen Sie einen Kalender?«

»Ich will wissen, wie alt ich auf meiner Insel werde. Eine völlig egoistische Statistik.«

»Soll das heißen, daß Sie für immer hier bleiben wollen?«

»Danach fragt mich keiner, Shirley. Ich bin hier, und ich sehe keine Möglichkeit, wie ich von hier wegkommen kann. Ich habe um alles und gegen alles gekämpft, nur diese eine Tatsache ist nicht zu besiegen.«

»Allein wird es nicht gelingen, da haben Sie recht. Aber jetzt sind wir zu dritt. Ich garantiere – wir kommen hier weg!« Shirley zeigte auf die Gummiinsel zwischen den acht Pfählen. »Damit zum Beispiel.«

»Sie hat auf dem Boden einen breiten Riß. Über drei Luftkammern hinweg. Mit Spucke kann man das nicht kleben. Oder haben Sie zufällig einen Plastikkleber in der linken Hosentasche?«

»Scheiße, Bäcker. Dann bauen wir uns ein Floß!«

»Eine pikante Situation, Shirley. Ein Polizist ist auf die Hilfe einer Mörderin angewiesen, um zu überleben. Ich finde, das Schicksal beweist einen teuflischen Humor.«

»Wieso? Sie haben ein Beil, eine Zange, einen Hammer, einige Nägel –«

»Ach! Sie haben meinen Werkzeugkasten untersucht?«

»Natürlich. Während Sie für Anne Enten braten, denke ich weiter. Ich muß doch wissen, womit ich rechnen kann. Vor Hunderten von Jahren haben die Papuas und die Malaien diese Inselwelt mit ihren Einbäumen und Flößen entdeckt. Sollten wir jetzt weniger erfindungsreich sein als sie? Sind wir dämlicher? Außerdem haben Sie eine Signalpistole. Das bedeutet schon die halbe Rettung. Wir fangen morgen mit dem Floßbau an!«

»Das klingt alles sehr gut. Man merkt, daß Sie das Kommandieren gewohnt sind. Der stramme Inspektor Shirley aus Papeete.« Bäcker legte die Ente auf ein großes Palmblatt und deckte sie mit einem anderen Blatt zu. Mit Sand rieb er das Salz von seinen Handflächen. »Das Kommandieren haben Sie gelernt, aber nicht sehr viel Logik. Sie vergessen eins, Paul: Es ist *mein* Beil, es ist *meine* Zange, es ist *mein* Hammer.«

»Das spielt doch in dieser Lage gar keine Rolle mehr!«

»Und es ist *meine* Insel! Viktoria-Eiland. Ich habe diese Insel gefunden – vielmehr, sie hat mich gefunden –, ich habe sie erobert, ich habe sie in Besitz genommen, ich bin dabei, sie zu kultivieren. Sie war freies Land.«

»Es gibt kein freies Land auf dieser Welt, reden Sie keinen solchen Unsinn!« Shirley lachte grollend. Er ahnte bereits, worauf Bäcker hinaus wollte. »Alles ist aufgeteilt. Theoretisch gehört diese Insel, die zwischen den Marquesas und den Tuamotus liegt, zu Frankreich.«

»Theoretisch, Shirley. Aber praktisch bin *ich* der Herr! Sie gehört mir – wer will sie mir wegnehmen? Die Grande Nation? Soll ich lachen? Sie und Anne sind Gäste in meinem Land, das sollten Sie begreifen. Und ich habe etwas gegen Gäste, die befehlen. Das erinnert mich zu penetrant an zivilisatorisches Gewohnheitsrecht.«

»Ich habe es geahnt!« Shirley blickte Bäcker verächtlich an. »Sie hängen bereits an Annes Rockschoß. Nein, Sie sind schon untern Rock gekrochen. In Ihrem Bett lag sie schon, allein – wann kriechen Sie dazu?«

»Ich werde Sie vorher um Erlaubnis bitten, Shirley.«

»Die können sie jetzt schon haben! Hopp, hopp – hinein! Aber Sie werden mich nicht daran hindern, Anne nach Papeete ins Gefängnis zu bringen. Das ist mein Job, und darauf bin ich vereidigt.«

»Man hat einmal ein ganzes Volk auf einen Wahnsinnigen vereidigt, und keiner hat gefragt, ob es richtig sei. Später hat man dann die eingelocht, die geschworen haben, weil sie eben hätten fragen müssen. Eine irre Situation, wenn man gesehen hat, was aus dem Ei gebrütet worden ist – vorher, als es noch ein Ei war, hat man's ja nicht erkannt. Sehen Sie, Shirley, und so ist auch Ihr Job Ihr Problem. Ich habe auch eins. Ich werde fragen: Ist Anne wirklich eine Mörderin?«

»Sie spinnen, Bäcker. Das ist Sache des Gerichts.«

»Halten wir diesen wichtigen Satz fest, Shirley.« Bäcker betrachtete seine Hände, sie waren durch den Sand zwar sauber gescheuert, aber zwischen den Fingern klebte noch das Blut der Wildente. Unwillkürlich dachte er an Anne und an einen Malaiendolch. Wenn man einem Menschen die Kehle durchschneidet, spritzt das Blut. Auch über die Hände, zwischen die Finger. »Haben Sie schon überlegt, Shirley«, sagte er weiter, »daß ich als Herr dieser autonomen Insel Viktoria-Eiland auch oberster Gerichtsherr bin?«

»Lassen Sie Ihren Blödsinn bloß nicht Polka tanzen, Bäkker!« Shirley schnaufte durch die Nase. »Ich warne Sie –«

»Ich halte es für einen guten Gedanken, Anne Perkins vor Gericht zu stellen. Vor ein völlig neutrales, unbefangenes Gericht.«

»Jedes Gericht ist unbefangen.«

»Sie auch, Shirley? Für Sie *ist* Anne eine Mörderin!«

»Ich bin kein Gericht, ich bin Polizist! Ich habe die Beweise gesammelt.«

»Was Sie Beweise nennen.«

»Sie würden sich wundern, wenn Sie sie kennen würden. Nichts, sagt man, ist im Leben hundertprozentig. Diese Beweise sind es!«

»Sehen Sie nun, wie interessant Ihr Satz war: Ein Gericht

muß entscheiden?« Bäcker machte eine weite Handbewegung über Insel und Meer. Shirley verstand sie sofort: Das alles gehört mir. »Wenn ich meiner Insel eine Verfassung geben würde, so stände das Recht an erster Stelle. Kein verwässertes Recht, kein Recht mit Hintertüren oder tiefenpsychologischen Purzelbäumen, sondern ein einfaches, lächerlich simples Recht: Bist du ein guter Mensch, oder bist du ein schlechter Mensch? Das genügt.«

»Damit könnten Sie die Erde entvölkern, Sie Narr!« Shirley nickte zu der Anhöhe mit den drei großen Palmen und dem Bambuswald hinauf. »Ich gehe Bambussprosse suchen – weil heute Sonntag ist.« Er klopfte sich ein paar Sandflecken von der Hose und steckte dann die Hände in die Taschen. »Wieviel gute Menschen, glauben Sie, gibt es unter den vier Milliarden, die unseren Planeten bevölkern?«

»Ich weiß es nicht.«

»Nicht viele. Und Sie gehören auch nicht dazu! Sie sind dabei, mit tönenden Phrasen eine Mörderin zu schützen, weil sie Ihnen gefällt und Sie von ihrem Leib träumen. Sie sind in diese Frau verliebt, und deshalb werden Sie tausend Entschuldigungsgründe für sie finden. Das nennen Sie dann Recht – eine Heuchelei, die zum Heulen ist. Eine Moral, deren Wurzel in Ihrer Hose liegt! Sie guter Mensch! Braten Sie Ihre Ente, ich suche das Gemüse dazu.« Er stampfte die Anhöhe hinauf, die Hände noch immer in den Taschen, bullig und sehr stark.

Bäcker sah ihm nach. Er hat ja recht, dachte er. Verdammt, er kennt mich besser als ich mich selbst. Ich bin dabei, mich in diese großen braunen Augen zu verlieren, selbst auf die Gefahr hin, daß es die Augen einer Mörderin sind. Es ist unheimlich, wie eine Frau durch ihre bloße Gegenwart alles verändert…

Am Mittag aßen sie die Ente. Sie hockten vor der Hütte, beschäftigten sich mit dem saftigen Fleisch, kauten die gegarten Bambussprößlinge und tranken Tee aus getrockneten Hibiskusblüten. Shirley machte ein Gesicht, als wollte er seine Entenbrust samt den Knochen verschlingen, Anne Perkins hatte sich etwas abgewandt und blickte beim Essen übers Meer, Bäcker gab nach einigen Worten, die Shirley nur mit einem dunklen Knurren beantwortete, die Bemühungen auf, ein Gespräch anzufangen.

Auch gut, dachte er, Schweigen ist keine Lösung von Problemen. Sie verdichten sich nur, blähen sich dann auf, und man zerplatzt schließlich. Warten wir es ab. Shirley wird platzen – er sieht aus, als fräße er mit jedem Bissen Dynamit in sich hinein.

Nach dem Essen hinkte Bäcker hinunter zum Meer, um allen Gesprächen auszuweichen. Er tat es jetzt bewußt, er ließ Anne und Shirley allein, und es mußte zwischen ihnen knistern wie zwischen aufeinanderprallenden elektrischen Strömen.

Er humpelte am Strand entlang, suchte Krebse und Muscheln, fand eine Schildkröte, tötete sie, sprach mit seinem Freund, dem Albatros, über Anne und Shirley und sagte: »Vogel, denk nicht schlecht über mich, aber so eine Frau kann keinem anderen Menschen die Kehle durchschneiden. Ich glaube es nicht! Ich wehre mich dagegen! Ob ich sie liebe? Glotz mich nicht so an, Vogel – ich weiß es selbst nicht. Sie interessiert mich, das ist es. Weiter nichts. Nur Interesse! Verdammt, Shirley hat recht: Es ist doch nur Heuchelei!«

Er kam bis zum Abend nicht zur Hütte zurück, er scheute jede Auseinandersetzung, aber als die Dämmerung aufs Meer fiel, mußte er zurück. Er hatte Zeit genug gehabt, sich allerlei auszudenken, doch als er dem Hang immer näher kam, verflogen alle schönen Redewendungen. Es blieb die nackte Tatsache.

Anne lag wieder auf seinem Bett, und es sah nicht so aus, als würde sie für diese Nacht wieder aus der Hütte gehen und außerhalb schlafen.

Shirley hatte es sich auf Bäckers zweiter Decke vor der Bambustür gemütlich gemacht. Er lag mit angezogenen Beinen da und las die Gebrauchsanweisung des Medikamentenkastens. Als er Bäcker herankommen sah, grinste er breit. »Gehen Sie nur hinein und genieren Sie sich nicht«, sagte er. »Liebesgeräusche stören mich nicht.«

»Ich könnte Sie in die Fresse schlagen, Shirley!«

Shirley winkte ab. »Ist das Ihre Art, auf Viktoria-Eiland Recht zu sprechen? Hoher Herr, das ist eines Obersten Gerichtes unwürdig! Außerdem unterschätzen Sie mich. Ich sehe zwar nicht imposant und ziemlich dämlich aus, aber ich war Boxmeister von Papeete. Mittelgewicht. Einige gute Schläge beherrsche ich noch immer.«

Bäcker wandte sich ab und ging den Hang entlang. Durch den Hohlweg hinkte er in den Wald hinauf und setzte sich dort an den Rand der Böschung. Er konnte von hier aus seitlich unter sich das Dach seiner Hütte sehen. Der Mond warf Silber auf sie.

»Der Friede ist hin!« sagte er laut gegen den immer wehenden Wind. »Mein Gott, man kann doch nicht für jeden Menschen eine Insel machen!«

X

Auch in dieser Nacht schlief er kaum.

Er saß an der Böschung, allein, sah die Flut kommen und den Mond wandern und vermißte seinen treuen Albatros. Jetzt hätte er viel mit ihm zu reden gehabt, aber nachts flog der Vogel weg, zurück zu seinem Schwarm jenseits der Felsennase. Er hatte dort sein Nest, und sicherlich gab es dort auch eine Menge Weibchen. Der Himmel mochte wissen, dachte Bäcker, warum er lieber bei mir, einem Menschen, ist als bei seinesgleichen. »Jetzt gerade brauche ich dich, Vogel«, sagte er in die Nacht hinein. »Und jetzt bist du nicht da. Mit keinem Menschen kann man sich so unterhalten wie mit dir. Die Juden sind kluge Menschen, sie haben ihre Klagemauer, ihr können sie alles sagen, und sie hört immer zu. Sie saugt alle Probleme in ihren Steinen auf, bis der Mensch sich frei fühlt wie ein gefegter Ofen. So etwas fehlt uns: eine Wand, an der man sich abreagieren kann.«

In der Nacht sah er, wie Shirley einmal aufstand, die Böschung ein Stück entlangging, fast genau unter ihm stehen blieb, die Hose aufknöpfte und pinkelte. Er schwankte dabei, etwas schlaftrunken, voll Vertrauen auf den Frieden um sich herum.

Wenn ich ihm jetzt einen Stamm auf den Kopf rolle, dachte Bäcker, habe ich ein Problem weniger. Dann sind wir nur noch zwei. Ein Mann und eine Frau. Damit hat alles begonnen, das ist gottgewollt. Aber dann wird eines Tages doch jemand kommen, ein Flugzeug oder ein Schiff, man wird uns zurückholen in die laute Welt, und siehe da: Aus dem Paradies kehren *zwei* Mörder zurück! Das wäre die verrückteste Geschichte vom Frieden.

Er ärgerte sich über diesen Gedanken, empfand sogar so etwas wie Scham, bat Shirley insgeheim um Verzeihung und ließ ihn wieder zurück zur Hütte wanken. »Vogel, du fehlst mir«, sagte er leise und warf sich zurück in die weichen Farne. »Wenn du wüßtest, wie groß die Versuchung ist, zu Anne in die Hütte zu schleichen.« Er dachte daran wie an ein herrliches Märchen und schlief darüber ein.

Anne Perkins weckte ihn. Ihr Haar war naß und klebte um das schmale Gesicht. Die braunen Augen glänzten. Sie hatte nackt im Meer gebadet, im goldenen Sonnenaufgang, und er hatte es verschlafen.

Vielleicht war es gut so, dachte er und schielte auf ihre Brüste unter dem geblümten Kleid. So bleibt sie mir noch fremd. Der Anblick ihres nackten Körpers hätte mich zu ihrem Komplizen gemacht. »Wo ist Shirley?« fragte er.

»Er schläft noch vor der Tür. Ich bin über ihn hinweggestiegen, und er hat sich nicht gerührt. Als Wächter taugt er nichts.« Sie setzte sich neben ihn. Die Sonne trocknete ihr Haar. Er konnte es riechen, und es roch gut. »Sie wollen ein Floß bauen?«

»Hat er das gesagt?«

»Ja. Ein Floß bedeutet für mich den Tod oder lebenslänglich.«

»Noch sind Sie nicht verurteilt, Anne.«

»Das ist nur eine Frage der Zeit.«

Er sah sie forschend an. »Haben Sie Yul Perkins ermordet?«

»Nein.«

»Mit einem Malaiendolch?«

»Ich habe nie einen Malaiendolch in der Hand gehabt. Ich habe genug von ihnen gesehen, und ich habe sie immer gehaßt. Sie sehen nach Mord aus.«

»Ich werde es tun!« sagte Bäcker laut und stand auf.

Anne blickte an ihm hoch.

Sie hat einen schönen Mund, der sich ungeheuer beherrschen kann, dachte er.

»Was?« fragte sie.

»Ich werde mit Shirley sprechen.«

»Was wollen Sie mit ihm besprechen?«

»Sie werden es bald erfahren, Anne. Bleiben Sie hier oben, bis ich Sie rufe. Ich wecke Shirley.«

»Sie hat gebadet«, sagte Shirley. Er lag auf der Decke und gähnte. »Früher hätte mich das aufgeregt; heute ist es mir egal. Von mir aus können sie die Haie fressen.« Er stützte den Kopf auf die rechte Hand und lachte leise. »Sie hält mich für blöd, aber ich merke es sofort, wenn jemand über mich steigt. Als sie sich auszog, habe ich weggeguckt. Ehrenwort. Mich interessiert diese Frau nicht, nur der Mord, den sie begangen hat. Haben Sie sie nackt gesehen, Bäcker?«

»Nein.« Bäcker lehnte sich gegen den dicken Türpfosten. »Ich habe mit Ihnen zu reden, Shirley.«

»Als Staatspräsident von Viktoria-Eiland, als Annes Genosse, als zukünftiger Liebhaber oder als was sonst noch?«

»Als alles auf dieser Insel«, sagte Bäcker ernst. »Ich möchte ein objektives, gerechtes, faires Strafverfahren gegen Anne Perkins. Ich will wissen, was gegen Anne vorliegt. Sie, Shirley, sollen alles sagen, was Sie wissen. Anne muß das Recht haben, sich zu verteidigen. Ist das klar?«

»Von mir aus. Und wie denken Sie sich das?«

»Als Herr dieser Insel ernenne ich Sie zum Staatsanwalt, Shirley. Sie klagen an.«

»Und Sie spielen den hohen Richter, was?«

»Ja.«

»Das ist doch Idiotie, Bäcker!«

»Ich muß mir über Anne ein Urteil bilden können – verstehen Sie das nicht?«

»Nur bis zu einem bestimmten Punkt. Ich stimme Ihnen zu: Es ist ein verdammt kitzliges Gefühl, nicht zu wissen, ob man nun zwischen den Beinen einer Mörderin oder eines Engels liegt.«

»Man sollte Sie doch in die Fresse hauen, Shirley!«

»Wenn's Ihnen Spaß macht?« Shirley machte eine verächtliche Handbewegung. »Was soll das Theater? Sie haben Anne ja schon freigesprochen.«

»Wenn Ihre Beweise lückenlos sind, Shirley, dann werden Sie mich überzeugen können, das verspreche ich Ihnen.«

»Und wenn Sie Mrs. Perkins für schuldig befinden müssen, was dann?«

»Dann bauen wir ein Floß.«

»Hoho!« Shirley lachte abgehackt. »Und wenn Sie zu dem Spruch kommen: Nicht schuldig!, was dann?«

»Bauen wir auch das Floß, aber Sie besteigen es allein!«

»Darauf lasse ich es ankommen.« Shirley sprang auf. »Vor oder nach dem Frühstück, Euer Ehren?«

Es sollte spöttisch klingen, aber Bäcker ging nicht darauf ein. Er verdarb Shirley damit die Freude. »Danach.« Er drehte sich um, legte die Hände wie einen Trichter vor den Mund und rief die Böschung hinauf: »Anne, kommen Sie herunter!«

Sie erschien am Rand des Hanges und winkte mit beiden Armen. Ihr Haar war getrocknet und wehte im Wind.

»Die Venus der einsamen Hölle«, sagte Shirley. »Sie tun mir leid, Bäcker. Aber gut, spielen wir's durch. Sie sollen Ihr dämliches Theater haben. Eine Gerichtsverhandlung. Was zahlen Sie für den Auftritt?«

»Ihr Leben!« sagte Bäcker ernst, und Shirley begriff, wie teuflisch die Lage geworden war.

Sie aßen kalten Braten, tranken Tee aus Hibiskusblüten und Regenwasser und vermieden es wieder, miteinander zu sprechen.

Es war schließlich Shirley, der mit einem höhnischen Grinsen sagte: »Der Herr der Insel will Ihnen den Prozeß machen. Was halten Sie davon, Anne?«

Ihr Kopf flog zu Bäcker herum. »Was soll das heißen?« Ihre Augen funkelten, aber außer Zorn brannte in ihnen auch Verzweiflung. »Sie wollen mich verurteilen?«

Bäcker schüttelte den Kopf. »Ich will wissen, mit wem ich diese Insel teile, wer in meiner Hütte schläft, wer an meinem Feuer sitzt und mit mir ißt. Es kann mir nicht gleichgültig sein, wenn einer von uns dreien des Mordes beschuldigt wird. Ich habe ein Recht, alles zu erfahren. Ich will jeden anhören – hier ist eine Insel der Gerechtigkeit.«

»Machen Sie mit, Anne?« Shirley sprang auf. »Die einen spielen Blindekuh, wenn's ihnen zu langweilig wird – wir spielen Mord und Gericht. Also?«

»Ich habe es nicht getan«, sagte Anne.

»So geht es nicht.« Paul Shirley runzelte mißmutig die Stirn. »Wenn Sie nur Beteuerungen hören wollen, Bäcker, kann ich gehen, und Sie spielen dieses Affentheater allein! Ich bin gewohnt, mich an Tatsachen zu halten.«

»Dann lassen Sie Ihre Tatsachen hören«, sagte Bäcker.

»Okay!« Shirley baute sich vor Bäcker auf, ein Bündel stämmiger Energie. »Wann tritt das Hohe Gericht von Viktoria-Eiland zusammen?«

»Sofort.« Bäcker hinkte zu seiner Bambushütte. Er hatte ein flaues Gefühl im Magen. »Folgen Sie mir!«

Sie hatten sich auf Wurzelstöcke gesetzt, die der letzte

Sturm aus dem Boden oben im Hang gerissen und über den Strand geschleudert hatte. Bizarre Stühle, so verrückt wie die Gerichtsverhandlung, die jetzt beginnen sollte.

Bäcker saß vor der Hüttentür, zwei Meter links von ihm hockte Shirley mißmutig und faltete die Hände zwischen den gespreizten Knien, zwei Meter rechts von Bäcker saß Anne Perkins, gerade, aufrecht, in einer aufreizend stolzen Haltung. Sie hatte sich mit gespreizten Fingern gekämmt und das lange Haar mit einem Bindfaden im Nacken zusammengebunden. Das betonte ihr schmales, madonnenhaftes Gesicht.

Bäcker räusperte sich. Shirley blickte hoch, sein Grinsen war schief, von der inneren Erregung verzerrt.

»Ich eröffne die Verhandlung gegen Anne Perkins, geborene Hartmann aus Düsseldorf, zuletzt wohnhaft in Nuku Hiva im Marquesas-Archipel«, sagte Bäcker ernst. »Einwände?«

»Quatsch«, knurrte Shirley.

»Sie ist angeklagt des Mordes an ihrem Mann Yul Perkins.« Bäcker beugte sich zu Anne vor. »Bekennen Sie sich schuldig, Anne?«

»Nicht schuldig«, sagte Anne mit tiefem Ernst.

»Die Anklage hat das Wort. Paul Shirley, beginnen Sie mit der Anklage.«

Shirley erhob sich. Er raffte seine Hose höher, schob das Tuch, das er als Sonnenschutz über seinen Kopf gelegt hatte, zurück und wischte sich mit einem Hemdzipfel den Schweiß von der Stirn. Sein Blick zeigte deutlich, was er von dieser »Gerichtsverhandlung« hielt. Aber er begann doch mit seiner Anklage. »Am 12. Mai ließ der Diener Hawakami den deutschen Schäferhund der Familie Perkins in den Garten. Wie jeden Morgen führte er ihn in einen bestimmten Teil des großen Grundstückes, aber an diesem Morgen riß sich der Hund los und schien mit gesenkter Nase eine Spur zu verfolgen. Er rannte in einen Winkel des Parks, begann zu scharren und bellte. Der Diener Hawakami wunderte sich, half beim Buddeln und zog ein nur oberflächlich, in sichtbarer Eile vergrabenes Frauenkleid heraus. Ein Kleid voll eingetrockneter, großer Blutflecke. Stimmt das, Mrs. Perkins?«

»Ja.«

»Es war Ihr Kleid?«

»Ja. Aber ich habe es seit über einem Jahr nicht mehr getragen. Es hing vergessen in einem der vielen Schränke, die wir im Haus hatten. Ich konnte es auch gar nicht mehr tragen, es war zu weit geworden. Ich hatte zehn Pfund abgenommen.«

»Wir schickten das Kleid nach Papeete«, fuhr Shirley fort. »Dort haben wir einen Gerichtschemiker. Er untersuchte die Flecken: Es war Menschenblut der Gruppe B, Rhesus negativ. Drei Monate vorher war Yul Perkins verschwunden. Angeblich war er mit seinem Boot nach Atuana gefahren. Aber dort ist er nie angekommen. Außerdem lag sein Schiff noch im Hafen. Hier nun passierte der jungen Witwe die erste Panne: Im Schreibtisch von Yul Perkins fanden wir seinen Impf- und Blutgruppenpaß. Die Analyse von Papeete und die Eintragungen stimmten überein. Es war Yul Perkins' Blut!«

»Und der Dolch?« fragte Bäcker heiser. Er wagte nicht, Anne anzusehen.

»Der wurde unter der Matratze von Anne Perkins' Bett gefunden. Sie hatte Monate seelenruhig auf der Mordwaffe geschlafen.«

Bäcker wollte eine Zwischenfrage stellen, aber Shirley winkte beidhändig ab. Sein Bericht erregte ihn sichtlich. »Es *war* die Mordwaffe!« rief er. »An der Schneide klebte das gleiche Blut. Dann fanden wir auch die Leiche. Ein Malaienkellner gab uns einen Hinweis. Er hatte in einer Nacht gesehen, wie eine Frau einen Sack aus einem Pferdekarren zog. Das war in der Nähe der Riffe. Wir suchten an der angegebenen Stelle und holten den Sack aus dem Wasser. Er hatte sich in den Riffen festgeklemmt. Yul Perkins war schon sehr verwest, aber es konnte eindeutig festgestellt werden, daß man ihm den Hals durchgeschnitten hatte. Das blutige Kleid, der Dolch im Bett, die Frau an den Klippen – es genügte vollauf, um Anne Perkins zu verhaften.«

»Ich war es nicht!« schrie Anne. Sie sprang auf, streckte die Arme nach Bäcker aus und wankte leicht. In ihren Mienen, in den schönen, großen braunen Augen spiegelte sich helle Verzweiflung. »Glauben Sie mir doch! Ich habe das Kleid nicht getragen. Ich habe den Dolch nie gesehen. Ich war nie an den Klippen! Ich weiß gar nicht, wo sie sind!«

»Das ist aber merkwürdig.« Shirley grinste breit. Er zog aus seiner Hose eine Brieftasche heraus. »Außer unserem nackten Leben habe ich auch das gerettet und gestern vorsichtig zum Trocknen in den Schatten gelegt. Schauen Sie sich das an, Euer Ehren Werner Bäcker.« Dicker Hohn troff aus seinen Worten. »Dieses Bild hat der Fotograf Bolula aus Nuku Hiva gemacht. Es zeigt Anne Perkins, wie sie auf diesen Klippen liegt und sich sonnt.«

Von diesem Augenblick an begann Bäcker Shirley zu hassen.

Das Foto war eindeutig. Bäcker starrte es an und empfand gleichzeitig große Lust, Shirley in die grinsende Visage zu schlagen. Ein schönes, scharfes Farbfoto, und Bäcker verfluchte das Meer, daß es dieses Bild nicht mit seinem Salzwasser zerstört hatte: Anne Perkins lag auf dem Felsen, und sie trug einen Bikini, so knapp und von der Sonne durchleuchtet, daß ihr Körper wie nackt wirkte.

Er betrachtete das Bild länger, als notwendig war.

Shirley unterbrach ihn und schnitt seine Gedanken ab, wie man Anne hier noch heraushelfen könne. »Um Ihrer im Herzen rotierenden Frage gleich vorher die Antwort zu geben«, sagte er mit dem richtigen Gespür, »es gibt auf Nuku Hiva nur diese Klippenlandschaft. Nur diese eine. Was sagen Sie nun: Anne will sie nicht kennen.«

Bäcker legte das Foto vor sich in den Sand, beschwerte es mit einer Muschel und sah Shirley wie etwas Ekelhaftes an. »Weiter«, sagte er. »Sprechen Sie weiter.«

»Das wäre schon alles. Wir haben einen ganzen Sack voll Indizien, und Anne hat nur ein einziges Gegenargument, ihre stereotype Beteuerung: Ich bin es nicht gewesen. Das sagen seit sechstausend Jahren alle Mörder, bis man sie überführt.«

Bäcker sah zu Anne hinüber, mit einem flehenden Blick, als ginge es um seinen Kopf und nicht um ihren. Für jeden Richter auf der Welt war die Lage klar, da hatte Shirley recht. Aber hier war man auf Viktoria-Eiland, er war der Herr der Insel, und ihm mußte man Annes Schuld erst lückenlos beweisen. Hier gab es keine starren Paragraphen, nur den guten Menschen und den schlechten Menschen.

Anne saß vor Bäcker auf ihrem Stuhl aus Wurzeln, griff mit der Hand in den Sand und ließ ihn über ihre nackten Beine rieseln. Ein dummes, kindisches Spiel in dieser Situation. Oder eine Geste völliger Hilflosigkeit?

»So sagen Sie doch etwas!« bat Bäcker.

Anne schüttelte den Kopf. Ihre braunen Augen lagen hinter einem Schleier aus Traurigkeit. »Was soll ich sagen? Ich kann Sie nur bitten: Glauben Sie mir.«

»Da haben Sie's!« rief Shirley triumphierend. »Der Appell ans Herz! Wenn sie wenigstens weinen würde! O nein, die weint nicht! Sie sitzt steinern da wie ein Fetisch. Nerven hat sie. Nerven, sage ich Ihnen! Drei Monate lang hat sie in einem Loch von Zelle gelebt, Spinnen und Würmer krochen da herum. Jeder andere wäre krepiert vor Ekel oder hätte ein Geständnis abgelegt. Sie nicht! Sie hat geschlafen, gegessen, ist in ihrem heißen Käfig herumgewandert und hat keine Träne vergossen!«

»Vielleicht ist sie keine Mörderin, Shirley?«

»Aha! Der hohe Gerichtsherr wird zum Verteidiger! Die Dame hat Sie mit ihren großen braunen Rehaugen angesehen, und schon steht für Sie fest: Anne Perkins hat ihren Mann Yul nicht umgebracht! – Das ist Ihr objektives Verfahren! Bäcker, ich scheiße darauf! Schluß mit der Verhandlung!«

»Nein!«

»Was nein?«

»Ich spreche Anne nicht vom Mord frei, Shirley –«

Anne Perkins zuckte hoch. »Sie verurteilen mich also auch? Sie glauben mir nicht?« Es war wie ein Aufschrei. Zum ersten Mal verließ sie den Schutzpanzer ihrer steinernen Ruhe und wurde eine Frau wie jede andere. Shirley starrte sie an, als habe sie begonnen, sich zu häuten. »Es war doch alles ganz anders! Als Yul von seiner Fahrt nach Atuana nicht zurückkam, habe ich das sofort gemeldet.«

»Nach fünf Wochen!« rief Shirley.

»Was sollte ich tun? Ich konnte ja nur warten!«

»Die liebende Frau, die am Fenster sitzt und übers Meer schaut. Wer soll Ihnen das abnehmen, he? Bäcker, fragen Sie Anne, ob ihre Ehe glücklich war.«

»Was sie glücklich, Anne?«

»Nein!« Sie warf den Kopf zurück. »Als Yul wegfuhr, hatten wir schon wochenlang nicht miteinander gesprochen.«

»Und warum?«

»Er war einundfünfzig, und sie ist achtundzwanzig! Ist das

eine Erklärung?« schrie Shirley dazwischen, ehe Anne antworten konnte. »Er benahm sich wie ein Gockel, aber sie gakkerte lieber vor jüngeren Hähnen. Wenn sich Yul und Anne begegneten – und das war ja nicht zu vermeiden –, war's immer, als wenn sich zwei Boxer im Ring gegenüberstehen.«

»Hat Yul Sie geschlagen?« fragte Bäcker und spürte sein Herz hart klopfen.

»Ja. Mit der Faust. Mindestens jede Woche einmal blutete ich aus der Nase.«

»Das wußte ich noch gar nicht! Noch ein Mordmotiv!« Shirley rieb sich die Hände. »Bäcker, Ihr Gerichtsspiel ist verdammt von Nutzen, ich hätte das nicht gedacht. Altersunterschied, Brutalität, Millionenerbschaft, Lebenslust – zwischen diesen vier Pfählen hängt man Sie auf, Anne!«

»Hatten Sie einen Geliebten?« Bäcker kaute an dieser Frage wie auf Gummi. Aber sie mußte sein – er war sicher, daß Anne sie nicht beantworten würde. »Sagen Sie die Wahrheit, Anne.« Seine Stimme klang heiser. »Wir sind hier nur zu dritt. Drei Menschen auf einer einsamen Insel. Wir sollten jetzt ganz ehrlich sein.«

»Ich hatte keinen Geliebten«, sagte Anne Perkins laut. »Auf Nuku Hiva gab es keinen, der mir gefiel.«

»Aha! Ein halbes Geständnis!« rief Shirley munter. »Hätte es damals schon einen Werner Bäcker gegeben, wäre die Dame umgefallen.«

»Lassen Sie Ihre dämlichen Zwischenrufe, Shirley!« sagte Bäcker ärgerlich. »Sie sind doch zu blöd!«

»Zu Befehl, Euer Ehren.« Shirley setzte sich auf seinen Wurzelstock zurück. Er streckte die Beine weit von sich und zog das Tuch wieder über seinen Schädel. Er schien mit der Unterhaltung zufrieden zu sein. Man hatte mehr erfahren als vorher in drei Monaten. »Was nun? Hat das Gericht sich ein klares Bild machen können? Einen Dreck hat es. Von Ihrer Seite, Bäcker, ist alles nur dummes Gerede, von meiner Seite aber Beweise: Kleid, Dolch, Leiche, Foto! Die Anklage verzichtet auf weitere Worte.«

»Und Sie, Anne?« fragte Bäcker. Er blickte in ihre großen Augen, und er sah nichts als das Flehen um Vertrauen. »Sie haben das letzte Wort, Anne.«

Sie hob die schmalen Schultern und wandte sich ab. Es war, als wolle sie das Meer als Zeugen anrufen. Dieses Meer, das den Sack mit Yul Perkins' Leiche umspült hatte, das Meer, das den Mörder gesehen hatte, wie er den Sack zwischen die Klippen warf, das Meer, das so niederträchtig war, den Sack mit der Leiche nicht wegzureißen ins Weite, wo er für immer verschwunden wäre, sondern ihn zwischen den Felsen festklemmte.

»Ich schwöre es: Ich war es nicht«, sagte sie kaum hörbar.

»Wie melodramatisch!« Shirley lachte laut. »Der Schwur eines Mörders ist wie das Rülpsen eines Vollgefressenen. Ihr Urteil, Bäcker!«

Bäcker winkte ab. Shirleys Stimme ekelte ihn an. »Was ist Ihnen das Liebste auf der Welt, Anne?« fragte er.

»Ich weiß es nicht.« Sie sah ihn angstvoll an. Es war klar, sie verstand ihn nicht. »Ich habe nichts, was mir das Liebste sein könnte. Mit vierundzwanzig lernte ich Yul auf der Düsseldorfer Messe kennen. Acht Wochen danach heirateten wir. Ich fuhr mit ihm in die Südsee. Damals glaubte ich, in ein Paradies zu kommen – es war die Hölle! Nichts war darin, was mir lieb war. Doch, ja, ich habe etwas.« Sie senkte den Kopf. Die Haare wehten über ihr Gesicht, durch die schnelle Bewegung hatte sich der Bindfaden um den Knoten im Nacken gelöst. »Meine Mutter. Ich bin damals von ihr, von zu Hause, weggelaufen mit Yul. Einfach, weil ich glaubte, daß ich ihn liebte. Heute weiß ich, daß meine Mutter der einzige Mensch ist, der mich liebt und den ich liebe.«

»Schwören Sie bei Ihrer Mutter, Anne«, sagte Bäcker feierlich. Er konnte sie gut verstehen. Er dachte an seine Familie, an Vicky und die Kinder – sie waren ihm auch das Liebste auf der Welt gewesen. »Können Sie bei Ihrer Mutter schwören, Anne?«

»Ja.« Sie starrte Shirley an, dessen Grinsen unter diesem Blick erfror. »Ich habe Yul nicht getötet, ich schwöre es bei meiner Mutter.«

Bäcker atmete auf.

Shirley schüttelte den Kopf, sprang von seinem Sitz hoch und hieb die Fäuste gegeneinander. »So ein Blödsinn! Das ist ja widerlich!« schrie er. »Diese Frau schwört alles! Sie schwört Gott ein Loch in den Bauch!«

»Verdammt! Seien Sie endlich still!« schrie Bäcker zurück. »Mag sein, daß Ihnen der Haß und mir die Sympathie für Anne den klaren Blick trüben, aber eins müssen Sie zugeben: Es klang ehrlich.«

»Zu ehrlich, Bäcker.«

»Machen wir Schluß.« Bäcker erhob sich. »Das Gericht hat sich ein Bild gemacht und hat seine Entscheidung getroffen. Nein, unterbrechen Sie mich nicht, Shirley, das hier ist jetzt eine feierliche Handlung, eine Ausübung meiner Hoheitsrechte auf Viktoria-Eiland. Ich spreche Anne Perkins von der Anklage des Mordes an ihrem Mann Yul Perkins frei. Anne, Sie brauchen keine Angst mehr zu haben.«

Shirley faßte sich an den Kopf, rannte durch den Sand, trampelte in sinnloser Wut auf ihm herum und kickte eine Kaurimuschel ins Meer. Dann kam er zurück, blieb vor Bäkker stehen, breit, massiv, mit gespannten Muskeln, bereit zu jedem Angriff, und brüllte: »Das ist ja alles idiotisch! Wir müssen weg von hier – wir verlieren sonst alle den Verstand! Ihrer ist schon weg, und ich will ihn nicht auch noch verlieren! Morgen bauen wir das Floß!«

»Nein!« sagte Bäcker.

»Das wollen wir sehen! Ich habe gesunde Knochen – ich fange allein an.«

»Aber Sie haben kein Werkzeug, Shirley, das habe ich! Und wenn Sie auch nur ein Stück davon anrühren, schlage ich Sie zusammen.«

Shirleys Adern an den Schläfen schwollen an. »Das wird Ihnen drei Jahre einbringen, Bäcker. Ich bin Inspektor der Polizei –«

»Ihre Beamtenwürde können Sie sich an den Hut stecken, aber selbst einen Hut haben Sie nicht mehr.«

»Soll das heißen, daß wir hier auf dieser Insel bleiben müssen? Bis wir verdorrt sind?«

»Vielleicht.« Bäcker legte den Arm um Anne. Es war eine zärtliche Geste, und sie schmiegte sich an ihn, als habe sie die ganze Zeit darauf gewartet.

Shirley erkannte mit erschreckender Klarheit, daß er verloren hatte. Er ballte die Fäuste und schlug die Zähne aufeinander.

»Als Herr der Insel«, sagte Bäcker, »erkläre ich Sie, Paul Shirley, für interniert.«

»Sie sind total verrückt!« schrie Shirley. »Merken Sie sich eins: Ich habe eine Mörderin verhaftet, und ich liefere sie in Papeete ab! Und jetzt rutschen Sie mir den Buckel runter!«

XI

Fünf Nächte wechselten sie sich mit der Wache ab, zwei Stunden Anne, zwei Stunden Bäcker, wie beim Militär.

Anne schlief jetzt in der Hütte, und Shirley lag weiterhin draußen vor der Tür auf seiner Wolldecke, wie ein Hund, wachsam, knurrend, gefährlich.

Bäcker und Anne schliefen nicht zusammen – sie lag auf dem schwingenden Bambusbett, er streckte sich gegenüber an der Flechtwand aus. Aus mehreren Schichten Palmblättern hatte er sich ein Lager gebaut, und Annes Schwimmweste benutzte er als Kopfkissen. Es dauerte immer lange, bis er einschlief, er wartete, bis er ihren langen Atem hörte und wußte, daß sie vor ihm eingeschlafen war. Ein paarmal hörte er Shirley vor der Hütte husten, und er war drauf und dran, hinauszukriechen und ihm zu sagen: »Seien Sie still. Wecken Sie sie mit ihrem dämlichen Husten nicht auf. Wenigstens nachts soll sie vor Ihnen Ruhe haben!« Aber er blieb liegen, lauschte auf ihren Atem, ja es war ihm, als rieche er ihren Körper – als ströme der einen Geruch wie von der Sonne beschienene Orangen aus –, und das machte ihn glücklich und alarmierte gleichzeitig den Widerstand gegen dies Gefühl.

In der vierten Nacht, als er glaubte, sie schlafe schon längst, denn sie rührte sich nicht, sagte Anne plötzlich: »Komm zu mir.«

Er schüttelte den Kopf, drehte sich auf die andere Seite, starrte gegen die Bambuswand und biß sich in die Faust.

»Warum nicht?« fragte sie. Ihre Stimme war sanft. »Du liebst mich doch. Ich weiß, daß du mich liebst.«

»Wir sollten nicht darüber sprechen. Bitte, Anne«, sagte er atemlos.

»Aber ich muß darüber sprechen. Wir werden auf dieser Insel sein, bis wir sterben.«

»Gerade deshalb, Anne. Es bleibt uns noch so viel Zeit. Verdammt, ja, ich liebe dich. Aber da sind noch Vicky und die Kinder – ich bin noch nicht darüber hinweg, sie sind noch um mich.«

»Sie Rindvieh!« Shirley steckte den Kopf durch die Türöffnung. Er lag so nahe, daß er alles verstehen konnte. »Worauf warten Sie eigentlich noch? Kriechen Sie zu ihr! Wenn sie erst einmal lebenslänglich hat, ist es aus und vorbei damit. Dann kann sie wenigstens davon träumen, und das ist nicht verboten.«

Bäcker antwortete nicht. Er trat nach Shirley, aber der zog sich rechtzeitig zurück und ließ sich draußen mit einem mekkernden Lachen auf seine Decke zurückfallen.

Am Morgen nach der fünften Nacht weckte Shirley Anne und Bäcker mit lautem Hallo. Entsetzt sahen sie, daß sie beide geschlafen hatten und Anne die letzte Wache verpaßt hatte.

»Schaut einmal, ihr zwei Engel, was ich da habe!« sagte Shirley und hielt Bäckers Signalpistole hoch. »Damit wären alle Probleme gelöst. Es war nicht leicht, Bäcker, sie unter Ihrem Hintern hervorzuziehen, aber jetzt habe ich sie. Kennen Sie die gräßlichen Löcher, die Signalraketen in einen Körper reißen, wenn man sie aus nächster Nähe abfeuert? Sie sind fürchterlich, Bäcker, und deshalb wäre es klug, wenn Sie ab sofort *meinen* Befehlen folgten.« Er ahmte Bäckers Tonfall nach, hob die Pistole und schrie voll Hohn: »Ich übernehme die Gewalt über Viktoria-Eiland und verurteile Sie, Werner Bäcker, zur Zwangsarbeit! Los! Aufstehen! Sie auch, Anne! Hinaus! Wir bauen ein Floß!«

Gegen die Pistole gab es kein Argument. Bäcker stand auf, klopfte einige trockene Palmblätter von seiner Hose und winkte ab, als Shirley herrisch zur Tür zeigte. Wir müssen abwarten, dachte Bäcker. Jetzt ist auch ein Bambusspeer sinnlos, aber vielleicht ergibt sich irgendwann einmal die Gelegenheit, Shirley einen Pfeil in den Rücken zu schießen. Aber das war eine billige Hoffnung – er wußte schon jetzt, daß Shirley ihn nie aus den Augen lassen, daß er ihnen nie den Rücken zudrehen würde. Es würde sich nie die Möglichkeit ergeben, ihn überraschend anzuspringen. Außerdem war Shirley stärker als Bäcker, beweglicher, er hinkte nicht, hatte kein Bein, das immer noch jede schnelle Bewegung registrierte. Shirley war ganz einfach überlegen.

»Es ist meine Schuld«, sagte Anne und tastete nach Bäckers Hand, als sie aus der Hütte gingen. »Ich bin eingeschlafen.«

»Haben Sie darauf fünf Nächte gelauert, Shirley?« fragte Bäcker, als sie in der messingfarbenen Morgensonne standen.

»Natürlich.«

Bäcker zuckte resignierend mit den Schultern. »Sie sind ein zäher Bursche, Shirley.«

»Sie etwa nicht? Machen Sie sich doch nichts vor, Bäcker! Sie sind nicht zum Robinson geboren. Sie würden ein Bein oder einen Arm hergeben, wenn Sie damit Ihre Freiheit erkaufen könnten. Ihre Insel – das ist doch die Hölle! Das wissen Sie ganz genau. Kein Süßwasser, nur Vögel, Fische, Schildkröten, jenseits der Riffe Haie und darüber die Sonne, die einem das Gehirn wegbrennt, und ringsherum das Meer, das immer Ihr Feind ist, auch wenn es schläft. Aber dann kam der Tag, an dem Anne angeschwemmt wurde, und plötzlich wird die Hölle zum Paradies! Danken Sie Gott, daß es mich auch hierher verschlagen hat. So ist wenigstens einer da, um für euch vernünftig zu denken.«

»Sie wollen nur in die Freiheit, um Anne einzusperren«, sagte Bäcker heiser.

»Das auch. Aber in erster Linie will ich selbst hier weg! Ich bin ein geselliger Mensch. Aber zu dritt hier bis zum Lebensende – grauenvoll, der Gedanke! Und stellen Sie sich vor, ich überlebe Sie. Ich mit Anne allein. Bäcker, ich bin ein Mann wie jeder andere, und entgegen aller Vernunft kann ich nicht dafür garantieren, daß ich nicht doch schwach werde.«

»Ich würde Sie lieber umbringen, Shirley!« sagte Anne ruhig.

»Hören Sie, Bäcker, wie glatt ihr eine Morddrohung von der Zunge geht?« rief Shirley triumphierend. »Es steckt einfach in ihr drin.« Er winkte wieder mit der Pistole. »Machen Sie weiter wie bisher, Bäcker. Es hat sich nur äußerlich was geändert, sonst nichts. Richten Sie das Frühstück, Anne wird Fische braten, ich wärme die Bambussprossen auf. Aber ich warne Sie: Wenn Sie eine Waffe ergreifen, sei es ein Pfeil, ein Stein oder ein Speer – ich schieße sofort!«

»Und was dann?« Bäcker blickte in die noch kalte Sonne. »Dann sind Sie mit Anne allein!«

»Wenn Sie jemals mit mir allein sind«, sagte Anne, und ihre Stimme klang gefährlich leise, »werde ich Sie töten.« In ihren großen braunen Augen stand deutlich die Drohung, die Shirley sehr ernst nahm. »Dann werde ich das sein, was Sie in mir sehen wollen: eine Mörderin. Ich werde Tag und Nacht nur einen Gedanken haben: Wie kann ich Shirley umbringen? Und dann wird es irgendwann einmal diese eine Minute geben, in der es mir gelingt.«

»Und so etwas sprechen Sie frei, Bäcker!« sagte Shirley bitter.

»Anne hat recht, Shirley.«

Bäcker blies in die Asche. Er hatte ein Glutsparsystem entwickelt, um seine Streichhölzer so lange wie möglich zu behalten. In einem Loch im Sand, das er mit Steinen ausgelegt hatte, ließ er die glühende Holzasche langsam weiterglimmen, indem er sie fast luftdicht abdeckte und frisches Palmenholz über die Asche schichtete. Am Morgen räumte er dann die angekohlten Zweige bis auf die untersten weg, blies kräftig in die Asche, und aus der zaghaften Glut wurde das neue Feuer.

Auch heute kniete er vor dem Feuerloch und blies aus vollen Backen.

Hinter ihm stand Shirley, eine Rakete abschußbereit in dem Lauf der Signalpistole. Eine weiße Rakete.

»Eine scheußliche Situation für Sie, Shirley«, sagte Bäcker. »Sie können nicht Tag und Nacht wach bleiben.« Die Flamme züngelte hoch. Anne legte trockene Zweige darauf. »Einmal schlafen Sie ein, spätestens eine Woche nach meinem Tod. Und dann ist Anne am Zug. Auch auf die Bäume flüchten und wie ein Affe in den Zweigen schlafen nützt Ihnen nichts. Anne wird Ihnen folgen.«

»So sicher, wie es Abend und Morgen wird. Ich schwöre es, Shirley«, sagte Anne feierlich.

»Das ist Ihre Masche, was? Immerzu schwören. Beim lieben Mütterlein. Zum Kotzen!« Shirley wandte sich ab, steckte die Pistole in seinen Hosenbund und ging zur Böschung.

Dort hatte Bäcker seine »Vorratskammern« aufgefüllt und mit Bambustüren gesichert. In Schüsseln aus Kokosnußschalen sammelte er hier Bambussprossen, zarte, ihm unbekannte Wurzeln, die aber einen Geschmack nach Mohrrüben hatten, nur etwas süßer und weicher, und das Trockenfleisch von geschossenen Enten und großen, gespeerten Fischen. Shirley hatte die Vorräte schon am ersten Tag besichtigt und gesagt: »Sieh an, Yams- und Taro-Wurzeln. Sie leben fürstlich, mein Lieber.«

Jetzt blieb Shirley stehen und blickte zurück zur Hütte.

Bäcker und Anne standen nebeneinander, ein Bild, als sei die Welt gerade erschaffen worden.

»Suchen Sie nicht nach Ihren Pfeilen und dem Bogen!« rief Shirley. »Auch die Speere sind weg! Ich habe alles versteckt. Ich bin hier der einzige, der bewaffnet ist!«

Nach dem Frühstück gingen sie in den Wald. Shirley, von unbändigem Tatendrang erfaßt, suchte Bäume aus, nicht zu starke Stämme, die man später zu dritt wegschleppen konnte, ritzte sie mit dem Beil an und spuckte dann in die Hände. »Das wären sie«, sagte er und begann die Bäume zu fällen, ohne lange zu fragen, ob das überhaupt einen Sinn hatte. Er schlug zu wie besessen, ein Kerl mit Kräften wie ein Bär.

Bäcker bewunderte ihn in diesen Stunden. Gegen ihn habe ich keine Chance, dachte er. Man kann ihn nur überlisten. Warten wir auf eine Gelegenheit!

Shirley fällte an diesem Vormittag vier Bäume. Eine gewaltige Leistung mit dem kleinen Beil. Bäcker mußte mit einer Raspel aus seinem Werkzeugkasten die Zweige entfernen, eine wahrhaft knochenerweichende Arbeit. Anne trug die Laubhaufen zusammen und begann daraus Matten zu flechten.

Als Shirley das sah, war er so maßlos verblüfft, daß er eine Pause in sein wahnsinniges Arbeitstempo einlegte. »Wo haben Sie das denn gelernt?« fragte er.

»Ich habe es den Papuas abgesehen.«

»Und was soll das?«

»Wir brauchen doch Segel. Oder wollen Sie vielleicht tausend Meilen rudern? Mit ein paar Segeln fangen wir den Wind ein.«

»Sie sind eine verdammt rätselhafte Frau, Anne. Sie flechten Segel, damit ich Sie ins Zuchthaus bringe?«

»Nein. Ich flechte sie, um mit Werner hier wegzukommen.

An Sie denke ich gar nicht. Vielleicht gibt es Sie nicht mehr, wenn wir mit dem Floß in See stechen.«

»Das ist deutlich.« Shirley lächelte böse. »Die Morddrohungen häufen sich. Ich werde mir für meine Person ein Sicherheitssystem ausdenken, schon für die kommende Nacht. Und vergessen Sie eins nicht: Mein Schlaf ist leicht. Das wissen Sie bereits. Der kleinste Laut, und ich bin da.«

»Ich werde lautlos sein«, sagte Anne ruhig.

»Wie bei Yul, was? Wo haben Sie ihm eigentlich die Kehle durchgeschnitten? Das ist bis heute nicht geklärt worden. Im Haus jedenfalls nicht. Wir haben kein Blut gefunden. Im Park vielleicht?«

»Sie werden noch mal an Ihrem eigenen Gift krepieren, Shirley«, sagte Bäcker keuchend. Er schabte einen Stamm ab, seine Lungen platzten fast. »Fällen Sie weiter Bäume, das erlöst uns von Ihrem Gequatsche.«

Am Nachmittag schleppten sie die Stämme zum Strand, nahe ans Meer, aber weit genug von der Flut entfernt.

»Wieviel brauchen wir?« fragte Anne und setzte sich in den Sand.

»Um ein sicheres Floß zu haben, zwanzig bis dreißig Stämme. Bei dem Wellengang des Pazifiks ist aber eine doppellagige Bauweise sicherer, also mindestens vierzig Stämme.«

»So viel für zwei Personen?« sagte Anne laut.

Shirley fuhr herum. »Meine Nerven kriegen Sie nicht kaputt, Anne!« schrie er. »Verflucht, was macht der Mistvogel immer in unserer Nähe?«

Der Albatros stand hinter Shirley. Er war so zahm geworden, daß Bäcker manchmal mit ihm im Sand saß und den Sonnenuntergang beobachtete. Wenn es dunkel wurde, flog der Vogel davon zu den schwarzen Felsen.

»Lassen Sie den Vogel in Ruhe!« sagte Bäcker. »Er ist mir zehnmal lieber als Sie.«

»Ach! So ist das also? Ihr Herz hängt an ihm? Das kann man ändern.« Shirley trat auf den Albatros zu, hob einen langen Ast, schwang ihn über seinem Kopf und rief dabei lokkend: »Komm her, mein Vögelchen, komm her. Ei, mein schönes Vögelchen, komm her.«

»Shirley!« brüllte Bäcker. Er wollte sich auf ihn stürzen, stolperte über sein verkürztes Bein, ruderte mit den Armen, um im Gleichgewicht zu bleiben, und im gleichen Augenblick ließ Shirley den Ast niedersausen und traf den Vogel auf dem Kopf.

Lautlos fiel der Albatros um. Der Schnabel klaffte auf, ein Blutfaden sickerte über die Zunge, die schwarzen Augen brachen. Er blieb auf dem Rücken liegen.

»Sie Schuft!« schrie Bäcker. »Was hat Ihnen der Vogel getan? Sie verdammter Mistkerl!« Er hatte sich gefangen und stürzte sich jetzt wutentbrannt auf Shirley.

Aber der war stärker, er empfing Bäcker mit einem Faustschlag, genau in die Magengrube, und schleuderte ihn damit neben dem toten Vogel in den Sand. Gleich danach warf er sich herum, um gegen einen Angriff von Anne gewappnet zu sein.

Anne rührte sich nicht; starr, aber mit einem Blick, den Shirley langsam zu fürchten begann, saß sie vor ihren Palmzweigen.

Bäcker erhob sich ächzend, taumelte um den Vogel herum und schnappte nach Luft. Ihm war speiübel.

Shirley streckte die Fäuste vor. »Noch einen?« schrie er.

»Und Sie reden von Mord?« sagte Bäcker mühsam.

»So ein dämlicher Vogel!«

»Es gibt mehr dämliche Menschen!«

»Er war Ihr Freund, was?« Shirley grinste zufrieden. »Gerade deshalb mußte er dran glauben. Vielleicht erkennen Sie jetzt, daß überall das Recht des Stärkeren herrscht. Denken Sie realistisch, Bäcker! Auch auf Viktoria-Eiland.« Er bückte sich und hob das Beil auf, blies den feinen Sand von der Schneide und ließ es dann in der Hand wippen. »Ich gehe jetzt in den Wald und fälle noch zwei Bäume«, sagte er. »Inzwischen können Sie sich ausweinen.«

»Einmal rechnen wir ab, Shirley!« sagte Bäcker. »Bis zu dieser Minute waren Sie ein Vertreter des Gesetzes, jetzt sind Sie in meinen Augen nur noch ein ganz mieser Kraftmeier und ein Charakterschwein. Aber ich zahle Ihnen alles heim, verlassen Sie sich darauf!«

»Zuerst bauen wir das Floß!« Shirley schwang das Beil durch die Luft. Seine Stimme triumphierte. »Sie können mich ja später in Papeete des Vogelmordes anklagen, Sie Idiot. Hier aber braucht jeder jeden. Also los! An die Arbeit! Ich gebe Ihnen zehn Minuten, Ihren Vogelfreund zu begraben. Wollen Sie auch ein Kreuz aufs Grab setzen? Verdammt, das ist ja schon pervers! Der Teufel hole Ihre Sentimentalität! Zehn Minuten – dann kommen Sie in den Wald und schlagen weiter die Äste ab!« Er ging davon, kraftvoll, leicht in den Hüften schaukelnd wie ein Seemann, das Beil über der Schulter.

»Ich habe noch nie einen Menschen so gehaßt wie ihn«, sagte Anne und legte die geflochtene Matte zur Seite. »Nicht einmal meinen Mann.« Sie erhob sich und stellte sich neben Bäcker, starrte auf den toten Vogel und legte tröstend den Arm um Bäckers Hüfte. »Wir wollen ihn anständig begraben.«

Bäcker nickte, kniete neben dem Albatros nieder, streichelte sein Gefieder und weinte.

Vom Wald her pfiff Shirley. Fordernd, provokatorisch, wie

man einem ungehorsamen Hund pfeift. »Hierher!« brüllte er hinterher.

»Man sollte ihn töten«, sagte Anne leise. »Man sollte ihn wirklich töten! Er erzieht uns geradezu zu Mördern.«

Sie begruben den Vogel an der Böschung, und sie ließen sich Zeit dazu. Shirley hörten sie an den Stämmen toben, er rief noch ein paarmal, aber sie reagierten nicht darauf. Er kam aber auch nicht wieder zu ihnen, und das war klug von ihm.

Der Gedanke an das Floß, das sie von Viktoria-Eiland ins Leben zurückbringen sollte, verlieh Shirley Riesenkräfte. Er fällte bis zum Abend noch drei Bäume, und das mit einem fast stumpfen Beil. Er schien nicht müde zu werden; sein muskulöser Oberkörper glänzte vor Schweiß, und man sah ihm an, daß er sich seiner gewaltigen Körperkräfte bewußt war. Er trieb Bäcker mit groben Reden zur Arbeit an und nannte ihn mehr als einmal »einen Pudding auf Beinen«.

In der Dämmerung besuchte Bäcker noch einmal seinen toten Albatros, schichtete von den Klippen mitgebrachte Steine auf das Grab und stand dann still vor dem kleinen Hügel. »Ohne dich wäre ich wahnsinnig geworden, Vogel«, sagte er leise. »Daß ich die ersten Wochen überlebt habe, daß ich meinen verfluchten Knochen besiegt habe – deine Gegenwart hat es gemacht. Ich wollte mich nicht vor dir blamieren, vor einem Vogel. Und ausgerechnet ein Mensch muß dich umbringen.«

»Man sollte es nicht für möglich halten!« schrie Shirley vom Feuer herüber. Er briet einen großen Fisch, den Anne mit einem Stückchen Nylonschnur von der Gummiinsel und einem kleinen Köderfisch im seichten Lagunenwasser gefangen hatte. »Schade, daß kein Pfarrer hier ist, um den Scheißvogel einzusegnen. Singen Sie doch ein Requiem, Bäcker! Ich habe mich zwar nie um die Kirche gekümmert, aber ein Ave Maria bringe ich noch zustande. Los, stimmen wir es an! Im Chor! Ave Maria –« Er lachte rauh, sang ein paar Takte und schob den Fisch vom Stecken. Die Haut war geplatzt, das weiße Fleisch quoll hervor. Es duftete herrlich. Ein schöner Fisch!

Bäcker kam zum Feuer zurück und blieb vor Shirley stehen. »Sie kommen sich wohl sehr stark vor und sehr klug, was?« sagte er langsam.

Shirley schielte aufmerksam zu ihm hoch.

»Ein Floß, ein Segel, zwei Paddel von meiner Gummiinsel, und die Welt gehört Ihnen!«

»So ähnlich, Bäcker. In drei Wochen machen wir es den ersten Papuas nach.«

»Sie hirnloser Muskelprotz! Und womit wollen Sie die Baumstämme zusammenfügen? Mit meinen Halbzollnägeln? Die kitzeln doch nur die Rinde! Wir haben keine Stricke, und Lianen gibt es hier nicht. Wollen Sie die Stämme mit Spucke kleben oder festhalten?«

Shirley legte seinen Fisch auf die Knie und biß sich auf die Unterlippe. In seinem Freiheitsrausch hatte er das wirklich übersehen. Die gefällten Bäume nützten gar nichts, wenn man sie nicht zusammenbinden konnte. Die bastartigen Fasern der Palmen waren nicht stark genug, sie schabten sich zu schnell durch.

»Dann bauen wir eben einen großen Einbaum mit Ausleger!« sagte Shirley rauh. Diese Niederlage vor Bäcker mußte er erst verdauen. »Das dauert zwar länger, aber es ist auch sicherer. Wissen Sie, wie die Eingeborenen ihre Einbäume herstellen?«

»Ich habe es gesehen. Für ein Dreimannboot brauchen wir ein Vierteljahr. Mit einem stumpfen Beil, einer Zange, ein paar Schraubenziehern, einer Raspel – guten Appetit, Shirley.«

»Die Zeit läuft uns nicht weg, Bäcker – das ist das einzige Geschenk der Einsamkeit. Wir haben Zeit, so viel wir wollen. Wir suchen uns morgen den dicksten und stärksten Baum aus und fressen uns durch ihn durch. Machen Sie nicht schon vorher schlapp!«

»Ich werde noch stehen, wenn Sie schon auf allen vieren kriechen, Shirley.«

»Das möchte ich sehen!« Shirley lachte grob. »Ich bin in der Südsee aufgewachsen – Sie kennen das hier noch nicht genug. Lassen wir's darauf ankommen!«

In der Nacht ließ Shirley nach einem langen Blick Anne und Bäcker allein. »Ihr traue ich alles zu«, sagte er und nickte zu Anne hinüber. »Ich suche mir ein Versteck, um ruhig schlafen zu können. Kommen Sie mir nicht nach – ich schieße sofort! Ich werde meine Umgebung so präparieren, daß auch das vorsichtigste Anschleichen ein Geräusch verursacht. Ich habe einen leichten Schlaf, Bäcker, das wissen Sie. Es hat gar keinen Sinn zu versuchen, mich zu überrumpeln.« Er ging in den Wald, nahm Signalpistole, Speere, Bogen und Pfeile, Hammer, Zange, Raspel, Schraubenzieher und andere Werkzeuge mit und verschwand in der Dunkelheit.

»Ich wünschte, ein wildes Tier würde ihn zerreißen!« sagte Anne voll Haß.

»Hier gibt es keine wilden Tiere«, sagte Bäcker. »Nur drei Menschen. Aber das genügt.«

Er deckte das Feuer in seiner Glimmgrube ab, und als der Mond hinter den Wolken hervorschwamm, überfiel ihn eine gewaltige Sehnsucht nach Ruhe. Vier Monate war er allein gewesen, und jeder Abend war – wenn er sich recht erinnerte – eigentlich ein Fest gewesen. Er hatte gesungen, mit den Sternen, dem Wind und dem verhaßten Meer gesprochen und war dann zufrieden eingeschlafen. Ein Tag war wieder überlebt worden; das war ein Feiern wert. In all diesen Wochen hatte er nie das Gefühl gehabt: Endlich ist der Tag vorbei – nein, er hatte immer nur gedacht: Ich habe diesen Tag erobert. Ich bin stolz auf den Tag. Er war vollkommen in die Natur, die ihn gefangenhielt, hineingewachsen.

Das war jetzt anders geworden. Er war froh, daß die Nacht alles zudeckte und daß er Shirleys laute, rauhe, überlegene Stimme nicht mehr hören mußte. Dann war es wie früher – das Rauschen des Meeres und das Rascheln der Palmblätter im Wind.

Er saß mit Anne vor der Hütte und sah übers Meer, genoß die ergreifende Weite der See und die silbernen Streifen, die der Mond über das träge Wasser zog. »Wir müssen uns darüber klar werden, Anne«, sagte er, »was in den nächsten Wochen passiert. Das Boot bauen oder hier bleiben. Etwas anderes gibt es nicht. In beiden Fällen bedeutet es für Sie lebenslänglich. In Papeete ist es die Zelle, hier auf der Insel das Meer, das Sie für immer gefangenhält. Sie haben keine große Auswahl, Anne.«

Sie legte den Kopf gegen seine Schulter, und er empfand es als sehr angenehm und spürte ihre verhaltene Zärtlichkeit, die zu ihm drängte.

»Trauen Sie mir zu, daß ich meinen Mann getötet habe?«

»Ich habe Yul nicht gekannt.«

»Er war groß, stark wie ein Stier. Auf den ersten Blick imponierte er, auf den zweiten wurde er lästig, nach dem dritten Blick war er unerträglich. Er betrachtete alles als sein Eigentum – die Farm, die Boys, die Mädchen, mich. Alles nur Inventar. Man hätte hundert Gründe gehabt, ihm die Kehle durchzuschneiden, aber ich habe es nicht getan. *Ich* nicht!«

»Kann es einer der Malaien gewesen sein?«

»Für sie war er der Große Herr. Auch im 20. Jahrhundert gibt es noch eine Art Sklavenbewußtsein. Nein – sie hätten es nie getan. Sie bewunderten seine Stärke, die ich haßte. Aber Yul hatte einen Bruder. James Perkins.«

»Auf Nuku Hiva?«

»Nein, er ist Kopraplanzer und Exporteur auf Fakarava. Das ist eine der größten Inseln im Tuamotu-Archipel. Ab und zu besuchte er uns mit seinem eigenen Flugzeug. Er kam immer unerwartet, nur um Yul mit einem geradezu wahnsinnigen Haß anzusehen und zu sagen: ›Verreck, du Hund! Warum lebst du noch? Im Himmel gibt es keine Gerechtigkeit mehr. Gott schläft! Aber ich werde die Teufel mobilisieren!‹ Dann flog er wieder ab. Yul lachte über ihn, in seiner abscheulichen Art, und nannte James einen Idioten.«

»Und warum dieser Bruderhaß?«

»Yul hat vor sechs Jahren James' Frau verführt, eine wunderschöne Eingeborene, so wie sie Gauguin einmal gemalt hat. Als sie merkte, daß sie ein Kind von ihm bekam, und es ihm sagte, warf er sie vor die Tür und hetzte den Hund auf sie. Sie sprang von den Klippen ins Meer, mitten in ein Haifischrudel hinein. Es war grauenhaft. Und Yul sagte dazu: ›Nur ein Papuaweib! James soll sich nicht so anstellen! Von denen gibt es so viele wie Kaurimuscheln.‹ So war Yul.«

»Hat man James auch verhört?«

»Natürlich. Aber als Yul verschwand, war er auf den Tonga-Inseln. Sie sehen, es bleibt an mir hängen.« Sie legte sich hin, bettete ihren Kopf in Bäckers Schoß und breitete ihre Haare über das Gesicht wie einen Vorhang.

Er streichelte ihren Hals, ihre Schultern und die kleinen, spitzen Erhebungen ihrer Brüste und genoß den schweren Druck, der plötzlich auf seinem Herzen lag.

Sie hat es nicht getan, dachte er. Es interessiert mich auch nicht mehr. Sie ist hier, als solle die Schöpfung von neuem beginnen, das allein ist wichtig. Ich werde mich an sie gewöhnen, sie wird mir unentbehrlich sein, ich werde sie lieben – das ist ein ganz natürlicher Vorgang. Alles andere will ich vergessen, es ist weit weg. Wir fangen von vorn an mit unserem Leben...

Aber da ist Shirley, diese gefährliche Ladung Energie. Da ist sein verdammter Einbaum und sein Drang, Anne lebenslänglich in eine Zelle zu bringen. Er wird in drei, vier Monaten sein verfluchtes Boot fertig haben, auch wenn wir ihm nicht dabei helfen.

Kain, der Kraftmensch, erschlug Abel, den Sanften. Warum soll es nicht einmal umgekehrt sein?

»Sie wissen nicht, was Sie glauben sollen, nicht wahr?« sagte Anne. Sie hielt seine Hand fest, die auf ihrer Brust lag. »Und Sie haben recht. An einen Menschen blind zu glauben ist töricht und naiv. Ja, wenn er aus Glas wäre und man könnte alles in ihm sehen...«

»Ich liebe dich, Anne«, sagte Bäcker langsam. »Ich kann mich nicht mehr dagegen wehren. Ich will mich auch nicht mehr wehren.« Er strich ihr die Haare aus dem Gesicht, beugte sich über sie und küßte sie.

Sie schlang die Arme um seinen Nacken und drückte seinen Kopf nach unten. Er sah in ihre großen dunklen Augen, und es war ihm, als seien sie jetzt schwarz mit einem goldenen Punkt in der Mitte. Er riß sie an sich, so heftig, daß ihr der Atem stockte, und dann umgab ihn die Gluthitze völliger Verschmelzung. Nie zuvor war er so verloren an eine Frau, nie zuvor hatte er eine so glühende Seligkeit empfunden.

Gegen Mitternacht erst fielen sie auseinander, lagen erschöpft im zerwühlten Sand, ihre Körper dampften, und die

Kühle der Nacht war köstlich. Das milchige Licht des Mondes wanderte über ihre nackten Leiber.

»Wirst du Shirley töten?« fragte sie.

Sie lag neben ihm, ihre Worte kamen einzeln, wie zerhackt, von Seufzern unterbrochen.

»Ich weiß es nicht, Anne. Ich habe noch nie einen Menschen getötet. Man sagt das so leicht daher: ›Ich bringe dich um‹, aber es ist gar nicht so einfach, es zu tun. Irgendwie muß man dazu geboren sein, um es mit vollem Verstand zu tun. Shirley ist ein sturer Hund, aber er tut nur seine Pflicht. Man hat zu ihm gesagt: ›Bell den Mond an‹, und er wird ihn anbellen. Man sagte zu ihm: ›Faß zu‹, und er nimmt einen zwischen die Zähne. Und man hat in Papeete zu ihm gesagt: ›Hol diese Anne Perkins ab‹, und er holt dich. Darüber hinaus denkt er nicht – es ist nicht seine Aufgabe. Ist das ein Grund, ihn umzubringen? Wenn die Ausrottung von Sturheit Gesetz würde, rottete sich die Menschheit schnell aus.«

»Wieviel Worte um ein Nichts«, sagte sie leise. Er spürte die warme, zärtliche Nähe ihres Körpers, ohne die er nicht mehr leben wollte. »Irgend etwas muß aber geschehen.«

Er nickte, zog sie nahe an sich und legte sein Gesicht zwischen ihre Brüste. Was, dachte er, o Himmel, was soll geschehen? Ich kann Shirley doch nicht umbringen…

XII

Es geschah am nächsten Morgen, gleich nach dem Frühstück.

Shirley war aus dem Wald zurückgekommen, ausgeschlafen, voll von Ideen, ein Bündel Kraft auf zwei Beinen. Er hatte seinen großen, dicken Baum gefunden, den richtigen für einen Einbaum. »Daran werden wir eine Woche nagen«, sagte er. »Ihr Beil ist Mist, Bäcker, das wissen Sie. Außerdem ist es nicht die beste Qualität, auch wenn hier ›Made in Germany‹ draufsteht. Wir werden zuerst die Schneide auf Steinen schleifen, sonst hacken wir uns die Lunge aus dem Leib. Aber in einer Woche liegt der Baum!« Er schnupperte in die Luft. »Was gibt's zum Frühstück, Freunde?«

»Kalten Entenbraten und Regenwasser.«

»Lukullisch!« Shirley betrachtete Anne, die den Braten in Streifen schnitt. Wie in grauer Vorzeit benutzte sie dazu einen spitzen Stein. »Sie sehen verändert aus, Anne. Verdammt, die Liebe verschönert jede Frau. Bäcker, gestehen Sie: Sie haben Ihre Viktoria betrogen.«

»Gehen Sie zum Teufel!« schrie Bäcker. »Sie machen es einem verflucht schwer, anständig zu bleiben.«

Shirley lachte grölend. »Die Anständigkeit wird immer geringer, je südlicher sie am menschlichen Körper herunterrutscht, und ich prophezeie Ihnen, daß Anne –« Mitten im Satz verstummte er.

Auch Bäcker und Anne lauschten.

Plötzlich war etwas um sie, was nicht hierher gehörte. Ein Ton, ganz fern, wie ein Röcheln des Windes. Bäcker kannte es bereits, und er dachte: Warum muß es jetzt kommen, warum überhaupt? Damals war er ihm schreiend nachgerannt, jetzt war er bereit, davor zu flüchten, sich zu verkriechen, zu betteln, daß es um die Insel herumflog.

»Ein Flugzeug!« sagte Shirley. Anne zog erschrocken die Schultern hoch. Es klang wie »Schuldig des Mordes«. »Es kommt auf uns zu. Wir brauchen keinen Einbaum mehr. Jetzt ist Ihre Signalpistole dran, Bäcker. Wenn da oben kein Blinder fliegt, muß er die rote Rakete sehen.«

Er rannte zum Strand hinunter, und Bäcker hinkte ihm nach, getrieben von Annes entsetztem, flehendem Blick.

Shirley stand nahe am Meer, breitbeinig, wie in den Sand gerammt, und wartete auf das Auftauchen des Punktes am Himmel. Er hatte den Kopf in den Nacken gelegt, und seine von der Sonne geblendeten Augen starrten in den wolkenlosen Himmel. Die Signalpistole hielt er entsichert in der Hand, in Hüfthöhe, mit angewinkeltem Arm, um sofort, wenn das Flugzeug auftauchen würde, den Arm hochzureißen und die Rakete abzuschießen.

Er hörte Bäcker kommen, er erkannte ihn an dem hinkenden, knirschenden Schritt. Er drehte sich nicht um, so sicher war er sich. »Sie haben verloren, Bäcker!« sagte er. »Jetzt kann ich es zugeben: An den Einbaum habe ich selbst nicht richtig geglaubt. Ich mußte mich dazu zwingen, ein sturer Optimist zu sein. Aber das da oben ist eine reelle Chance, und wir werden sie uns nicht durch die Lappen gehen lassen. So ein Einbaum ist ein verdammt wackliges Ding, auch mit Auslegern. Nicht jeder kann ihn segeln oder paddeln, ich hab's auch noch nicht versucht. Ich bin nur mit ein paar Papuas mitgefahren und habe mir fast die Hose vollgeschissen. Ich hockte in dem schmalen Kahn wie ein Pflaumenmännchen. Aber um von Ihrer autonomen Insel Viktoria wegzukommen, würde ich selbst auf einem Baumstamm übers Meer reiten. Aha! Da ist es! Sehen Sie den glitzernden Punkt? Links neben der Sonne.«

Bäcker sah ihn genau. Viktoria-Eiland muß unter der Route eines Lufttaxis liegen, dachte er. Vielleicht fliegt jeden Monat einmal eine Maschine über uns weg, von den Marquesas zu den Tuamotus. Wenn ich mit dem Sextanten richtig gepeilt habe, liegen wir genau dazwischen. Das ist beruhigend und alarmierend zugleich. Beruhigend, weil man einmal im Monat die Möglichkeit hätte, die Welt da draußen auf sich aufmerksam zu machen, alarmierend, weil die übrige

Menschheit wieder so nah ist und es anscheinend keinen Punkt auf dieser Erde gibt, wo man sicher ist.

Das Brummen wurde lauter, der Wind trieb es auf die Insel zu. Shirley hob den Arm mit der Signalpistole.

Lebenslänglich, dachte Bäcker. Sie werden Anne in Papeete für immer einsperren. Er dachte an ihren flehenden Blick, er dachte an die weiche, glatte Haut ihres schönen Körpers, er hörte tief in sich noch immer ihre Seufzer in der Nacht. Ich liebe sie, dachte er. Und ich glaube an sie. Für mich ist sie mein zweites Leben, meine ganze neue Welt. »Sie schießen nicht!« sagte er laut.

Shirley lachte. Er zeigte mit der Pistole auf das Flugzeug. Es war jetzt deutlich zu erkennen, nahm Form an: die Glaskanzel, die Tragflächen, die Schwimmer.

Der gleiche Typ wie damals, dachte Bäcker. Es ist tatsächlich eine Flugtaxilinie. Das beweist aber auch, daß hier nie ein Schiff herkommen wird. Viktoria-Eiland ist nur ein Staubkorn im Meer.

»Jetzt!« sagte Shirley triumphierend. »Jetzt muß er uns sehen. Laufen Sie zurück zu Anne und nehmen Sie Abschied. Im Gefängnis von Papeete gibt es keine Sexräume.«

Bäcker zog den Kopf tief in die Schultern. Diese letzte Bemerkung Shirleys war ein grober Fehler. Sie fegte die letzten Bedenken weg.

Mit einem Sprung, bei dem er gleichzeitig seine Hände um Shirleys Hand krallte, warf er sich auf ihn und stieß ihn zu Boden. Er hockte auf Shirleys Rücken wie eine Katze, und dann wälzten sie sich zusammen durch den Sand.

»Sie Verrückter!« brüllte Shirley. Er trat um sich, stieß mit dem Kopf nach Bäcker, schlug mit der linken Faust zu, und als er den rechten Arm freibekam, riß er ihn hoch und drückte ab.

Im gleichen Augenblick warf sich Bäcker wieder über ihn, der Schuß ging nach unten los, die Rakete bohrte sich in den Boden, rote Fontänen sprühten auf, ein knatterndes, zischendes Feuerwerk in einer quirlenden Sandwolke. Aufheulend kroch Shirley in sich zusammen und schützte mit beiden Unterarmen seine Augen.

Für Bäcker war es zu spät. Er gab sein Gesicht voll dem spritzenden Feuer preis und deckte die rote Rakete mit seinem Körper zu. Anne, dachte er dabei, Anne, o Anne! Ich liebe dich. Bis in den Tod liebe ich dich.

Dann lag er auf dem Rücken. Sand regnete über ihn, heißer Sand, rot gefärbt von Phosphor und Blut.

Shirley rollte sich weg, lag auf dem Bauch, starrte zu Bäcker hinüber und fror trotz der heißen Sonne. Er hat kein Gesicht mehr, dachte er. Er sieht nicht mehr wie ein Mensch aus. Er trägt auf den Schultern einen verbrannten Klumpen. Und alles wegen einer Frau, wegen dieser verdammten Frau, die es nicht wert ist, daß man auch nur ein Wort mit ihr spricht. Aber er, dieser Narr, opfert ihr sein Gesicht.

Bäcker lag bewegungslos. Er hielt die Augen geschlossen und wagte nicht, die Lider zu öffnen aus Angst, er könnte ins Finstere blicken, in die ewige Dunkelheit der Blindheit. Sein Gesicht brannte, aber er hatte sich eine solche Zerstörung anders vorgestellt, grauenhafter, den ganzen Menschen zerfetzend. Jetzt war ihm nur, als habe man ihn über eine Flamme gehalten und kurz darauf wieder weggezogen. Es war zu ertragen.

Von weitem hörte er Annes Schreien. Über ihm verlor sich das Brummen des Flugzeugs in der Weite. Es flog unbeirrt seine Luftstraße entlang, den winzigen Punkt im Meer hinter sich lassend. Aber in vier Wochen würde ein anderes Lufttaxi kommen.

Einen Monat gewonnen, dachte Bäcker. Das ist viel in unserer Lage. Was kann in einem Monat alles passieren? Shirley kann verunglücken. Vielleicht ist er es schon und hat auch etwas abgekriegt von der Rakete und liegt nun herum wie ich. Anne, laß ihn krepieren! Hilf ihm nicht!

Dann hatte er nur noch einen Gedanken: Bin ich blind? Ist es Nacht, wenn ich jetzt die Lider öffne?

Anne war bei ihm. Sie kniete neben ihm, hob seinen Kopf in ihren Schoß, küßte sein verbranntes Gesicht, schrie mit sich überschlagender Stimme seinen Namen und drückte ihn an sich.

Dann war auch Shirleys Stimme da, heiser, kaum zu erkennen: »Sehen Sie sich das an! Auch das kommt auf Ihr Konto! Sie sind geboren, um zu vernichten. Ist das noch ein Mensch?«

So also sehe ich aus, dachte Bäcker. Nicht mehr wie ein Mensch? Und Shirley ist gesund, seine Stimme ist kräftig, so spricht kein Verletzter. Ich allein habe die volle Ladung bekommen. Anne, küß mich nicht, küß nicht dieses verbrannte Gesicht, ich bitte dich. O Anne, ich habe Angst, die Augen zu öffnen.

Er spürte Tränen auf sein Gesicht fallen und wunderte sich, daß er überhaupt noch etwas empfand. Er fühlte ihre Lippen und das Zittern ihres Körpers, und langsam schlich sich der Schmerz in seinen Kopf, dieser unbeschreibliche, unerträgliche Schmerz eines Verbrannten. »Sie weint«, sagte er keuchend und begann mit den Zähnen zu klappern, so ungeheuerlich begann sein Kopf zu glühen. »Shirley, sehen Sie es? Sie kann weinen! Das haben Sie immer bestritten! Oh!« Er krümmte sich vor diesem Schmerz rund um seinen Kopf und hieb die Hände wie Krallen in den Sand. Sein Gesicht schien in Flammen zu stehen. »O Gott im Himmel!«

»Wer da nicht weint, ist nicht geboren«, sagte Shirley. Seine Stimme war sehr nahe, er saß also neben ihm. »War das den Einsatz wert?«

»Ja!« brüllte Bäcker. »Ja! Aber das begreifen Sie nie!« Er krümmte sich erneut und trommelte vor Schmerzen mit den Beinen in den Sand.

»Das bestimmt nicht!« Shirleys Hand glitt über Bäckers Gesicht. »Haben Sie in Ihrer Bordapotheke Brandsalbe?«

»Ich weiß es nicht. Und wenn, was nützt sie hier? Wie sehe ich aus? Ehrlich, Shirley.«

»Dafür gibt es keine Worte.«

»Ich liebe dich«, sagte Anne und küßte ihn wieder. »Ich liebe dich. Immer, immer liebe ich dich!«

»Können Sie sehen?« fragte Shirley.

»Ich weiß es nicht.«

»Machen Sie die Augen auf.«

»Ich habe Angst davor.«

»Ihre Lider sind sowieso versengt. Sie liegen über den Augen wie altes Pergament. Wenn Sie sie bewegen, fallen sie ab wie Zunder. Aber vielleicht haben sie die Augen gerettet. Zum Teufel, wagen Sie es, Bäcker. Eigentlich sollte man Ihnen wünschen, daß Sie nichts mehr sehen können, vor allem sich selbst nicht mehr.«

»Ich liebe dich«, sagte Anne wieder. Ihre Tränen fielen noch immer auf sein Gesicht. »Ich werde dich immer lieben.«

»Das ist jetzt alles dumme Rederei. Hören Sie auf mit dem Quatsch! Los, laufen Sie, holen Sie den Verbandskasten! Haben Sie Schmerzmittel dabei, Bäcker?«

»Ja, einige Spritzen.«

Er wurde in den Sand zurückgelegt, dann hörte er Anne davonlaufen.

Sie wimmerte dabei wie ein getretener Hund.

»Jetzt sind wir allein«, sagte Shirley. Er stützte Bäckers Kopf und verlor kein Wort darüber, daß Bäcker vor Schmerzen keuchte und mit den Fäusten in den Sand schlug. »Wir müssen die Wahrheit ertragen. Machen Sie die Augen auf!«

Bäcker nickte. Dann holte er tief Luft. »Wenn ich blind bin«, sagte er erschreckend deutlich, »versprechen Sie mir dann etwas, Shirley?«

»Sie wollen mit Ihren Augen handeln?«

»Ja. Schwören Sie mir, daß Anne in Papeete ein faires Verfahren bekommt. Sie hat Yul Perkins nicht umgebracht.«

»Das verspreche ich Ihnen, auch wenn Sie meine Einstellung kennen. Außerdem kann Anne sich den besten Anwalt leisten. Sie könnte den Pariser Staranwalt Floriot einfliegen lassen, so viel Vermögen hat Yul ihr hinterlassen. Los, machen Sie jetzt die Augen auf!«

Bäcker nickte. Er versuchte, die Lider zu öffnen. Aber sie gehorchten ihm nicht mehr.

»Halten Sie still«, sagte Shirley. »Ich will versuchen, sie Ihnen von den Augäpfeln zu lösen.« Vorsichtig mit Daumen und Zeigefinger faßte er die Lider an. Sie zerbröckelten wie verbranntes Papier.

Aber Bäcker sah Licht, er erkannte das Meer, die Schaumkronen, den Horizont, wo der Himmel mit dem Wasser verschmolz, er sah den gelbgleißenden Sand und vor seinen Füßen eine große Muschelschale.

»Na?« fragte Shirley heiser vor Erregung.

»Ich sehe«, stammelte Bäcker. »Ich sehe.« Dann fiel er ohnmächtig in sich zusammen.

Shirley und Anne schleppten ihn hinauf zur Hütte, einen Menschen mit einem rot-schwarz gesprenkelten, aufquellenden, aus der Form treibenden Etwas, das einmal ein Kopf war.

»Jetzt sind Sie mit mir allein, Shirley«, sagte Anne später, als Bäcker Injektionen bekommen hatte und schlief. »Es wird Ihnen keiner bei Ihrem Einbaum helfen.«

Shirley verstand die Drohung, und ein Klumpen Angst bildete sich in seinem Magen.

In den nächsten fünf Tagen lag Bäcker in seiner Hütte und beschäftigte sich mit seinen Schmerzen und den vielen Gedanken, zu denen er jetzt mehr Zeit hatte, als er wollte.

Anne hatte das Dämmerlicht in der Hütte noch stärker abgedämpft, indem sie die Decke, auf der sonst Shirley gelegen hatte, über Bäckers Kopf spannte und so auch die hellen Sonnenstreifen, die durch das Astwerk stachen, abschirmte.

Da seine Lider verbrannt waren, deckte sie abends ein Tuch über seine Augen und sagte: »Du mußt schlafen, Liebster.« Er hielt dann ihre Hand, und über alle Schmerzen hinaus war er glücklich, daß sie bei ihm war.

Shirley hatte nicht protestiert, als Anne ihm die Decke wegnahm. Er versteckte sich nachts auch nicht mehr im Wald, um sicher zu sein, nicht umgebracht zu werden. Er hatte keine Angst mehr vor Anne. »Bäcker ist für eine lange Zeit aktionsunfähig«, sagte er, nachdem er sich entschlossen hatte, wieder vor der Hütte zu schlafen. »Anne, wie Sie's auch drehen und wenden: Sie brauchen mich! Es hat also keinen Sinn, sich mit mir zu beschäftigen. Allein mit Bäcker sind Sie verloren, das wissen Sie genau.«

Für Bäcker sorgte Shirley geradezu rührend. Er schmierte das verbrannte Gesicht mit Salbe ein, umwickelte den Kopf mit Mull und gab ihm, wenn der Schmerz unerträglich wurde, eine Injektion.

»Noch zwei Tage, dann wird es kritisch«, sagte er eines Abends zu Anne. Bäcker schlief nach einer Spritze, das Tuch über den Augen, die er nun nie mehr schließen konnte. »Ich habe noch zwei Ampullen. Die Mullbinden sind aufgebraucht. Ich kann sie noch einmal auswechseln, dann ist Schluß! Sie sollten die gebrauchten Binden auswaschen, trocknen und aufwickeln.«

Tagsüber war er im Wald. Man hörte seine Beilschläge bis zum Strand, kräftige Hiebe in einem Rhythmus, den man mitzählen konnte. Schlag – zu, schlag – zu! Er hatte den Kampf gegen den dicksten Baum der Insel aufgenommen.

Mittags kam er zur Hütte zurück, einen großen Fisch oder einen der entenähnlichen Vögel in der Hand, naß vom Schweiß, Staub in den Stoppeln seines rötlichen Bartes. »Wie geht es ihm?« war seine erste Frage. Dann wechselte er den Verband, während Anne die alten Binden kochte.

Sie hatte sie zuerst im siedenden Salzwasser des Meeres und nachher in kochendem Regenwasser gewaschen, an Pfählen zum Trocknen aufgehängt und dann wieder aufgewickelt. Aber die Brandsalbe war aufgebraucht, es gab keine schmerzstillenden Injektionen mehr, und die paar Tabletten, die Shirley im Medizinkasten gefunden hatte, blieben ohne Wirkung. Sie waren wie saure Drops. Es gibt Schmerzen, die man nur noch in der Ohnmacht ertragen kann.

»Es hilft nichts, Anne«, sagte Shirley, als Bäcker wieder vor Schmerzen stöhnte und die Decke unter sich in Fetzen riß. »Sein Kinn ist nicht verbrannt – wir haben nur noch eine Möglichkeit, ihn für kurze Zeit seine Schmerzen vergessen zu lassen.« Er beugte sich über Bäcker, schob die linke Hand unter dessen Kinn und schlug mit der rechten Faust genau auf den Punkt.

Seufzend sank Bäcker in Bewußtlosigkeit.

»Sie Vieh!« stammelte Anne und fiel neben Bäcker in die Knie. »Sie verdammtes Vieh!«

»Anne, seien Sie nicht ungerecht. Jetzt hat er keine Schmerzen mehr. Oder haben Sie eine bessere Narkose? Ich nicht. Jedes Mal, wenn er die Schmerzen nicht mehr ertragen kann, müssen wir ihn k. o. schlagen. Halten Sie mich meinetwegen für unmenschlich, aber noch unmenschlicher wäre es, ihn mit diesen Schmerzen allein zu lassen.«

Nach fünf Tagen hatte Shirley den dicken Baum gefällt. Als er fiel, riß er drei kleine Palmen mit. Das Holz krachte und splitterte, und es klang, als schrien die Bäume auf.

»Gratuliere«, sagte Bäcker, als Shirley am Abend in die Hütte kam. »Nun liegt er. Jetzt beginnen Sie mit dem Aushöhlen, nicht wahr? Wie lange werden Sie dafür brauchen?«

»Drei Monate.« Shirley zupfte mit einer Pinzette verbrannte Hautstückchen aus Bäckers Gesicht. Jetzt, nach sieben Tagen, verlor der zerstörte Kopf das Entsetzliche. Die Brandsalbe, so erbärmlich wenig sie auch gewesen war, hatte geholfen. Die Schwellungen und Brandblasen gingen zurück. Bäcker bekam wieder ein Gesicht, das an einen Menschen erinnerte, aber die schwarzen Pulversprengsel wuchsen in die neue Haut ein und gaben ihr ein wildes Muster. Vielleicht lebte in der so fernen Welt jemand, der diese Haut erneuern konnte, ein Schönheitschirurg, der Stück für Stück ein neues Gesicht verpflanzte. Aber daran zu denken war jetzt überflüssig, und es war auch kein Trost.

»Wie sehe ich aus?« fragte Bäcker. »Anne weigert sich, mir einen Spiegel zu geben. Ich weiß, in der Rettungsinsel war auch ein Spiegel. Bringen Sie ihn mir, Shirley.«

»Sie sehen aus wie ein Ungeheuer.« Shirley blickte in die lidlosen Augen und dachte, daß man vieles in der Medizin machen konnte, sogar künstliche Herzen aus Plastik konnte man verpflanzen, aber keine Augenlider. »Wenn Ihnen so viel daran liegt, gebe ich Ihnen den Spiegel«, sagte er.

Er ging hinaus und sah Anne am Feuer sitzen. Sie kochte aus Fischen und Muscheln eine Suppe. Der Himmel fiel fast auf die Erde, eine dichte Wolkendecke schob sich vor die beginnende Nacht. Es würde wieder einen starken Regen geben. Das Wasserreservoir in der Gummiinsel würde sich wieder füllen. Der Himmel vergaß sie nicht.

»Wo haben Sie den Spiegel, Anne?« fragte Shirley.

»Er will ihn haben?«

»Ja. Sein größter Wunsch.«

»Ich habe ihn zerschlagen und die Splitter ins Meer geworfen.«

»Sie sind eine erstaunliche Frau, Anne.« Shirley tauchte einen Löffel in die Suppe und kostete sie. »Warum haben Sie bloß außer Ihrem ›Ich habe es nicht getan‹ keinen anderen Beweis, daß Sie Yul nicht umgebracht haben?«

»Wie kann jemand, der an keinen Mord denkt, Beweise gegen einen Mord sammeln?«

»Stimmt. Das ist die absurdeste Logik. Aber alles an Yuls Tod ist absurd, wenn Sie nicht die Täterin sind.«

»Warum haben Sie plötzlich Zweifel?« Anne nahm den kleinen Aluminiumtopf vom Feuer. Er reichte gerade für zwei Personen. Shirley legte sich nach dem Essen immer noch einen Fisch in die glimmende Asche; er verbrauchte jetzt an seinem Riesenstamm ungeheure Kräfte.

»Ich habe keine Zweifel.« Shirley trat vom Feuer zurück. Sein Gesicht lag jetzt im Schatten. »Es war nur so ein Gedanke. Ich baue das Boot und liefere Sie in Papeete ab – das ist selbstverständlich. Ich gehe jetzt zurück zu Bäcker. Geben Sie mir die Suppe mit.«

Nach zehn Minuten war er wieder am Feuer, der Topf war noch voll.

»Er hat nichts gegessen?« fragte Anne.

»Drei Löffel. Dann kamen wieder die Schmerzen.«

»Und jetzt?«

»Er schläft.«

»Sie haben ihn wieder k. o. geschlagen?«

»Gesundbeten kann ich ihn nicht!« Er setzte sich, löffelte die Suppe, gab den Topf dann an Anne weiter und legte sich lang in den Sand. Die Wolken fielen fast ins Meer, es roch nach Regen. »Was soll aus ihm werden?«

»Was für eine Frage!«

»Sie meinen, es ist alles klar?«

»Ja.« Sie aß den Rest der Suppe und schabte den Topf mit Sand sauber. Der Regen in dieser Nacht gab Wasser genug, um ihn am Morgen nachzuspülen. »Wir bleiben zusammen.«

»Sie vergessen immer, daß Ihre zukünftige Heimat eine Zelle ist.«

»Wir bleiben hier auf dieser Insel.«

»Und ich, meine Liebe?«

»Sie auch, Shirley.«

»Das ist das Verrückteste, was ich gehört habe. Anne«, er stützte sich auf seinen Ellenbogen auf, »Bäcker muß in eine Klinik! Sehen Sie das nicht ein? Gut, er überlebt es, er wird auch wieder auf die Beine kommen – aber wie kann man mit so einem zerstörten Gesicht leben?«

»Mich stört es nicht. Ich weiß, wie er früher ausgesehen hat. Er hat sein Gesicht für *mich* verloren!«

»Man kann ihn operieren, Anne. Ich weiß nicht, wieviel Geld er hat – aber Sie haben viel Geld! Er könnte zu den besten Spezialisten fliegen. Eigentlich wäre es Ihre Pflicht mitzuhelfen, von dieser Insel wegzukommen, um aus ihm wieder einen Menschen zu machen.«

»Sie reden Unsinn und wissen es ganz genau. Wenn ich verurteilt werde, habe ich keinen Franc mehr. Yuls ganzen Besitz erbt dann sein Bruder James.«

»Das stimmt.« Shirley legte sich zurück. Ein kalter Wind strich über sein Gesicht. Er war wohltuend nach dem heißen Tag. »Es ist keiner da, der Bäcker helfen kann.«

»Doch, ich! Er und ich auf dieser einsamen Insel, das ist die einzige Möglichkeit für ihn, das Leben zu ertragen. Shirley, deshalb werden Sie Ihren Einbaum nie fertig bekommen, glauben Sie mir. Wir werden hier bleiben.«

Sie zuckten zusammen. Aus der Hütte klang Bäckers Stimme. »Anne!« rief er. »Anne! Komm her!«

»Ich habe nicht fest genug zugeschlagen«, sagte Shirley. »Entschuldigen Sie, Anne.«

Sie lief zur Böschung, aber bevor sie die Hütte erreicht hatte, schwang die Bambustür auf, und Bäcker taumelte ins Freie.

»Anne«, sagte er, als sie entsetzt aufschrie, »ich kann nicht mehr liegen. Ich muß hinaus, ich muß gehen! Dieses Liegen macht mich verrückt. Wie kühl es hier draußen ist. Gleich regnet es.« Er legte den Arm um Annes Schulter, stützte sich auf sie und hinkte hinunter zum Meer.

Auch Shirley wollte ihn stützen. Bäcker schüttelte den Kopf und sah ihn mit seinen rotgeränderten, lidlosen Augen an. »Shirley, warum wollen Sie weg? Ich habe über vieles nachgedacht. Warum ist es nicht möglich, daß wir drei hier zusammen leben können? Ohne Probleme, ohne Sorgen, ohne Politik und Kriege, Inflation und rote Studenten, ohne Steuern und verlogene Wahlversprechungen, ohne Angst und Hungersnot, einfach ohne alles, was die Welt so krank und idiotisch macht. Warum geht das nicht, daß drei Menschen in Frieden miteinander leben?«

»Weil ich eine Frau und drei Kinder habe!« sagte Shirley

laut. »Ich werde um meine Rückkehr mit Händen, Füßen und Zähnen kämpfen!«

»Eine Frau und drei Kinder – das wußte ich nicht, Shirley.« Bäcker hob das verbundene Gesicht hoch. Die ersten Tropfen fielen. Das Meer schillerte mit weißen Schaumkronen. »Ab morgen helfe ich Ihnen. Einverstanden?«

»Blödsinn! Sie bleiben liegen.« Shirley blieb im Regen stehen. Auch für ihn war die Nässe wie ein Geschenk. Er drehte sich im Regen wie unter einer Dusche und genoß die Kühle.

»Hast du gehört?« sagte Bäcker zu Anne. Er hinkte zur Hütte zurück. »Er hat drei Kinder. Er soll die Chance haben, nach Hause zu kommen. Allein. Kommt er durch, hat er gewonnen, und wir verloren. Wir müssen das durchstehen, Anne. Ein verfluchtes Spiel mit vielen Unbekannten. Ein Spiel um Leben oder Tod, Freiheit oder Gefangenschaft. Aber er hat drei Kinder, Anne, das ändert vieles.« Er blieb vor der Hütte im Regen stehen und legte einen Lappen über seine ungeschützten Augen. Es war, als sauge sein Körper wie ein Schwamm die Tropfen auf.

»Und ich?« sagte Anne leise. »Lebenslänglich?«

»Wenn Shirley einen Hauch von Menschlichkeit empfindet, wird er sagen, daß du nach dem Absturz im Meer ertrunken bist.«

»Das wird er nie sagen!«

»Warten wir es ab. Er hat wochenlang Zeit, sich an diese Menschlichkeit zu gewöhnen.«

Am nächsten Morgen, gleich nach Sonnenaufgang, hinkte Bäcker in den Wald, um Shirley an dem gewaltigen, gefällten Baum zu helfen. Der Anblick war grauenerregend: Ein Mensch mit einem verbundenen Kopf, verzerrtem Mund und Augen ohne Lider begann an einem Baum zu arbeiten. Er hackte Äste ab, maß mit einem Zollstock die Länge und schien zu rechnen. Sein geschwollenes, fratzenhaftes Gesicht wurde grell von der Sonne beschienen.

»Hier sollte man ihn durchsägen«, sagte er zu Shirley. »Oder wollen Sie ein Kriegsboot für fünfzig Mann bauen? Außerdem kriegen wir den Stamm nicht bis ans Wasser.«

»Was Sie da machen, Bäcker, ist Selbstzerfleischung. Haben Sie keine Schmerzen mehr?«

»Doch. Mehr als genug. Aber ich ertrage sie leichter, wenn ich arbeite. Außerdem denke ich zu viel, wenn ich liege – und ich will nicht denken. Können wir weitermachen?«

»Womit wollen Sie diesen Stamm durchsägen?«

»Mit der Taktik der kleinen Schritte. Sie schlagen mit dem Beil Keile heraus, ich stemme nach. Es wird ein komischer Bug werden, aber –«

Shirley hielt Bäckers Arm fest, als dieser sich vorbeugte und Hammer und Meißel ansetzte. »Bäcker, seien Sie ehrlich: Das tun Sie doch nicht nur, weil ich drei Kinder habe.«

»Sie sind ein mißtrauischer Kerl, Shirley.«

»Sie lieben doch Anne mit einer geradezu höllischen Liebe.«

»Warum nennen Sie diese Liebe nicht himmlisch?«

»Weil wir hier in der Hölle leben. Ich kann mir nicht denken, daß drei fremde Kinder stärker sind als Ihre Liebe zu Anne.«

»Ich hatte auch drei Kinder, Shirley. Das Meer und die Haie haben sie gefressen.«

»Und jetzt haben Sie die Hoffnung, mich irgendwann, wenn wir draußen auf dem Wasser sind, ins Meer zu stoßen, mich auch von den Haien fressen zu lassen? Das wäre der perfekte Mord. Völlig unnachweisbar. Hier an Land können Sie nicht an mich heran, aber da draußen, in dem schmalen Einbaum, da genügt ein kräftiger Stoß, und Sie sind mich los!«

»Das stimmt. Aber daran habe ich nicht gedacht. Sie bringen mich auf einen guten Gedanken, Shirley.«

»Sehen Sie! Einem Menschen gehen nie die Möglichkeiten aus, gemein zu werden, wenn er nur ein wenig nachdenkt.«

»Und wie wollen Sie sich schützen, Shirley?«

»Indem ich allein fahre. Wir bauen das Boot, und dann versuche ich, bis zur nächsten bewohnten Insel oder an eine Schiffahrtsstraße heranzukommen. Ich habe mir das lange überlegt. Nirgendwo ist Anne sicherer aufgehoben als auf dieser Insel. Hier kann sie nicht weg, und wenn ich wirklich durchkomme, brauche ich sie später nur abzuholen. So einfach ist das, Bäcker. Wollen Sie mir jetzt noch immer helfen?«

»Ja.« Bäcker begann wieder an den Ästen herumzumeißeln. »Es ist so oder so ein Glücksspiel und eine Herausforderung an das Schicksal – wir kommen nicht drum herum.«

Die Morgensonne stach ihm in seine lidlosen Augen, sie begannen zu tränen, wurden rot und schwollen an.

Shirley sah es, riß ein Stück von seinem Unterhemd, das aus einem gitterähnlichen Gewebe bestand, ab und band es Bäkker über die Augen. »Das muß wie ein Filter wirken«, sagte er.

»Es ist fabelhaft.« Bäcker setzte sich auf den mächtigen Stamm und trank ein paar Schlucke des frisch aufgefangenen Regenwassers, das sie in einer Plastikflasche mitgenommen hatten. »Sie könnten ein guter Freund sein, Shirley, wenn Sie nicht so krankhaft stur wären. Sie wollen Anne ins Zuchthaus bringen, weil es Ihre Pflicht ist, aber im Grunde Ihres Herzens sind Sie gar nicht mehr so sicher, daß sie eine Mörderin ist. Sie töten meinen Vogel, um mich mürbe zu machen, Sie ziehen hier einen Terror auf wie in den Ländern, wo am meisten von Freiheit gesprochen wird, Sie schießen mich zum Krüppel, Sie protzen mit Ihrer dämlichen Kraft, Sie wollen sich in diesen Baum hineinfressen, obgleich Sie kaum Hoffnung haben, daraus ein Boot zu schlagen. Warum das alles? Nur um von sich selbst sagen zu können: Dieser Paul Shirley ist ein toller Kerl?«

»Sie vergessen meine Frau und die drei Kinder.«

»Ich vergesse sie nicht. Aber beantworten Sie mir eine Frage: Nehmen wir an, die Sache mit dem Boot klappt nicht, oder sie klappt später, vielleicht in einem Jahr, und innerhalb dieses Jahres bekommt Anne ein Kind von mir, hier auf der Insel, dort unten in der Hütte wird es geboren – würde das etwas ändern?«

Shirley starrte Bäcker betroffen an. An alles hatte er gedacht, nur nicht an die natürlichste aller Möglichkeiten. Jetzt überrumpelte man ihn damit. »Ich weiß es nicht«, sagte er unsicher. »Darauf kann ich Ihnen keine Antwort geben.«

»Denken Sie darüber nach, Shirley.« Bäcker beugte sich wieder über den riesigen Stamm und setzte Meißel und Hammer an einen dicken Zweig. »Ich werde mich vor Gott mit Anne trauen, und sie wird Kinder bekommen, das verspreche ich Ihnen«, sagte er. »Mein Bein ist zerstört, und mein Gesicht ist zerstört, aber nicht meine Lebenskraft. Mit ihr fordere ich Sie zum Duell. Ihre Kinder, Shirley, gegen meine Kinder! Ist das ein fairer Kampf?«

»Sie sind ein Verrückter, Bäcker!« Shirley hieb das Beil in den Stamm. Es war, als wenn ein grobschlächtiger Chirurg das Amputationsmesser in ein Bein schlägt. »Ich werde mich bemühen, vor der Niederkunft Ihrer Gattin auf See zu sein!«

XIII

Das Aushöhlen des Stammes war eine Arbeit, die zwei Männer zerbrechen konnte. Nach zwei Wochen war es Shirley, der das Beil hinwarf und mit den Fäusten auf den Baumstamm trommelte. Er heulte dabei in nie gehörten schauerlichen Tönen, als habe er den Verstand verloren, und Bäcker hatte alle Mühe, diesen hysterischen Anfall abzustoppen. Er goß eine Plastiktüte voll Wasser über den Tobenden und gab ihm darauf eine schallende Ohrfeige. Das machte Shirley wieder halbwegs normal.

»Sie haben gewonnen!« schrie er. »Ich kapituliere! Hören Sie auf, Kinder zu zeugen, ich brauche keine plärrenden Bäkkers mehr, um mich zu ergeben! Ich kann nicht mehr!«

Sie machten zwei Tage Pause, erholten sich, angelten, schossen mit Pfeil und Bogen diese seltsamen entenähnlichen Vögel und sprachen nicht mehr über den Baum.

Am dritten Tag aber wachte Shirley von den typischen Geräuschen eines hackenden Beils auf. Er fuhr hoch, sah Anne nackt in der Lagune stehen und sich waschen und überzeugte sich, daß Bäcker tatsächlich nicht mehr in der Hütte lag. Das Krachen splitternden Holzes tönte vom Hang herab.

Shirley lief hinunter zum Wasser. Anne sah ihm unbefangen entgegen. Ihre Nacktheit schien jetzt selbstverständlich zu sein, das Natürlichste in dieser unberührten Natur.

»Er baut am Boot weiter!« sagte Shirley entgeistert. »Das ist doch total verrückt!«

»Er sagt, er habe mit Ihnen ein Abkommen getroffen.«

»Eine blöde Idee ist das! Wenn wir von außen keine Hilfe bekommen, müssen wir uns wirklich bis zum letzten Schnaufer ertragen. In ein paar Wochen ist das Beil so stumpf wie das

Gebiß eines toten Hundes! Da nützt auch kein Schleifen mit den Steinen mehr. Wir hätten nur noch eine Möglichkeit: die Höhlung nach Eingeborenenart ausbrennen. Aber davon verstehe ich nichts.«

»Er will es versuchen. Er sagt, er müsse dafür nur eine genügend tiefe Rinne haben, um das Feuer wirken zu lassen.«

»Dieser Baum wird ihn umbringen! Anne, halten Sie ihn davor zurück! Sie lieben ihn, und wenn Sie ihn nicht an einen lächerlichen Baum verlieren wollen, dann reden Sie ihm das aus. Sie allein können es! Ich fasse den Baum nicht mehr an. Ich hasse ihn! Er hat mich kaputt gemacht!« Er betrachtete Anne genauer, diesen schlanken, jetzt gebräunten Leib, an dem die langen, nassen Haare klebten. »Ihre Brüste sind voller geworden«, sagte er.

»Ich weiß es«, sagte sie. Ihr Lächeln war wundervoll. »Ich bekomme ein Kind.«

»Sind Sie sicher?« Shirleys Herz tat ein paar schnelle, laute Schläge. »Anne, wie können Sie das so genau wissen? Das ist unmöglich! Die Zeit ist doch noch viel zu kurz dazu. Daß Bäcker mir das androhte, war vor kaum drei Wochen.«

»Es ist schon bei unserer ersten Umarmung geschehen, Shirley, gleich zu Anfang. Ich wollte es. Ich habe in dieser Stunde zum ersten Mal geliebt. Alles, was vorher war, war Täuschung.« Sie kam aus dem Meer, trocknete sich ab und lief hinauf zur Hütte, um sich dort mit dem weichen Regenwasser noch einmal abzuspülen. Ihre Haut glänzte.

Sie ist tatsächlich die schönste Frau, die ich bisher gesehen habe, dachte Shirley. Und so etwas schneidet ihrem Mann die Kehle durch. Er kam ihr nach, trocknete ihr den Rücken ab und verfluchte sich anschließend wegen dieser Entgleisung.

»Was werden Sie jetzt tun?« fragte Anne.

»Mit Bäcker sprechen. Er ist der Stärkere. Ich muß ihm einen Vorschlag machen.« Er wandte sich ab und lief zum Wald hinauf.

Bäcker stand vor dem Riesenstamm und hieb mit dem Beil eine Rinne in das Holz. Es war eine Arbeit, die selbst ein sibirischer Sträfling gefürchtet hätte. Den Verband hatte er abgewickelt, sein verbranntes Gesicht mit den furchtbaren roten Flecken schien mit jedem Beilhieb anzuschwellen. Nur den Augenschutz aus dem Fetzen Gitterstoff aus Shirleys Unterhemd hatte er noch umgebunden. Es war ein Bild, das einem den Atem wegnahm: unter den Haaren eine verbrannte Stirn, dann ein Hemdlappen, Nase und Mund ein formloses Etwas und eine einzige, große Wunde und darunter ein wild wuchernder brauner Bart am gesunden Kinn. Keine Phantasie hätte einen solchen Kopf erfinden können.

»Bäcker«, sagte Shirley heiser und schwer atmend, »ich habe mich entschlossen, auf ein Wunder zu warten. Tun Sie's auch.«

Bäcker stützte sich auf das Beil. Durch den Gitterstoff blickte er Shirley stumm an, dann schüttelte er den Kopf. »Ich habe mit Gott gesprochen. Er sagte: »Du bist als mein Ebenbild geschaffen, also hast du auch die Kraft, Wunder zu vollbringen. Du mußt nur diese Kraft suchen! Ich glaube, ich habe sie gefunden, Shirley!«

»Und wo?«

»In Annes Schoß. Sie bekommt ein Kind.«

»Ich habe es gerade erfahren.«

»Davon geht eine Kraft aus, die ungeheuerlich ist. Dieses werdende Kind ist auch für mich wie eine tägliche Erneuerung. Daß ich dieses Kind bekommen werde, nachdem ich drei verloren habe, ist ein Wunder, Shirley! Das müssen Sie doch spüren, Shirley. Sie, mit Ihren drei Kindern.«

Shirley senkte den Kopf. Dann griff er zu Hammer und

Meißel und half Bäcker, den Spalt in dem mörderischen Stamm zu verbreitern.

»In vier Monaten müssen wir auf dem Meer sein«, keuchte Bäcker, als sie eine Pause machten, sich dehnten und reckten und die heißen Handflächen in den Wind hielten. Die Rücken schmerzten mehr als die Muskeln und die Hände. »Das Kind soll nicht zur Welt kommen wie eine Ratte. Jetzt bestimmt mein Kind unseren Lebensrhythmus.«

Shirley schaute erstaunt auf. »Wollen Sie, daß es im Gefängnis zur Welt kommt?«

»Nein. Und ich weiß auch, wie ich das verhindern kann. Diesmal, Shirley, werden Sie nachgeben müssen. Oder wir werden noch einmal miteinander kämpfen. Auf Leben und Tod.«

Nach zwei Wochen war die Furche in dem Stamm so tief, daß Bäcker sich entschloß, mit dem Ausbrennen zu beginnen. Anne hatte einen Haufen trockener Äste gesammelt. Shirley war der Ansicht, man solle das Ausbrennen unten am Strand vornehmen, um gleich Wasser zur Hand zu haben, wenn das Feuer außer Kontrolle gerate. Außerdem war der Wind am Meer stärker, konnte die Flammen besser anfachen und gab ihnen eine immerwährende Kraft.

Shirley war seit seinem hysterischen Zusammenbruch ein anderer geworden. Er sprach nicht mehr von Papeete, dem dortigen Gefängnis und der Verpflichtung, die Mörderin Anne Perkins dort abzuliefern. Nur einmal wurde er wieder laut, als Bäcker zu ihm sagte: »Shirley, wenn das Boot fertig ist, müssen wir uns darüber im klaren sein, was geschieht. Es gibt drei Möglichkeiten. Erstens: Wir besteigen zu dritt den Einbaum, und Sie versprechen mir, daß Sie Anne nicht als Gefangene abliefern, sondern ihr die Chance geben, mit meiner

Hilfe Entlastungsmaterial zu besorgen. Zweitens: Sie fahren allein, dann gestatten Sie mir, daß ich das Schicksal anflehe, es möge Sie nie ans Ziel kommen lassen. Kommen Sie aber an, dann müssen Sie entscheiden, ob Sie die Polizei auf uns hetzen oder sagen, Anne sei ertrunken. Drittens: Anne und ich nehmen das Boot, und Sie bleiben zurück auf Viktoria-Eiland. Ich werde dann dafür sorgen, daß man Sie abholt, wenn Anne in Sicherheit ist.«

»Mit anderen Worten«, schrie Shirley, »alles dreht sich um Anne!«

»Alles! Wozu entscheiden Sie sich, Shirley?«

»Für gar nichts! Ich bin Kriminalinspektor und habe eine Pflicht zu erfüllen. Wie oft soll ich das noch sagen? Nicht ich entscheide, ob Anne eine Mörderin ist, sondern das Gericht. Ich liefere sie nur ab, und daran kann mich niemand hindern.«

»Dann möchte ich Sie bitten, Shirley, mir nicht mehr beim Bootsbau zu helfen«, sagte Bäcker. »Sie werden nämlich nie drinsitzen. Da Sie sich nicht entscheiden, entscheide ich. Sie bleiben allein auf der Insel zurück.«

Shirley schwieg verbissen. Was er im geheimen dachte, wußte Bäcker: Erst das Boot fertig machen, das andere wird sich dann ergeben. Lag der Einbaum mit Ausleger erst einmal im Wasser, würde es noch einen einzigen Kampf geben, und dieser ging buchstäblich um Tod oder Leben. Dann kam es darauf an, wer wirklich der Stärkere war. Es würde ein Kampf nach dem Urgesetz sein: du oder ich!

Bäcker hatte den Abtransport des Stammes auf den nächsten Morgen festgelegt. Man wollte ihn mit Stangen vor sich herstoßen bis zur Böschung und ihn dann hinabrollen lassen. Das würde keine großen Schwierigkeiten machen. Schwerer würde es schon sein, den Stamm durch den feinen Sand zu rollen. Er würde zu tief einsinken, der Boden gab sicherlich nach, es würde einen kräftezehrenden Kampf um Zentimeter geben. Aber Shirley hatte recht. Ein Ausbrennen war nur in der Nähe von Wasser möglich.

Am Abend vor dem Transport des Stammes suchte Shirley Muscheln in der von der Ebbe wie ein gedeckter Tisch wirkenden Bucht hinter dem Felsen. Er brachte einen ganzen Plastiksack voll mit, garte die Muscheln in der heißen Asche und aß fast vierzig Stück. »Es ist Sonntag, Bäcker, stimmt's?« lachte er, als er sich satt zurücklegte. »Ihr Brett-Kalender ist eine geradezu psychotherapeutische Einrichtung. Ohne ihn verlöre man den Zeitbegriff, und das zehrt verdammt an den Nerven. So aber weiß man: Wir sind jetzt schon zwei Monate zusammen auf der Insel und haben uns immer noch nicht umgebracht. Tröstlich, nicht wahr?«

Er schlief bald ein. Aber in der Nacht begann er zu stöhnen, drückte die Hände auf seinen Bauch und versuchte aufzustehen. Es gelang ihm nur mit Mühe, aber als er gehen wollte, konnte er nur taumeln, fiel auf die Knie und begann zu zittern. Krampfartige Schmerzen erschütterten seinen Leib. »Bäcker!« rief er. »Bäcker! Wachen Sie doch auf!« Es gelang ihm, bis zur Hüttentür zu kriechen. Dort fiel er hin, schlug mit der Stirn gegen den Pfosten und weckte damit Anne auf.

»Himmel noch mal, was haben Sie?« sagte Bäcker, als er neben Shirley kniete. »Ihr Kopf ist ja glühendheiß. Sagen Sie doch was! Haben Sie Schmerzen?«

»Der Bauch.«

»Die Muscheln«, sagte Anne. Nackt, wie sie neben Bäcker geschlafen hatte, lief sie hinunter zum Meer, holte in dem kleinen Topf Wasser, kniete vor der Aschenglut in der Sandgrube, blies eine neue Flamme hoch, setzte den Topf auf das Feuer und rannte dann mit dem heißen Salzwasser zurück zu Shirley.

Bäcker bemühte sich unterdessen, Shirley zwei Chinintabletten zwischen die fest zusammengebissenen Zähne zu drücken und ihn zum Schlucken zu zwingen. »Er muß sich erbrechen!« rief er Anne zu. »Der Magen muß leer werden. Wir müssen ihn dazu bringen, daß er sich übergibt.«

»Nach heißem Salzwasser geht das gut!« sagte Anne und hielt Bäcker den Kessel hin.

»Wer hat denn das entdeckt?«

»Ich weiß nicht. Plötzlich ist es mir eingefallen. Wenn wir als Kinder bei der Großmutter waren und uns den Magen verdorben hatten, holte sie immer heißes Salzwasser. Prompt kam alles wieder raus. Irgendwie muß sich der Körper davor ekeln.«

»Schaden kann es jedenfalls nicht.« Bäcker setzte den Topfrand an Shirleys Mund, aber der biß nur noch mehr die Zähne zusammen.

»Zum Teufel, trinken Sie!« schrie Bäcker und schüttelte den Vergifteten. »Machen Sie den Mund auf, Shirley! Hören Sie mich? Verdammt, Sie dürfen jetzt nicht in Ohnmacht fallen! Wenn Sie nicht trinken, krepieren Sie! Sie haben eine Fischvergiftung, begreifen Sie das? Eine der Muscheln muß schlecht gewesen sein.«

Shirley reagierte nicht mehr. Bäcker versuchte mit einem Schraubenzieher die Zähne auseinanderzustemmen, aber der Druck der Backenmuskeln war zu stark.

»Ich müßte ihm die Zähne herausbrechen«, keuchte Bäkker. »Und selbst dann würde er nicht schlucken. Er hat alle Muskeln verkrampft. Sieh dir nur die Hände und die Beine an. – Shirley!« Er schüttelte ihn, aber der Kopf pendelte willenlos hin und her. »Ich weiß nicht, ob Sie's noch spüren, aber es ist die einzige Rettung für Sie!« Er wälzte Shirley auf den Rücken und zeigte auf seinen Kopf. »Halt ihn fest!« rief er

Anne zu. »Wenn er würgt, mußt du ihn zur Seite drehen. Es ist nicht schön, was jetzt kommt.«

Er zögerte – es war wie das Wegwischen einer letzten inneren Hemmung –, dann hob er die Faust und schlug zu. Mit großer Wucht rammte er die Faust in Shirleys Magen, immer und immer wieder, und schrie ihn dabei an: »Nun kotz doch! Kotz doch! Zum Teufel, kotz doch!«

Shirleys Körper bäumte sich auf. Plötzlich rissen die Zähne auseinander, der Kiefer klappte herunter. »Wasser!« schrie Bäcker. »Anne, schütte ihm das Wasser in den Mund!«

Anne goß das Salzwasser in Shirleys Kehle. Die Mundhöhle lief über wie ein See, der seine Ufer ertränkt.

»Er erstickt doch!« rief Anne, aber sie goß weiter, bis der Topf leer war, und Bäcker stieß immer wieder in Shirleys Magen und keuchte: »Kotz endlich, du Idiot! Kotz!«

Es war wie ein Ausbruch, der den ganzen Mann schüttelte: Plötzlich schnellte der Körper hoch, mit weitaufgerissenen Augen rang Shirley nach Luft. Das Wasser stürzte aus seinem Mund, er preßte die Hände wieder auf seinen Magen und krümmte sich, und dann kam es aus ihm heraus, er spie alles von sich, was ihn marterte, und Bäcker hielt ihm den Kopf und boxte ihn weiter in den Leib, bis Shirley nichts mehr herausbrachte als ein trockenes Würgen.

Erschöpft lag Shirley später auf der Decke und schlief in einem Zustand zwischen Besinnungslosigkeit und völligem Kräfteverfall. Bäcker hatte ihn ausgezogen und eine schwache Schluckbewegung ausgenutzt, um ihm die beiden Chinintabletten in den Mund zu stopfen.

Ich weiß nicht, dachte Bäcker erschöpft, ob Chinin bei einer solchen Vergiftung hilft, ich habe keine Ahnung, aber schaden kann es bestimmt nicht. Die Hauptsache ist, daß der Körper merkt, man läßt sich nichts gefallen.

Shirley schlief bis zum Abend des nächsten Tages. Er starb nicht. Der Muskelkrampf ließ allmählich nach, sein Atem ging langsamer und tiefer. Er wachte auf, als Anne gerade ein Stück Fleisch am Spieß briet.

»Ich kann Eßbares nicht mehr riechen!« sagte Shirley schwach. »Anne, gehen Sie mit dem Fleisch aus meiner Nähe.«

»Willkommen auf der Erde, Shirley!« Bäcker setzte sich neben Shirley. »Sind Sie verrückt, sich mit Hilfe einer kleinen Muschel vor allen Problemen zu drücken? Das könnte Ihnen so passen, uns die Last Ihrer Beerdigung auch noch aufzubürden! Nach Lage der Dinge wird uns niemand glauben, daß Sie eines natürlichen Todes gestorben sind. Über eine vergiftete Muschel wird man lachen. Das haben Sie ganz schön ausgeheckt, mein Lieber.«

Shirley lächelte schwach. Er tastete nach Bäckers Hand. »Sie dämlicher Humanist. Warum haben Sie mich nicht krepieren lassen? So eine Gelegenheit kommt nie wieder.«

»Ich brauche Sie noch zum Bootsbau, Shirley. Nur darum. Verlieren Sie nicht die Hoffnung, vielleicht klappt's mit Ihrem Tod, wenn das Boot fertig ist.«

»Geben Sie's auf, Bäcker. Sie haben kein Talent zum Lügen.« Shirley hielt Bäckers Hand fest und drückte sie. Es war nur die Andeutung eines Druckes, aber für Shirley war es jetzt eine gewaltige Anstrengung. »Ich danke Ihnen. Sie haben mir das Leben gerettet. Aber ich nehme es nicht als Geschenk. Ich will es kaufen.« Er drehte mühsam den Kopf zu Anne. Sie hatte den Braten vom Feuer genommen. »Anne, ich habe Sie offiziell vergessen. Sie sind frei. Ich werde es irgendwie verantworten, ohne Sie nach Papeete zu kommen.« Er drehte den Kopf wieder zu Bäcker und versuchte zu lächeln. »Zufrieden?«

»Nein! Erst wenn Sie wieder auf den Beinen stehen, Shirley. Wir rennen gegen die Zeit an – Anne hat nur noch sieben Monate vor sich. Was sind sieben Monate, wenn man aus einem Baum ein Boot schlagen muß? Allein schaffe ich das nicht.«

Shirley lächelte müde, nickte schwach und fiel dann wieder in Bewußtlosigkeit.

Sieben Tage brauchte Shirley, um wieder leidlich fit zu sein. Da er sich noch immer vor allem Eßbaren ekelte, magerte er ab, und als Anne ihn zwang, kleingeschnittenes Fleisch herunterzuwürgen, war er nach dieser Prozedur gelb im Gesicht vor Widerwillen und sagte: »Lieber verhungern als das noch einmal!« Dann wartete er, daß alles wieder aus ihm herauskam, aber erstaunlicherweise behielt er das Fleisch. Sein Magen verarbeitete die Speise mit einem deutlichen Rumoren. »Die Maschine läuft wieder an«, sagte er mit bitterem Humor. »Diese Insel hat mich geschafft, Bäcker. Was fehlte uns jetzt noch? Einen Taifun haben wir gehabt, eine Fischvergiftung, einen Zweikampf, mehrere Morddrohungen – was könnte eigentlich noch passieren?«

»Die Kapitulation vor dem Baumstamm!«

»Sind Sie jetzt endlich auch so weit? Geben Sie auf? Ich hasse diesen Baum!«

»Eine große Chance haben wir noch.«

»Ein schönes, weißes, dickes Schiff, das sich verirrt hat, genau hier vorbeifährt und uns mit Musik an Bord hievt! Dieses Wunder würde ich dem Papst melden!«

»Das Flugzeug, Shirley.«

»So viel Glück gab's nur einmal. Das kommt nicht wieder. Sie haben ja Ihr Gesicht dazwischengehalten!«

»Damals waren Sie noch bereit, Anne abzuliefern. Aber

wenn das Flugboot jetzt wiederkommt, schießen wir alle roten Raketen ab. Wir haben noch vier Stück.«

»Welcher Idiot sollte hier noch einmal vorbeifliegen?«

»Es muß nächste Woche kommen.«

»Was?«

»Das Flugzeug. Ich habe es Ihnen nicht gesagt, Shirley, aber hier muß ein Liniendienst vorbeiführen. Alle vier Wochen ist bisher das Flugzeug aufgetaucht. Auf meinem Kalender können Sie's sehen – immer, wenn es kam, steht über dem Tagesstrich ein Kreuz. Das erste Mal war ich zu schwach, ich habe es kaum wahrgenommen und erst später das Brummen als einen Flugzeugmotor erkannt. Beim zweiten Mal war ich nicht schnell genug, ich stand im Meer und angelte, und die Signalpistole lag oben an der Böschung. Das dritte Flugzeug haben Sie erlebt.«

»Es kostete Ihr Gesicht.«

»Das vierte könnte jetzt unsere Rettung sein, wenn ich Ihnen trauen kann, Shirley.«

»Ich werde über meinen Schatten und alle Vorschriften springen. Können Sie verstehen, was das heißt, einfach zu vergessen, daß Yul Perkins mit durchschnittener Kehle in einem Sack gefunden wurde? Ich habe die Mörderin und –«

»Fangen Sie schon wieder an, Shirley? Wäre Anne diese Bestie, für die Sie sie halten, hätte sie Ihnen nicht heißes Salzwasser, sondern Sand in den Rachen geschüttet, damit Sie endlich ersticken! Sie leben weiter, und eigentlich sollten Sie nicht aus Dankbarkeit den Kopf untern Arm nehmen, sondern mit mir Entlastungsmaterial für Anne zusammensuchen.«

»Wo, Sie kluger Redner?«

»Zum Beispiel bei James Perkins. Yul hat ihm seine Frau verführt und sie zum Selbstmord getrieben.«

»Der Bruderzwist als Motiv für eine Familientragödie. Das

mag bei Ihnen in Europa, auf Sizilien oder Korsika möglich sein, aber nicht in der Südsee. James und Yul waren verfeindet, gut – aber für einen Mord reicht das nicht. Ich habe das nachgeprüft, Bäcker. James hat ein Alibi, fester als unser verfluchter Baumstamm. Aber warum reden wir davon? Es ist vorbei. Sie haben mein Wort: Anne kann mit Ihnen verschwinden, wenn wir hier wegkommen. Ich gebe Ihnen eine Woche Vorsprung, ehe ich die Ermittlungen ganz langsam wieder aufnehme. Einverstanden?« Er stand vor dem Stamm, in den Bäcker seine Tageskerbungen geritzt hatte, und zählte nach. »Wohin wollen Sie überhaupt?« Es klang beiläufig. Als er Bäckers abweisendes Gesicht sah, setzte er hinzu: »Das ist eine private Frage, die nicht von meinem Polizistengehirn registriert wird.«

»Nach Auckland. Da habe ich mein Haus, meinen Beruf.«

»Wissen Sie, daß Sie Anne nie heiraten können?«

»Wieso denn nicht?«

»Weil sie Papiere braucht. Und die müssen Sie aus Nuku Hiva anfordern. Dort aber wird Anne als Mörderin gesucht. Sie können also die Papiere nie anfordern. Ohne Papiere keine Trauung. Es ist eine verfluchte Situation, Bäcker. Der beste Weg ist immer der gerade. Ein Prozeß, ein guter Anwalt, den besten, und wenn Sie ihn aus Paris einfliegen lassen, und wenn Anne unschuldig ist, ein Freispruch.«

»So, wie die Dinge jetzt liegen, wird niemand sie freisprechen.«

»Das ist ja meine Rede.«

»Also, was soll der ganze Blödsinn? Wir werden in irgendeinem Winkel der Welt zusammenleben, ohne uns auf den Stempeln eines Standesamtes auszuruhen.« Bäcker sah Shirley plötzlich erstaunt an und schlug sich dann mit der flachen Hand vor die Stirn. »Shirley, wir reden und reden und merken gar nicht, wie wir damit die Wirklichkeit zerreden. Wir leben auf Viktoria-Eiland, auf einer souveränen Insel, im kleinsten unabhängigen Staat der Welt. Eine vollkommene Demokratie von drei Menschen. Ein intaktes Staatswesen mit der ehrlichsten Verfassung, die es je gegeben hat und auf die ich Sie und Anne nachher vereidigen werde. Diese Verfassung besteht aus einem einzigen Satz: ›Jeder Mensch auf Viktoria-Eiland hat so zu leben, wie er es selbst von anderen Menschen erwartet.‹ Ein Repräsentant dieses Staates Viktoria-Eiland hat aber auch das Recht, Trauungen vorzunehmen. Shirley, ich ernenne Sie hiermit zum Standesbeamten von Viktoria-Eiland. Ihre erste Amtshandlung wird sein, Anne und mich zu trauen.«

»So etwas hätte ich mir eigentlich denken können«, sagte Shirley und streckte sich aus. Er lag im Schatten der Böschung. Anne war hinunter zum Meer gegangen und lauerte in der Lagune mit dem Bambusspeer auf große Fische. Sie hatte eine bemerkenswerte Fertigkeit entwickelt, blitzschnell zuzustechen und die zappelnde Beute an Land zu tragen. Es war jetzt die beste Zeit für eine solche Jagd. Das Wasser lag fast glatt, man konnte die silbernen Fischleiber schon von weitem sehen, und wenn man bewegungslos dastand, bis sie nahe genug herangekommen waren, konnte man den Speer vorschnellen lassen, und ehe die Fische darauf reagieren konnten, waren sie aufgespießt. Diese Art von Tod kannten sie einfach nicht.

»Das ist der gleiche Blödsinn wie Ihre dämliche Gerichtsverhandlung«, sagte Shirley. »Und ich muß auch jetzt wieder sagen: Wenn's Ihnen Spaß macht, traue ich Sie auch! Warum nicht? Ihr Sinn für Ordnung, wo Ordnung sinnlos geworden ist, ist geradezu pervers. Wann soll die Hochzeit sein?«

»Heute abend. Ruhen Sie sich gut aus und genießen Sie die

delikate Situation, gleichzeitig Jäger einer angeblichen Mörderin und Standesbeamter sowie Trauzeuge dieser Verfolgten zu sein. Ich gehe und spreche unterdessen mit Anne.«

Shirley nickte und schloß die Augen. Man wird mir das alles später nicht glauben, dachte er. Man wird es einfach nicht erzählen können, ohne für idiotisch gehalten zu werden. Aber was tut man nicht alles, gerade aus dem Grund, nicht verrückt zu werden auf diesem kleinen Häufchen aus Steinen, Korallen und Sand mitten im Ozean, für immer dort gefangen, wenn nicht wirklich ein Wunder geschieht …

»Bäcker!« rief Shirley und setzte sich.

Bäcker blieb stehen und drehte sich um.

»Wann soll das Flugzeug kommen?«

»Immer am Fünfundzwanzigsten eines Monats.«

»Und welchen Tag haben wir heute?«

»Den Neunzehnten, Shirley. Warum?«

»Sollten wir das Flugzeug nicht erst abwarten?«

»Nein. Ich möchte Anne nicht als Mrs. Perkins, sondern als Mrs. Bäcker gerettet sehen. Verstehen Sie, warum?«

»Nein.«

»Zu Ihrer Entlastung. Sie können dann immer sagen: ›Eine Mrs. Bäcker habe ich nicht gesucht, und eine Mrs. Perkins ist nicht vorhanden!« Bäcker lachte und winkte Shirley zu. »Es lügt sich damit bestimmt leichter.«

Shirley ließ sich wieder in den Sand zurückfallen. Er hat recht, dachte er. Man muß das Unmögliche möglich machen, um diese schreckliche Einsamkeit mit irgend etwas auszufüllen. Und je verrückter es ist, um so gründlicher zerstört man damit die lähmende Angst, von dieser grandiosen, feindlichen Natur besiegt zu werden.

XIV

Am Abend hatte Bäcker auf ein Brett mit Bleistift die Verfassung von Viktoria-Eiland geschrieben und vereidigte Shirley und Anne auf den simplen, aber schweren Satz, ein guter Mensch zu sein. Dann rammte er das Brett in den Sand wie eine Fahnenstange und winkte Shirley heran. »Ihr Platz ist jetzt vor der Verfassung«, sagte er. »Wir greifen auf die allgemein gebräuchliche Trauformel zurück. Kennen Sie die noch?«

»Teilweise. Kraft Gesetz und so, und der Pfarrer steuert da noch den düsteren Satz bei: Bis daß der Tod euch scheidet. Soll der hier auch verwandt werden?«

»Gerade der, Shirley«, sagte Bäcker ernst. »Es ist der wichtigste Satz überhaupt.«

Er faßte Anne um die Taille, zog sie zärtlich an sich heran, und Shirley bemerkte erst jetzt, daß sie ihre langen schwarzen Haare geflochten und mit dicken Fischgräten aufgesteckt hatte. Ein Geflecht aus Palmblättern lag darüber wie ein grüner Schleier. Shirley atmete tief auf – er hatte nie eine schönere Braut gesehen. Die Traurede, dachte er. Wie fängt man da an? Er sah Anne wieder an und bemerkte, wie glücklich sie war. »Ich weiß nicht«, sagte er mit belegter Stimme, »was uns noch alles erwartet. Wir leben weder in einem Paradies noch in einer Hölle, wir leben eigentlich überhaupt nicht, denn wir sind dort, wo menschliches Leben nach dem Naturgesetz gar nicht möglich ist. Trotzdem gibt es hier zwei Menschen, die sich lieben und die die Kraft und den verrückten Glauben haben, in diesem Nichts von Leben glücklich zu werden. Hier hört aller Verstand auf, und man kehrt zurück in die Schöpferhand Gottes. Ich frage nicht, Annamaria Hartmann, verwitwete

Perkins, ob du diesen Werner Bäcker liebst und zum Mann haben willst – ich frage dich: Bist du stark genug, mit ihm das schreckliche Ende zu ertragen, das ein Mensch nehmen kann, nämlich hier zu verrecken?«

»Ja!« sagte Anne laut.

»Und du, Werner Bäcker?«

»Ja!«

»Dann erkläre ich euch kraft des Gesetzes für Mann und Frau – bis daß der Tod euch scheidet.« Shirley breitete die Arme aus. »Da steht er neben euch. Er ist euer Trauzeuge. Amen. Ende.« Er drehte sich um, packte die Tafel mit der »Verfassung«, riß sie aus dem Sand und warf sie ins Meer.

»Können Sie singen?« fragte Bäcker, als Shirley zurückkam.

Shirley zuckte zusammen. »Auch das noch!«

»Zu einer Hochzeit gehört Musik.« Bäcker drückte Anne an sich. »Begreifen Sie nicht, was für ein herrlicher Tag das ist? Ein Tag zum Feiern! Shirley, Sie haben wirklich weder Phantasie noch Gemüt, Sie sind ein Mensch aus Aktenpapier. Das hier ist eine Hochzeit! Eine richtige Hochzeit! Eine Nacht des Glücks! Es muß getanzt werden.« Er verbeugte sich vor Anne wie in einem Ballsaal, sie legten die Arme umeinander, und Bäcker begann zu summen.

Shirleys Augen weiteten sich. Sie begannen wirklich zu tanzen, wiegten und drehten sich im Walzertakt, tanzten durch den Sand hinunter zum Meer, schwebten an den Wellen vorbei. Bäcker hielt Anne an den Schultern umklammert, und sie breitete selig die Arme aus, die schwarzen Haare wehten im Wind, die Körper drehten und wiegten sich schwerelos wie die kleinen Wolken von Sandstaub, die unter ihren Füßen aufquollen und sie in gelbe Nebel einhüllten – eine Frau, wie von einem anderen Stern gefallen, und ein Mann mit einem hinkenden Bein und einem zerstörten, vom Feuer einer Signalrakete zerfressenen Gesicht.

Shirley wandte sich ab und kroch in die Hütte. Es war ihm unmöglich, diesen Anblick zu ertragen.

Am nächsten Morgen stand Bäcker wieder vor dem Riesenstamm und stieß ihn mit dem Beil an. »Jetzt geht es dir an den Kragen, mein Alter!« sagte er. »Wir werden dich zum Meer rollen, und natürlich wirst du alles tun, um das zu verhindern. Wenn du logisch denken könntest, würdest du nachgeben, alter Baum. Bis zum Hang sind es neunzehn glatte Meter. Wir haben die Strecke gerodet, nichts steht uns mehr im Weg. Wenn wir dich in vierundzwanzig Stunden nur einen Meter bewegen – und das müßte möglich sein –, haben wir dich in neunzehn Tagen an der Böschung. Dann geht's hinunter auf den Strand. Bis zum Meer, zum weitesten Punkt der Flut, sind es noch einmal vierzig Meter. Das sind vierzig Tage, dikker Baum! In zusammen neunundfünfzig Tagen hätten wir dich also im ungünstigsten Fall am Wasser – dann wirst du ausgebrannt. Was sind neunundfünfzig Tage für uns? Wir haben uns an andere Zeitbegriffe gewöhnt. Neunundfünfzig Tage Kampf mit deiner Größe sind neunundfünfzig Tage ohne Langeweile, ohne Einsamkeit. Das Sinnloseste bekommt jetzt einen Sinn. Selbst wenn man einen Graben quer durch die Insel schaufeln würde – wenn das hilft, den Wahnsinn zu verjagen, hat alles einen Sinn!«

Durch den Hohlweg kamen Shirley und Anne. Sie brachten Plastikbeutel mit Wasser und kaltem Fleisch mit.

»In fünf Tagen kommt das Flugzeug«, sagte Shirley mit der ihm eigenen Sturheit. »Sollten wir nicht noch warten?«

»Bis dahin können wir wenigstens fünf Meter geschafft haben.«

»Aber wir brauchen doch dann diesen Miststamm nicht mehr.«

»Und wenn uns das Flugzeug nicht sieht? Dann haben wir fünf Tage verloren.«

»Man kann nicht vier rote Leuchtkugeln übersehen.«

»Es kann ein Regentag sein, und das Flugzeug fliegt über den Wolken. Oder es umgeht ein Schlechtwettergebiet.«

»Dann kommt es am nächsten Fünfundzwanzigsten wieder.«

»Und so warten und warten wir und verblöden langsam und merken es nicht. Shirley, wollen Sie sich vor der Arbeit drücken?«

»Das ist das letzte, was man mir nachsagen soll. Wo sind die Hebelbalken?«

Shirley spuckte in die Hände, aber er hatte seine Bärenkraft verloren. Der Riesenbaum und eine kleine, faule Muschel hatten ihn innerlich zertrümmert. Er war in den Wochen sichtbar eingefallen, die Muskeln wirkten schlaff, und selbst wenn er die Beine spreizte, schwankte er etwas. Früher hätte ein Ochse gegen ihn anrennen können, er wäre nicht umgefallen. Als er jetzt den dicken Knüppel in beide Fäuste nahm und unter den Stamm schob, sah es aus, als wolle er sich stützend dagegen lehnen, aber nicht, als könne er mit dem Druck seines Körpers den Baum von der Stelle bewegen.

Bäcker sah zu Anne hinüber, die neben Shirley gleichfalls mit einer Holzstange drückte. »Du nicht!« sagte er. »Denk an das Kind.«

»Es wird später mehr aushalten müssen als das«, antwortete sie. »Es soll sich dran gewöhnen. Können wir jetzt?«

»Ja!« Bäcker schob wieder den Fetzen Gitterstoff aus Shirleys Unterhemd über seine lidlosen Augen. »Auf Kommando! Heeebt – an!«

Der erste Hebeldruck. Der dicke Stamm bewegte sich, rollte um ein paar Zentimeter, aber als sie die Hebel wegzogen, um sie neu darunterzustemmen, rollte der Baum wieder zurück.

»Du Miststück!« schrie Shirley und trat gegen den Stamm. »Du Scheißkerl von einem Baum!«

»Aber er gibt nach! Er hat sich bewegt. Er ist verwundbar. Wir müssen nur klüger sein als er. Nach jedem Ruck halten Sie Ihren Hebel so lange drunter, bis wir unsere Stangen neu angesetzt haben. Daß er sich überhaupt gerührt hat, ist phantastisch. Ich gebe es jetzt zu: Ich habe das nicht erwartet. Also, noch einmal: Heeebt – an!«

Sie drückten und schoben, keuchten und kämpften, schwitzten und legten alle Kraft in die Hebelstangen, bis sich die Welt vor ihnen in kreisende bunte Punkte auflöste.

Zuerst war es Shirley, der seinen Knüppel wegwarf und sich auf den Stamm setzte. »Noch einmal Ihr verfluchtes ›Heeebt – an‹, und ich erwürge Sie!« stöhnte er. »Ich bin nur noch ein nasser Lappen.«

Auch Anne sank neben dem Stamm zusammen. Sie hatte bis zuletzt mit einem verzerrten Lächeln durchgehalten, hatte die Stange auf ihre Schulter gelegt und mit ihrem ganzen Körpergewicht gedrückt. Jetzt lag sie über dem Stamm wie ein dürrer, abgehackter Ast.

»Drei Meter«, sagte Bäcker. Er röchelte vor Erschöpfung, aber er war stolz auf die geleistete Arbeit. »Drei Meter! Das sind drei gewonnene Tage nach meiner ungünstigsten Berechnung.«

»Ich werde sie brauchen, um zu schlafen«, sagte Shirley tonlos. »Jetzt weiß ich, warum man beim Pyramidenbau die Sklaven mit Peitschen zur Arbeit treiben mußte. Bäcker, Sie werden es bei mir auch tun müssen!«

Sie ruhten sich eine Stunde aus, aßen kaltes Fleisch und tranken lauwarmes Regenwasser, das ihnen aber köstlich kühl vorkam, griffen dann wieder zu den Knüppeln und schoben sie unter den Stamm.

»Ich glaube, es ist einfacher, sich mit dem Schicksal, auf dieser Scheißinsel zu bleiben, abzufinden, als diesen Baum ans Wasser zu bringen«, schrie Shirley nach einem weiteren Meter. »Ich kann nicht mehr, und ich will auch nicht mehr. Ich brauche meine letzte Kraft zum Atmen, Fressen, Saufen, Pissen und Scheißen! Wenigstens das soll man mir lassen! Mehr will ich vom Leben gar nicht mehr haben!« Er warf seinen Knüppel hin, spuckte den Baum an und schwankte zur Hütte zurück.

Am Abend saß Shirley an der Hüttenwand und schrieb mit Bäckers Bleistift den weißen Rand der im Verbandskasten liegenden »Anleitung zur Benutzung der Erste-Hilfe-Ausrüstung« voll.

Bäcker, der mit Anne im Meer gebadet hatte und taumelnd vor Erschöpfung über den Strand hinkte, blieb erstaunt vor Shirley stehen. »Was machen Sie denn da?« fragte er.

»Ich schreibe einen Brief, das sehen Sie doch.«

»Der Briefkasten ist aber schon geleert«, sagte Bäcker voll bitterem Humor. »Die nächste Post geht vielleicht in hundert Jahren.«

»Sie werden mir eine Wasserflasche schenken.«

»Alle drei, Shirley. Was versprechen Sie sich davon? Ich habe bereits am 29. April eine Flaschenpost ins Meer geworfen. Es war meine erste Handlung auf der Insel. Auf der Seite liegend wie eine sterbende Robbe, habe ich den Brief geschrieben. Ob's genau der 29. April war, weiß ich nicht – ich habe das Datum angenommen und meinen Kalender damit begonnen. Wie lange mich das Meer in meiner Rettungsinsel herumgeschleudert hat, bis es mich hier ausspuckte, kann ich nicht sagen. Und was geschah? Die Flasche tanzte drei Tage wie zum Hohn vor meinen Augen auf der Dünung, schlug fröhliche Saltos, lag einen Tag auf einer Klippe – dann war sie weg. Vielleicht ist sie irgendwo auf einen Stein geprallt und zersplittert. Es kann sein, daß Sie mehr Glück haben, aber es ist völlig sinnlos!«

»Ich schreibe auf englisch, französisch und polynesisch.«

»Das wird einen Analphabeten sehr erfreuen!«

»Es ist immer noch besser als Ihr verfluchter Stamm!« schrie Shirley. Er war in letzter Zeit leicht reizbar. Dabei vergaß er völlig, daß der Einbaum seine Idee gewesen war und er den Riesenstamm in tagelanger, verbissener Arbeit allein gefällt hatte. »Die Strömungen hier sind ein Wunder für sich«, sagte er. »Wir werden einen Fetzen von einer Schwimmweste unter den Korken klemmen – das Gelb leuchtet auf weite Entfernung!« Er schrieb weiter, mit einer aufgestauten Wut, und Bäcker störte ihn nicht mehr.

Später kam ein starker Wind auf, das Meer trug weiße Schaumkronen und signalisierte Vernichtung. Bäcker wie auch Shirley kannten das. Sie untersuchten die Hüttenpfosten, stützten sie durch Querstreben noch extra ab und legten zur Beschwerung Stämme auf das Dach.

»Das gibt ein großes Rauschen!« sagte Shirley, als der Wind die langen, schlanken Palmen an der Böschung zu biegen begann und jener verteufelte Heulton aufklang, der bis ins Mark der Knochen dringt. »Jetzt hinein mit der Flasche ins Meer, dann bekommt sie den Drall, den sie braucht.« Er rannte hinunter zum Ufer, holte weit aus und warf die Flasche in die schäumenden Wellen. Sie wurde sofort zurückgeschleudert, als spucke das Meer sie voll Ekel aus, aber eine andere sich überschlagende Welle nahm sie wieder mit, der gelborangene Lappen aus der Schwimmweste tauchte in die Tiefe, und dann war nur noch das grünschwarze, schillernde Wasser da und das Brüllen einer nie besiegbaren Natur.

Shirley kam zurück, der Sturm trieb ihn vor sich her wie ein Blatt. Auf halber Strecke zur Hütte öffnete sich nun auch noch der Himmel und deckte ihn mit einem solchen Schwall peitschenden Regens zu, daß er wie von Fäusten geprügelt die letzten Meter vorwärts stürzte und in der Hütte wortlos an der Wand zusammensank. »Sie ist weg!« sagte er nach einer ganzen Zeit keuchenden Atemholens. »Ich habe es gesehen, sie treibt ab!«

Dann hatten sie alle Mühe, ihre Hütte festzuhalten. Die Pfosten schwankten unter dem Anprall des Sturmes, und die drei Menschen stemmten sich dagegen, drei armselige kleine Menschen im Kampf gegen die entfesselte Urgewalt.

Der Sturm heulte zwei Tage und zwei Nächte. Das Meer brandete bis drei Meter an die Hütte heran, brüllend und schäumend, voll Vernichtungsdrang, aber ihm fehlten eben diese drei Meter bis zum Sieg. Der Regen floß durch das Dach. Triefend vor Nässe, durchgeweicht bis auf die Knochen, hockten Anne, Bäcker und Shirley auf der Erde, hielten die Pfosten der Hütte fest und waren zum Warten verurteilt.

Dann zog sich das Meer zurück und beruhigte sich. Der Sturm wimmerte nur noch, es klang, als weinten um sie herum tausend Kinder. Der Himmel riß auf, und über dem Chaos leuchtete wieder, erst als Flecken nur, dann in immer wachsenden Stücken, die blaue Unendlichkeit. Sofort brannte die Sonne wieder mit ungebrochener Kraft.

»Wenn wir jetzt mit unserem Einbaum draußen gewesen

wären –«, sagte Shirley heiser. »Ich glaube, wir wollen etwas erzwingen, was gar nicht möglich ist.«

»Morgen kommt das Flugzeug«, sagte Bäcker.

Es klang, als habe er Amen gesagt.

Und es kam. Pünktlich, fast fahrplanmäßig. Ein Brummen, das wie Engelstimmen in ihren Ohren klang.

Shirley tanzte vor Freude über den Strand. Bäcker und Anne rollten die lange Stoffbahn mit der Leuchtschrift SOS im gelben Sand aus, und Shirley rannte zur Böschung, um die Pistole und die Raketen zu holen.

Die Pistole lag geschützt in einem Plastikbeutel, aber als er die Raketen aus der wasserdichten Tasche holte, griff er in eine Lache. Mit einem Schrei riß er die Tasche auf. Der Sturm hatte sie gegen einen Pfahl geschleudert, sie war an der Seite aufgeschlitzt worden, und jetzt schwammen die Raketen im Wasser, durchgeweicht, unbrauchbar, vernichtet.

Shirley warf die Hände vor sein Gesicht und heulte. Er griff immer wieder nach den Raketen, schlug mit dem Kopf gegen die Böschung, und es sah aus, als wollte er sich selbst zertrümmern.

Hoch über ihm, glitzernd, mit gläserner Kanzel, leuchtenden Flügeln und breiten Schwimmern unter dem Rumpf, zog das Flugzeug vorbei.

Das Leben! Das greifbar nahe Leben!

Und Shirley stand da, die aufgeweichten Raketen in den Händen, warf sie in den Himmel und brüllte, brüllte und brüllte...

Vom Strand rannte Bäcker herauf. Anne stand am Meer, klein, unendlich schmal gegen den weiten Himmel und die anrollenden Wellen, schwenkte verzweifelt den Stoffstreifen mit dem leuchtenden SOS und schien hinauf in die blaue

Grenzenlosigkeit zu schreien. Das Rauschen des Meeres verschluckte ihre Stimme.

»Warum schießen Sie nicht?« brüllte Bäcker. »Können Sie mit einer Pistole nicht umgehen? Diese Chance, diese einmalige Chance! Noch nie war das Flugzeug so tief über der Insel!«

»Die Raketen sind naß!« heulte Shirley zurück. Er gebärdete sich wie ein Irrer, tanzte hin und her, warf die unbrauchbaren Signalraketen in die Luft, trat sie wie Bälle weg und lehnte sich schließlich zitternd an die Sandböschung. »Wir werden hier verfaulen«, stammelte er. »Wir werden hier nie, nie wegkommen. Wir müssen uns ertragen bis an das Ende unserer Tage – bis wir uns eines Tages alle zusammen umbringen!«

Bäcker hob die weggeworfenen Raketen aus dem Sand und untersuchte sie. Die Kartuschen waren völlig durchgeweicht, das Pulver verklumpt, die Zündplättchen zerstört. Es war sinnlos, sie zum Trocknen in die Sonne zu legen. Er zerbrach die Kartuschen zwischen seinen Fäusten und schleuderte sie in den Sand. »Wir haben noch zwei Möglichkeiten«, sagte er.

»Uns aufhängen oder von den Haien fressen lassen!« schrie Shirley. Er war nicht mehr ansprechbar; der Schock war zu groß gewesen.

Mit flackernden Augen starrte er auf Anne, die am Meer entlangrannte, das SOS-Band hinter sich herzog und immer wieder in den Wind warf. Es sah aus, als tanze sie durch die Sonne und lasse einen Schleier um sich wehen. Schließlich blieb sie am Ufer stehen, eingewickelt in das rote SOS, und sah in den leeren Himmel. Ein Hauch des fernen Motorengeräusches wehte noch zu ihnen hin.

»Reden Sie nicht so einen Blödsinn, Shirley«, sagte Bäcker. Sein verkürztes Bein schmerzte in der Hüfte, die Anstrengung des schnellen Laufens zitterte in seinen Muskeln und Sehnen. Über sein verbranntes, mit roter, narbiger Haut überzogenes Gesicht rann der Schweiß und brannte an den noch nicht voll bedeckten, schorfigen Stellen. »Ich hätte Sie für stärker gehalten!«

»Was haben Sie zu verlieren?« Shirley ballte die Fäuste. »Sie sind zufrieden mit Ihrem verdammten Viktoria-Eiland. Ihr Leben ist hier zu Ende. Sie zählen keine Tage mehr, Sie liegen hier herum und dösen sich hinüber in die Ewigkeit. Aber ich habe eine Frau und drei Kinder. Ich will leben! Leben! Ich habe ein Haus gebaut, einen Garten angelegt, für mein Alter gesorgt – ich bin ein normaler Mensch, nicht so ein Spinner wie Sie, der diese dreimal verfluchte Insel für ein Paradies hält. Die Hölle ist das, die reinste Hölle, die vollkommenste Hölle! Von mir aus können Sie mit Anne hier Adam und Eva spielen und zehn Kains und Abels zeugen, aber ich will hier weg! Weg!« Er schluchzte plötzlich auf, und es war erschrekkend zu sehen, wie ein so bärenstarker Mann wie Shirley verfiel und zum kleinen Kind wurde.

»In vier Wochen kommt das Flugzeug wieder«, sagte Bäkker. »Am Freitag, nach meinem Kalender.«

»Der Teufel hole Ihren Kalender. Und wenn es wirklich kommt – was sollen wir in die Luft schießen? Wollen Sie eine Schleuder konstruieren und Baumstämme katapultieren?«

»Wir können Rauchzeichen geben, Shirley. Nach guter alter Eingeborenenart. Am Freitag kommt das Flugzeug, das wissen wir nun. Eine Stunde vorher zünden wir einen großen Holzstoß an, feuchtes Holz, das eine gewaltige Rauchsäule entwickelt. Unter diesem klaren Himmel kann man sie nicht übersehen.«

»Hier ist alles möglich«, sagte Shirley. Er beruhigte sich etwas.

Anne kam vom Meer herauf, noch immer in die Stoffbahn mit dem leuchtenden SOS gewickelt. Ihre Augen waren traurig. Sie warf die Arme hoch, fiel erschöpft gegen Bäcker und weinte. Er drückte sie an sich, streichelte ihren zuckenden Kopf und umfaßte ihren schmalen Körper, der in ihrer Trostlosigkeit so erschütternd hilflos wirkte.

»Die da oben im Flugzeug werden herunterglotzen und denken: Sieh an, ein Waldbrand. Die verdammte Sonne. Nur gut, daß die Insel nicht bewohnt ist. Und dann fliegen sie weiter«, sagte Shirley eigensinnig. »Ihre Rauchzeichen sind Scheiße, Bäcker!«

»Dann bleibt uns nur die zweite Möglichkeit, unser Einbaum!«

»Von einer Hölle in die andere! Sie haben noch keinen Einbaum gebaut, ich auch nicht. Wenn das Ausbrennen schiefgeht, was dann?«

»Dann fällen wir einen neuen Baum, Shirley. Wir fällen und bearbeiten so lange Bäume, bis uns einer gelingt! Wir haben etwas im Überfluß: Zeit. Die sollten wir ausfüllen.«

»Haben Sie nicht vor kurzem noch zu mir gesagt: ›Ich bewundere Sie‹?«

»Ich glaube, ja. Sie machten den Eindruck einer unüberwindlichen Stärke.«

»Ich gebe Ihnen das zurück, Bäcker. Sie haben mich besiegt. Ich bin am Ende. So verrückt das ist, ich erkenne Sie als Chef dieses Höllenparadieses an. Verfügen Sie über mich. Sie haben etwas, was ich nie lernen werde: die Gelassenheit dem Schicksal gegenüber. Gibt es eigentlich etwas, was Sie aus den Schuhen hauen kann, Bäcker?«

»Eine Menge: der Tod meiner Frau und meiner Kinder; die Liebe zu Anne; Ihr Mord an meinem Albatros; die Anklage gegen Anne; Ihre Gegenwart, Shirley.«

»Dann bringen Sie mich doch um!« schrie Shirley. »Los! Machen Sie schon! Warum zögern Sie noch? Es gibt keine Zeugen, niemand weiß, daß ich hier angeschwemmt worden bin, Anne kann allein an Land gekommen sein. Nicht ein Fetzen wird von mir übrigbleiben, wenn Sie mich von den Klippen hinabwerfen zu den Haien. Perfekter kann man keinen Menschen umbringen. Nicht einmal wehren kann ich mich – die Pistole ist zur Attrappe geworden. Aber überlegen Sie sich eins: Dann sind Sie endlich mit Anne allein. Es gibt keine Paradiese mehr. Auch nicht Ihre verfluchte Insel! Zwei Menschen allein, völlig allein, zehn, zwanzig, dreißig Jahre lang – allein! Das hält keiner aus, auch Sie nicht. Da stirbt jede Liebe, da beginnt man sich gegenseitig zu hassen, da nisten sich in den Runzeln Mordgedanken ein, da ist man sich eines Tages so über, daß man kotzen könnte, wenn man den anderen nur von weitem sieht, da ist jedes Wort miteinander ein Schlag in die Fresse! Kennen Sie Sartre? Haben Sie die ›Geschlossene Gesellschaft‹ gesehen? Die Hölle ist in uns, sagt er. Da machen auch Sie keine Ausnahme, selbst wenn Sie als Heiliger geboren sein sollten! Kein Mensch kann eine so absolut einsame Zweisamkeit ertragen!«

»Das weiß ich, und darum bauen wir an unserem Einbaum weiter.« Bäcker strich die schwarzen Haare von Annes Gesicht und küßte ihre Augen.

»Ich werde dich nie hassen«, sagte sie so armselig, als bettelte sie um ein Stück Brot. »Nie! Nie! Ich liebe dich. Immer liebe ich dich.«

»Es geht nicht um uns«, sagte Bäcker. Er wickelte Anne aus dem SOS-Tuch und rollte es zusammen. »Shirley muß zurück zu seiner Frau und den Kindern. Wir allein würden es vielleicht aushalten. Ich würde mit dir hier bleiben. Wir leben, das ist genug. Hier gibt es keine sinnlosen Kriege und heuchlerischen Ideologien, keine leertönenden Politiker, keine Jagd nach Wohlstand und keine Steuern, um Rüstungen zu finanzieren, keinen Neid und keine Mißgunst, kein Profitgangstertum und keine Lüge. Hier gibt es nur dich und mich, das Meer, die Sonne, den Himmel, den Regen und den Wind, den Tag und die Nacht. Für uns wäre das genug! – Übrigens, wir sind nicht allein. Sie vergessen Annes Kind!«

»Das stimmt«, sagte Shirley. »Sie beginnen ja hier mit der Bevölkerung. Aber Ihre Lebensphilosophie ist zum Kotzen!«

»Es stimmt, sie hat einen Haken: Sie sind da! Und wir müssen Sie nach Hause bringen. Dazu brauchen Sie mich. Ich muß also die Verantwortung tragen – auch für Ihre Frau und Ihre drei Kinder.«

»Reden Sie so einen Quatsch wirklich im Ernst?« fragte Shirley mit schiefem Lächeln.

»Ja.«

»Der heilige Bäcker! Oder haben Sie den Verstand verloren?«

»Würden Sie anders handeln, Shirley?«

Shirley schwieg. Er wandte sich ab und ging langsam hinunter zum Meer.

»Warten Sie, heiliger Shirley!« rief Bäcker und hinkte ihm nach. Er mußte sich dabei auf Anne stützen, das Bein schmerzte wieder bis hinauf zu den Hüften. »Warum flüchten Sie ans Wasser?«

»Mir ist nach Wasser zumute.«

»Und mir nach Feuer! Hinauf in den Wald! Wir arbeiten weiter an unserem Einbaum!«

Es war eine verfluchte Arbeit, den Stamm Zentimeter um Zentimeter vorwärtszuhebeln, bis er endlich am Rand der Böschung lag. Neun Tage brauchten sie dazu; am zehnten gaben sie ihm den letzten Stoß. Er kippte über den Rand und stürzte in den Sand hinunter.

»Hurra!« schrie Shirley und warf die Arme hoch. »Hurra! Er hat kapituliert!« Er ließ sich auf die Erde fallen und lag flach auf dem Rücken wie eine umgedrehte Schildkröte. »Wissen Sie, daß ich Sie neun Tage lang gehaßt habe, Bäk-ker?«

»Ja. Ich mich auch. In meinem Bein habe ich kaum noch Gefühl. Aber jetzt sind wir durch! Morgen geht's weiter mit der Bearbeitung des Stammes.«

»Übermorgen, Bäcker. Ich möchte einen Tag und eine Nacht schlafen. Schlafen, ohne davon zu träumen, mit einem Knüppel eine ganze Welt vor mich herzustoßen. Gönnen Sie uns einmal ein tiefes Atemholen!«

Einen ganzen Tag lag Shirley wirklich in der Hütte und döste vor sich hin, bummelte zum Meer, badete ausgiebig und sagte hinterher: »Je mehr ich schlafe, um so müder werde ich. Bäk-ker, Sie haben mich restlos geschafft!«

Bäcker und Anne sammelten unterdessen Kleinholz und Reisig, trockneten es in der Sonne und stapelten es an der Böschung. Der Baumstamm war natürlich mit der schon eingekerbten Seite nach unten gestürzt und mußte erst wieder umgedreht werden. Im tiefen Sand würde das eine Mordsarbeit sein, der Stamm würde sich in den Sand hineinwühlen, und es würde einen gewaltigen Aufwand an Kraft und Zähigkeit erfordern, um diesen Widerstand zu brechen.

Shirley ahnte das, nachdem er den Stamm besichtigt hatte. Er stand am Abend seines verbummelten Tages an dem Baum, sah ihn düster an und spuckte auf ihn. »Teufel!« sagte er. »Ich hätte nie gedacht, daß ein Baum einen Menschen bezwingen kann.«

»Am späten Abend saßen sie alle drei vor der Hütte, beobachteten das Meer, das nach dem kurzen abendlichen Regen zu tanzen schien, sahen zu den Sternen auf und atmeten tief die Kühle der hereinbrechenden Nacht.

»Wie fühlen Sie sich, Anne?« fragte Shirley plötzlich.

»Gut«, antwortete sie.

»Das Kind?«

»Übernächste Woche muß es sich zum ersten Mal bewegen.«

»Das ist ein tolles Gefühl, was?«

»Ich kenne es nicht. Es ist mein erstes Kind.«

»Es ist wunderbar.« Shirley starrte in die Sterne. »Ich habe das dreimal erlebt. Bei jedem Kind habe ich das Ohr auf Bettys Leib gelegt und dann den Atem angehalten. Man kann es hören, das Kind, Anne. Man hört es deutlich, wie es im Leib rumort. Und man weiß: Das ist mein Kind da drinnen. Das ist unbeschreiblich... Bäcker?«

»Ja, Shirley?«

»Ich frage Bettys und der Kinder wegen: Schaffen wir es mit dem verdammten Einbaum?«

»Wir schaffen es.« Bäcker nickte und legte Shirley den Arm um die Schulter wie einem guten Freund. »Wir müssen es einfach schaffen. So schön diese Insel ist, ich sterbe nicht gerne unter Palmen.«

XV

Es war gegen Morgen, als Bäcker durch eine unerklärliche Unruhe geweckt wurde. Anne lag neben ihm, wie immer an ihn gekuschelt, und er hatte Mühe, sich von ihr zu lösen, ohne sie im Schlaf zu stören.

Vorsichtig und so lautlos, wie es möglich war, verließ er die Hütte, stieg über Shirley hinweg, der eingerollt in seine Decke dicht an der Wand lag, und blickte in die aufsteigende Dämmerung.

Bäcker kannte diese frühen Morgen, diese vom zarten Blau in Gold überfließende Unendlichkeit, die Sonne und Hitze und ein spiegelndes Meer versprach.

Was ihn aus der Hütte getrieben hatte, konnte er sich nicht erklären. Es war ein plötzliches Aufschrecken gewesen, eine unbewußte Reaktion, der Alarm eines auch im Schlaf nicht ruhenden Instinktes.

Vor ihm lag der Strand, breit jetzt während der Ebbe. Dort, wo das Meer zurückgetreten war, übersäten Muscheln und Krebse das Ufer. Ein gedeckter Tisch für die Vögel, die in den Felsen nisteten. Bei Sonnenaufgang strichen sie in schreienden Wolken über die Insel hinweg.

Bäcker hinkte hinunter zum Meer. Und wie damals, als Shirley und Anne angeschwemmt worden waren, sah er auch jetzt von weitem wieder die Abdrücke von Füßen. Spuren von Menschen, tief in den nassen Sand getreten.

Er lief auf die Abdrücke zu, kniete nieder und untersuchte sie. Es waren nackte Füße – er sah Ballen und Fersen, den Eindruck der Zehen, und sie mußten schnell und leichtfüßig gelaufen sein, denn die Spuren lagen weiter auseinander als bei einem normalen Schritt.

Nackte Füße bedeuteten Eingeborene. Bedeuteten ein Boot, vielleicht sogar einen Katamaran mit einem Segel. Bedeuteten die Freiheit!

Füße! Menschen auf dieser Insel!

Auch wenn ihr Boot zu klein war, um jemanden mitzunehmen, sie konnten Nachricht geben, Hilfe holen.

Die Welt war zu ihnen gekommen!

Bäcker lief den Spuren nach, aber nach hundert Metern endeten sie im Meer. Er ballte die Fäuste. »Warum seid ihr weggefahren?« schrie er ins Meer hinaus. »Ihr habt uns doch gesehen! Ihr habt hier gestanden und hinüber zur Hütte gestarrt. Warum seid ihr weg?«

Oben an der Hütte erschien Shirley. Er hielt den Bambusspeer in der Hand und rannte zu Bäcker hinunter, der mit seinem verkürzten Bein die Spuren im Sand verwischte.

»Sind Sie verrückt geworden?« fragte Shirley, als er Bäcker erreicht hatte. »Sie haben mich wachgebrüllt! Was toben Sie hier draußen herum?«

»Hier waren Menschen!« sagte Bäcker. Plötzlich war ihm elend zumute. »Sie sind hier gelandet, haben unsere Hütte gesehen und sind abgefahren, ohne einen Laut zu geben.«

»Mein Gott, ja!« Shirley untersuchte die Abdrücke. »Eingeborene. Welch ein Glück, daß Menschenfresser und Kopfjäger so selten geworden sind.« Er richtete sich auf. »Sie müssen schon am Abend hier gewesen sein und sind in der Morgendämmerung wieder aufs Meer. Nachts wagt sich kein Eingeborener aufs Wasser. Wir haben da oben geschlafen, und sie hockten hier und warteten auf den ersten Streifen der Sonne. Haben Sie nichts gesehen? Sie können noch nicht weit sein!«

Sie liefen zurück, kletterten auf den Hang zu den drei hohen Palmen und blickten über das glatte Meer.

Die Morgensonne schüttete Gold aufs Wasser, es war der Anfang eines Tages, an dem die Welt wirklich Gottes Schöpfung war. Bäcker und Shirley waren wie geblendet, aber als sich ihre Augen ein wenig an das gleißende Licht gewöhnt hatten, sahen sie ganz fern zwei Punkte in dem schimmernden Wasser, kaum noch erkennbar – die Boote.

»Da sind sie!« sagte Shirley. »Bestimmt zwei große Ausleger. Sie hätten uns die Hälse durchschneiden können, und wir hätten von alldem nur einen kurzen Stich im Hirn gespürt! Bäcker, ab heute müssen wir wieder Wachen einteilen. Sie kommen wieder; das ist so sicher, wie jetzt die Flut wiederkommt.«

Sie gingen zur Hütte zurück und sahen Anne, wie sie herumrannte und aufgeregt etwas suchte. Sie war so nackt, wie sie aus dem Bett gekommen war, und Bäcker schien es, als seien ihre Brüste voller und ihre Hüften runder geworden.

Das Kind, dachte er. Ihr ganzer Körper ist in Erwartung des Kindes.

Anne hörte sie kommen und winkte ihnen mit beiden Armen zu. »Die Schwimmwesten sind weg!« rief sie. »Und der Werkzeugkasten! Und drei Plastikbeutel! Ich begreife das nicht!«

»Diese Saukerle!« schrie Shirley. »Während wir schliefen, haben sie uns beklaut!« Dann erst schien ihm voll klar zu werden, was gestohlen worden war und in was für eine schreckliche Situation sie dieser Diebstahl gebracht hatte. Er starrte Bäcker entsetzt an und umklammerte mit beiden Händen seinen Kopf. »Die Werkzeuge«, sagte er heiser. »Was sind wir auf dieser Insel ohne Werkzeuge? Sie haben uns nur noch die Luft zum Atmen gelassen. Aber das ist zu wenig, das stehen wir nicht durch.«

»Im Werkzeugkasten waren nur noch unwichtige Dinge. Ein Zollstock, ein Schraubenzieher, eine Lötlampe, aber kein Brennstoff dafür, zwei Schraubenschlüssel, ein paar Nägel und Schrauben. Was wir täglich brauchen, ist in der Hütte.«

»Sind Sie sicher?« Shirley knirschte mit den Zähnen und sah Bäcker mißtrauisch an. »Sie wollen mich nur beruhigen. Nachher bringen Sie mir wie einem Kind bei, das zu Weihnachten nur einen Händedruck bekommt: Es fehlt uns wirklich alles! Sagen Sie's lieber gleich! Ich kann die Wahrheit ertragen. Ich brauche keine Trostlosigkeit in kleinen Häppchen! Was haben sie gestohlen?«

»Wir werden sehen.«

Während sie zur Hütte liefen, erklärten sie Anne, was sie gesehen hatten. Noch bevor sie eingetreten waren, stellten sie fest, daß auch der Bogen und die Pfeile, die an einem Nagel draußen an der Hüttenwand gehangen hatten, fehlten.

»Das ist alarmierend«, sagte Shirley. »Sie betrachten uns als Feinde. Wissen Sie, was das bedeutet?«

»Ich kann's mir denken.«

»Krieg!« Shirley lachte heiser. »Überall dasselbe. Selbst Viktoria-Eiland hat jetzt seinen Krieg! Und Sie Narr glaubten, es gebe noch Paradiese! Sie großer Souverän! Wir können aufhören mit unserem Einbaum. Jetzt müssen wir das tun, was die Hauptaufgabe der Kulturvölker ist: aufrüsten! Wir müssen Waffen herstellen: Speere, Bogen, Pfeile, Palisaden aus Bambus, Fallgruben rund um die Hütte mit angespitzten Holzpfählen auf dem Grund. Dieses ganze Sauzeug eines Urkrieges kommt auf uns zu. Und wir müssen es schnell tun! In ein paar Tagen sind sie wieder da, fünf oder zehn Kriegskanus, und wenn sie auch keine Feuerwaffen haben, sondern nur das elementarste Werkzeug zum Töten, dann können wir uns nur noch zu Helden machen!«

»Wir haben noch unsere Raketen!«

»Wollen Sie mit nassen Säcken um sich schlagen?«

»Eins kann das getrocknete Pulver noch: zischen! Rot zischen!« Bäcker sah, wie Anne ihn aus großen Augen anstarrte. Die Angst machte sie stumm. »Warum denken Sie gleich an Krieg, Shirley?« fragte er. »Immer Mord und Totschlag! Können die Eingeborenen nicht zurückkommen, ohne uns umzubringen? Warum haben sie uns nicht getötet, als wir schliefen? Da ist eine Lücke in Ihrer Logik.«

»In der Nacht regieren die Geister der Ahnen. Kein echter Krieger tötet in der Dunkelheit. Sie werden es nicht glauben, aber diese Eingeborenen haben so etwas wie einen kriegerischen Ehrenkodex. Darin sind sie kultivierter als wir hochzivilisierten Menschen. Wir töten zu jeder Tages- und Nachtzeit. Je dunkler, desto besser. Nein, die kommen wieder, wenn es Tag ist, und wir werden ihre blanken braunen Körper in der Sonne leuchten sehen wie poliertes Kupfer. Ich habe das einmal erlebt, allerdings als Show bei einem Staatsbesuch. Vierhundert Kriegsboote, im gleichen Takt gerudert, und dazu der rhythmische, anfeuernde Gesang. Das ging unter die Haut, sage ich Ihnen.« Shirley atmete tief und zeigte auf den im gleißenden Morgenlicht weißblendenden Sand. »Legen Sie Ihre Binde vor die Augen, Bäcker, sonst sind Sie in einem halben Jahr blind, das wette ich! So, und nun sagen Sie, was wir machen sollen: Bootsbau oder Rüstungsbetrieb? Sie sind der Chef!«

»Bootsbau!« Bäcker band sich den Gittervorhang vor die lidlosen Augen. »Was nützen uns Waffen? Wenn sie mit zehn Booten kommen, um uns umzubringen, haben wir da noch eine Chance?«

»Nicht die geringste. Aber ich will mich verteidigen. Ich bin kein Schaf, das freundlich seinen Schlächter anblökt und dann umfällt. Wenn getötet werden muß, dann mache ich mit! Sie denken da anders, was?«

»Ja. Wenn wir wirklich keine Chance haben, sind drei Tote genug. Aber diskutieren wir nicht darüber. Fangen wir an, den Stamm in die richtige Lage zu rollen. Wenn die Boote zurückkommen, bleibt uns immer noch der Weg des Verhandelns. Gehen wir!«

»Sie befehlen hier! Abgemacht, ans Boot! Junge, Sie haben vielleicht Nerven!«

Bäcker hinkte zu dem Hang und stieg hinauf in den Wald.

Shirley zog sich aus, ging hinunter zum Meer, schwamm im seichten Wasser der Lagune, kam dann zurück, spülte das Salz mit Regenwasser ab und setzte sich nackt unter das geflochtene Palmendach. Anne hatte sich unterdessen angezogen und das Frühstück gemacht. Kalter Braten und Tee.

Dieser Tee war eine Erfindung von ihr. Sie hatte einen Busch entdeckt, den auch Shirley nicht kannte, aber dessen getrocknete Blätter, mit heißem Wasser aufgebrüht, eine braunrote Flüssigkeit ergaben, die etwas säuerlich und sehr würzig schmeckte. Ein gutes Getränk, wie Shirley lobte. Da keiner bisher durch diesen Tee vergiftet worden war oder einen Durchfall bekam, nannte man den Sud »Viktoria Orange Pekoe«.

»Da die Feinschmecker außerhalb unseres Paradieses alles fressen und saufen, was irgendwie exotisch klingt, könnten Sie damit einmal den Export von Viktoria-Eiland ankurbeln«, sagte Shirley. »Sehen Sie, so wächst man automatisch in die Weltmächte hinein: Export, geregelte Finanzlage. Eines Tages kommt jemand, der Ihnen das hier alles neidet und Sie kurzerhand überfällt. Dann ist das Leben wieder normal! – Anne, Ihr Tee ist vorzüglich.«

Jetzt kam Bäcker vom Wald zurück. Er hinkte stärker; es war ihm, als schrumpfe sein Knochen immer mehr zusammen, je fester er zusammenheilte. Ob es so etwas gab, wußte er nicht – er hatte Häuser gebaut, aber sich nie um Knochen gekümmert. Er blieb vor Anne stehen, die neben dem Teekesselchen saß, und blickte auf sie herunter. »Hast du Angst?« fragte er plötzlich.

»Nein.« Sie sah zu ihm hoch und versuchte ein klägliches Lächeln. Ihre Augen sagten etwas anderes.

»Warum?« fragte Shirley und kaute an einem Fleischstück.

»Warum sollte sie Angst haben? Angst ist Luxus. Wenn wir uns schon abschlachten lassen, dann wollen wir uns bemühen, so schnell wie möglich die Besinnung zu verlieren und nicht mit Heldenmut um uns schlagen. Es stirbt sich leichter, wenn man vom Sterben nichts spürt.« Er tat einen tiefen Schluck aus dem Blechbecher und sah dann Bäcker mit plötzlichem Mißtrauen an. Er hielt mit dem Kauen so abrupt inne, als sei ihm der Bissen im Hals steckengeblieben. »He! Was soll die Frage? Sie kommen vom Hügel! Tauchen die Boote etwa schon am Horizont auf?«

»Nein.« Bäcker griff nach rückwärts. Dort lehnte an der Böschung sein langer, spitzer Bambusspeer. »Hinter dem Felsen, in der Bucht, liegt ein Toter.«

Shirley sprang auf und warf dabei sein Fleischstück in den Topf zurück. »Ein Weißer?« rief er.

»Nein. Ein Eingeborener. Vergessen Sie den Kriminalinspektor. Ihnen wächst da kein neuer Fall zu, Shirley.«

»Haben Sie eine Ahnung! Jeder Mensch, der eines unnatürlichen Todes stirbt, ist ein Fall für mich! Ob weiß, braun oder gescheckt, die Hautfarbe spielt dabei gar keine Rolle. Hat man den Mann erschlagen oder erstochen?«

»Ich weiß es nicht. Ich habe ihn nur von weitem gesehen. Er liegt in der kleinen Bucht im Sand, das Gesicht nach unten, nicht einfach hingeworfen, sondern säuberlich hingelegt – man sieht es an der Haltung –, und ich hätte gar nicht auf ihn geachtet, wenn nicht die Raubmöwen schreiend über ihn weggeflogen wären. Auf den ersten Blick sieht er sogar unverletzt aus.«

»Das kann sich ändern, wenn wir ihn umdrehen! Kommen Sie, Bäcker, wir werden ihn uns näher ansehen.«

»Sie wollen hingehen?«

»Natürlich. Vorausgesetzt, daß er tot ist und nicht nur als

Lockvogel daliegt. Dann kann es nämlich passieren, daß wir zu ihm gehen, und plötzlich brechen die Kerle von allen Seiten aus den Büschen. Dann sind wir im Eimer, Bäcker. Auf dem Land die Krieger, hinter uns das Wasser mit den Haien – wir können nicht mehr weg! Wir müssen sehr vorsichtig sein. Haben Sie sonst noch etwas bemerkt?«

»Nein, Shirley.«

»Ich bin dafür, daß ihr hier bleibt«, sagte Anne. Sie sprach ganz ruhig, und Bäcker bewunderte ihren Mut und ihre Selbstbeherrschung. Im Hintergrund ihrer weiten Augen aber lag das stumme Flehen: Bleib hier! Ich habe Angst. »Wenn der Mann tot ist, könnt ihr ihm doch nicht mehr helfen.«

»Wir werden ihn begraben«, sagte Bäcker. »Oder sollen ihn die Vögel zerreißen?«

»Mich interessiert weniger sein Begräbnis als die Todesursache«, knurrte Shirley.

Bäcker nickte. »Gehen wir, Shirley. Aber vorher habe ich noch eine Frage: Wie kommt es, daß wir noch leben? Sie standen hier um die Hütte, stahlen, was sie gebrauchen konnten, und fuhren friedlich wieder ab. Verstehen Sie das?«

»Ehrlich gesagt: Nein. Jetzt nicht mehr. Mich hätten sie auf jeden Fall umbringen müssen. Ich lag direkt vor dem Eingang.«

»Vielleicht haben sie es nicht getan, weil wir Weiße sind?«

»Die Zeiten sind vorbei, wo die Weißen Götter waren. Dazu haben wir uns zu miserabel benommen. Aber was auch der Grund ist, daß wir noch leben, eines steht fest: Wir leben nicht ganz so außerhalb der Welt, wie wir glaubten. Wenn sie mit ihren Booten hierherkommen, müssen im Umkreis von einigen Meilen bewohnte Inseln liegen! Lange Fahrten unternehmen Eingeborene nur, um neues Land zu suchen. Wäre das ihre Absicht gewesen, wären sie hier geblieben, um es in Besitz zu nehmen. Aber nein, sie legen einen Toten ab und segeln zurück.«

»Sie haben gesehen, daß diese Insel kein Wasser hat. Nur der Regen ist da. Eine solche Insel kann nur von Wahnsinnigen wie uns bewohnt werden.«

»Da haben Sie auch wieder recht.« Shirley zuckte mit den Schultern. »Sehen wir uns den Toten an.« Er ging in die Hütte, holte Beil und Hammer und steckte auch die wertlose Signalpistole ein. »Vielleicht kennen sie so ein Ding. Dann genügt allein der Anblick.« Er blieb stehen und blickte Anne an.

Sie stand neben Bäcker und hatte den Arm um seine Hüften gelegt.

»Soll ich allein gehen, Bäcker?«

»Nein! Warum?«

»Sie sind werdender Vater.«

»Und Sie sind dreifacher Vater. Reden Sie bloß keinen Unsinn!«

»Ich gehe auch mit«, sagte Anne plötzlich.

»Das wiederum lehne ich kategorisch ab«, sagte Shirley entschieden. »Bäcker, sprechen Sie ein Machtwort. Und noch eins: Wenn's brenzlig wird, hauen Sie ab! Anne braucht Sie, nicht mich!«

»Ich glaube, Sie kennen mich noch immer nicht, Shirley. Wir gehören hier zusammen, und wir bleiben zusammen. Einer braucht den anderen, keiner ist überflüssig!« Bäcker wollte sich von Anne lösen, aber sie warf sofort beide Arme um seinen Hals und hängte sich an ihn.

»Du gehst nicht ohne mich!« rief sie, und jetzt war ihre Stimme zerrissen von Angst. »Du kannst mich nur abschütteln, wenn du mich niederschlägst. Ich lasse dich nicht allein! Ich bleibe bei dir!«

Shirley hob die Schultern. Der rötliche Bart, der ihm gewachsen war, gab seinem Gesicht etwas faszinierend Brutales. Wenn er lachte, war es, als risse dieses wilde Gesicht mittendurch. Und er lachte jetzt. »Da haben Sie sich immer eingebildet, der Herr von Viktoria-Eiland zu sein! Das war ein Irrtum, Bäcker. Auch diese Insel wird von Frauen regiert. Aber ich bin Beamter der Mordkommission von Papeete. Ich habe eine Dienstpflicht zu erfüllen. Und darum gehe ich allein. Tun Sie mir einen Gefallen. Wenn ich in einer Stunde nicht wieder auftauche und wenn Sie später mit Ihrem verdammten Einbaum wirklich von der Insel wegkommen, dann erzählen Sie meiner Betty, daß ich verunglückt bin. Es wird Ihnen schon etwas einfallen. Vom Felsen gestürzt oder so. Aber sagen Sie ihr nie, daß mich Eingeborene erschlagen haben. Das wäre fürchterlich für sie.«

»Warum reden Sie eigentlich so massenhaft Blödsinn, Shirley? Wir gehen alle zusammen. Auch Anne!« Bäcker machte den ersten Schritt.

Anne hing noch an seinem Hals, aber sie ließ ihn sofort los und küßte ihn. Ihre Lippen waren kalt und zitterten.

»Los! Je länger wir reden, um so größer wird unsere innere Feigheit. Wir sind doch feig, Shirley, nicht wahr?«

»Und wie!« Shirley umklammerte das Beil und ließ es in der Hand wippen. »Noch eins, Bäcker.«

»Ja?«

»Ich bin froh, Sie kennengelernt zu haben.« Shirley räusperte sich. »Verdammt, lassen Sie uns jetzt endlich losziehen!«

Der Tote lag noch immer im Sand. Er hatte die Arme ausgebreitet, so, als sei er vor einer Gottheit demütig auf das Gesicht gestürzt und dann von einem himmlischen Strahl erschlagen worden. Die Wolke der Raubvögel flog kreischend hin und her, wie auf ein Kommando wendete sie an den Enden ihrer Flugstrecken, exerziermäßig, exakt, ein erstaunlicher Anblick. Aber keines der Tiere stieß als erstes auf den Toten herab und hieb den gebogenen, messerscharfen Schnabel in den Körper des Menschen.

Shirley, Bäcker und Anne standen oben auf dem Hang und warteten. Die laufende Flut hatte die Fußspuren im Sand verwischt, nur um den Toten herum war der Boden festgetreten. Der Körper war so weit an Land gelegt worden, daß das Meer ihn nicht erreichen konnte, aber doch so frei von jedem Schatten, daß die Sonne den Leib auflösen mußte.

»Jetzt werden wir es gleich sehen«, flüsterte Shirley. »Wenn sie drüben hinter den Klippen hocken, bieten wir ein Ziel wie auf einem Schießstand. Die Kerle sind fabelhafte Bogenschützen. Ich habe einmal gesehen, wie einer auf fünfzig Meter einen dollargroßen Punkt traf. Packen wir es, Bäcker!«

Sie traten aus dem schützenden Wald und dem Dornengebüsch heraus und rutschten den flachen Hang hinunter. Anne nahmen sie zwischen sich. Unten warteten sie, tasteten mit Blicken die Umgebung ab und sahen nur das Meer, kahle Felsen, die Nistkolonien der unzähligen Vögel, die Kothügel, den gelben Sand und das Treibholz, das gegen die Felsen schlug. Die Vogelwolke kreischte wieder heran und exerzierte ihre zackige Wendung.

Bäcker war der erste, der das freie, ungeschützte Ufer betrat. Anne folgte ihm sofort. Shirley riß seine Pistole aus dem Gürtel, dieses ungeladene, sinnlose Ding, das ihm trotzdem merkwürdigerweise Mut gab.

Nach zehn Schritten stieß Anne einen hellen Schrei aus. Sie blieb ruckartig stehen. Auch Bäcker und Shirley sahen es nun und begannen zu laufen.

»Eine Frau!« schrie Anne. »Das ist ja eine Frau!«

Die Tote lag mit dem Gesicht auf ihrem Haar, und man hatte es vom Hang aus nicht erkennen können. Jetzt aber sah man deutlich den Ansatz der Brüste, die Rundungen der Hüften und die schmalen Schultern. Die Beine waren schlank, mit dünnen Fesseln und kleinen Füßen. Das Gesicht war tief in den lockeren Sand gedrückt; man hatte ihren Kopf gewaltsam in den Boden gepreßt.

Shirley breitete die Arme aus und hielt damit Bäcker und Anne zurück. »Das müssen wir uns genau ansehen«, sagte er heiser. »Entweder ist das ein Fememord, oder an der Frau wurde ein Todesurteil vollstreckt! Daß man sie nicht begraben hat, sondern hier der Sonne aussetzt und den Vögeln vorwirft, macht mich nachdenklich.«

»Warum hat man sie nicht einfach ins Meer geworfen?« fragte Bäcker.

»Zu den Haien? Nie! Die Haie sind die verhaßtesten Feinde der Polynesier. Und da sie davon überzeugt sind, daß jeder Mensch eine Seele hat, würden sie nicht einmal ihrem Feind wünschen, daß diese Seele in einem Hai weiterleben muß. Man kann mit einem Toten alles machen, sogar auffressen darf man ihn – aber nie den Haien vorwerfen! Verdammt, eine Frau.« Shirley blickte sich um. »Wir brauchen keine Angst zu haben, daß man uns auflauert.« Er trat an die Tote heran und beugte sich über sie. Aber er faßte sie nicht an.

Sie war noch nicht lange tot, ihre Haut glänzte noch, der Körper zeigte noch keine Anzeichen von Zersetzung. Wieder ein Beweis, daß in einem erreichbaren Umkreis bewohnte Inseln liegen mußten.

»Ich wette, man hat ihr die Kehle durchgeschnitten«, sagte Shirley hart.

»Aber diesmal war ich es nicht«, sagte Anne hinter ihm.

»Ich bewundere Ihre Schlagfertigkeit, Anne.« Shirley richtete sich auf.

Die Vogelwolke über ihnen stieg höher, das Kreischen wurde intensiver, wie ein Protest. Weg da, ihr Menschen!

»Drehen wir sie um!«

Bäcker und Shirley bückten sich, faßten die Tote an den Schultern und legten sie auf den Rücken. Der schöne Körper mit den vollen Brüsten war vom Sand gepudert, über dem Gesicht klebten noch immer die langen schwarzen Haare. Aber der schlanke Hals war unversehrt.

»Fehlanzeige, Shirley«, sagte Bäcker leise. »Die Menschen sind besser als ihr Ruf. Sehen Sie eine Wunde?«

Er sprach nicht weiter. Shirley hatte die Haare etwas zur Seite geschoben und sie dann sofort wieder über das Gesicht fallen lassen. Er zuckte zurück, packte Anne an der Schulter, stieß sie von Bäcker weg und machte selbst auch zwei Schritte zur Seite. »Nicht anfassen!« schrie er, als Bäcker sich über die Tote beugte und gleichfalls die Haare vom Gesicht der Frau zog. »Bäcker, lassen Sie die Finger von ihr! Zurück!«

Bäcker ließ die Haare fallen und hinkte schnell zur anderen Seite. Er hatte genug gesehen, und ein Krampf entstand in seinem Inneren. Das Atmen war plötzlich schwerer geworden.

Er hatte in ein Gesicht geblickt, in dem der Mund eine zerfressene Höhle war und die Nase ein verfaulter Stumpf. Darüber, in einem von Wunden zerklüfteten Antlitz, lagen die offenen erstarrten Augen. Glänzend, braun, wunderschön, solange sie gelebt hatte. Schön, wie dieser ganze Mensch hier im Sand einmal gewesen war.

»Da haben Sie Ihr Paradies«, sagte Bäcker tonlos. »Jetzt haben wir sie hier, die Lepra.«

Sie standen eine Weile herum, in vorsichtiger Entfernung von der Toten, unschlüssig den schönen Körper anstarrend, von dem die Krankheit nur das Gesicht zerfressen hatte.

Den Verdacht, den Bäcker in sich aufsteigen fühlte, sprach Shirley deutlich aus. »Sie hatte zwar die Lepra, aber sie ist nicht an dieser Krankheit gestorben«, sagte er. »Ich habe andere Leprakranke gesehen, Gespenster von Menschen. Sie hatten kaum noch Glieder. Es waren Horror-Geschöpfe, die einen das Gruseln lehrten. Aber sie atmeten immer noch. Sehen Sie sich diesen herrlichen Frauenkörper an. Sie hätte noch Jahre leben können, bevor die Lepra sie umgebracht hätte.«

»Dann hat man sie also doch getötet?«

»Ja.« Shirley nickte mehrmals. »Aus dem einfachsten Grund: um den Stamm zu retten. Vielleicht war sie die einzige Kranke, und sie hat den Aussatz von irgendwoher eingeschleppt. In diesem Falle entscheidet der Medizinmann des Stammes, was zu geschehen hat. Über diese junge Frau hat er das Todesurteil gesprochen. Man soll diese Zauberkerle nicht verkennen – sie wissen genau, was sie tun. Auch hier hat einer gemerkt, daß der ganze Stamm verloren ist, wenn das Mädchen unter ihnen bleibt. Und sie kennen da nur einen Ausweg: töten! Von Isolation haben sie keine Ahnung. Ihre Furcht vor der Krankheit ist sogar so groß, daß sie die Tote wegbringen und nicht auf ihrer Insel begraben. Sie fürchten den Giftatem der Dämonen.« Er ging unruhig um die Tote herum. Über ihnen vollführten die Raubvögel noch immer schreiend ihre exakten Flugmanöver mit der Wende auf Kommando. »Was mich stutzig macht: Warum laden sie die Tote hier ab? Bäcker, haben Sie eigentlich schon die ganze Insel besichtigt?«

»Nein. Als Anne und Sie angeschwemmt wurden, konnte ich gerade notdürftig gehen. Das andere haben Sie miterlebt.«

Bäcker stützte sich auf seinen Bambusspeer. »Ich ahne, was hinter Ihrer Frage steckt, Shirley.«

»Genau das meine ich! Anne, auch wenn Sie jetzt ohnmächtig umfallen, wir leben auf einer Toteninsel. In der Südsee gibt es Stämme, die Tote, deren Seelen sie fürchten, an einen weit entfernten Ort bringen, wo sie mit den Dämonen allein sind. Auf unbewohnte, gemiedene, von den Geistern verfluchte Inseln, die man nur mit einem Fetischzauber betreten und nur durch einen Fetischzauber wieder verlassen kann. Und wir leben auf einer solchen Toteninsel! Jetzt verstehe ich auch, warum sie uns nicht umgebracht haben: Für sie waren wir schon tot. Von den Dämonen gefangene Seelen!«

»Und sie werden auch nicht wiederkommen«, sagte Bäcker leise. »Sie werden uns nicht berühren. Sie werden von uns keine Nachricht geben. In ihren Booten wird nie ein Platz für uns sein. Diese Toteninseln werden von den Stämmen geheimgehalten. Stimmt's, Shirley?«

»Genau. Wir sind lebende Leichname geworden. Ein ekelhafter Gedanke. Zum Teufel, wir sollten alles versuchen, so schnell wie möglich von hier wegzukommen.« Shirley sah Anne an. Sie war fahl unter der Bräune ihrer Haut geworden. In ihren großen braunen Augen stand die Verzweiflung. »Warum fallen Sie nicht um?« fragte er. »Werden Sie ohnmächtig! Das würde uns den Abtransport der Leiche erheblich erleichtern.«

»Werden wir jetzt auch die Lepra bekommen?« fragte sie kaum hörbar.

»Nur durch direkten Kontakt.«

»Sie haben die Tote angefaßt, Shirley. Sie haben ihr die Haare vom Gesicht gezogen.«

»Das liegt mir auch verdammt schwer auf dem Herzen, Anne.«

»Und du hast sie auch angefaßt!« schrie sie auf und wich von Bäcker zurück.

Er nickte verbittert, bückte sich und rieb die Hände über den pulverfeinen Sand.

Shirley lachte rauh. »Wenn das so einfach wäre, sollte man in allen Leprastationen Scheuerpulver verteilen. Sie ahnen gar nicht, Bäcker, wie durstig Hautporen sind, wenn es darum geht, Krankheitskeime aufzusaugen.«

Bäcker richtete sich auf. Man konnte unter dem Gittertuch seine Augen nicht sehen, aber man sah seine verkrusteten Lippen, und die zuckten deutlich. »Begraben wir sie endlich«, sagte er wie mit verrosteter Kehle.

»Auch das noch! Grube schaufeln, ein Gebet sprechen, immer schön um die Leiche versammeln, tief einatmen. Nein, wir rollen sie mit Knüppeln ins Meer. Ich weiß nicht, ob Haie auch Lepra kriegen können, aber ich gönne sie ihnen.«

»Geh in den Wald, Anne«, sagte Bäcker, als Shirley nach einigen Minuten mit vier dicken Ästen unter dem Arm vom Hang zurückkam. »Es ist kein schöner Anblick für dich.«

Es war eine traurige, abstoßende Arbeit, den schönen Körper mit den Ästen bis zum Meer zu stoßen. Er rollte durch den pulverfeinen Sand, hinterließ dort eine breite Spur, und als die Haare wegflatterten und das Gesicht freigaben, schrie Anne leise auf und schloß vor Entsetzen die Augen.

Als die Tote endlich im seichten Uferwasser lag, schüttelte Shirley den Kopf. »Wir sind Idioten!« sagte er. »Was soll das alles? Jetzt liegt sie hier herum, wo keine Strömung ist, und die nächste größere Flut spült sie wieder an Land. Wir sollten sie von dem Felsen ins tiefe Wasser werfen.«

»Aber dazu müßten wir sie anfassen, Shirley.«

»Ich melde mich freiwillig. Ich trage sie auf die Klippen. Und dann lege ich mich so lange in Salzwasser, bis meine

Haut gepökelt ist. Halt! Sie haben doch Salmiakgeist in Ihrer Bordapotheke, Bäcker?«

»Eine kleine Flasche, ja.«

»Das ist ausgezeichnet! Dann werde ich meine Hände anschließend in Salmiak waschen! Das ist besser als Alkohol.« Er bückte sich, zog die Tote an den Beinen aus dem seichten Wasser und schleifte sie an Land.

»Wenn Sie die Schultern packen, trage ich sie an den Beinen«, sagte Bäcker.

»Sie machen gar nichts!« brüllte Shirley. »Sie bleiben bei Anne!«

»Shirley, ich glaube, Sie halten mich noch immer für einen Mutkrüppel! Reden Sie nicht, packen Sie an!«

Sie hoben die Tote hoch und marschierten zu dem langen Felsen, der die Insel teilte. Der Aufstieg über die von Vogelkot bedeckten glitschigen Klippen war fast ein Balancekunststück. Shirley ging voran, Bäcker hinterher. Und zwischen ihnen war die Leiche. Als sie einen Felsvorsprung erklettert hatten, der steil ins Meer abfiel, hielten sie einen Augenblick inne, um Atem zu schöpfen. Hier rauschte die Brandung, die Wellen gischteten, überschlugen sich und sprudelten um unsichtbare Klippen.

Shirley nickte hinunter. »Genauso war's, als wir Yul Perkins fanden. Der Sack mit seinem Körper hatte sich zwischen zwei Felsen verklemmt. Ein Zufall, vom Mörder nicht einkalkuliert.«

»Müssen Sie schon wieder davon sprechen, Shirley?«

»Es fällt mir gerade ein. Es gibt im Leben mehr Parallelen, als man denkt. Achtung, mit Schwung hinein!«

Sie schwenkten den Körper zwischen sich hin und her, bis er den nötigen Schwung hatte, und ließen ihn auf Shirleys Kommando los.

Die schöne Tote flog durch die sonnenflirrende Luft, ihr langes schwarzes Haar wehte von ihrem Kopf wie eine Fahne. Die Arme breiteten sich aus, und es sah aus, als sei dieser nackte Körper voller Lebensfreude ins Meer gesprungen. Atemlos stieß Bäcker die Fäuste zusammen, als die Tote ins Meer klatschte und schnell in den Strudeln versank.

»Wollen Sie warten, bis Sie die dreieckige Flosse heranschießen sehen?« fragte Shirley.

»Nein!« Bäcker wandte sich ab. »Ich hasse nichts mehr als Haie!« Er betrachtete seine Hände und hielt sie von sich gestreckt. »Könnte ich jetzt schon Lepra haben?«

»Möglich ist alles. Wir sollten jetzt so schnell wie möglich an Ihren Salmiakgeist kommen.«

Es dauerte doch noch zwanzig Minuten, bis sie wieder in der Hütte waren. Bäckers Bein machte ein schnelleres Laufen unmöglich, auch wenn Shirley ihn stützte. Anne lief vor ihnen her – sie durfte keinen von ihnen berühren. Sie holte den Medizinkasten, goß das Salmiak in den Deckel der Blechkiste und hielt ihn hoch. Fast gleichzeitig tauchten Shirley und Bäcker ihre Hände hinein. Die verdünnte Flüssigkeit brannte höllisch auf der Haut, der Salmiakdunst zog ätzend in die Nasen und reizte die Schleimhäute. Aus Bäckers lidlosen Augen rannen die Tränen.

»Wenn das nicht hilft«, sagte Shirley, »verliere ich den Glauben an die Desinfektion. Das kann kein Bazillus oder Virus aushalten.«

Sie ließen ihre Hände abtropfen, spülten sie dann in Wasser nach und trockneten sie in der glühenden Sonne. Die Haut wurde glutrot, wie verbrannt.

»Kommen Sie mit?« fragte Shirley plötzlich.

Bäcker nickte sofort, obwohl er nicht wußte, was Shirley vorhatte. »Wohin denn?«

»Es ist noch früher Tag. Wir suchen die Insel ab. Ihren souveränen Staat Viktoria-Eiland, Majestät. Wenn wir hier tatsächlich Gerippe finden, küsse ich Ihren Einbaum, wenn er fertig ist, von oben bis unten ab, denn dann ist er wirklich unsere letzte Chance. Nicht einmal mehr Ihr planmäßiges Flugzeug und Ihre Rauchsignale. Aha, werden die da oben denken, da unten verbrennen sie wieder eine Leiche. Denn wenn das hier eine Toteninsel ist, dann wette ich hundert zu eins, daß der Pilot des Liniendienstes sie kennt. Hier wird nie ein Flugzeug wassern, nur weil es raucht. Es bleibt uns nur der Baum.«

Sie gingen die Insel systematisch ab. Sie war größer, als Bäcker zuerst gedacht hatte; man brauchte gute drei Stunden, um Viktoria-Eiland zu umkreisen. Aber wo man auch stand in der Mitte des erhöhten Waldes: Man sah das Meer, die Unendlichkeit wiegender Wellen, einen Horizont, der rundherum blau in blau ertrank, und darüber die feuerschleudernde Scheibe der Sonne.

Genau auf der entgegengesetzten Seite, an einem Strand, der mit Felstrümmern übersät war, als wäre einmal der Meeresboden flammend emporgeschleudert worden und die glühenden Blöcke seien dann hier erkaltet, fanden sie die ersten Knochen.

Es waren bleiche Skelette, deren Umrisse noch die Form eines Menschen andeuteten.

Hundert Schritte von diesem Knochenfriedhof entfernt stand eine drei Meter hohe, geschnitzte Totemsäule, eine grell bemalte Götterfratze mit blutroten Augenhöhlen. Um das Totem herum lagen die Überreste von Leichen, unzählbar jetzt, ein Gewirr von Knochen, ein Feld voller Schädel, im Kreis geordnet um den großen, in die Sonne glotzenden Dämon.

»Wir sind auf einer Toteninsel«, sagte Bäcker tief atmend. »Shirley, Sie hatten recht. Wir werden jetzt keine Zeit mehr verlieren, von hier wegzukommen.«

XVI

Sie sagten Anne nichts von ihrer Entdeckung, als sie zurückkamen. Auch als sie fragte, schüttelte Bäcker den Kopf. »Shirley hat sich geirrt«, sagte er. »Er ist den Märchen der Polynesier aufgesessen. Du kannst ganz beruhigt sein. Diese tote Frau war ein einmaliger Fall. Es gibt keine Toteninsel! Weiß der Himmel, weshalb sie den Leichnam hier abgelegt haben.«

Anne wußte, daß er log. Shirley hatte recht. Bäcker war zu ehrlich, um lügen zu können. Er konnte zwar falsche Worte sprechen, aber in seinen Augen lag immer die Wahrheit.

An diesem Tag noch begannen sie mit dem Ausbrennen des Baumes. Obgleich ihre Beine vor Müdigkeit zitterten, vertieften sie mit Hammer, Meißel und Beil die Höhlung, bis das trockene Reisig eine so gute Angriffsfläche hatte, daß man es wagen konnte, es in Brand zu setzen.

Shirley prüfte die Mulde und sah Bäcker zweifelnd an. Es war saftiges, festes Holz, strotzend vor Leben. »Wenn hier das Feuer anpackt, melde ich alle physikalischen Gesetze ab«, sagte er. »Das wird nicht einmal glimmen. Haben Sie schon durch und durch feuchtes Holz zum Brennen gebracht?«

»Wenn es ankohlt, haben wir schon gewonnen, Shirley. Wir schlagen die verkohlten Teile heraus und arbeiten uns so langsam in die Tiefe.«

»Wenn Sie Glück haben, können Sie den Einbaum Anne zu Weihnachten schenken.«

Bäcker nickte. »Wenn wir das bis dahin schaffen, haben wir

eine große Leistung hinter uns. Ich rechne gar nicht mit Weihnachten. Ich fange an, überhaupt nicht mehr zu rechnen. Am liebsten möchte ich meinen Kalender ins Meer werfen und keinen Tag mehr zählen. Wozu? Ist es wichtig, ob heute der 3. September ist? Oder der 29. November? Ob 1965 oder 1967? Das hat doch alles keine Bedeutung mehr. Wir leben einen Tag, legen uns hin, schlafen, wachen auf und sehen einen neuen Tag. Aha, sagen wir. Es geht weiter. Wieder ein Tag! In die Hände gespuckt! Essen, trinken, arbeiten, um nicht stumpfsinnig zu werden, die Sonne verfluchen, das Meer beschimpfen, auf Regen warten und glücklich sein, daß man überhaupt lebt. Wenn man sich darauf einstellt, Shirley, ist das Leben auf dieser Insel nicht das schlechteste. Und vergessen Sie nicht: Anne ist hier!«

»Für Sie! Und in Papeete heult sich Betty die Augen aus und legt Blumen an einen Gedenkstein, der meinen Namen trägt. Sie mögen vielleicht zum Robinson geboren sein, ich nicht! Und nachdem ich die Totenstätte gesehen habe –«

»Dann meckern Sie also nicht über das nasse Holz, sondern spucken Sie wie ich in die Hände, um diesen Baum zu einem Boot zu machen. Im Umkreis von hundert Kilometern gibt es Menschen, das wissen wir jetzt. Und wir werden sie erreichen, mit diesem verdammten Baum!«

»Hurra! Hurra! Hurra!« Shirley nahm Bäcker das flammende Holzstück aus der Hand und brannte damit das in die Mulde gelegte Reisig an.

Das Feuer breitete sich schnell aus, lief prasselnd den Stamm entlang; nicht eine Minute dauerte es, und dichter Qualm hüllte Shirley und Bäcker ein. Hustend flüchteten sie ein paar Schritte zurück.

»Was, glauben Sie, werden die Eingeborenen mit uns anstellen, wenn wir von ihrer Toteninsel kommen?« sagte Shirley. »Es ist Ihnen doch klar, daß alle Inseln im Umkreis seit langem von unserer Anwesenheit wissen und die Medizinmänner längst ihren großen Tamtam begonnen haben. Sie beschwören die Seelen der Toten, uns, die Verfluchten, nicht mehr loszulassen. Da nützen auch die Missionare wenig, wenn jemals einer hier in der Gegend herumgezogen ist. Ich habe erlebt, wie am Sonntagvormittag der Meßdiener in der Atoll-Kapelle von Aki-Aki den Weihrauchkessel schwenkte und am Nachmittag beim Medizinmann um ein Amulett gegen den Geist seines bösen Onkels bettelte.« Er ging noch ein paar Schritte zurück. Der Qualm hatte sie eingehüllt und biß auf der von Sonne und Salz gereizten Haut. »Noch zehn Minuten, und aus Ihrem Reisig sind Glühwürmchen geworden, Bäcker. Das Feuer packt nicht mal die Oberfläche an.«

»Und wenn nur zwei Millimeter verkohlen, wir kommen weiter!« Bäcker winkte hinüber zu Anne.

Sie lief von der Hütte herunter zum Strand und trug auf dem Deckel des Verbandskastens eine dampfende gebratene Ente. »Eine Art Richtfest!« rief sie und hob den Braten hoch über den Kopf. Sie trug nur einen Rock; ihr Oberkörper mit den schönen, festen Brüsten war nackt, und es war so selbstverständlich wie die Palmen auf der Anhöhe, der Sand unter ihren Füßen und das Meer bis zum Horizont.

»Sie ist wirklich eine einmalige Frau«, sagte Shirley leise. »Man sollte Ihnen gratulieren, Bäcker. So etwas gibt es in einem Jahrhundert nur ein paarmal, und gerade Sie müssen eine davon erwischen.«

»Und so eine Frau halten Sie für eine Mörderin, Shirley!«

»Vergessen wir das.«

»Für immer?«

»Für immer!«

Sie aßen die gebratene Ente und warteten, bis das Reisig

verglüht war. Dann fegten sie die Asche weg und untersuchten, wie tief sich das Feuer in die Mulde gefressen hatte. Es war entmutigend; man konnte mit dem Fingernagel die verkohlte Schicht abkratzen. Sie war in Millimetern gar nicht auszudrücken.

»Bei einer Sitztiefe von sechzig Zentimetern dürfte es Weihnachten 1966 werden«, sagte Shirley sarkastisch. »Reduzieren wir auf fünfzig Zentimeter, ist es Pfingsten soweit. Wir werden die Ausgießung des Heiligen Geistes jedoch als Irre erleben. Oder glauben Sie wirklich, Sie drehen nicht durch, wenn Sie ein ganzes Jahr an diesem verdammten Baum Flämmchen anzünden und Asche wegschaben? Außerdem werden Sie den halben Wald für Ihr Ausbrennen abholzen und zuerst trocknen müssen.«

»Irrtum, Shirley. Von Tag zu Tag wird der Stamm trockener. Wer das Feuer zum Verbündeten hat, ist immer der Stärkere. Los, setzen Sie nicht zu neuen Reden an, hacken Sie!«

Sie arbeiteten, bis die Nacht über das Meer kroch. Anne versorgte sie mit kaltem Wasser, das sie ganz mild mit Meersalz versetzte, weil der Schweiß den Männern aus den Poren quoll, als seien es tausend kleine Quellen. Da war es wichtig, den Salzverlust auszugleichen.

Am köstlichsten aber war die Kokosmilch.

Da keiner von ihnen die Fertigkeit der Eingeborenen besaß, mit nackten Füßen und bloßen Händen die rauhen Stämme hinaufzuklettern, versuchte es Anne mit dem Bambusspeer. Sie warf ihn wieder und wieder gegen die Kokosnußtrauben, und es war eine schwere Arbeit, die viel Kraft und ein gutes Auge erforderte.

Zuerst reichte der Wurf nicht aus, die Bäume waren zu hoch, aber dann suchte Anne sich kleinere Palmen oder solche, die der Wind mit den Kronen schräg zur Erde gezwungen hatte. Hier traf sie nach einiger Übung die Nüsse sicher und brachte ihre Beute so stolz zu Shirley und Bäcker wie ein Hund seinen ersten apportierten Knüppel.

»Passen Sie auf, daß Anne nicht zum hinteren Teil Ihrer Insel vordringt«, sagte Shirley später. Sie saßen wieder am Meer und warteten auf das Verglühen eines neuen Reisighaufens auf dem Stamm. »Wenn Anne die Gerippe sieht, bekommt sie einen seelischen Knacks.«

»Vielleicht sollte man es ihr sagen.«

»Haben Sie schon mal eine hysterische Frau erlebt? Nein? Ich sage Ihnen: Das Fell sträubt sich Ihnen wie bei einem Hund. Beschwören Sie so was nicht rauf!«

Bis zur Nacht hatten sie fünfmal den Stamm angebrannt und waren an einigen Stellen zwei Zentimeter in die Tiefe gekommen. Sie aßen von Annes Braten kaum noch etwas, waren zu erschöpft, um zu sprechen, fielen auf ihre Decken und schliefen sofort ein.

Nur Shirley sagte noch: »Es ist einfacher, den Stamm mit dem Beil auszuschlagen. Dieses Brennen ist Blödsinn. Was meinen Sie, Bäcker?«

»Ich glaube, Sie haben recht. Meißel und Beil. Wir dürfen bloß nicht schlappmachen.« Bäcker drehte sich auf die Seite und schlief wie ein Toter.

Anne blieb bei ihnen sitzen, sprach sie später an, rüttelte sie und küßte Bäcker auf den Mund. Er schlief weiter. Shirleys Schnarchen war stärker als das Rauschen des Meeres.

Da stand sie auf, nahm den Speer fest in die Hand und verließ die Hütte.

Shirley hatte sich geirrt.

Anne brach in kein hysterisches Geschrei aus, als sie die Schädelstätte am anderen Ende der Insel erreicht hatte und der hölzerne Götze sie aus seinen großen rotbemalten Augen anglotzte.

Er sah noch furchterregender aus als am Tag. Da milderte die Sonne das dämonische Grauen, das helle Licht ließ den Zauber weitgehend zerfließen; aber jetzt in der Nacht, im ungewissen Licht der Sterne und eines über das Meer treibenden Mondes gewannen die Konturen der schrecklichen Gestalt Leben, nistete der Fluch in jeder Kerbe des rissigen Holzes und schimmerte der Kreis der Gerippe wie ausgespien aus diesem breiten, fletschenden Göttermaul.

Anne tat etwas, was weder Shirley noch Bäcker getan hatten: Sie trat an die Totensäule heran und preßte ihre flache Hand gegen das Gesicht des Dämons. Sie bedeckte gerade einen Teil des rechten Auges, aber es war ein heller Fleck verzweifelter Furchtlosigkeit.

»Wir werden auch mit dir leben!« sagte Anne mit einer tiefen Feierlichkeit. »Ich liebe Werner Bäcker, und gegen die Liebe bist du machtlos, du Scheusal!«

Als sie zur Hütte zurückkam, hatte sich nichts geändert. Bäcker und Shirley lagen wie Holzstücke herum. Da kroch sie zu Bäcker unter die Decke, schmiegte sich an ihn, umfaßte sein zerstörtes Gesicht, küßte die narbigen Lippen und wußte, daß sie diese Liebe mit Händen und Füßen und, wenn es nötig war, mit den Zähnen wie ein Raubtier verteidigen würde.

»Ihr seid Kindsköpfe!« sagte sie beim Frühstück, als Shirley gerade den merkwürdigen, aber unwahrscheinlich anregenden Tee getrunken hatte. »Wie kleine Jungen, die ein Mädchen nicht mitspielen lassen wollen. Glaubt ihr, ich hätte Angst vor einer geschnitzten Fratze und ein paar Gerippen?«

»Sie war dort!« sagte Shirley entgeistert. »Wir haben geschlafen wie Mehlsäcke, und sie streunt auf der Insel herum! Anne, ist Ihnen klar, was Sie gesehen haben?«

»Natürlich.«

»Hier holt uns keiner ab.«

»Ich weiß es. Deshalb werde ich auch am Baumstamm helfen.«

Später, als Anne wieder an der Kochstelle saß und eine Fleischsuppe kochte, sagte Shirley in einer Atempause: »Bäkker, haben Sie schon eine Frau gesehen, die sich in der Gegenwart von Skeletten wohl fühlt?«

»Ich bin hier, und Anne liebt mich – das ist alles.« Bäcker legte beide Hände vor den Gitterstoff und seine lidlosen Augen. Die Sonne saugte sein Augenlicht weg. Es wurde immer schwerer, ein klares Bild zu sehen. Alles begann zu zerfließen, die Konturen lösten sich auf, die Welt verwässerte sich. Und die Augen brannten höllisch. »Shirley, wir müssen auch in der Nacht arbeiten, solange es geht«, sagte er. »Wir müssen arbeiten, bis wir umfallen.«

»Ich denke, Sie haben so viel Zeit, daß Sie nicht einmal Ihren Kalender mehr brauchen?«

»Ich habe mich geirrt, Shirley.«

»Sie und irren? Das gibt's doch gar nicht, dachte ich!«

»Meine Augen.« Bäcker griff nach Shirleys Händen. »Ich fürchte, ich werde blind. Versprechen Sie's mir: Sagen Sie Anne nichts davon.«

»Natürlich nicht. Sie sind ein armes Schwein.«

»Ich weiß, Shirley. Aber ich muß erst Annes Unschuld an diesem Mord bewiesen haben, bevor ich blind werde.«

An einem Freitag, wie Bäcker errechnet hatte, erschien wieder das Flugzeug über der Insel.

Bäcker, Shirley und Anne waren darauf vorbereitet und

steckten drei große Haufen zusammengetragener trockener Büsche an.

Es wiederholte sich alles: Das Flugzeug brummte, deutlich sichtbar, unter dem klaren blauen Himmel in nordöstlicher Richtung. Die Tragflächen glitzerten gegen die Sonne, die langen Schwimmer waren gelb gestrichen, das Glas der Pilotenkanzel reflektierte die Sonnenstrahlen, und unten am Strand rannten drei verzweifelte Menschen herum, winkten und schrien, rollten das Stoffband mit dem SOS aus, blieben dann erschöpft und fassungslos stehen und starrten der Freiheit nach, die an ihnen vorbeiflog, ohne sie zu beachten.

»Fliegt denn da oben ein Blinder?« brüllte Bäcker und schüttelte die Fäuste gegen den Himmel. »Die Feuer, die Rauchwolken, warum dreht er nicht bei? Shirley, begreifen Sie das? Er *muß* uns doch gesehen haben!«

Shirley hielt Bäcker das Hemd hin, mit dem er gewunken hatte. »Legen Sie das auf Ihre Augen«, sagte er. »Sie haben direkt in die Sonne geblickt. Und sagen Sie Anne, sie soll ihren Schleiertanz mit dem SOS einstellen – es macht mich noch verrückt. Zu Ihrer Frage: Nein, da oben fliegt kein Blinder. O nein. Aber diese kleinen Maschinen werden hauptsächlich von Eingeborenen geflogen. Es sind gewissenhafte, korrekte, gute Flieger. Sie sind stolz auf ihre Maschine, die ihre Großväter noch für einen bösen Dämon gehalten haben. Sie können zwar mit Radar umgehen, und die Bibel liegt auf ihrem Nachttisch, aber sie bleiben Angehörige ihres Stammes. Und wenn das hier eine Toteninsel ist, dann fliegen sie eben vorbei, ganz gleich, was sich da unten rührt!«

»Tote laufen, winken und schreien nicht!« sagte Bäcker erschöpft. Er preßte Shirleys Hemd gegen die Augen. Er hörte Anne von Meer kommen; sie weinte laut.

»Denken Sie an die Frau mit der Lepra.« Shirley zerrte an dem Hemd. »Nehmen Sie's weg, sonst merkt Anne etwas.«

Bäcker gab das Hemd zurück und sah Anne wie aus Wolken auftauchen. Seine Augen tränten stark und brannten.

»So ein Schuft!« zischte Anne. »Shirley, Sie hundertfünfzigprozentiger Polizist: *Das* ist Mord! Er sieht uns und fliegt weiter!« Sie setzte sich neben die Männer auf den Baumstamm und trocknete mit dem SOS-Tuch ihr Gesicht ab.

»Ich versuche gerade, Bäcker das zu erklären. Angenommen, der Mann da oben denkt: Aha, das sind drei Lepröse. Natürlich wollen sie weg. Ich werde mich hüten, da zu reagieren. Augen rechts – und vorbei! Kann man's ihm übelnehmen? Im Paradies herrschen höllische Sitten. Wann kommt das Flugzeug wieder?«

»In vier Wochen«, sagte Bäcker dumpf.

»Dann wird er etwas weiter von uns entfernt übers Meer fliegen, um nichts mehr sehen zu müssen. Wollen wir wetten?«

»Nein. Vergessen wir das Ding da am Himmel.« Bäcker griff nach seinem Beil. Er beugte sich über den Stamm und hieb schräg in die sich jetzt deutlich abzeichnende Sitzmulde. »Weiter, Shirley! Sollen wir uns unterkriegen lassen von so einem brummenden Idioten?«

Sie arbeiteten weiter an dem Boot. Tag und Nacht. Nur ein paar Stunden Schlaf legten sie ein, gerade so viel, um wieder zu Kräften zu kommen.

Nun wurde es doch ein Wettrennen mit den Ereignissen: Je tiefer sie den Stamm aushöhlten, um so sichtbarer wuchs das Kind in Annes Leib, und um so verschwommener sah Bäcker die Welt mit seinen lidlosen Augen.

Die Lepra bekamen sie nicht – sie beobachteten sich gegenseitig genau. Aber als Shirley, einer unerklärlichen Eingebung folgend, wieder zur anderen Inselseite wanderte, fand er zwei neue Tote. Sie waren so in den Sand gelegt, daß ihre Köpfe zu dem Totem zeigten.

Es waren frische Tote, nicht älter als zwei Tage, noch im Anfangsstadium der Verwesung. Ein alter Mann mit weißen Kraushaaren und Bart und eine dicke, aufgequollene Frau, die aussah, als habe man sie aufgeblasen bis an die Grenze des Zerplatzens.

Shirley lief zum Ufer, aber die Flut und der immer wehende Wind hatten die Fußspuren schon ausgelöscht. »Wir haben Besuch«, sagte er leichthin, als er zur Hütte zurückkam. »Oma und Opa. Sie hatten keine Lepra, meine Freunde, ich habe sie mir genau angesehen. Das ist der Beweis, daß die Eingeborenen uns in Ruhe lassen. Verflucht, ich bin gespannt, wie sie sich benehmen, wenn wir mit unserem Einbaum vor ihrer Insel auftauchen. Ein aparter Gedanke: Hier kommen wir heil weg, und dort drüben werden wir aufgespießt.«

In dieser Nacht spürte Anne zum ersten Mal, daß sich das Kind in ihrem Leib bewegte. Sie weckte Bäcker und drückte seine Hand auf ihren Leib. »Es lebt«, flüsterte sie. »Ist das nicht verrückt? Da draußen liegen zwei Tote, und in mir beginnt ein neues Leben.«

Bäcker beugte sich hinunter und legte sein Ohr auf Annes Leib. Er wartete, hielt den Atem an und legte beide Hände über ihre Brüste. Als er unter sich das winzige Zucken spürte, war es eine Minute unbeschreiblichen Glücks. Dann weckte er Shirley.

Der fuhr hoch, wälzte sich zur Seite und sprang auf die Beine. »Sind sie da?« rief er. »Wo ist der Speer?«

»Blödsinn, Shirley.« Bäcker hielt ihn an den Beinen fest. »Es lebt.«

»Was lebt?«

»Unser Kind.«

»Lieber Gott, was wird aus ihm, wenn es gleich mit so einem Schrecken beginnt?« Shirley ließ sich wieder auf seine Decken fallen. »Deshalb wecken Sie mich mitten in der Nacht? Soll ich etwa auch horchen?«

»Sie dürfen es. Denken Sie an Betty.«

»Sie bringen mich noch zum Heulen«, sagte Shirley unsicher. Aber dann beugte er sich doch über Anne, legte sein Ohr auf ihren Bauch und vernahm das kleine, schwache, zaghafte Leben. Er knirschte mit den Zähnen, als er sich wieder auf seine Decke zurückwälzte, und lobte innerlich die Dunkelheit, die sein Gesicht versteckte. »Bäcker«, sagte er nach einer Weile.

»Ja?«

»Halten Sie mich nicht für verrückt oder sentimental, aber – werden Sie das Kind taufen lassen?«

»Natürlich«, antwortete Anne an Bäckers Stelle. »Wenn jemand Gottes Hilfe nötig hat, dann dieses Kind.«

»Würden Sie mich zum Paten nehmen?«

»Keinen lieber als Sie«, sagte Bäcker. »Ich danke Ihnen.«

»Ich Ihnen auch.« Shirley drehte sich zur Wand. Seit Bäkkers Augen immer mehr nachließen, schlief auch er in der Hütte. Aber er kam erst viel später als Bäcker in den Raum und warf sich auf sein Lager. »Sie brauchen Anne nicht heimlich und lautlos zu lieben«, sagte er einmal zu ihm. »Ich gehe in der Zeit spazieren. Dann werde ich an Betty denken. Betty konnte auch so zärtlich sein.«

»Wofür danken Sie denn?« fragte Bäcker jetzt. Er drückte Anne an sich, Leib an Leib, und dachte dabei: Das ist nun meine neue Welt. Eine Frau und ein Kind. Eine andere Welt brauche ich nicht.

»Daß Sie mich das Kind hören ließen«, sagte Shirley rauh.

»Das war ein verdammt nobles Geschenk. Ob Sie's glauben oder nicht: Ich habe dadurch Kraft bekommen für zehn Einbäume.«

XVII

Nach Bäckers Kalender war es der 4. Dezember 1965, als das Boot fertig war.

Anne war nun im fünften Monat, ihr bisher flacher, zarter Leib wölbte sich deutlich, die Brüste waren schwerer geworden, aber sie arbeitete unermüdlich jeden Tag am Stamm mit und wetzte mit scharfkantigen Steinen die Sitzmulde des Bootes glatt.

Bäckers Augen hatten sich anscheinend an ihre Schutzlosigkeit gewöhnt. Sie tränten und brannten nicht mehr, aber er trug nach wie vor den fürchterlich aussehenden Vorhang aus Shirleys gitterförmigem Unterhemd um den Kopf gebunden.

Shirleys Vollbart, rot und leuchtend, war, vor allem für ihn selbst, eine wahre Wonne. Jeden Tag spiegelte er sich im klaren Wasser und freute sich darüber. »Man weiß gar nicht, welche Schönheiten in einem verborgen sind«, sagte er. »Wenn Betty mich so sähe – ich garantiere für ein viertes Kind!«

Am Vormittag hatte es geregnet. Gegen elf Uhr setzte die Flut ein, der Wasserspiegel stieg bis auf einen Meter vor dem Einbaum. Das war von Bäcker richtig berechnet worden, denn sie hatten das Boot, durch das Aushöhlen erheblich leichter, mühelos bis ans Meer geschleift und dort abgesetzt, wo die Flut es erreichen würde.

»Morgen ist Stapellauf!« schrie Shirley und breitete die Arme weit gegen das anrollende Meer aus. »Du Hure von einem Meer, jetzt werden wir dich erobern wie vor tausend Jahren!« Er setzte sich auf den Bootsrand, blickte Bäcker und Anne plötzlich aus blanken Hundeaugen an und heulte los. »Haut mir eine runter!« schluchzte er. »Oder dreht euch um! Ich habe auch das Recht, schlapp zu sein. Bäcker, ich werde Betty und die Kinder wiedersehen.«

Die nächste Flut kam am 5. Dezember. Sie erfaßte den Einbaum und hob ihn hoch. Atemlos standen Anne, Bäcker und Shirley daneben, als zum ersten Mal Wasser unter das Boot spülte, als es auf einer Welle schaukelte, das weiter vordringende Meer von ihm Besitz ergriff und es vor sich hertrug auf wiegenden Händen.

»Es schwimmt!« brüllte Shirley und tanzte durch das Wasser. »Es kippt nicht um! Es schwimmt! Wir haben ein Boot, wir haben ein Boot!« Er fiel Bäcker um den Hals und küßte dessen vernarbtes, entstelltes Gesicht; er riß Anne an sich und küßte auch sie; dann tobte er durch die anrollenden Wellen, hieb mit den Fäusten ins Meer, trat gegen die Wellenkämme und warf sich schließlich in den Sand, um sich von der nächsten Welle überspülen zu lassen.

»Wann geht's los?« fragte er, als er sich beruhigt hatte. Sie standen jetzt bis zu den Hüften im Wasser und hielten den Einbaum fest, schoben ihn ein Stück durchs Meer wie Kinder, die mit einem großen Schiffchen spielten. Es zeigte sich, daß Bäcker den Stamm genau berechnet hatte. Der Schwerpunkt war so tief geblieben, daß der Stamm in der Dünung nicht einmal rollte. Wenn man in dem Boot saß, war auch die Bordwand hoch genug. Man konnte sich fast sicher in ihm fühlen.

»Wer setzt sich zuerst hinein?« fragte Shirley. »Gar keine Frage: unser Oberhaupt. Bäcker, paddeln Sie die erste Ehrenrunde!«

»Nein! Anne soll es tun!«

Sie hoben Anne lachend in den Einbaum und drückten das Boot dann vor sich her ins Meer. Singend stampften sie bis zur Brust durchs Wasser, schoben Anne am Ufer entlang, und Anne winkte mit beiden Armen hinaus aufs Meer und spürte, wie auch das Kind sich in ihrem Leib wieder regte.

Doch plötzlich schrie Anne auf und zeigte zur Seite. Zwei dreieckige Flossen schossen heran, drehten dann aber ab, als das Wasser zu seicht wurde.

Haie.

»Das ist eine deutliche Warnung!« sagte Bäcker.

Sie zogen den Einbaum mit Anne ans Land. Durch Pflöcke sicherten sie das Boot, damit die Ebbe es nicht mitriß ins offene Meer. Außerdem beschlossen Shirley und Bäcker, bei dem Einbaum zu bleiben und die Nacht neben ihm zu wachen.

»Wann geht es wirklich los?« fragte Shirley wieder. »Jetzt ist mir jede Minute zu viel auf dieser Mistinsel.«

»Übermorgen«, sagte Bäcker. »Übermorgen wagen wir es. Ich wollte, ich könnte jetzt beten.«

Er blickte über das Meer, vor den Augen den schrecklichen Gittervorhang, und Shirley hatte das Gefühl, ihn jetzt allein lassen zu müssen. Er ging weg und setzte sich oben an die Böschung, sah sich um, ob auch Anne ihn nicht sah, und faltete hinter den angezogenen Knien die Hände.

Seit Wochen hatte Anne diesen großen Tag vorbereitet. Immer wenn der Bootsbau unterbrochen wurde, um frisches Fleisch zu schießen, jagten Shirley und Bäcker mit Bogen und Pfeilen große, fette Enten oder stachen mit ihren Bambuslanzen die langen, fleischigen Fische aus der Brandung bei den Klippen.

Auch Shirley kannte diese Fische nicht mit Namen, aber er

war begeistert von dem saftigen Fleisch, das wie Lachs schmeckte und genauso einen rötlichen Farbton hatte. »Daran könnte ich mich dumm und dusselig fressen«, sagte er, wenn Anne den großen Fisch an einem Stecken über dem offenen Feuer gebraten hatte. »Aber weil hier alles zwei Seiten hat und das Paradies in Wirklichkeit eine maskierte Hölle ist, sollte es mich nicht wundern, wenn dieser Fisch irgendeine Krankheit mit sich herumschleppt. Unsichtbare Würmer, die sich in unsere Därme bohren, Trichinen.«

»Fische haben keine Trichinen«, sagte Bäcker. »Ich hab's wenigstens noch nie gehört.«

»Eisbären haben welche. Irgendein bekannter Polarforscher ist dadurch umgekommen.«

»Ein Fisch ist kein Eisbär, Shirley. Sie müssen aber auch über alles meckern!«

Anne legte einen großen Vorrat von Trockenfleisch und Trockenfisch an. Sie legte große Stücke auf Palmblätter in die pralle Sonne, wie es die Eingeborenen machen, und wider Erwarten faulte und zersetzte sich das Fleisch nicht, sondern schrumpfte zusammen. Die Sonne war stärker. Sie saugte den Saft auf, ehe das Fleisch verwesen konnte. In den zwei oder drei Stunden, da es regnete, deckte Anne ihre »Speisekammer« mit geflochtenen Palmblättermatten ab.

Zwei Wochen lang briet und trocknete sie Enten und Fische und stapelte sie in einer kühlen Höhle, die Bäcker in den Hang gegraben hatte.

Am 6. Dezember fingen sie noch einmal mit der ausgespannten Gummiinsel den Regen auf und füllten das Wasser in den Kanister und die Plastiktüten.

»Morgen«, sagte Bäcker. Er sprach es geradezu feierlich aus. »Morgen früh, mit der Ebbe, lassen wir uns aufs Meer hinaustragen.«

Bis zum Abend arbeiteten sie noch an dem dünnen Mastbaum. Sie setzten ihn in einen ausgehöhlten Klotz, den Bäkker in der Sitzmulde hatte stehen lassen. Die letzten Nägel hämmerten sie seitlich zur doppelten Sicherheit in den Mast und winkten dann Anne herüberzukommen.

»Zieh das Segel auf, Anne«, sagte Bäcker. »Es ist dein Segel.«

An den Tauen, die sie von der Rettungsinsel abmontiert hatten, zog Anne ihr Palmenblättersegel an dem knorrigen Mast hinauf.

»Eine Schönheit ist er ja nicht«, sagte Shirley. »Hauptsache, er hält den Winddruck aus.«

Wie Seekadetten beim Flaggenhissen standen Bäcker und Shirley stramm und legten die Hand an die Stirn, als Anne das Segel aufzog. Eine kindliche Fröhlichkeit hatte sie alle erfaßt. Sie benahmen sich geradezu dämlich, marschierten nach Shirleys Kommandos »Links-zwei-drei-vier, Augen rechts!« ein paarmal um den Einbaum herum und imitierten Musikinstrumente, pfiffen und trompeteten Märsche, und Shirley klatschte mit der flachen Hand auf seinen Bauch und schrie: »Ich bin die große Pauke! Ich bin die große Pauke!«

In der Abenddämmerung besuchten sie noch einmal den Begräbnisplatz und den Totemgötzen.

Es waren keine neuen Leichen abgelegt worden. Der alte Mann und die dicke Frau waren nicht mehr zu erkennen. Ihre Knochen waren abgenagt und begannen zu bleichen. Dichte Vogelschwärme flatterten kreischend auf, als Bäcker und Shirley aus den Büschen auf die Lichtung traten.

»Es stinkt nicht einmal«, sagte Shirley anerkennend. »Sagen Sie, was Sie wollen, Bäcker: Diese Leichenbestattung hat ihre Vorteile. Man ernährt die Vögel, es bleibt ein sauberes Gerippe zurück, und die Seele ist sowieso unsterblich. Was heißt hier Pietät? Für den, der hier liegt, ist ja doch alles wurst. Verdammt, wenn man, so wie wir, sich zurückentwickelt hat und nur noch ein armseliges Stück Natur geworden ist, sieht die Welt plötzlich ganz anders aus. Auch das Sterben.« Er hielt Bäcker, der sich abwenden wollte, am Arm fest und zog ihn zurück. »Wir sind jetzt allein. Da gibt es noch ein Problem, über das wir uns unterhalten sollten.«

»Schießen Sie los!«

»Angenommen, wir sind länger unterwegs, als wir ausgerechnet haben. Wir kennen dieses verfluchte Meer, die Tükken des Wetters, den unberechenbaren Wind. Aber wir kennen nicht die Strömungen, in die wir kommen werden! Wir haben drei Wochen Fahrt gerechnet. So lange reicht das Wasser, können wir Vorräte mitnehmen. Wir können aber auch fünf Wochen unterwegs sein oder sechs.«

»Ich weiß, worauf Sie hinauswollen«, sagte Bäcker. »Aber wir können nicht mehr Gepäck mitnehmen. Ich habe es genau berechnet – wir haben jetzt schon die Grenze der Belastbarkeit des Bootes erreicht.«

»Das glaube ich Ihnen gern. Rechnen ist Ihr Beruf.«

Shirley ging zwischen den bleichen Gerippen hindurch und lehnte sich an die Totemsäule. Die blutroten Augen des Götzen glotzten im Mondschein. Die Fratze schien Leben zu bekommen, aus den Kerben kroch jene boshafte, unheimliche Kraft, vor der sich die Eingeborenen auf den Boden warfen. Shirley wirkte neben dieser drei Meter hohen Gottheit so elend und verlassen, als solle er geopfert werden.

»Ich denke nicht mehr daran zu lachen.« Er holte tief Atem. »Ich denke daran, daß einer zu viel an Bord sein könnte. Daß einer weg muß, um zwei zu retten. Ein höllisches Problem, aber wir sollten vorher darüber sprechen. Nachher, wenn es nötig ist, ist's bestimmt zu spät. Dann werden wir uns zerfleischen. Ich meine nur, es sollten klare Verhältnisse herrschen, wenn wir morgen früh ins Boot klettern.«

»Ich verstehe.« Bäcker hinkte zu dem Totempfahl und bückte sich plötzlich. Von einem Gerippe hob er zwei Knochen auf. Sie stammten von einem Mittelfinger und einem kleinen Finger, ein deutlicher Längenunterschied, als Bäcker sie Shirley vor die Nase hielt.

»Wir werden uns nie einig, wenn wir darüber lang und breit diskutieren. Machen wir ein faires Spiel, einverstanden? Wer den kürzeren Knochen zieht, muß nach drei Wochen über Bord.«

Shirley zögerte. Er starrte die Fingerknochen an, schnaufte durch die Nase und hieb mit der Faust dem Götzen zwischen die blutigen Augen. »Einverstanden!«

Seine Stimme klang verrostet. Es ist ein verfluchtes Gefühl, von einem kleinen Knochen abhängig zu sein.

»Ich rechne damit, daß Sie so fair sind und keine Schwierigkeiten machen, wenn Sie den kleineren Finger ziehen«, sagte Bäcker ruhig.

»Ich bin zwar ein sturer Hund, aber kein Schwein, Bäkker«, fauchte Shirley zurück. »Außerdem bin ich der Pate Ihres Kindes, tot oder lebendig. Wird's ein Junge, muß er Paul heißen, ein Mädchen Paulette. Das müssen *Sie* halten.«

»Versprochen. Können wir?«

Bäcker legte die Hand auf den Rücken, wechselte die Knochen ein paarmal zwischen den Fingern, drückte sie an seine Hüfte, bis die herausragenden Enden gleichlang waren, und streckte dann die Faust Shirley entgegen. Als spiele Gott mit, fiel in diesem Augenblick der Mondschein voll auf Bäckers Hand.

Shirley wandte sich ab und ging ein paarmal hin und her.

Dann wanderte er um den Totempfahl, zwischen den Gerippen hindurch, blieb stehen und blickte auf das sanft glitzernde, heuchlerisch ruhige Meer. Als er sich Bäcker endlich wieder zuwandte, lief ein heftiges Zucken über sein Gesicht. Er war kreidebleich. »Ich habe Betty und drei Kinder«, sagte er rauh.

»Ich habe Anne und ein Kind.«

»Das sind zwei weniger.«

»Shirley, enttäuschen Sie mich nicht! Bis jetzt waren Sie kein Feigling.«

»Ich war nie ein Feigling!« brüllte Shirley. »Das ist das letzte, was man von mir sagen kann! Geben Sie die Hand her!«

Bäcker streckte sie weit von sich. Shirley betrachtete die Oberkante der Knöchelchen sehr genau, erbärmlich dünne, weiße Kuppen zwischen den zusammengepreßten Fingern Bäckers. Sie sahen beide gleich aus, sehr schmal: ein Todesurteil, kaum einen Zentimeter breit. Es mußte eine zierliche Frau gewesen sein, der einmal diese Finger gehört hatten. Mit ihnen hatte sie einen Mann gestreichelt, ein Kind versorgt, Mehl gerieben, das Feuer mit einem Fächer angeblasen, ein ganzes Leben lang gearbeitet. Jetzt verteilten die Knochen dieser Finger den Tod.

Shirley tippte auf den linken Knochen. »Hier! Verdammt, machen Sie jetzt die Hand auf!«

Bäcker öffnete die Faust. Er sagte nichts; er warf die Knochen zurück zu dem Gerippe und wandte sich ab.

Shirley hatte den längeren gezogen. »Sie sind dran!« sagte er. Aber es war kein Triumph in seiner Stimme. »Wie's auch kommt – ich werde Betty und die Kinder wiedersehen. Tut mir leid, Bäcker.«

»Einen mußte es treffen. Aber kein Wort zu Anne. Wenn

ich über Bord gehen muß, müssen wir Anne vorher irgendwie betäuben. Hinterher können Sie erzählen, ich hätte das Gleichgewicht verloren.« Bäcker packte Shirley plötzlich an den Schultern und zog ihn zu sich heran. Sie standen so eng zusammen, daß ihre struppigen Bärte sich berührten. »Shirley«, sagte Bäcker leise, »Gott, der Teufel oder sonstwer hole Sie, wenn Sie nicht für Anne und das Kind sorgen. So sorgen, als sei es Ihr eigenes. Versprechen Sie mir das!«

»Daß Sie daran noch zweifeln!«

»Und die Mordanklage gegen Anne?«

»Für mich ist Anne keine Mörderin mehr.«

»Dann kann es losgehen.« Bäcker blickte über das silbern glänzende Meer. »In sechs Stunden läuft die Ebbe. Wir sollten versuchen, vorher noch etwas zu schlafen.«

Als sie zur Hütte zurückkamen, saß Anne vor der Tür, die Knie angezogen, und es sah aus, als badete sie sich im Mond. Trotz ihres gewölbten Leibes wirkte sie noch immer zierlich und zerbrechlich.

»Ich schlafe draußen«, sagte Shirley und wandte sich ab. »Es ist Ihre letzte Möglichkeit, Anne zu lieben. Im Einbaum auf dem Meer werden Sie andere Gedanken haben.« Er entfernte sich seitwärts, legte sich eng an den Hang und streckte sich aus.

Bäcker zog Anne an den Händen hoch, legte den Arm um sie und ging mit ihr in die Hütte. Es war so viel Zärtlichkeit in seiner Bewegung, daß Shirley voller Schmerz schnell die Augen schloß.

XVIII

Um fünf Uhr morgens schoben sie den Einbaum ins Wasser, so weit hinaus, daß sie bis zur Brust in den sanften Wellen standen. Anne saß schon im Boot. Die Decken, das Trockenfleisch und der Wasservorrat waren fest vertäut.

Bäcker hatte die Gewichtsverteilung genau berechnet: hinten Anne mit dem Material, in der Mitte beim Segelmast Shirley, vorne er, weil er der Schwerste war. So wurde hinten und vorne die Balance ausgeglichen, während Shirley wie das Zünglein an der Waage war.

Sie merkten deutlich, wie der Sog der Ebbe sie ins Meer hinaustrieb. Als die beiden Paddel aus dem Gummiboot ins Wasser tauchten und das Segel in den jetzt noch schwachen Wind drehten, blickten sie noch einmal zurück und waren erstaunt, wie weit sich der flache Strand mit dem Sand und dem Korallenstaub schon von ihnen entfernt hatte. Im blanken Morgenlicht lag die kleine Hütte. Von der Feuerstelle ringelte sich noch der dünne Rauch. Die gelborangene Gummiinsel leuchtete aufgespannt zwischen den Pfählen.

»Nicht zurückblicken!« sagte Bäcker laut. »Das ist nun vorbei. Endgültig vorbei!«

Und sie tauchten die Paddel in das Meer, in dem sich die frische, messingfarbene Sonne badete.

Eine halbe Stunde lang ruderten sie mit der Ebbe, freuten sich, als ein frischer Morgenwind aufkam und das geflochtene Segel blähte. Es war eine Meisterarbeit Annes, wie ein gehäkeltes grünes Tuch sah es aus, und auch der Wind schien sich zu freuen, denn er hinterließ einen fröhlichen, singenden Ton, wenn er durch die grobgeflochtenen Maschen wehte.

Die drei einsamen Menschen in dem schmalen Boot konnten nicht anders; sie blickten doch zurück. Irgendwie blieb etwas auf dieser Insel zurück, ein durchaus nicht wertloser Teil ihres Lebens; viel Schweiß und Verzweiflung, eine herrliche Liebe und eine Verwandlung ihrer Wesen, eine unbeirrbare Hoffnung und ein überwundener Haß.

Die Insel lag hinter ihnen wie ein gewölbter, bemooster Schildkrötenpanzer. Die Bäume wirkten wie Stacheln, und der Sandstrand tauchte immer stärker in der Dünung unter.

»Sie ist verdammt flach«, sagte Shirley. »Wir haben das gar nicht bemerkt.«

»Sie war unüberwindlich hoch, als mich mein Bein töten wollte«, sagte Bäcker. »Ich habe damals nicht damit gerechnet, jemals diese kleine Böschung hochzukommen.«

»Und dann haben Sie sogar ein Boot gebaut. Es ist kaum zu begreifen, wozu ein Mensch fähig ist.«

Shirley hielt den Strick fest, an dem das Segel aufgezogen war. Der Wind war kräftig, und sie machten gute Fahrt.

»Ich nehme an, Sie fliegen sofort nach Auckland und von da nach Sydney. Das wäre das erste, was ich an Ihrer Stelle täte: mich sofort auf den Operationstisch legen und mir Bein und Gesicht in Ordnung bringen lassen. So, wie Sie jetzt aussehen, lassen sofort alle die Rolläden vor die Fenster sausen, wenn Sie auf der Straße vorbeigehen.«

»Als erstes werde ich Anne heiraten. Sofort! Das Kind soll meinen Namen tragen, wenn es geboren wird.«

Shirley ließ die Leine los, das Segel fiel in sich zusammen. »Kehren wir um!« sagte er.

»Sind Sie verrückt geworden?«

»Nein! Aber Sie sind übergeschnappt, Bäcker! Für eine Heirat braucht man auch in der Südsee Papiere. Die müssen Sie in Nuku Hiva anfordern, und was dort los ist, wissen Sie ja. Dort wird Anne immer noch als Mörderin geführt. Sie werden einen Kollegen von mir losschicken, und Anne landet wieder im Gefängnis. Das Verfahren schwebt doch noch! Für die Behörde bleibt Anne eine Mörderin! Wenn Sie gescheit sind, lassen Sie sich irgendwo mit Anne nieder, wo Sie keiner kennt, und dann wuchert mit der Zeit über alles Gras. Aber eine offizielle Hochzeit – die werden Sie nie hinkriegen.«

»Ich habe Yul nicht die Kehle durchgeschnitten!« sagte Anne vom Ende des Einbaums.

»Es ist zum Kotzen!« Shirley schlug beide Hände über dem Kopf zusammen. »Jetzt sind wir wieder da, wo wir am Anfang waren! Natürlich sind Sie keine Mörderin, Anne, wir wissen das, aber Sie müssen das beweisen! Kein Wort mehr davon! Bäcker, wenn wir durchkommen, helfe ich Ihnen irgendwo ein verborgenes Plätzchen finden. Da wird Sie keiner hindern, eine ganze Bäcker-Kolonie zu gründen.« Er zog das Segel wieder in den Wind. »Die Hauptsache ist, daß wir wieder unter Menschen kommen.«

»Ich laufe vor der Wahrheit nicht davon«, sagte Bäcker trotzig.

»Hören Sie auf mit Ihrem Heldengesang!« rief Shirley wütend. »Wenn Sie bei dieser idiotischen Ansicht bleiben, dann kriegt Anne ihr Kind hinter Gittern! Verdammt, der Wind ist gut! Messen Sie mal, in welche Richtung wir fahren!«

Bäcker holte seinen Sextanten hervor, schoß die Sonne und las die Position ab. Auf der Seekarte war an dieser Stelle ein leerer Fleck. Meer. Aber nördlich lagen einige Atolle, von denen er immer geglaubt hatte, sie seien unbewohnt. Jetzt war er davon überzeugt, daß die heimlichen Besucher auf Viktoria-Eiland von diesen Inseln gekommen waren. »Wir müssen schräg vor den Wind«, sagte er, »dann treffen wir auf unsere unbekannten Leichenlieferanten.«

»Ich weiß nicht, ob das die richtige Richtung ist.« Shirley drehte das Segel etwas. »Es kann uns passieren, daß sie uns schleunigst zu unserer Insel zurücktransportieren. Wir haben mit ihren Geistern gelebt, und da gehören wir nach ihrer Auffassung auf immer hin. Für sie sind wir jetzt selbst von den Dämonen besessen. Wie ist's mit einer internationalen Schifffahrtsstraße? Da haben wir die größten Chancen, gesehen und aufgefischt zu werden.«

Bäcker tippte auf seine Seekarte und hielt sie Shirley hin. »Zweihundertfünfzig Kilometer bis zur nächsten Schiffahrtsstraße. Rechnen Sie mal aus, wie lange wir brauchen, um dahin zu kommen. Wir haben uns an einer Stelle der Welt getroffen, wo Gott bei der Schöpfung seine Schweißtropfen abgeschüttelt hat. Wir müssen zu den Atollen, auch auf die Gefahr hin, daß uns die Eingeborenen ins Geisterland befördern! Vielleicht sehen Sie zu schwarz, Shirley.«

»Wir kommen von einer Toteninsel – gibt's was Schwärzeres?« Shirley blickte sich zu Anne um.

Sie hockte zwischen der Ausrüstung und hatte begonnen, Kokosfleisch mit einem rauhen Stein zu raspeln.

»Unser zweites Frühstück«, sagte Shirley fröhlich. »Himmel noch mal, ich komme aus dem Staunen nicht mehr raus! Unser Einbaum ist wirklich ein stabiles und seetüchtiges Ding. Ich werde ihn in Papeete als Denkmal aufstellen. Er hat's verdient, Bäcker. Von so vielen blöden Hunden gibt es Denkmäler auf der Welt, nur weil sie mal 'ne Schlacht gewonnen haben. Sie hätten mal einen Einbaum bauen sollen – ha, wo wären sie da geblieben?«

Sie segelten und paddelten bis weit in den Nachmittag hinein, aßen Trockenfleisch, das sie im Mund durch den Speichel aufquellen ließen, denn das Wasser war genau berechnet und nur fürs Trinken da. Dann ruhten sie sich etwas aus, zogen zum Schutz gegen die brennende Sonne die Decken über ihre Köpfe und ließen sich treiben.

Shirley beugte sich zu Bäcker vor und winkte verstohlen. Anne konnte es unter ihrer Decke nicht sehen. »Wie geht's Ihren Augen?« fragte er leise.

»Erstaunlich gut. Sie gewöhnen sich langsam daran, keine Lider zu haben.«

»Irgendwo in Europa, habe ich mal gelesen, gibt's einen Spezialisten, der Lider verpflanzen kann. Ich glaube in England.«

»Daran denke ich jetzt noch gar nicht.«

»Sie sollten öfter eine Pause machen und die Hände vor die Augen legen. Die Strahlenreflexion des Wassers ist mörderisch.« Shirley blickte zur Sonne und schätzte an ihrem Stand die Zeit. »Ich würde sagen: Es ist genau vier. Wie verbringen wir die Nacht?«

»Wir sollten abwechselnd Wache halten. Jeder zwei Stunden. Vier Stunden Schlaf – das ist was wert.«

»Einverstanden!«

Sie ruderten wieder, als die Dämmerung über den Horizont kroch. Es war immer wieder faszinierend, den Abend aus dem Meer aufsteigen zu sehen. Er kam nicht vom Himmel, sondern dunstete aus dem Wasser – ein ganz neues Bild aus der Perspektive eines treibenden Holzes zwischen Himmel und Meer.

Es begann leise zu regnen, fadenfein, nicht wie aus Eimern, was sie zuerst befürchtet hatten. Das Meer wurde nicht unruhig, es kräuselte sich nur, als bekomme es eine Gänsehaut, und schaukelte das Boot in einem sanften Rhythmus.

»Irgend jemand hält den Daumen davor«, sagte Shirley. »So ein Regen ist selten. Bäcker, gestehen Sie: Sie haben Kontakt zu einem Schutzengel!«

Das Boot schlingerte jetzt etwas stärker, aber es war stabil, vorzüglich ausbalanciert und ritt auf den Wellen, als sei die Flucht vor dem Tod nichts als ein herrlicher Spaß.

Das Meer färbte sich violett, der Himmel löste sich in grellfarbene Streifen auf, und da tauchten sie zum ersten Mal im Dämmerlicht auf, umkreisten den Einbaum und schossen ihm voraus, drei, vier, nach wenigen Minuten sechs dreiekkige Rückenflossen.

Haie!

»Unser Begleitkommando ist endlich da!« sagte Shirley rauh. »Ich habe mich schon gewundert. Von jetzt an sind wir nicht mehr allein. Diese Teufel werden immer um uns sein.«

Shirley sollte recht behalten. Die Haie blieben in der Nähe des Bootes, umkreisten es und wurden zu treuen Begleitern. Als eine der Rückenflossen fast in Reichweite vorbeischoß, griff Bäcker nach seinem Bambusspeer und wollte zustechen.

Shirley konnte es im letzten Augenblick verhindern. Er schlug Bäckers Arm in die Höhe. »Um Himmels willen, nein!« schrie er. »Bloß das nicht!«

»Ich hasse sie!« schrie Bäcker zurück. »Ich werde sie töten, wo ich sie treffe!«

»Aber nicht hier! Ein Tropfen Blut im Wasser, und das Meer kocht! Der Geruch bleibt an uns. Wollen Sie eine ganze Haifischarmee hinter sich herziehen? Sie treffen einen oder zwei, und zehn kommen zum Begräbnis! So stabil ist unser Einbaum nun auch wieder nicht, daß ihn zehn Haie nicht umwerfen könnten. Am besten ist, man beachtet sie gar nicht. Anne, werfen Sie keine Abfälle über Bord.«

Am Abend wurde es nötig, einen wichtigen Teil menschlichen Schamgefühls abzulegen. Zum ersten Mal waren die drei Menschen auf engstem Raum zusammen ohne die Möglichkeit, auch nur einen einzigen Schritt Distanz zwischen sich legen zu können. Aber den Körpern war das gleichgültig, die Därme arbeiteten, und die Blasen speicherten Urin. Man mußte es loswerden.

Bäcker und Shirley drehten Anne den Rücken zu, als sie sich über die Bordwand erleichterte. Dann war Bäcker an der Reihe, als dritter Shirley.

Dann war die Nacht da, licht, sternenklar mit einem Silbermond, kühl und ruhig. Anne schlief als erste, Bäcker hatte die Wache. Aber Shirley, der im Sitzen schlafen mußte und den Kopf gegen den Mast gelehnt hatte, konnte die Augen nicht zumachen. Das Meer, der Horizont, der rund um ihn herum lag und den Himmel abteilte, als läge er wie eine Glocke über der See, ließen ihn nicht schlafen. »Bäcker, wir haben an eins nicht gedacht«, sagte er.

»An was?«

»An das Salzwasser. Ich kann das Salz schon von meinem Gesicht kratzen. In vier Tagen sehen wir aus wie Lots Weib! Die Haut wird uns wegbrennen.«

»Dann duschen wir uns ab.« Bäcker lag etwas verkrümmt vorne im Boot. Er hatte das Tuch von seinen lidlosen Augen genommen. Die Kühle der Nacht war eine Wohltat. »Bei jedem Regen werden wir uns ausziehen. Gott wird uns baden.«

Eine Weile war Schweigen. Dann richtete sich Shirley auf und seufzte. »Ich habe wieder ein komisches Gefühl. Haben Sie den Sonnenuntergang gesehen? Herrlich, nicht wahr? Wenn den van Gogh gesehen hätte – er hätte vor Begeisterung sich auch noch das zweite Ohr abgeschnitten. Aber so ein phantastischer Sonnenuntergang ist in Wirklichkeit ein großer Mist. Ich lebe seit dreißig Jahren im Pazifik! So einen Theater-Sonnenuntergang gibt's nur, wenn eine Schönwetterperiode kommt. Das heißt: Kein Regen mehr! Bei Ihnen drüben in Europa fängt's jetzt an zu schneien, hier wird es

Sommer! Ich sage Ihnen, wenn's morgen und übermorgen nicht regnet, sitzen wir in einem glühenden Ofen.«

XIX

Es regnete nicht.

Vier Tage war es fast windstill. Das Segel hing schlaff am Mast, sie kamen nur voran durch die Paddel und die Strömung. Selbst das Meer war still, dampfte gegen Mittag, formte Blasen aus der Luft. Nur die Haie waren in ständiger Bewegung; kamen sie nahe genug heran, sah man ihre torpedoschnellen Körper dahinschießen.

Sie paddelten bis zur Erschöpfung. Das aufspritzende Wasser trocknete an ihrem Körper und überzog ihn mit einer dünnen Salzschicht. Die Haut juckte erst, dann brannte sie und rötete sich wie geätzt.

Ein paarmal maß Bäcker mit seinem Sextanten die Richtung. Sie trieben von den Atollen ab, trotz Segel, trotz Paddeln; die Strömung unter ihnen war stärker. Am fünften Tag wußten sie, daß sie den Kampf schon verloren hatten. Sie wurden vom Meer in ein Gebiet getragen, das auf der Seekarte weiß war. Ganz am Rande, jetzt dreihundert Kilometer entfernt, verlief die Schiffahrtslinie.

»Sagen Sie Anne nichts davon«, sagte Shirley in der sechsten Nacht zu Bäcker. »Aber Sie sind sich hoffentlich darüber klar, daß wir unsere Frist von drei Wochen nicht einhalten können. Um die Vorräte, vor allem das Wasser, für zwei zu strecken, muß der dritte weg.« Er schluckte und sah an Bäcker vorbei ins Meer. »Wir hatten ausgelost, wer es sein würde. Und Sie hatten verloren.«

»Noch eine Woche, Shirley.« Bäcker warf einen Blick auf

Anne. Sie schlief unter der alten Decke. Ihr Leib wölbte sich deutlich, und es war sein Kind, das da wuchs. »Geben Sie mir noch eine Woche Zeit, Shirley!« sagte Bäcker heiser. »Ich verspreche Ihnen – dann springe ich über Bord.«

Es regnete zwölf Tage nicht. Der Einbaum trieb über das wie flüssiges Metall glänzende Meer, der Himmel war glühendes Blei, in dem ein flammender Tropfen wanderte – die Sonne. Bäcker, Shirley und Anne verkrochen sich tagsüber unter ihre Decke. Es war unmöglich, ungeschützt in dieser Glut zu hokken. Die Salzschicht an ihren Händen und Armen wurde immer dicker, das Gesicht verkrustete völlig, die Haut brannte, und Bäcker wunderte sich, daß sie nicht schon längst versengt war und das rohe Fleisch unter dem Salz hervorquoll.

Nachts, wenn sich die heiße Luft ein wenig abgekühlt hatte, kratzten sie sich gegenseitig die weiße Schicht vom Körper und opferten für jeden zwei Hände voll Wasser, um die Poren notdürftig auszuspülen.

»So gründlich ist noch kein Fisch gepökelt worden«, sagte Shirley sarkastisch. »Wenn wir aus dieser Lake herauskommen, sind wir für die nächsten hundert Jahre konserviert.«

Bäcker hatte es aufgegeben, mit dem Sextanten die Position zu bestimmen. Es hatte keinen Sinn mehr. Immer, wenn er ihren Standort auf der Seekarte suchte, mußte er lügen, um Anne zu beruhigen. »Wir haben nur noch wenige Kilometer vor uns«, sagte er dann. »Eigentlich müßten wir die Atolle schon sehen.«

Anne wußte genau, daß er log, aber sie tat so, als glaube sie ihm.

Zweimal ließ sich selbst Shirley täuschen, aber in der neunten Nacht sagte er: »Jetzt zeigen Sie mir mal auf der Karte, wo wir wirklich sind.«

Anne schlief.

Bäcker breitete die Karte aus und legte den Zeigefinger auf einen Fleck Pazifik, wo nichts, aber auch gar nichts mehr war. »Hier, Shirley. Das ist die Wahrheit.«

»Und Sie können sich nicht irren? Von diesem Ding da, dem Sextanten, verstehe ich gar nichts. Funktioniert er einwandfrei?«

»Hundertprozentig. Wir schwimmen praktisch im Nichts.«

Shirley starrte ins Wasser. Plötzlich lief ein Zucken über ihn, er beugte sich vor, und Bäcker starrte in Augen, wie er sie bei Shirley noch nicht gesehen hatte. Etwas Erschreckendes lag in ihnen, als sei in seinem Inneren etwas geplatzt und suche jetzt durch die Augen den Weg nach draußen. Er drückte die Stirn gegen den krüppeligen Segelmast und riß die Seekarte Bäcker von den Knien.

»Sie machen mich verrückt mit Ihrer Karte!« stöhnte er. »Immer diese Karte! Immer auf dieses Nichts starren! Das ist ja schon Geilheit, verdammt noch mal! Ich will nicht mehr wissen, wo ich bin. Ich will Hoffnung haben, verstehen Sie, Hoffnung! Ich will an das Leben glauben – und Sie sitzen da herum und tippen mit Ihrem Zeigefinger auf den Tod! Das halte ich nicht mehr aus!« Er packte die Karte mit beiden Händen und riß sie mittendurch.

Bäcker schnellte den Oberkörper vor, aber ein Fausthieb gegen die Brust ließ ihn zurückfallen. Der Einbaum schwankte und rollte bedenklich.

»Shirley!« schrie Bäcker und klammerte sich an der Bordwand fest. »Mein Gott, drehen Sie jetzt nicht durch! Die Karte ist für uns so wichtig wie das Wasser! Shirley! Sie Vollidiot! Sie bringen uns alle um!«

Shirley zerfetzte die Seekarte in kleine Stücke und warf die

Schnipsel dann ins Meer. Er lachte dabei, und dieses Lachen gefror auf Bäckers Haut. Es lag ein Klang in diesem Lachen, der unmenschlich war.

»Holen Sie sich Ihr Satansblatt!« schrie Shirley und hieb mit dem Paddel auf die neben dem Einbaum treibenden Papierfetzen. »Da haben Sie endlich einen Grund, über Bord zu gehen! In vier Tagen sind Sie sowieso dran! Warum nicht gleich jetzt? Hoffen Sie, daß ich die Nerven verliere? Das ist eine Fehlspekulation. Ich war nie so klar wie jetzt! Ich weiß genau, was ich tue! Aber Sie nicht mehr! Los, springen Sie! Da schwimmt Ihre verfluchte Karte. Und da sind auch zwei Haie. Die Nachtschicht, mein Lieber! Hinein in die Suppe! Es geht schnell. Wenn Sie Angst haben vor den paar Minuten Schmerzen, kann ich Ihnen auch eins unters Kinn geben und Sie über den Rand rollen.«

»Halten Sie den Mund und versuchen Sie zu schlafen«, sagte Bäcker heiser. »Morgen geht's Ihnen besser. Es war ein Fehler von mir, Ihnen unsere Position zu zeigen.«

Nach drei Stunden schlief Shirley endlich ein, an den Mast gekauert. Es war die einzige Möglichkeit, und er hatte sich auch daran gewöhnt. Als er laut zu schnarchen begann, hob Anne unter ihrer Decke den Kopf.

»Er wird irrsinnig werden«, sagte sie leise. »Ich sehe es schon seit zwei Tagen. Was machen wir dann mit ihm?«

»Du hast alles gehört?« fragte er entsetzt.

»Heute ja. Aber ich glaube, ich habe manches verschlafen. Was heißt: ›In vier Tagen sind Sie dran‹?«

»Er hat irre geredet, Anne.« Bäcker zog die Decke bis zum Kinn, starrte mit seinen lidlosen Augen in die Sterne und dachte: Ich kann es ihr nicht sagen. Sie würde es nie verstehen, daß wir mit zwei Fingerknochen um unser Leben gelost haben. Aber ich habe verloren, und ich werde den Preis zahlen.

»Du lügst schon wieder«, sagte Anne. Ihre Stimme war sanft, und diese Zärtlichkeit war schlimmer für ihn, als wenn sie ihn angeschrien hätte. »Liebling, ich bekomme ein Kind von dir. Meinst du nicht, daß ich ein Recht habe, die Wahrheit zu erfahren?«

»Shirley hatte einen Anfall, du hast es gehört. Er wußte nicht mehr, was er sagte.« Bäcker legte einen Lappen über sein Gesicht. Auch die Nacht war zu hell für seine gequälten Augen. »Morgen ist alles vergessen.«

»Und die Seekarte?«

»Wir brauchen sie wirklich nicht mehr, Anne.«

Sie fragte nicht weiter, legte sich zurück, zog die Decke über sich und tat, als ob sie schliefe.

Wie tapfer sie ist, dachte Bäcker. Wie rätselhaft tapfer. Woher nimmt sie nur die Kraft, Lügen zu glauben und Hoffnungslosigkeit nicht zu sehen? Ist es ihre Liebe zu mir oder das Kind, das sie erwartet? Was macht sie so unheimlich stark, stärker, als ich bin? Ich weiß, daß ich nur noch vier Tage und Nächte zu leben habe. In der fünften Nacht werde ich mich ins Meer fallen lassen. Davor habe ich Angst. Es wäre dumm, das nicht zu gestehen. Ich bin kein Held, und ich bezweifle, daß es überhaupt Helden gibt. Nur die Situation macht aus einem den Helden, der man gar nicht sein will. Jeder Mensch lebt viel zu gern – wenn er sein Leben wegwirft, muß er schon verdammt verzweifelt sein. Ich aber werde ins Meer springen müssen mit klarem Verstand, und davor zittere ich...

Er nahm den Lappen von seinen Augen, setzte sich wieder auf, ergriff das Paddel und stieß den Einbaum durch das ruhige Meer. Im Mondlicht sah er die Rückenflossen von vier Haien. Sie schwammen neben ihm her wie Schlepper, die ein Schiff in den Hafen ziehen. Als eine der Dreieckflossen in Griffnähe kam, schlug er mit dem Paddel zu. Der große Fisch machte eine elegante Wendung und schoß davon. »Du Mörder!« knurrte Bäcker. »Du gottverdammter Mörder! Ich werde Shirley bitten, er soll mich vorher töten und dann ins Meer werfen. Lebend zerreißt ihr mich nicht wie Vicky und die Kinder.«

Er paddelte eine Stunde, nur um nicht grübelnd und allein mit seiner Angst in der Nacht zu sitzen, zog dann das Paddel ein und weckte Shirley, als er glaubte, seine zwei Stunden Wache seien vorüber.

Shirley schüttelte sich wie ein nasser Hund. Er fror und schlug die Arme um seinen Körper. Als er Bäcker ansah, war sein Blick eisig. Eine glänzende Starrheit hatte seine Augen verwandelt. »Was ist?« fragte er frostig.

»Ablösung.«

»Lecken Sie mich am Arsch mit Ihrer Ablösung. Das Meer ist still, der Wind schläft, lassen Sie mich schlafen.«

»Wie Sie wollen.«

Shirley knurrte etwas Unverständliches, drückte den Kopf wieder an den Mast, umarmte den knorrigen Stamm und schlief rasch wieder ein. Er wachte erst auf, als sich das Meer vom Morgenrot blutrot färbte und rund um die Sonne der Himmel in einem grandiosen Violett strahlte, das schnell in Orange und Gelb überfloß. Im gleichen Augenblick, als sie die Sonne sahen, fiel auch die Hitze wieder über sie her.

Ein weicher Wind hing in dem Segel, das Meer kräuselte sich, sie machten – verglichen mit den vergangenen Tagen – eine deutlich schnellere Fahrt. Shirley und Bäcker halfen mit den Paddeln nach. Am Stand der Sonne sahen sie, daß sie nach Südwesten trieben. Sie brauchten die Seekarte wirklich nicht mehr, um zu wissen, daß sie sich immer weiter von den bewohnten Atollen entfernten.

Anne verteilte frisches, saftiges Kokosfleisch. Sie hatte mit dem Beil eine Nuß gespalten und die Milch in einen Plastiksack geschüttet. Bald würde die Zeit kommen, wo ein einziger Schluck über Leben und Tod entschied.

Shirley aß sein Nußfleisch wie ein Raubtier. Mit beiden Händen umklammerte er sein Kokosstück und hieb die Zähne in das weiße Fleisch. Es knisterte laut, als er kaute, und sein Hals zuckte heftig, wenn er es hinunterschluckte. Bäcker beobachtete ihn stumm. Ab und zu trafen sich seine und Annes Blicke. Sie verstanden sich.

Er löst sich auf, dachten sie gleichzeitig. Er beginnt den Menschen abzuwerfen. Was dann noch übrigbleibt von Shirley, war im Augenblick nicht denkbar, aber man würde es erleben.

Die Sonne brannte. Der Wind, eine Stunde lang erwacht, schlief wieder ein. Auch er kapitulierte vor der Glut, die vom Himmel fiel. Bäcker tauchte sein Paddel wieder ins Meer. Selbst in der Sinnlosigkeit liegt noch ein Sinn: Nicht kampflos untergehen!

Die Haie umkreisten den Einbaum. Bäcker zählte zehn Rückenflossen. Die tödliche Anhänglichkeit der Fische war fast rührend.

Shirley schien Bäckers Gedanken zu erraten; er zeigte auf die Haie. »Das nennt man Ausdauer! Sie geben nicht auf!« Er lachte, und es war wieder dieses böse, hämische Lachen. Er warf seine leere Kokosnußschale ins Wasser und klatschte in die Hände, als zwei silbern glitzernde Leiber zu ihr hinschnellten und ein schrecklicher Rachen aufklappte. »Fehlanzeige!« schrie er. »Die Fütterung erfolgt später.«

»Halten Sie das Maul!« sagte Bäcker. »Paddeln Sie!«

»Zu Befehl, Sir!« Shirley starrte Bäcker haßerfüllt an. Dann drehte er den Kopf zurück zu Anne. »Wie lange reicht das Wasser?«

»Ich weiß es nicht. Der Kanister ist noch voll.«

»Das sind zehn Liter«, sagte Bäcker. »Bei täglich einem halben Liter pro Person reicht das zusammen mit der Kokosnußmilch für gut neun Tage.«

»Sieh an, sieh an, neun Tage!« Shirley stützte den Kopf in die Hände. Sein roter Bart hing ihm bis zum Brustbein. »Wenn man anders rechnet, könnten es auch vierzehn Tage werden.«

»Sie sollen das Maul halten!« schrie Bäcker. Er machte eine heftige Bewegung, das Boot schwankte stark, und Anne stieß einen hellen Schrei aus. Shirley und Bäcker hatten große Mühe, das Schaukeln durch Gegenbewegungen aufzufangen und das Boot wieder ins Gleichgewicht zu kriegen.

»Junge, das war ein Mordversuch«, sagte Shirley leise. Seine Augen veränderten sich erneut. Sie wurden rötlich wie sein Bart. »Sie wollten mich ins Meer kippen, was? Zu den Haien? Sie Dreckskerl!«

»Shirley, fangen Sie nicht an zu spinnen! Wenn das Boot umkippt, sind wir alle dran! Ziehen Sie die Decke über sich. Das Salz brutzelt ja auf Ihrer Haut!«

»Ich kann mit meinem Salz machen, was ich will!« brüllte Shirley. »Hören Sie auf, hier zu befehlen! Hören Sie auf! Sie hinterlistiger Schuft wollten mich zu den Haien kippen!« Er riß die Decke von sich, streifte sein Hemd vom Oberkörper und saß entblößt in der höllischen Sonne. Sein Blick war leer.

Man sollte ihn jetzt zwingen, vernünftig zu sein, dachte Bäcker. Aber als er in Annes Augen blickte, verzichtete er darauf, Shirley einfach niederzuschlagen.

Stundenlang hockte Shirley mit bloßem Oberkörper in der Glut. Er paddelte sogar mit, aber er sprach kein Wort mehr. Mittags kaute er sein Trockenfleisch wie ein Tiger, am Nachmittag umklammerte er plötzlich den Mast und begann, mit der Stirn gegen die Stange zu schlagen. Immer und immer wieder, bis die Stirnhaut aufplatzte und das Blut über sein Gesicht strömte. »Betty!« schrie er dabei. »Betty! Betty!« Schließlich biß er in den Mast und heulte schauerlich. Seine Zähne hackten Splitter aus dem Holz.

Bäcker hatte alle Mühe, das Schwanken des Einbaums auszugleichen. Ein paarmal schrie er Shirley an, hieb mit seinem Paddel gegen dessen Schultern, als Shirley sich in den Mast festbiß. Und als Anne von hinten mit dem stumpfen Ende des Bambusspeers Shirley in den Rücken stieß, brüllte dieser auf und klammerte sich an dem Mast fest.

»Sie töten mich, Betty!« kreischte er. »Sie werfen mich den Haien vor! Mörder! Mörder! Betty, sie fallen über mich her wie die Geier!«

Bäcker versuchte an Shirley heranzukommen. Aber wenn er sich ihm auf Reichweite näherte, hieb Shirley mit den Fäusten um sich, und Bäcker mußte sich wieder um das Gleichgewicht des Bootes kümmern. Als sähen oder hörten die Haie das beginnende Drama, kamen sie näher heran und zogen ihre Kreise immer dichter um den Einbaum.

»Shirley!« schrie Bäcker. Er stieß Shirley mit dem Paddel gegen die Brust. Das Blut aus der Stirnwunde hatte Shirleys Gesicht völlig überströmt, der Bart war vollgesogen, und jetzt tropfte das Blut aus dem roten Haarwald über den entblößten Oberkörper.

Er wird es nicht mehr lange aushalten, dachte Bäcker schaudernd. Das Salz frißt sich in die Wunde hinein, und wenn er noch nicht völlig wahnsinnig ist, wird er's in ein paar Stunden sein. Man kann ihn nur noch retten, wenn man ihn überwältigt. Aber wie ist das möglich in einem schwankenden, schmalen Einbaum? »Shirley!« brüllte er noch einmal. »Sehen Sie mich an! Erkennen Sie mich?«

»Sie Halunke!« kreischte Shirley. »Sie hinterlistiges Aas! Und ob ich Sie erkenne! Sie wollen Betty haben! Meine Betty! Ich beobachte Sie schon seit Wochen! Seit Sie in Papeete sind, habe ich keine Ruhe mehr. Ich liebe Betty, sage ich Ihnen, und ich schlage Ihnen den Schädel ein, wenn Sie ihr weiter nachstellen. Sie geiler Hund, Sie verfluchter!« Er biß wieder in den Mast und heulte tierisch.

Bäcker gab es auf. Es hatte keinen Zweck mehr, Shirley durch Anbrüllen aus seinem Wahn zu reißen. Mit jeder Stunde in dieser glühenden Sonne und auf diesem schimmernden Meer zerfiel ein Stück seines Gehirns; noch zwei oder drei Tage, und Shirley war eine leere Hülle.

Drei Tage mit einem Wahnsinnigen in einem Einbaum mitten auf dem Pazifik – Bäcker wagte nicht, Anne anzusehen. Als er es später doch tat, sah er sie ruhig zwischen ihren Vorräten sitzen und Trockenfisch in Streifen schneiden.

Das Abendessen.

Welch eine Frau, dachte er. Mit ihr kann man durch die Hölle wandern – um den Himmel zu erreichen.

Shirley verweigerte an diesem Abend die Mahlzeit. Er schlug Anne die Trockenfischstreifen aus der Hand und keifte: »Ich lasse mich nicht vergiften! Ihr überlistet mich nicht! Ihr nicht!«

Dann versuchte er zu angeln, hatte Glück und zog an der Leine aus zusammengeknoteten Streifen eines zerschnittenen Unterhemdes mit einem Haken aus einem gebogenen Nagel einen großen Fisch aus dem Wasser, schneller, als die Haie ihm die Beute abjagen konnten. Eine Weile betrachtete er ihn mit leeren Blicken. Plötzlich packte er den Fisch am Schwanz, schlug ihm auf der Bootskante den Kopf ab und verschlang ihn roh. Der Fisch zuckte noch, als er die Zähne hineingrub. Er aß ihn mit Haut und Gräten.

Anne gelang es, Bäcker seinen Trockenfisch an dem kauenden Shirley vorbei hinüberzureichen.

Jetzt könnte man ihn überwinden, dachte Bäcker. Ein Tier, das frißt, ist unvorsichtig. »Shirley«, sagte er fragend.

Shirley hob den Kopf. Auf der Platzwunde an der Stirn hatte sich Schorf gebildet, in dem die Salzkristalle glitzerten.

Er muß entsetzliche Schmerzen haben, dachte Bäcker. Aber er sagt keinen Ton. Welch eine unheimliche Kraft liegt im Wahnsinn! »Shirley, morgen früh werden Sie vor Durst schreien. Werfen Sie den Fisch weg!«

»Ihr kriegt mich nicht klein!« keuchte Shirley. Er fraß den zuckenden Fisch, seine Zähne zermalmten laut das Rückgrat und die nackten Gräten. »Ich kämpfe um Betty, das sage ich Ihnen!«

In der Nacht schlief er, in sich zusammengesunken. Bäcker kroch vorsichtig zu ihm, hob Shirleys Kopf hoch und wusch die Stirnwunde mit Regenwasser sauber.

Dieses Wasser war verschenkt, bedeutete einen Tag Durst mehr, aber es war ihm unmöglich, Shirley in diesem Zustand liegen zu lassen. Anne half ihm, sie hielt Shirleys Kopf fest. Sein Schlaf war mehr eine Ohnmacht – er rührte sich nicht, obgleich das Auswaschen der Wunde sehr schmerzhaft sein mußte.

»Ich habe Angst vor dem Morgen«, sagte Anne später. Über Shirley hinweg hielten sie sich an den Händen, eine traurige, aber alle Liebe dieser Welt beschwörende Zärtlichkeit. »Sag die Wahrheit, Liebling: Werden wir auf dem Meer sterben?«

»Ich weiß es nicht.« Bäcker küßte ihre Finger. Seine vernarbten Lippen waren rauh und hart. »Ich warte, daß ein Wunder geschieht.«

Am nächsten Morgen wurden sie von einem Aufschrei geweckt. Shirley stand am Mast, die Beine gespreizt auf den Bordwänden, das schlaffe Segel schlug träge gegen seinen blutverkrusteten Bart. Die Sonne war gerade wie eine riesige Apfelsine aus dem Meer getaucht. Der Himmel wuchs in roten Streifen zusammen.

»Land!« brüllte Shirley. »Land! Viel Land!« Seine Stimme überschlug sich. Er winkte mit dem freien Arm hoch über seinem Kopf.

Bäcker hatte der laute Schrei elektrisiert. Er sprang auf, hielt sich unterhalb Shirleys Hand am Mast fest und starrte in die Unendlichkeit des rotglänzenden Meeres, wo Shirley Land entdeckt haben wollte. Aber er sah nichts als die träge Dünung und das Farbenspiel eines in Morgenlicht getauchten Horizontes.

»Da ist es!« schrie Shirley wieder. »Tahiti! Die Bucht von Papeete! Betty! Ich bin da, Betty!« Er stierte Bäcker an, ein lebloser Blick. »Sehen Sie Betty auch, Sie Schuft? Meine Frau! Meine Kinder! Das ist eine Familie, was?«

Bäcker nickte. Er hatte das Gefühl, als spreizten sich seine Nackenhaare. »Shirley«, sagte er sanft. Er legte dabei seine Hand über Shirleys Finger, die sich um den Mast krallten. »Shirley, Sie haben eine wunderschöne Frau. Gratuliere. Sie können stolz sein.«

»Sind Sie denn blind?« schrie Shirley schrill. »Mann, legen Sie an! Sie segeln ja an der Landungsbrücke vorbei. Wo haben Sie Ihr Schifferpatent gemacht? Anhalten, Sie Rindvieh! Halt!« Er hob den rechten Fuß.

Bäcker griff mit beiden Händen zu, aber seine Finger glitten an Shirleys glatter, vom Salzwasser übersprühter Haut ab. »Shirley!« brüllte er. »Zurück! Vorsicht! Die Haie!«

Mit einer Kraft, die ungeheuerlich war, schlug Shirley mit der Faust auf Bäckers Unterarm. Es war ein Schlag, der Bäkker völlig lähmte, der eine Dumpfheit vom Arm durch den ganzen Körper trieb. Er starrte auf Anne. Sie hatte die Hände vor das Gesicht gepreßt, ließ jetzt eine Hand fallen, zog die Decke über ihren Kopf und schrumpfte zusammen.

»Betty«, sagte Shirley zärtlich. Sein Blick schweifte über Bäcker hinweg in die Ferne. Es war so viel Glück in seinem Gesicht, ein Leuchten so voller Zärtlichkeit, daß Bäcker den Kopf senkte und die Hand über seine Augen legte.

Er hörte, wie Shirley sich vom Boot abstieß, als spränge er an Land. Der Einbaum schaukelte gefährlich, aber er rollte nicht herum. Das aufspritzende Wasser traf Bäcker wie eine Fontäne, und dann wartete er, starr vor Grauen, auf den Schrei, auf diesen fürchterlichen Schrei, den Shirley ausstoßen würde, wenn die Haie ihn zerrissen.

Aber Shirley schrie nicht. Vielleicht hatte sein Herz schon versagt, als er im Meer untertauchte. Nur das Meer brodelte, und ein roter Fleck schwamm fettig auf dem Wasser. Als Bäkker nach einer ganzen Zeit zurückblickte, waren die dreieckigen Rückenflossen rund um das Boot verschwunden.

»Anne«, sagte er mit einer gepreßten, brüchigen Stimme.

Sie rührte sich nicht unter der Decke, aber er sah deutlich ihr Zittern.

»Es ist vorbei, Anne. Du mußt jetzt zur Mitte kommen und das Segel bedienen.«

Anne kroch hervor, rutschte auf den Knien bis zum Mast und setzte sich auf Shirleys Platz. Sie mußte sich schräg setzen, ihr hoher Leib war im Weg. »Ich habe mich so auf das Kind gefreut«, sagte sie leise. »Mein Gott, o mein Gott...«

Bäcker verstand sie. Auch für sie gab es kein Entrinnen mehr.

XX

Sonne, Meer und Himmel – das war alles, was sie sahen. Ein träger Wind kam auf, mehr ein Windhauch, aber für sie ein dreimal gesegneter Wind. Der Einbaum trieb irgendwohin. Es hatte jetzt seit drei Wochen nicht mehr geregnet, sie maßen das wenige Wasser, das sie noch hatten, genau ab, zählten fast die Tropfen, und schließlich war es so weit, daß sie kaum noch genug Speichel hatten, das Trockenfleisch im Mund quellen zu lassen.

Bis zuletzt hatte Anne drei Kokosnüsse versteckt – sie zerteilte von diesem eisernen Vorrat eine, als Bäckers Zunge zu schwellen begann und wie ein bläulicher Klotz in der Mundhöhle lag. Er bettelte nicht um Wasser, aber als er die Kokosmilch trank, kühl, süß, ein paradiesisches Gesöff, als er in das weiße Fruchtfleisch biß, verstand er die kannibalische Wonne, die Shirley an seinem letzten Tag beim Zerreißen des Fisches genossen hatte.

Sie ließen das Segel nun immer aufgespannt, aber sie paddelten nicht mehr. Die große Gleichgültigkeit, die über ihnen lag, hatte etwas Gnadenreiches in sich. Ihre Herzen waren in Ohnmacht gefallen. Sie trieben in die Unendlichkeit hinein, aßen kaum und tranken noch weniger und wurden so schwach, daß jedes Wort wie eine Zentnerlast war. Sie lagen verkrümmt im Boot, bereit, zu sterben und zu verdorren.

Nach sechsundzwanzig Tagen hatten sie noch einen Liter Wasser und eine Kokosnuß. »Wir werden es strecken«, sagte Bäcker. »Eine Woche kann es reichen.« Er füllte für Anne etwas Wasser in den Blechbecher, ritzte mit dem Messer seinen Unterarm und ließ Blut dazulaufen. Dann verrührte er es mit dem Wasser und gab Anne den Becher.

Sie sah ihn groß an und trank das Blut-Wasser-Gemisch in langsamen, kleinen Zügen.

»Du wirst nicht verdursten«, sagte er und band einen Lappen um seinen Arm. »Ein Mensch hat fünf Liter Blut. Himmel, ist das eine Menge! Solange ich Blut habe, wirst du leben, Anne...«

Nach neunundzwanzig Tagen wurde der Himmel zum ersten Mal dunkel. Aber es regnete nicht, obgleich Bäcker die Hände faltete und mit Gott sprach. Er war so schwach geworden, daß er nicht mehr sitzen konnte, und Anne lag neben dem Mast, hielt das Tau, an dem das Segel hing, und weinte. Ein starker Wind kam auf, und das Meer erwachte zum ersten Mal nach wochenlanger, bleierner Ruhe und hob und senkte sich wie mit einem tiefen Atemzug. Der Einbaum trieb auf den langen Wellen wie ein großes Stück Holz.

Nach einer Stunde mußten Anne und Bäcker das hineingeschlagene Wasser aus dem Boot schöpfen, nach drei Stunden kämpften sie gegen das Meer, in der vierten Stunde flog das Segel davon, und sie lagen Kopf an Kopf am Mast, umklammerten ihn mit beiden Händen und warteten auf die letzte, alles mit sich hinabreißende Woge.

Aber sie überlebten auch diesen Sturm. Sie lebten auch noch in der Nacht, als das Meer sich beruhigte. Und sie erwachten aus dem Schlaf, als die Morgensonne aufging und das Wasser wieder wie ein silberner Spiegel war.

Bäcker hob den Kopf über den Rand des Einbaums, und was er sah, war so unwahrscheinlich, daß ihm die Stimme versagte. Es kostete ihn seine ganze Kraft, Annes Kopf zu umfassen und sie zu küssen. Er riß sie aus einem totenähnlichen Schlaf. »Land«, stammelte er, »Land... Vor uns ist Land... Es ist Flut... Wir treiben darauf zu... Anne, Anne... Land...«

Sie lagen bäuchlings im Boot, hatten die Köpfe auf den Bordrand gelegt und blickten zu dem gelben Streifen und den grünen, im Wind schwankenden Baumkronen hinüber.

»Ein Strand«, flüsterte Anne.

»Und ein Wald.«

»Korallenriffe.«

»Felsen.«

»Land.«

»Wirklich Land, Anne...«

Sie küßten sich, lagen sich in den Armen, weinten, lachten und überließen es der Flut, sie ins Leben zurückzubringen.

Der Strand kam näher. Ein Land, flach, zur Mitte sich aufwölbend wie ein Schildkrötenpanzer. Feiner gelber Sand, Korallenstaub, auf den Felsen Tausende von Vögeln.

Eine Böschung – darüber begann der Wald. Am Hang drei hohe, schlanke Palmen. Filigran gegen den blauen Himmel. Und an der Böschung eine Hütte aus Bambus und rohen Brettern, mit Palmblättern gedeckt. Daneben, zwischen vier hohen Pflöcken aufgespannt, ein gelbleuchtendes Etwas.

»Die Hütte«, sagte Anne mit winzig kleiner Stimme. Sie weinte plötzlich.

»Die Gummiinsel.« Bäcker atmete röchelnd.

»Unser Wald.«

»Wir sind zurückgekehrt.« Bäcker zog sich am Mast hoch. Es war eine Anstrengung, die seine sämtlichen Muskeln zu zerstören schien. Aber dann stand er hochaufgerichtet da und sah seiner Insel entgegen. So schnell fällt man keinen Mann, dachte er. Auch ihr nicht, Sonne, Meer und Wind.

»Anne, wir sind endlich zu Hause!« sagte er. Es klang wie ein Amen. Er wußte nicht, woher er noch die Kraft nahm, aber als er den sandigen Grund unter sich knirschen hörte, sprang er aus dem Boot und trug Anne an Land.

Sie schliefen einen Tag, eine Nacht und wieder einen Tag, denn als Anne aufwachte, stand die Sonne weit im Westen, und das Meer wurde wieder violett.

Bäcker hatte das Boot noch aus der Flut gezogen, bevor er buchstäblich auf allen vieren zur Hütte gekrochen war. Nun lag der Einbaum im Sand, so wie damals, bevor man ihn unter Jubel ins Meer gelassen hatte. Ein langer, ausgehöhlter Stamm mit einem krüppeligen Mast, an dem noch ein paar Reste des vom Sturm zerfetzten Palmensegels hingen.

Lange stand Anne vor der Hütte, blickte in die purpurfarbene Sonne, über die trägen Wellen des Pazifiks und das Boot, das sie in einem weiten Bogen zurückgetragen hatte, aus der Einsamkeit in die Einsamkeit.

Die Angst, die stille, verborgene Angst, die sie bisher auf der Fahrt begleitet hatte, fiel von ihr ab. Es war nicht die Angst vor dem unberechenbaren Meer gewesen, vor Haien, Durst, dem Wahnsinn in der gnadenlosen Sonne, einem Wegtrocknen mitten auf dem Meer – es war die Angst vor dem Leben gewesen, in das Bäcker und Shirley unbedingt zurückkehren wollten. Es war die Angst vor den Menschen gewesen, die zu ihr sagen würden: »Du bist eine Mörderin. Du hast Yul, deinem Mann, mit einem Malaiendolch den Hals durchgeschnitten. Beweise erst, daß du es nicht warst.«

Und sie würde wieder dastehen wie damals in Nuku Hiva vor Shirley und nichts anderes sagen können als: »Ich bin es nicht gewesen. Glaubt mir doch.« Aber keiner war bereit, es zu glauben.

Bäcker schlief noch. Er lag auf dem Rücken, die lidlosen Augen starrten gegen das Blätterdach der Hütte – ein schrecklicher Anblick, ein Mensch, der mit offenen Augen schläft. Anne riß einen Fetzen aus ihrer Bluse und deckte ihn über sein Gesicht. Den Lappen aus Shirleys grobmaschigem Unterhemd hatte Bäcker beim letzten Sturm verloren. Der Wind hatte ihm den Gitterstoff von den Augen gerissen und ihn mitgenommen in die Weite des kochenden Meeres.

Die aufgespannte Rettungsinsel war vom letzten Regen nur überm Boden mit Wasser bedeckt worden. Vogelkot und Flugsamen schwammen darin herum – es war so nicht genießbar. Man mußte es durch ein Tuch seihen und abkochen. Drei, vier Liter Wasser sind es, schätzte Anne. Mehr nicht. Damit beginnen wir nun unser drittes Leben. Und ein viertes ist schon herangewachsen in meinem Leib. Es drängt nach unten, das Gehen ist eine merkwürdige Sache geworden. Wir werden nicht mehr lange warten müssen, bis es kommt. Und es wird zu früh kommen. Plötzlich werden die Wehen einsetzen, und erst dann, wenn diese Winzigkeit von Mensch zu schreien anfängt, wird diese Insel wirklich eine Heimat sein.

Sie blickte zurück in die Hütte – Bäcker hatte sich nicht gerührt. Er atmete tief, kräftig und gesund.

»Wir werden auf dieser Insel bleiben, mein Liebling«, sagte Anne leise. »Hast du Sehnsucht nach den Menschen? Ich nicht. Du, ich und das Kind, das ist genug, um glücklich zu sein.« Sie nahm Shirleys Bambusspeer, der noch im Inneren der Hütte neben der Tür lehnte, und stieg die Böschung hinauf in den Wald. Von den niedrigen Palmen warf sie wieder einige Kokosnüsse ab, sammelte eßbare Wurzeln und Bambussprößlinge und ging dann ohne Scheu zu dem Begräbnisplatz mit dem scheußlichen Totemgötzen.

Vier neue Tote lagen im Kreis der Gerippe. Ein widerlich süßlicher Gestank schwebte über dem Platz. Jetzt, im Sommer der Südsee, verwesten die Körper schneller, als die Vögel sie zerhacken und auffressen konnten.

»Ich habe keine Angst vor euch«, sagte Anne und stützte sich auf den Speer. »Ich habe nur Angst vor den Lebenden.«

Dann ging sie herum, pflückte ein paar betäubend duftende Blumen, warf sie zwischen die Toten und kehrte an den Klippen vorbei zur Hütte zurück. Auf diesem Wege suchte sie noch die Austernbänke ab und hatte das letzte Stück schwer an dem aufgesammelten Essen zu tragen.

Bäcker erwachte endlich, nachdem Anne ihn geküßt hatte. Zunächst war er still, unbeweglich unter Annes Blusenfetzen über seinen Augen, und hielt ihre Hand fest, die ihn wachgestreichelt hatte. »Leben wir wirklich?« fragte er stockend.

»Ja, Liebling, wir leben.«

»Auf unserer Insel?«

»Es ist der herrlichste Fleck auf Erden.«

»Es war alles umsonst.«

»Was Menschen tun konnten, haben wir getan. Aber das Meer war stärker, und der Wind war stärker. Das sollten wir einsehen und den Wahn aufgeben, stärker sein zu wollen als sie.«

»Und das Kind, Anne?«

»Es wird das glücklichste Kind auf der Erde sein. Es wird keinen Krieg kennenlernen, keinen Haß, keinen Neid, keine Jagd nach dem Geld, keinen Diebstahl, keinen Totschlag, es wird nie unter ein Auto kommen können, aus einem Fenster fallen, sich mit Gas vergiften oder einen elektrischen Schlag bekommen. Es wird nur das Meer kennen, die Sonne, den Regen, die Vögel, die Fische, die Bäume und Blumen, den Sand und die Klippen. Ist das nicht wundervoll?« Sie küßte ihn wieder, nahm den Stoffetzen von seinen Augen und lächelte ihn an. »Draußen steht das Abendessen, Liebling. Frische Austern mit gekochtem Yam, Wildente, in Kokosmilch gedünstet.«

»Anne!« Er umarmte sie, zog sie zu sich herunter, und dann weinte er, lautlos, mit zusammengebissenen Zähnen. »Ich habe versagt«, seufzte er später, nachdem sie gegessen hatten. Sie saßen in der hellen Nacht um das Feuer, und es mußte jetzt wieder wie in den Monaten zuvor erhalten bleiben, denn Bäcker besaß nur noch neunzehn Streichhölzer. Neunzehn Streichhölzer, die ein ganzes Leben reichen mußten. Aus Steinen Funken zu schlagen, hatte er noch nicht versucht, aber er ahnte, daß ihm das nie gelingen würde. »Ich gebe nicht auf!« sagte er. »Ich kann es nicht ertragen, versagt zu haben. Wir müssen von dieser Insel wegkommen!«

»Wir werden immer wieder zu ihr zurückkehren. Ich weiß das. Gib es auf, Liebling.«

»Nein.«

»Willst du es versuchen, wenn das Kind da ist? Mit dem Kind in einem Einbaum übers Meer? Mit meinem Kind? Ich weigere mich.«

»Nicht mit dem Einbaum. Ich werde den Eingeborenen auflauern, die hier ihre Toten ablegen. Sie müssen uns mitnehmen.«

»Das werden sie nie. Wir wollten flüchten, aber die Götter haben uns zurückgeholt. Für die Eingeborenen sind wir Verfluchte – sie werden uns nie berühren! Gewöhne dich daran, Liebling: Wir sind selbst zu Totengeistern geworden.«

»Aber das Kind! Das Kind!« Bäcker legte beide Hände über seine Augen und warf sich in den Sand zurück. »Die Geburt. Ich habe Angst, Anne, schreckliche Angst. Dreimal habe ich das mitgemacht, und es wurde immer fürchterlicher für mich. Dabei lag Vicky jedesmal in einer Klinik, die besten Ärzte waren um sie, es konnte gar nichts passieren – aber ich war immer verrückt vor Angst. Und jetzt du! Ein Kind, das auf dreckigen Decken, im Sand und im Korallenstaub zur

Welt kommt! Noch dreimal gegen das Meer kämpfen, das traue ich mir zu – aber das nicht!«

»Zum Kämpfen haben wir gar keine Zeit mehr«, sagte Anne. »Ich werde das Kind bekommen wie alle Frauen auf diesen Inseln. Bin ich anders als diese Frauen?« Sie legte sich neben Bäcker, ihr Leib wölbte sich zu den Sternen. Sie faltete die Hände über dem strampelnden Leben in sich und lächelte glücklich. »Ich werde die beste Mutter auf der Welt sein. Das Kind wird laufen lernen wie ein Mensch, sehen wie ein Vogel, schwimmen wie ein Fisch, die Enten im Flug schießen, die Früchte von den Bäumen holen. Wir werden stolz auf es sein, Liebling.«

Er drehte sich zu ihr und legte seinen zerstörten Kopf vorsichtig auf ihren Leib. Als er die Hände auf ihre Brüste legte, war er erstaunt, wie rund und prall sie geworden waren. Es ist immer wieder ein Wunder, dachte er, ein unbegreifliches Wunder. »Wann?« fragte er leise. »Wann kann es sein?«

»Jeden Tag.«

Es war ihm, als hacke ihm jemand mitten durchs Herz.

Es kam ganz plötzlich.

Anne wachte in der Nacht von einem ziehenden Schmerzen im Rücken auf. Einem Schmerzen, der hinunterglitt bis zu den Leisten und ihren Unterleib spaltete. Sie wälzte sich auf die Seite, küßte Bäcker, bis er sie umarmte, und sagte glücklich: »Es kommt.« Dann krümmte sie sich wieder, hielt seine Hände fest, schlug die Nägel in seine Handrücken und stöhnte. Aus den Poren brach Schweiß, und das schmale, zarte Gesicht schien zu zerfließen.

Bäcker hatte siebzehn Tage Zeit gehabt, sich auf diese Stunde vorzubereiten. Von dem Regen, der in dieser Zeit gefallen war – zweimal ein lauer, erbärmlicher Regen, in den sie sich hineingestellt hatten und durch den sie gelaufen waren wie Kinder durch einen Zaubergarten –, hatte er so viel Wasser wie möglich gesammelt und in der »Speisekammer«, der Höhle in der Böschung, in Kanistern und Plastikbeuteln gespeichert. Was mit der ausgespannten Gummiinsel aufgefangen worden war, reichte zusammen mit der Kokosmilch gerade zum Stillen des ärgsten Durstes.

Jetzt hinkte er hinaus, blies das Feuer wieder an, setzte den kleinen Topf auf die Flamme und machte Wasser heiß. Aus der Hütte hörte er Annes Stöhnen. Es ergriff ihn so, daß er die Fäuste gegeneinander schlug und den Kopf weit in den Nakken legte. »Jetzt brauche ich dich wieder, Gott«, sagte er leise. »Allein schaffen wir es nicht. Du hast uns hierher verschlagen, nun kümmere dich auch um uns.«

Anne erschien in der Tür. Sie hielt sich am Pfosten fest und drückte die Stirn dagegen.

»Bleib liegen!« schrie Bäcker und stürzte auf sie zu. Er umfaßte sie, trug sie zurück auf das, was sie Bett nannten, hielt dann ihre Hände fest, rannte danach wieder hinaus, holte das heiße Wasser in die Hütte, tauchte drei Tücher, die Anne in den vergangenen Tagen ein paarmal ausgekocht hatte, in den Topf und wartete, wartete, wartete.

Anne wand sich in den Wehen, ihr Stöhnen zerriß ihn fast, er blickte in ihre großen, braunen, vom Schweiß überfluteten, schreckensweit geöffneten Augen, streichelte ihren nackten Körper und den sich aufbäumenden, wie zum Platzen bereiten Leib, und als sie aufschrie, die Beine anzog, mit dem Hinterkopf auf die Erde schlug und in größter Not seine Schultern und seine Brust zerkratzte, schrie er mit und hielt die heißen Tücher unter ihre Schenkel.

»Verzeih mir!« schrie er. »Anne, verzeih mir! O mein Gott – mein Gott – mein Gott!«

Sie lag neun Stunden in den Wehen. Zehnmal kochte Bäkker das Wasser wieder auf, zehnmal hockte er vor ihrem zukkenden Leib, und als endlich der Kopf des Kindes hervortrat, dieser kleine, faltige, verschmierte, von dunklen Haaren bedeckte Kopf, rauschte draußen der Morgenwind in den Palmen, schäumte das Meer mit der Flut bis dicht vor die Hütte, kreischte ein Vogelzug niedrig über das Dach hinweg, und die Sonne tauchte Meer und Insel in weißes, gleißendes Licht.

Es war ein herrlicher, wilder Tag, als Paul geboren wurde. Nur Shirley, sein Pate, fehlte, und Bäcker vermißte ihn sehr. Er nabelte das Kind ab, indem er mit einem ausgeglühten Messer die Nabelschnur durchschnitt, und hob seinen Sohn an den Beinen mit dem Kopf nach unten hoch, so, wie er es bei Holger, Peter und Marion gesehen hatte.

Der kleine Mensch holte tief Atem, es war eine gewaltige Anstrengung, dieses erste Aufblähen der Lungen, aber dann schrie er, und es war ein hoher, kräftiger, ja triumphaler Schrei.

»Es lebt«, stammelte Anne. Sie lag bleich, erschöpft und wie ausgeleert vor ihm. Jetzt, da ihr Leib wieder flach war, sah sie unendlich zart und zerbrechlich aus, durchsichtig wie Glas, verzaubert von einem Lächeln, wie es nur Mütter lächeln können. »Liebling, es lebt...«

»Es ist ein Junge«, sagte er, und die Tränen liefen ihm dabei über die Wangen. »Ein Junge, Anne. Ein Junge.«

»Er wird so groß und stark werden wie du.«

»Ich bin nicht groß und stark. Ich bin ein elender Zwerg.«

»Du bist der größte, schönste, einmaligste Mann der Welt.«

Er kniete vor ihr, wartete auf die Nachgeburt, reinigte und wusch Anne, küßte sie und hielt ihre Hand, bis sie eingeschlafen war. Dann deckte er sie zu, wickelte seinen Sohn in das letzte warme Tuch, trug ihn vor die Hütte und hob ihn der

Sonne, dem Wind und dem Meer entgegen. »Das ist er!« schrie er. »Seht ihn euch an! Ich habe vor euch kapituliert – aber er wird euch einmal besiegen!«

Und das Meer donnerte, der Wind rauschte, und die Sonne glühte.

Es war ein Festtag.

DRITTER TEIL

I

1971. Seit sechs Wochen folgten Fritz Hellersen und der Fotograf Alfred Buddke, die Reporter des »Globus«, den Spuren des im Pazifik verschollenen deutschen Architekten Werner Bäcker, dessen Flaschenpost in Norderney angeschwemmt worden war.

Sie hatten sein Leben aufgerollt bis zu jenem Tag, als der mörderische Sturm die weiße Jacht in die Tiefe des brüllenden Meeres drückte. Es war die Spur eines fleißigen, erfolgreichen Mannes, einer schönen blonden Frau und dreier Kinder. Ein Weg, eigentlich alltäglich, undramatisch, bis plötzlich das Schicksal zuschlug und alles auslöschte.

Hellersen und Buddke hatten mit der Genauigkeit, die man von Journalisten erwartet, Meter um Meter dieses Weges nachvollzogen.

Sie waren in Auckland gewesen, hatten mit Bäckers Baufirma gesprochen, mit seinen Nachbarn, seinen Bekannten, seinen Freunden. Sie hatten von den gar nicht pressefeindlichen Behörden jede Unterstützung erhalten, was Hellersen zu einem Telegramm an seinen Chefredakteur anregte: »Schlage vor, im Austausch deutsche Beamte hierherzuschikken, damit sie lernen, wie man Journalisten behandelt.«

Der Chefredakteur des »Globus« fand dieses Telegramm so gut, daß er es auf der ersten Seite abdruckte. Es brachte ihm genau dreitausendzweihunderteinundsiebzig Leserbriefe erboster deutscher Beamter ein. Als er auch diese Zahl veröffentlichte, erhoben sich wieder laute Stimmen, daß die deutsche Presse demokratisch kontrolliert werden müsse.

Von Auckland waren Hellersen und Buddke nach Tahiti weitergeflogen. In Papeete hatte die Hafenbehörde stundenlang alte Anlegebücher gewälzt, bis sie die Eintragung fand: »Viktoria: Privatjacht. Eigner: Werner Bäcker. Staatsangehörigkeit: deutsch. Läuft unter neuseeländischer Zulassung.« Darunter Ankunftstag und Ablegetag.

Hier endete die Spur von Werner Bäcker. Ein Beamter erinnerte sich, daß die Jacht zu den Tuamotus wollte und dann weiter zu den Marquesas. Eine telefonische Rückfrage in Hiva Oa ergab, daß die »Viktoria« nie dort angekommen war.

»Was ich gesagt habe«, stellte Hellersen fest. »Die Angaben in der Flaschenpost waren ziemlich genau. Die Insel, auf der Bäcker angeschwemmt worden sein muß, kann nur dort liegen. Junge, putz die Linsen deiner Kameras, wir klappern jetzt jedes Atoll ab, bis unserem Verleger das Geld ausgeht!« Er stieß Buddke in die Seite, griff zum Telefon und ließ sich mit dem Gouverneur von Tahiti verbinden.

Das für deutsche Begriffe unvorstellbare Wunder geschah: Der Gouverneur hatte zwischen seinen Terminen Zeit für zwei Journalisten. Innerhalb von zwei Tagen wurde Hellersen und Buddke ein kleines Wasserflugzeug zur Verfügung gestellt, mit einem Piloten der Seepolizei, den nicht einmal der »Globus« in Hamburg, sondern das französische Kolonialministerium bezahlte. Der Pilot, er hieß Marcel Pourie, sprach recht gut Deutsch. Er war als Achtzehnjähriger 1940 in der Bretagne in deutsche Kriegsgefangenschaft geraten, arbeitete dann in Deutz in einem Maschinenwerk und konnte sogar »Isch möch zo Foß nach Kölle jonn« singen.

»Wenn das keinen Erfolg verspricht«, sagte Hellersen zufrieden, »werde ich Gastarbeiter auf Sizilien.«

Sie flogen zunächst nach Hiva Oa und ernannten den kleinen Flugplatz von Atuana zur »Basisstation«. Von hier aus war es am günstigsten, den Pazifik systematisch bis zu den Tuamotu-Inseln abzusuchen, Planquadrat um Planquadrat. Auch eine fabelhaft genaue Karte hatte ihnen der Gouverneur von Tahiti überlassen. Eine Militärkarte, gezeichnet nach Luftaufnahmen und elektronischen Vermessungen.

»Wo fliegen wir zuerst hin?« fragte Marcel Pourie, als das Flugzeug startklar war, vollgetankt und vollgestopft mit Kanistern voller Sprit. Das war das Gute an solchen Wasserflugzeugen: Ging der Treibstoff aus, konnte man wassern und auf See nachtanken. Der Aktionsradius wurde dadurch doppelt so groß.

Hellersen saß neben Pourie in der gläsernen Kanzel, dahinter hatte Buddke seine Apparate aufgebaut, Kameras mit Teleobjektiven, die aussahen wie kleine Kanonenrohre.

»Richten wir uns nach Bäckers Angaben in der Flaschenpost: 140 West, 12 Süd.«

»Da ist nichts«, sagte Pourie.

»Hier sind Punkte auf der Karte. Oder ist das Fliegenschiß?«

»Das sind Sandkörner im Meer. Die sind Gott bei der Schöpfung in den Schuh gefallen, und er hat sie dort ausgeschüttelt.«

»Und genau auf einem solchen Sandkorn kann Bäcker leben.«

»Unmöglich! Da gibt's kein Süßwasser. Bei der Flut überspült das Meer alles. Außerdem fliegt über diese Inseln eine Linienmaschine der ›Archipel Air‹. Seit neun Jahren. Kein Pilot hat was gesehen.«

»Knochen können nicht winken.« Hellersen legte seinen Zeigefinger auf das Gebiet, wo wirklich nur einzelne Punkte wie Fliegendreck eingetragen waren. »Außerdem ist nichts unmöglich. Das ist ein Wort unseres Chefredakteurs. Ich rate Ihnen nicht, mit ihm über ›unmöglich‹ zu diskutieren.«

Sie stiegen auf, zogen eine Schleife über Hiva Oa und stießen dann hinaus in die blaue Unendlichkeit. Sie flogen tief, zweihundert Meter über dem ruhigen, glatten Meer, in dem sich die Sonne spiegelte.

»Jetzt weiß ich auch, warum das der Stille Ozean heißt«, sagte Buddke. »Da weint sogar der Film in meiner Kamera vor Einsamkeit.«

»Aber wenn dieses Meer wach wird«, antwortete Pourie, »und wir sind mitten drin im Auge eines Sturms, dann hilft auch kein Beten mehr. Ich war in zwanzig Jahren nur einmal drin. Fragen Sie nicht, wie ich rausgekommen bin – ich weiß es bis heute selber nicht.«

Sie flogen, bis die ersten, unbewohnten Atolle auftauchten, sehr schnell, mit voller Motorkraft. Dann drosselte Pourie etwas, ging noch tiefer, bis Buddke schrie: »Halt, mein Junge. Sie rasieren ja die Palmen ab!« Das Flugzeug kreiste über den Eilanden.

Zwischen der Maschine und den Palmenwipfeln war nur noch ein schmaler Streifen Luft. Aber sie sahen nur Palmen, Riffe und Meer.

»So ist es überall«, sagte Pourie, als sie vierzehn dieser Koralleninseln abgeflogen hatten. Sie wasserten in einer Lagune, tankten auf, und Buddke schoß einige Fotos von wiegenden Palmen im Wind, rosa Korallenbänken und einem Hai, der träge um die Schwimmer des Flugzeugs seine Kreise zog, furchtlos, majestätisch und böse – er war hier der König.

»Kann man mal für 'nen Kalender gebrauchen«, sagte Buddke zufrieden. »Kleine Nebeneinnahme, von der der Chef nichts weiß.«

In der Abenddämmerung kehrten sie nach Atuana zurück. Müde, mit verquollenen, brennenden Augen trotz der dunklen Sonnenbrillen.

»Scheiße«, sagte Hellersen, bevor er in das Zelt kroch, das sie neben dem Flugzeug aufgeschlagen hatten. »Ich habe mir das Paradies menschlicher vorgestellt.«

Sie flogen sieben Tage über Meer und Korallenriffe, Atolle und in die See geduckte Inseln. Sandkörner aus Gottes Stiefeln – Pourie hatte recht. Zweimal sahen sie Rauch und Blätterhütten. Aber als sie sofort heruntergingen, waren es nur Papuadörfer, die sich dort angesiedelt hatten, wo Süßwasser völlig rätselhaft aus der Erde quoll. Pourie, der in den Lagunen wasserte und an Land ging, fand die Dörfer menschenleer. Die Eingeborenen hatten sich in ihre Hütten verkrochen. Nur der Medizinmann stand allein auf dem Dorfplatz, grell bemalt, das Gesicht unter einer geschnitzten Maske verborgen. Er sah wie das lebende Abbild eines Totemgötzen aus.

Nach dem Besuch der zweiten bewohnten Inselgruppe kehrte Pourie nachdenklich zur Landestelle zurück.

Er war auf den Medizinmann zugegangen und hatte mit ihm gesprochen. Der Medizinmann hatte Antwort gegeben und seine Worte mit lebhaften Gesten begleitet.

»Der Halunke von Medizinmann lügt«, sagte Pourie. »Ich kann es nicht beweisen, es ist nur so ein Gefühl. Aber ich kenne diese Burschen seit fünfzehn Jahren; in den meisten Fällen sind sie wortkarg und verschlossen. Doch wenn sie wie ein Wasserfall reden, dann ist etwas faul. Und dieser Kerl redete und redete.«

»Also hier«, sagte Hellersen. »Bäcker ist hier in der Gegend!« Sein Herz schlug heftig vor Spannung.

Auch Buddke schnaufte plötzlich durch die Nase. »Hier? Wo kann hier jemand leben? Auf so einem kahlen Krümel?«

»Denken Sie an Ihren Chefredakteur, Monsieur.« Pourie startete. Er flog so niedrig, wie es gerade möglich war. Fast schleiften die Schwimmer über die Wellen. »Es ist nichts unmöglich. Langsam glaube ich das auch.«

In der Ferne tauchte eine Insel auf. Flach, sich kaum aus dem Meer erhebend, gewölbt wie der Panzer einer Schildkröte.

Viktoria-Eiland.

Aber das wußten sie nicht.

II

Fünf Jahre können kurz oder lang sein, je nachdem, was man aus ihnen macht.

Für Werner Bäcker waren sie nicht lang – er sah das Wachsen seines Sohnes, er lehrte ihn das Gehen, er spielte mit ihm im Sand, baute Burgen, brachte Paul das Schwimmen bei, schenkte ihm zu seinen Geburtstagen einen Karren aus Palmenholz, die erste Angel, die ersten Pfeile und einen Bogen, den ersten kleinen Bambusspeer.

Er baute ein neues, größeres Haus oben im Wald, denn jetzt hatte er ja Zeit. Die Uhr bestand für ihn nur aus Tag und Nacht, er zählte die Jahre an Pauls Geburtstagen. Das genügte. Wozu wissen, wie spät es ist, welcher Tag ist? Die Zeit spielte keine Rolle mehr. Hier waren ein Mann und eine Frau und ein Kind. Sie liebten sich, und sie lebten; mehr brauchten sie nicht, und mehr wollten sie nicht.

Anne war nach Pauls Geburt noch schöner geworden. Reifer und etwas voller, mit stärkeren Brüsten, runderen Hüften, aber das rührend Mädchenhafte legte sie nie ab. Ihr Haar reichte ihr jetzt fast bis zu den Kniekehlen, es sah aus wie ein herrlicher, weicher, seidiger, glänzender Mantel. An winddurchzogenen Sonnentagen ging sie meistens nackt herum, nur umweht von diesem Haarmantel.

Dann saß Bäcker wie ergriffen neben seinem Sohn, drückte ihn an sich und sagte mit bebender Stimme: »Haben wir nicht eine wunderschöne Frau, mein Sohn? Ein Märchen ist sie. Weißt du, was ein Märchen ist?« Und er erzählte Paul das selbsterfundene Märchen von der Elfe, die aus einem tobenden Meer an Land kam und einen Menschen liebte.

Jeden Monat einmal verkrochen sie sich im Wald und deckten das Feuer so weit ab, daß kein Rauch zu sehen war. Dann zog nämlich die Linienmaschine über die Insel hinweg. Sie starrten aus ihrem Versteck dem Flugzeug nach und waren froh, wenn es vom Blau des Himmels wieder aufgesaugt wurde.

Fünf Jahre ließ sich Paul das gefallen, dann fragte er plötzlich: »Warum verstecken wir uns, Papi?«

»Wer da oben fliegt, will uns von unserer Insel wegholen.«

»Aber das Flugzeug sieht so schön aus, Papi.«

»Wir werden uns einmal genau darüber unterhalten«, sagte Bäcker zu seinem Sohn. »Man kann vieles darüber sagen.«

An einem Morgen, anscheinend mitten im Monat, denn die Linienmaschine war erst vor zwölf Tagen über die Insel weggezogen, tauchte ein anderes Flugzeug auf. Es kam aus einer anderen Richtung, von Osten, und streifte so niedrig über das Meer, daß man die roten Schwimmer und gelben Tragflächen in der Sonne glänzen sah, als seien sie aus Gold.

Anne hatte keine Zeit mehr, das Feuer zu löschen. Eine dünne, aber deutliche Rauchsäule stand über den Palmen. Paul spielte am Strand mit einer Schildkröte, und Bäcker stand hinter dem Haus und baute für seinen Sohn eine Rutschbahn aus Palmenbrettern. Er warf sofort das Handwerkszeug hin, aber es war schon zu spät, Paul vom Ufer wegzuholen.

»Komm her!« brüllte Bäcker. Er stand hinter einem Baum und winkte mit beiden Armen. »Paul! Komm her! Schnell... schnell...«

Aber der Junge blieb am Meer stehen, mit großen weiten Augen, bestaunte das auf ihn zufliegende Ding mit den goldenen Flügeln und begann zu winken.

»Das ist doch nicht möglich!« sagte Hellersen und zeigte auf die näher kommende Insel. »Sehen Sie das auch, Pourie? Ein Kind! Ein Kind allein am Strand. Auf einem Ihrer Krümel! Das gibt's doch gar nicht!«

Hinter ihm klickte bereits Buddkes Kamera. Mit dem Teleobjektiv holte er das Kind so nahe heran, als stände es vor ihm.

»Ein weißes Kind!« sagte er fassungslos und knipste. »Leute, ein weißes Kind! Ich hab's dick im Sucher. Jetzt winkt es!«

»Und über den Palmen steht Rauch!« rief Pourie. »Wie alt ist das Kind, Monsieur?«

»Höchstens sechs Jahre«, stammelte Buddke. Das Kind war im Sucher jetzt so nah, daß er mit dem Teleobjektiv Porträtaufnahmen machen konnte.

»Das ist doch unmöglich.« Hellersen wischte sich den Schweiß vom Gesicht. »Ein Mann allein kann doch kein Kind kriegen!«

»Dann ist auch eine Frau auf der Insel. Eine weiße Frau.« Pourie drosselte den Motor. »Ich denke, Bäcker ist allein angeschwemmt worden?«

»Ja. Pourie, fragen Sie nicht weiter!« Hellersen drückte das Gesicht an die Glaskanzel. »Jedes Wort ist jetzt zu viel. Wir sind im Begriff, ein Wunder zu erleben.«

Pourie setzte auf das Meer auf. Die Maschine glitt zum Ufer. Der Junge tanzte vor Freude durch den Sand und winkte mit beiden Ärmchen.

Oben im Wald hatte Bäcker Anne an sich gedrückt. Er streichelte ihr zuckendes Gesicht und war dabei selbst dem Weinen nahe. »Unser Sohn«, sagte er heiser. »Er bringt uns wieder zu den Menschen zurück. Als er geboren war, habe ich ihn dem Meer entgegengehalten und geschrien: ›Er wird dich besiegen!‹ Anne, er hat es getan.«

Die Schwimmer des Flugzeugs knirschten im Ufersand.

Zuerst sprang Hellersen auf die Schwimmer, watete dann durch das seichte Uferwasser und hörte, wie hinter ihm Buddke mit der Kamera unentwegt klickte.

Der kleine Junge stand ohne Scheu bis zu den Knien im Meer und bestaunte den großen, blitzenden Riesenvogel, dessen Propeller sich noch langsam drehten. Er lachte Hellersen an und streckte ihm seine rechte Hand entgegen. »Guten Tag«, sagte er. Dann zeigte er auf das Flugzeug. »Ist das ein schönes Ding!«

Hellersen wunderte sich gar nicht, hier auf einer unbekannten Insel, auf einem Sandkorn im Meer, in deutscher Sprache begrüßt zu werden. Er gab dem Kleinen die Hand, drehte sich um und ließ sich so von Buddke fotografieren.

»Wie heißt du denn?« fragte Hellersen.

»Paul!«

»Ein sehr schöner Name. Und wo ist dein Papi?«

»Oben im Wald. Wir haben da ein großes Haus. Kommst du mit?«

»Oh, ein Haus habt ihr? Das muß ich mir ansehen. Natürlich komme ich mit.« Er drehte sich um und winkte Buddke. »Komm schon! Nachher geht es dir so wie in Japan. Wo's interessant wurde, war der Film zu Ende. Mach schon!«

Buddke watete durch das Wasser, fotografierte den Strand, die alte halbverfallene Hütte an der Böschung, die aufgespannte Gummiinsel und immer wieder dieses fröhliche Kindergesicht: die weißblonden, struppigen Haare und die Nase voll lustiger Sommersprossen. Große, braune, runde Augen betrachteten neugierig die fremden Männer, aber bei aller Heiterkeit blieben sie kritisch. Annes Augen...

»Da hinauf!« sagte er und zeigte auf einen Weg, den Bäcker in fünf Jahren durch den Hang geschlagen hatte. »Papi wird sich freuen.«

Hellersen faßte den Jungen an der Hand und starrte hinauf in den Wald. Dort bewegte sich nichts. Das machte ihn nachdenklich, und er drehte sich zu Buddke um. »Ich habe ein merkwürdiges Gefühl, Fred«, sagte er und legte den Arm um den Jungen. »Vielleicht will man hier gar nicht mehr gerettet werden.«

Schon seit Wochen hatte er sich die Worte überlegt, mit denen er Werner Bäcker begrüßen würde, wenn er ihn gefunden hatte. Er wollte sagen: »Hier kommt das Leben zurück!« Aber nun kam alles ganz anders.

Hinter einem dicken Baum trat ein breitschultriger, struppiger, wie ein Urmensch wirkender Mann hervor. Ihm folgte eine zarte Frau, die in einen Mantel knielanger, seidiger Haare eingehüllt war. Ein Bild, das Hellersen die Sprache verschlug. Der Mann trug über seinen Augen einen Vorhang aus durchsichtigem Stoff. Die breite Brust und die muskelbepackten Arme waren nackt.

Buddke sagte leise: »Himmel noch mal, das glaubt uns keiner. Die halten später selbst die Fotos für retuschiert.« Und er knipste wie verrückt.

Bäcker hob die rechte Hand mit der Signalpistole. Sie war völlig unbrauchbar, verrostet und nicht geladen, aber wer wußte das von diesen Fremden? Er zielte auf Hellersens Kopf und rief scharf: »Halt! Bleiben Sie, wo Sie sind!«

»Ich begrüße Sie, Werner Bäcker!« sagte Hellersen. Er kannte seine eigene Stimme nicht wieder. Sie war wie verrostet. Er ließ den Jungen los, der mit seinen stämmigen Beinchen den Weg hinauflief und rief: »Papi, Papi, sie sprechen wie wir. Darf ich das Flugzeug ansehen?«

»Woher kennen Sie mich?« fragte Bäcker hart. »Gehen Sie keinen Schritt weiter! Ich kann auf dieser Insel tun, was ich will. Und ich werde sofort schießen.«

Buddke fotografierte. Den Urweltmann mit der dicken Pistole, die wunderschöne Frau in ihrem Haarmantel und das Kind, das jetzt bei ihr war und sich an sie drückte. Dahinter die Palmen, seitlich das sanfte, blaue Meer. Er hatte einen Weitwinkel auf die Kamera gesetzt und machte die Fotos seines Lebens.

»Ich habe Sie gesucht«, sagte Hellersen.

»Das ist eine Lüge.«

»Vor über zwei Monaten wurde am Oststrand von Norderney eine Flaschenpost angeschwemmt. Mit einem Hilferuf: ›Rettet mich!‹ Jetzt sind wir hier, Werner Bäcker! Wir haben Sie gerettet! Es gibt doch noch Menschlichkeit unter den Menschen, wenn sie auch selten geworden ist. Ich lüge nicht. Ich habe die Abschrift Ihres Flaschenbriefes bei mir. Soll ich ihn vorlesen?«

»Nein.« Bäcker senkte die Pistole etwas. »Die Flasche, sie ist tatsächlich gefunden worden? In Norderney? Mein Gott, das ist ja verrückt.« Er schüttelte den Kopf.

»Nach sechs Jahren. Darf ich jetzt näher kommen?«

Der Arm mit der Pistole fuhr wieder hoch. »Bleiben Sie, wo Sie sind!« rief Bäcker scharf. »Was wir uns zu sagen haben, kann man auch aus der Distanz. Ja, ich bin Werner Bäkker. Als ich den Brief ins Meer warf, sah das Leben anders aus. So, wie es aussieht, wenn man mehr tot als lebendig im Korallenstaub liegt. Aber inzwischen sind sechs Jahre vergangen. In dieser Zeit hat sich vieles verändert. Alles! Ich brauche keine Hilfe mehr. Ich brauche keine Menschen, keine Zivilisation, nicht das, was Sie Leben nennen. Ich habe meine eigene Welt. Die glücklichste Welt unter der Sonne. Fliegen Sie zurück und vergessen Sie mich.«

»Das ist nicht möglich, Bäcker.« Hellersen griff in die Brusttasche und holte eine durchsichtige Ausweishülle heraus. Der Presseausweis. »Ich bin Reporter des ›Globus‹. Und hinter mir steht mein Kollege Buddke. Seine Fotos werden um die ganze Welt gehen.«

»Ich weiß.« Bäcker lächelte bitter. »Deshalb wird er mir in wenigen Minuten seine Kamera ausliefern.«

Buddke reagierte schnell. Er drehte sich um und wollte zurücklaufen, aber Bäcker hob die Pistole.

»Stehen bleiben!« schrie er. »Verdammt, ich drücke ab!«

Buddke bremste im vollen Lauf und blieb stehen. Er merkte an der Stimme, daß es Bäcker ernst meinte.

Hellersen begann zu schwitzen. Der Schweiß lief ihm in Bächen über das Gesicht. Er stand in der prallen Sonne und starrte den Mann an, über dessen Augen ein Tuch hing und der trotzdem sehr genau beobachtete, was um ihn herum vorging. Er brauchte Zeit, um nachzudenken, wie er mit dieser Situation fertig werden könnte. »Ich heiße Hellersen«, sagte er etwas töricht. »Fritz Hellersen.«

»Ihr Name interessiert mich nicht. Verlassen Sie die Insel.

Sofort! Die Flaschenpost ist überholt. Es gibt niemand hier, der gerettet werden will. Doch ja – ich muß mich jetzt retten vor Ihnen! So kehren sich die Dinge um.«

»Ich dachte – und so stand es ja auch in Ihrem Notruf –, Sie wären allein. Alle wären ertrunken. Ihre Frau, die Kinder.«

»Meine Frau wurde nach mir angeschwemmt! Sie sehen es ja. Die drei Kinder sind allerdings im Meer verschwunden. Paul wurde hier auf der Insel geboren. Ein neuer Anfang.« Er winkte mit der Pistole. »Nun wissen Sie genug. Gehen Sie, bitte!«

»Noch eine Frage.«

»Ja?«

»Glauben Sie, daß Sie von jetzt an, wo Sie entdeckt worden sind, in Ruhe gelassen werden? Es ist das Schicksal aller Entdeckten, in einen Umwandlungsprozeß hineingezogen zu werden. Sie werden dem nicht mehr entgehen können, Bäkker. Nach uns werden andere kommen, und sei es auch nur, um die Helden eines modernen Abenteuers mit eigenen Augen zu sehen. Machen Sie sich nichts vor, Bäcker! Für Sie gibt es keine einsame Insel mehr!«

Die Worte trafen Bäcker wie ein Schlag. Er wußte: Dieser Mann hatte recht. Aber welche Folgen würde das für ihn und Anne haben?

Und was war mit seinem verbrannten Gesicht? Hier war er Annes Mann und Pauls Vater. Sie hatten sich an sein Aussehen gewöhnt. Sie liebten ihn. Aber da draußen in der Welt würde er ein Horrorwesen sein, von dem sich alle schaudernd abwenden würden. Und Anne wäre eine strahlendschöne Frau. Er hatte das Gefühl, als drücke eine harte Faust sein Herz zusammen. Was soll ich tun? dachte er. Ich muß sie töten. Aber wie, womit? Mit der Pistole kann ich drohen, schießen kann ich nicht damit. Ich muß sie erst einmal daran hindern, die Insel wieder zu verlassen. Später muß ich sie dann umbringen, mit dem Speer, oder ich muß sie mit einem Pfeil durchbohren. Er spürte, wie ihm der kalte Schweiß auf die Stirn trat. »Sie haben recht.« Er trat einen Schritt nach vorn. Groß, breit, ein behaartes Ungeheuer, so wirkte er gegen die Wand des Waldes und unter der glühenden, fast weißen Sonne. Seine Stimme war heiser vor Erregung. »Das, was Sie gerade sagten, zwingt mich, Sie und Ihren Kollegen zu töten. Ich lehne Gewalt ab, ich habe hier auf meiner Insel gelernt, aus eigener Kraft und durch die Liebe zu leben. Aber um mir dieses Paradies nicht zerstören zu lassen, muß ich Sie nun töten! Es ist immer dasselbe, wo Menschen aufeinandertreffen: Sie müssen töten! Sie haben immer einen Grund dazu. Oder sie schaffen sich immer wieder einen Grund. Warum eigentlich? Sehen Sie uns an: Das hier ist meine Welt, dort hinter dem Meer ist die Ihre. Beide könnten bestehen! Warum also muß die eine Welt die andere aufsaugen? Sie sagen: ›Es muß so sein.‹ Ich sage, es muß nicht so sein. Aus solchen Grundsätzlichkeiten entstehen Völkerkriege. Hier aber geht es nur um Sie und Ihren Kollegen. Hellersen, ich muß Sie einfach töten, um mein neues Paradies zu behalten.«

Hellersen blickte in die große, runde Öffnung des Pistolenlaufes. Welch ein Kaliber, dachte er. Wenn mich so ein Brummer trifft, falle ich glatt auseinander. »Gut, schießen Sie!« sagte er gepreßt. »Aber im Flugzeug sitzt der dritte Mann, Bäcker. Der Pilot Marcel Pourie aus Papeete. Ihn können Sie nicht erschießen. Er hat den Finger am Startknopf. Wenn er einen Schuß hört, wird er starten. Was dann? In ein, zwei Tagen wird eine Kompanie Soldaten hier landen und Sie wegen Mordes festnehmen. Bäcker, niemand will Ihnen Ihre Freiheit nehmen, aber Sie haben die Welt mit Ihrer Flaschenpost um Hilfe gerufen – nun ist diese Hilfe da, und Sie müssen sich retten lassen! Glauben Sie wirklich, Sie können darauf mit einer Pistolenkugel antworten? Es gibt keine Robinsons mehr. Und selbst der echte Robinson kehrte einmal nach Hause zurück. Bäcker, machen Sie bloß keinen Blödsinn, der nicht mehr zu reparieren ist. Bitte –«

»Er hat recht«, sagte Anne. Es waren ihre ersten Worte.

Hellersen starrte sie fasziniert an. Eine Stimme, als singe sie.

»Sie haben uns eingeholt, Liebling. Vergiß nicht, daß wir sechs wundervolle Jahre miteinander gelebt haben. Die kann uns niemand mehr nehmen.« Sie lehnte sich an ihn, legte den Arm um seine Hüfte und küßte ihn, indem sie das Tuch vor seinem Gesicht etwas anhob. »Wir wollen packen. Wehr dich nicht mehr dagegen, Liebling. Sie werden immer wieder kommen. Sie sind wie Geier.«

»Was sind Geier, Mami?« fragte der Junge.

»Eine Art von Tieren, denen Menschen manchmal ähnlich sehen«, sagte Bäcker bitter. »Wenn du älter bist, wirst auch du sie kennenlernen. Sie sind überall. Manchmal gibst du ihnen freundlich die Hand und merkst gar nicht, daß sie dich zerhacken wollen. Ich erkläre dir das alles, wenn wir da draußen in der Welt sind.« Er senkte die Pistole und winkte dann Hellersen damit zu. »Kommen Sie herauf! Sie sollen Ihre Reportage haben. Bevor ich Architekt wurde, wollte ich auch einmal Journalist werden. Es wurde nichts draus, weil in der Nachkriegszeit das Häuserbauen mehr einbrachte, als über Häuser zu schreiben.« Er lachte bitter. »Wenn Sie wüßten, wie's jetzt in mir aussieht, Hellersen!« Er riß das Tuch von seinem Gesicht.

Hellersen spürte, wie es ihn eiskalt durchrann. Diese Augen ohne Lider, dieses zerstörte Gesicht in dem Wald von Haaren, dieses Monstrum von einem Menschen – welch ein

Mann! Er stieg langsam den Weg hinauf, als habe er Blei in den Knien.

»Du bist Viktoria«, sagte Bäcker zu Anne im Innern des Hauses. »Sie müssen es glauben in Papeete. Sind wir erst in Auckland und später in Deutschland, werden wir weitersehen.«

»Du willst nach Deutschland?« fragte Anne. Ihre großen braunen Augen zitterten. »Wirklich nach Deutschland?«

»Ja. Nach Lübeck. Wenn schon weg aus dem Paradies, dann völlig. In Deutschland sind wir sicherer. In Auckland war Viktoria zu bekannt. Es wird in Lübeck dann mein viertes Leben sein. Kennst du Lübeck?«

»Ich war als Kind einmal in Timmendorf und Grömitz. Aber in Lübeck, nein. Nur Bilder kenne ich. Das Holstentor –« Sie lehnte sich an ihn und weinte plötzlich.

Paul lief draußen vor dem Haus herum und zeigte Buddke und Hellersen, was sein Papi in fünf Jahren alles mit einem Beil, einem Messer, einer Zange, einem Hammer und einem Schraubenzieher gebaut hatte.

»Ich habe Angst«, sagte Anne leise.

»Ich auch, Anne.« Bäcker drückte sie an sich. Es war wie vor sechs Jahren, als sie sich zum ersten Mal umarmten. Die Zukunft war wieder offen und feindlich. »Aber wir stehen es durch, Anne. Es gibt nichts, was stärker wäre als unsere Liebe.«

III

Sie packten zwei Stunden lang. Pourie war auch noch an Land gekommen, hatte Bäcker wie einen Kameraden und Anne mit Handkuß begrüßt, schleppte später das wenige Gepäck zum

Flugzeug und half dann Bäcker, Anne und dem kleinen Paul in die Kanzel. Hellersen und Buddke mußten sich hinten eng zusammenquetschen.

Als die Propeller wirbelten, kreischte Paul vor Freude und klatschte in die Hände. Das Flugzeug rauschte übers Meer und hob sich dann sanft ab in den blauen, wolkenlosen Himmel.

Bäcker senkte den Kopf und legte den Arm um Anne. »Pourie, drehen Sie eine Runde über der Insel«, sagte er. »Bitte.«

Pourie nickte. Er überflog noch einmal Viktoria-Eiland, kehrte dann um und umkreiste es ein paarmal.

Stumm starrten Anne und Bäcker hinunter auf ihr Paradies. Winzig war es, ein heller Fleck im Meer. Der Strand, die Klippen, die runde Bucht, hinter der die Totenstätte lag, der Wald, die Blumenwiese, ein gelborangener Fleck – die aufgespannte Gummiinsel –, versteckt, kaum sichtbar das neue große Haus auf dem Hügel, der Kochplatz, Pauls Kinderspielplatz mit der Wippe, dem Turnreck und der Burg aus Korallenstein und Felsen. Eine kleine, heile Welt, Gottes Lächeln unter der Sonne – sie verschwand langsam am Horizont und tauchte ins Meer.

»Drehen Sie ab!« schrie Bäcker und preßte beide Hände gegen die Augen. »Pourie, drehen Sie ab! Ich springe aus dem Flugzeug, wenn Sie nicht weiterfliegen!«

Anne drückte sein Gesicht gegen ihre Brust. Sie streichelte seinen zuckenden Kopf und wandte sich ab, als die Insel noch einmal bei einer Kurve ganz fern ins Blickfeld kam. »In Lübeck wird es schön sein«, sagte sie leise. »Ich freue mich auf Lübeck, Liebling. Dort werden sie dein Bein wieder gerade machen und dein Gesicht operieren und dir wieder Lider über die Augen ziehen. Mein Liebling, es wird so schön werden.«

Sie flogen auf schnellstem Wege nach Papeete. Nach Papeete, wo man auf die Mörderin Anne Perkins wartete.

Es war Nacht, als sie in Papeete landeten. Pourie hatte unterwegs dreimal gewassert und Benzin nachgefüllt. Dann war er mit Höchstgeschwindigkeit einem Sturm vorausgeflogen, der hinter ihnen herkam und Tahiti erreichte, als sie gerade aus dem Flugzeug kletterten. Es goß wie aus Eimern, der Wind bog die Palmen, daß ihre Blätterkronen fast waagerecht zur Erde flatterten.

»Das ist ein Glück!« schrie Hellersen gegen das heulende Pfeifen des Sturmes an. »Der große Bahnhof fällt aus! Die Natur meint es gut mit Ihnen, Bäcker.«

Sie rannten zu dem kleinen Flughafengebäude, in dem ein mürrischer Maori saß und gelangweilt den Radarschirm anstarrte. Er schrak zusammen, da Bäcker als erster ins Zimmer stürzte, sprang vom Stuhl, flüchtete an die Wand und hob beide Arme hoch über den Kopf, als sei ein Gespenst erschienen.

Pourie lachte dröhnend. Er schüttelte den Regen von sich ab wie ein Hund. »So wild ist die Südsee nicht mehr, Monsieur«, sagte er zu Bäcker, »daß Ihr Anblick keinen Schrecken erregte. Nihiru«, er winkte dem bleichen Maori zu, »das hier ist ein braver Mann, kein böser Geist. Wenn er sich rasiert hat, ist er tatsächlich wieder ein Mensch.«

Die Nacht verbrachten sie alle bei Pourie. Zum ersten Mal seit sechs Jahren betrachtete Bäcker sich in einem Spiegel. Bisher war es immer nur der glatte Meeresspiegel gewesen, ein gnädiger Anblick, denn die Wellen verwischten vieles. Jetzt aber überfiel ihn mit aller Grausamkeit die Wahrheit. So über alle Maßen abstoßend hatte er es sich nicht vorgestellt. Er starrte sich an und drehte sich dann langsam um.

Anne stand hinter ihm und probierte ein Kleid von Pouries Frau an. Es war zwar zu weit, aber es gliederte sie wieder in die Zivilisation ein.

»Anne«, sagte Bäcker leise, »Anne, das bin ich? Ich wußte nicht, daß ich so aussehe! So etwas liebst du? Bist du verrückt?«

»Ich zerschlage jeden Spiegel, wenn du noch einmal so fragst!« sagte sie energisch. »Ja, ich liebe dich! Du bist der schönste Mann. Weg vom Spiegel, Liebling!«

»Ich muß mich rasieren.«

»Das tue ich! Du sollst in keinen Spiegel mehr sehen.«

»Wird es davon besser?« Er setzte sich und blickte seinen Sohn an.

Paul trug zum ersten Mal in seinem Leben einen richtigen Anzug. Pouries Schwester, die vier Kinder hatte, war sofort mit einer Auswahl Kleidung gekommen. Bisher hatte Paul eine kurze Hose getragen, aus zwei Lappen zusammengeschnitten und mit Palmfasern genäht.

»Er hat nie zuvor einen Mann mit einem normalen Gesicht gesehen. Welch ein Scheusal ist mein Vater, wird er jetzt denken«, sagte Bäcker.

»Das wird er nie.« Anne faßte Pauls Arm und zog ihn zu sich heran. »Was ist unser Papi?« fragte sie.

Der Junge strahlte seinen Vater an. »Der beste Papi der Welt!« sagte er.

»Das hast du ihm beigebracht, Anne.«

»Ja! Und er wird es nie vergessen. Es war sein erster vollständiger Satz, als er richtig sprechen konnte.« Sie gab Paul einen Kuß und ließ ihn weiter in den Anzügen wühlen. »Für uns gibt es nur dich.«

»Bis er gelernt hat, zu denken und zu urteilen.«

»Dann erst recht! Hast du Angst vor deinem Sohn?«

»Ich habe Angst vor der normalen Welt, Anne. Ich komme mir vor, als sei ich aus dem Himmel gefallen, in einen Haufen von Ameisen.«

Nach einer Stunde war er rasiert. Anne hatte ihm die Haare geschnitten, er trug einen Anzug von Pouries Schwager, der ungefähr so groß und breit wie Bäcker war. Aber alles änderte nur den Körper. Das Gesicht über Kragen und Krawatte blieb das eines Monstrums. Ein Alptraum.

Um so schöner war Anne. In einem weißen Kleid mit großen roten Mohnblumen sah sie aus, als habe sich mit ihr die Menschwerdung vollendet. Sie wirkte noch zarter und mädchenhafter und hatte ihr langes, schimmerndes Haar hochgesteckt. Der große Knoten war fast zu schwer für das schmale Gesicht, in dem die dunklen Augen jetzt noch größer und leuchtender wirkten. »Ich liebe dich«, sagte sie, bevor sie zu den anderen gingen, die mit dem Essen auf sie warteten. »Was auch kommen wird: Ich liebe dich!«

Er nickte dankbar, sah sie an wie ein bettelnder Hund und fühlte sich so elend wie nie zuvor.

Am nächsten Morgen ging er sofort zu Shirleys Frau Betty. Aber sie war weggezogen, nachdem man Paul Shirley für tot erklärt hatte. Sie lebte jetzt mit ihren drei Kindern auf Hawaii und hatte vor einem Jahr wieder geheiratet. Drei Jahre hatte sie gewartet, bis man ihr sagte, daß dieses Herumsitzen verlorene Zeit sei. Sie hatte alles verkauft und für Shirley auf dem Friedhof von Papeete einen Gedenkstein errichten lassen.

Bäcker besuchte ihn und stand lange versunken vor der Inschrift: »Paul Shirley, den das Meer fraß. Ich vergesse dich nie. Betty.«

»Es ist gut, daß sie nie erfahren wird, wie Shirley wirklich vom Meer gefressen wurde«, sagte Bäcker später zu Anne.

»Wir werden es ihr nie schreiben. Sie hat einen neuen Mann. Warum soll das alte Leben sie wieder belasten? Aber der Grabstein ist schön. Shirley hat ihn verdient.«

Vierzehn Tage blieben sie auf Tahiti. Niemand ahnte, daß Anne nicht Bäckers Frau Viktoria war. Warum sollte man auch Zweifel haben? An Annes Foto, das vor sechs Jahren auf der Polizeistation in Papeete gelegen hatte, erinnerte sich keiner mehr, und die Bilder, die in den Zeitungen erschienen, zeigten eine Frau mit langen, im Wind wehenden Haaren, die über das Gesicht flatterten. Es war das einzige Foto, das Bäkker von Anne zur Veröffentlichung freigegeben hatte.

Vierzehn Tage wurden sie herumgereicht, gingen sie von Einladung zu Einladung. Auch der Gouverneur empfing sie, unterhielt sich mit Bäcker und Anne und erinnerte sich an die Zeit der großen Stürme von 1965. »Eine verdammte Epoche war das«, sagte er. »Die Unglücksmeldungen überschlugen sich. Damals gingen neunzehn Schiffe verloren und drei Flugzeuge. Mein Polizeiinspektor Shirley ist auch umgekommen. Er sollte von Nuku Hiva eine Mörderin abholen. Eine gewisse Anne Perkins. Das war damals ein sensationeller Fall.«

Anne tastete nach Bäckers Hand. Sie faßten sich an und warteten, eng aneinandergedrückt, auf die weiteren Worte des Gouverneurs.

»Ist... ist diese Anne Perkins auch umgekommen?« fragte Bäcker heiser.

»Ja. Leider! Oder vielleicht sollte ich sagen: Gott sei Dank! Wir hätten diese Anne Perkins bestimmt als Mörderin verurteilt. Ich erinnere mich noch an einige Einzelheiten: ein lükkenloser Indizienbeweis, ein Dolch, die Mordwaffe, unter ihrem Bett und so Ähnliches. Zwei Jahre später gab es eine neue Sensation: Der Bruder des ermordeten Yul Perkins – James

Perkins – wurde beim Baden von einem Hai angefallen. Das Biest riß ihm das linke Bein ab. Aber bevor er starb, legte er ein Geständnis ab: Um seine Schulden zu bezahlen, hatte er einen Malaien gekauft. Dieser Schurke zog ein Kleid von Anne an und schnitt dem ahnungslosen Yul im Garten den Hals durch. Dann war er, als Frau verkleidet, zu den Klippen gegangen und hatte dort die Leiche versteckt. Anschließend schob er den Dolch unter Mrs. Perkins' Matratze. Ein teuflischer Plan. Die arme Frau wäre rettungslos verloren gewesen. Und so funktionierte auch alles tadellos. James bekam das Vermögen von Yul und Anne Perkins.« Der Gouverneur räusperte sich. »Man soll so etwas ja nicht sagen, aber trotzdem: Vielleicht war es das Beste, daß Mrs. Perkins im Meer geblieben ist. Sie wäre hundertprozentig das Opfer eines Justizirrtums geworden. So hat sie Ruhe.«

»Ja, die hat sie«, sagte Bäcker. Er drückte Annes Hand, und sie sah zu ihm hoch und lächelte.

»Die arme Frau«, sagte Anne. »Wer hat Yul Perkins' Vermögen geerbt?«

»Es waren keine Erben mehr da. Der Staat hat alles übernommen. Auf Perkins' Farm ist jetzt eine Schule.«

»Ich glaube, so ist es am besten.« Anne nickte und lehnte sich gegen Bäcker. »Wenn diese Anne Perkins noch leben würde, hätte sie bestimmt nichts dagegen gehabt.«

Auf Papeete arbeitet man unbürokratisch, das hatten schon Hellersen und Buddke erlebt. Bäcker und Anne erhielten neue Ausweise, Notpässe, die bescheinigten, daß sie Werner Bäcker aus Lübeck und Viktoria Bäcker geborene Plannitz waren. Der kleine Paul wurde in der Kirche von Papeete getauft, dann drängten Hellersen und Buddke zum Rückflug nach Deutschland.

In Hamburg hatte der Chefredakteur des »Globus« eine der größten Zeitungsaktionen vorbereitet, nachdem Hellersen knapp telegrafiert hatte: »Habe ihn! Denkt an Gehaltserhöhung für Chefreporter!«

»Daraus machen wir den dicksten Hund, der je in einer Redaktion mit dem Schwanz gewedelt hat!« sagte der Chefredakteur. »Endlich eine Investition, die man lieber nicht gleich durch den Lokus gespült hätte. Mein Riecher! Ich sage es immer: Man muß die Knüller riechen!«

Noch bevor Bäcker und Anne in Auckland eintrafen und dort ihre endgültigen Pässe als Mrs. und Mr. Bäcker erhielten, war in Hamburg alles vorbereitet: der Empfang der Familie mit Blumen, Fernsehen und Funk, Appartement in einem First-class-Hotel, ein Bett im Krankenhaus, I. Klasse, Abteilung Wiederherstellungschirurgie, der nötige Platz im »Globus« für Hellersens Bericht und Buddkes Sensationsfotos und sogar das Verhör durch die Kriminalpolizei. Untergang und Rettung – alles mußte aktenkundig gemacht werden.

Hellersen unterbreitete Bäcker die lange Liste dessen, was ihn in Deutschland erwartete. Der »Globus« hatte dazu ein sieben Seiten langes Telegramm geschickt.

»Sie werden es nicht bereuen, unter die Menschen zurückgekehrt zu sein«, sagte Hellersen, als Bäcker die Liste und das lange Telegramm gelesen hatte.

»Da bin ich nicht so sicher«, sagte Bäcker und legte die Liste weg. »Nach Ihrer generalstabsähnlichen Planung liege ich in ein paar Tagen auf dem Operationstisch.«

»Ja! Oder wollen Sie dieses Gesicht behalten?«

Bäcker zuckte mit den Schultern. »Mich stört es nicht mehr.«

»Anne, sagen Sie mal was!« rief Hellersen.

»Ich liebe ihn, wie er ist!«

»Himmel, es sieht schlimmer aus, als man es sich jemals träumen könnte! Sie werden es erleben, schon nach der ersten Operation jubeln Sie Ihrem Spiegelbild zu.«

»Es gibt keine Methode, neue Lider einzusetzen.«

»Doch! In England. Aber es ist verdammt schwer.«

»Sehen Sie. Wozu also diese Qual? Am Tag macht es mir nichts mehr aus, und nachts schlafe ich mit einer Augenbinde. Was ist da so dramatisch? Ich habe mich daran gewöhnt. Aber bitte, wenn es alle wollen: Ich lasse mich verschönern. Aber ich stelle eine Bedingung, Hellersen, sonst fliege ich gar nicht mit nach Deutschland: Alle Bilder von Viktoria muß ich genehmigen. Es darf kein Bild von ihr ohne meine Erlaubnis erscheinen!«

»Einverstanden.« Hellersen blickte Anne an. »Warum bloß? Sie ist doch in jeder Situation schön!«

»Gerade deshalb. Ich bin eifersüchtig!« Bäcker stand auf und ging zum Fenster.

Draußen auf dem Rasen spielte Paul mit anderen Kindern.

»Ich bin verrückt, ich weiß es, aber ich gönne keinem anderen den vollen Anblick von Vicky.« In Wahrheit aber dachte Bäcker: In Lübeck könnte man sich erinnern, wie die wirkliche Viktoria ausgesehen hat. Dann wird die Rückkehr zu den Menschen eine Rückkehr zu tausend Teufeln sein.

IV

In der Nacht vor dem Abflug nach Sydney und dann weiter nach Deutschland lagen Anne und Bäcker umschlungen im hellen Mondschein. Sie konnten nicht schlafen, aber sie sprachen auch kaum. Nur ab und zu küßten sie sich und streichelten einander.

»Freust du dich auf Deutschland?« fragte Anne.

»Ich weiß es nicht.«

»Ob meine Mutter noch lebt?«

»Wir werden es erfahren, Anne.«

»Woran denkst du, Liebling?«

»An unsere Insel.«

»Ich auch. Sie war schön.«

»Der Strand, die Palmen, das Meer, die Sonne und der Wind – wir werden vor Sehnsucht umkommen, Anne, wo wir auch sein werden.«

Um sieben Uhr zwölf donnerte der Düsenriese in die Luft. Hinter einer dicken Sonnenbrille blickte Bäcker auf das Meer hinunter. Anne und Paul saßen neben ihm, angeschnallt wie er.

»Nach Deutschland«, sagte Bäcker seltsam gepreßt, als sich Hellersen von hinten zu ihm beugte. »Es ist wirklich ein verdammt flaues Gefühl, wenn ein Mann in seine Heimat zurückkehrt. Es mag blöd sein, aber es gibt wirklich so etwas wie eine Heimat.«

Nach achtzehn Stunden landeten sie in Hamburg.

Es schneite. Der erste Schnee in Pauls Leben – er begriff gar nicht, was das war. Er starrte aus großen, verwunderten Kinderaugen auf die lautlos vom Himmel schwebenden weißen Flocken. Und auch Bäcker streckte beide Hände aus und ließ die Handflächen vollschneien.

Er benahm sich wie ein Kind, rieb den Schnee über sein zerstörtes Gesicht und lachte.

Das, was man Publicity nennt, überlebte Bäcker mit der Ruhe eines Menschen, der mehr vom Leben kennengelernt hatte, als Gläser zu heben, zu trinken, Fragen zu beantworten, in Kameras zu lächeln und Fernsehrechte zu verkaufen.

Er stand zehn Tage lang einen Wirbel von weltweiter Anteilnahme durch. An seiner Seite stand stets sein kleiner Sohn Paul, während sich Anne im Hintergrund hielt und nur von der Seite oder im Halbprofil fotografiert werden durfte. Ihr langes Haar verdeckte dann fast ihr Gesicht. Hellersen und Buddke hielten sich an die Abmachung, daß Anne nie voll ins Bild kam, denn Bäcker hatte unmißverständlich gesagt: »Wenn ich ein Foto von Vicky im Ganzprofil sehe, können Sie mich am nächsten Tag wieder sechs Jahre lang suchen! Verstehen wir uns?«

Die Mannschaft des »Globus« verstand das sofort. Chefredakteur Otto Otto gab die Parole aus: »Alles auf Bäcker konzentrieren, die Frau elegant überspielen! Und den Jungen voll auf die Schleuder legen! Menschenskind, *das* ist ein Knüller. Ein Mann und eine Frau überleben einen Taifun und einen Schiffsuntergang. Ein Kind wird geboren auf einer Insel ohne Wasser, mitten im Stillen Ozean. Auf einer Toteninsel, wo die Polynesier ihre verseuchten Leichen ablegen! Wenn das nicht alle Hüte vom Kopf reißt, weiß ich nicht, was man noch lesen will! So etwas hat es noch nicht gegeben!«

Zehn Tage lang lief Werner Bäckers Bild durch die Weltpresse und über die Bildschirme, dieses zerstörte, lidlose, von Pulvereinsprengseln gescheckte Gesicht, jetzt glattrasiert und dadurch in einer schrecklichen Nacktheit, die jede Narbe bloßlegte.

Während der ersten fünf Tage hatte Bäcker seinen Sohn mit klopfendem Herzen und angstvoller Sorge beobachtet. Wie reagierte er? Zum ersten Mal sah er außer Hellersen, Buddke und Pourie, dem Piloten von Papeete, und dessen Familie eine Menge Menschen mit glatten, schönen Gesichtern. Hunderte, Tausende menschlicher Gesichter, gegen die das Gesicht seines Vaters eine abstoßende Fratze war. Würde er beginnen, sich vor seinem Vater zu ekeln? Würde er Vergleiche ziehen? Wann würde er die natürlichste Frage stellen: »Papi, warum siehst du bloß so aus?«

Konnte sein kindliches Empfinden diesen schrecklichen Gegensatz zwischen seinem Vater und der normalen Welt verkraften? Würde er, wie alle Kinder seines Alters, das Häßliche mit dem Bösen gleichsetzen?

Bäcker wartete jede Stunde auf diese Reaktion, jedesmal, wenn er Paul an die Hand nahm und wieder irgendeiner Kamera, irgendeinem Interviewer vorgeführt wurde.

Aber der kleine Paul schwieg. Was Anne gesagt hatte, wurde Wahrheit: Für ihn war sein Vater der Größte, der Stärkste, der Schönste. Auch ohne Lider, auch mit diesen roten, dicken Narben im Gesicht, auch mit dem verkürzten Bein.

»Er ist der herrlichste Sohn, den es gibt«, sagte Bäcker an einem Abend zu Anne, als er müde von Fragen und Antworten endlich im Bett lag. »Anne, ich danke dir für diesen Jungen.«

Mit der Polizei gab es keine Schwierigkeiten. Nach einem Protokoll im Landeskriminalamt von Hannover und der Anerkennung der Papiere, die Bäcker in Auckland ausgestellt bekommen hatte, wurden er, Anne – als Viktoria Bäcker – und Paul wieder in die deutschen Personalakten aufgenommen. Seine Kinder Holger, Peter und Marion wurden für tot erklärt, ertrunken oder von Haien zerrissen, Opfer des Pazifiks.

Der Weg war frei in das neue, alte Leben.

Sie fuhren nach Lübeck, ganz unauffällig und ohne Presse, wohnten in einer kleinen, stillen Pension, und Bäcker zeigte Anne seine Heimat.

Sie war schön und kalt, ein eisiger Wind wehte über die

Ostsee zur Küste, trieb den Schnee durch die Straßen und ließ die Eisschollen an der Kaimauer zersplittern.

Sie standen in dicken, pelzgefütterten Mänteln am Meer, die Arme liebend umeinander gelegt. Frierend drückte sich der kleine Paul dazwischen. Der Himmel war grau, tief und schwer von Winterwolken.

»Auch das ist das Meer«, sagte Bäcker und rieb Paul die Backen. »Hier habe ich gespielt, als ich so alt war wie du.«

»Mein Meer ist schöner!« Der Junge fröstelte und kroch in sich zusammen. »Warum ist es hier so kalt, Papi?«

»Hast du das gehört?« Anne lehnte den Kopf an Bäckers Schulter und lächelte. »Er sagt: ›mein Meer.‹ Er ist ein Polynesier.«

»Auch dieses Meer ist schön, Paul«, sagte Bäcker. »Jetzt treibt Eis über dem Wasser, aber wenn Sommer ist, leuchtet auch hier die Sonne, Tausende von Menschen baden in den Wellen, bauen Sandburgen, und der ganze Strand ist übersät von bunten Strandkörben und Zelten, und Fahnen flattern im warmen Wind.«

»Aber hier gibt es keine Palmen, Papi.«

»Nein, Palmen gibt es hier nicht.«

»Und keinen Albatros.«

»Auch den nicht.«

»Und man kann nicht mit einem Speer Fische fangen.«

»Auch das kann man nicht.«

»Was ist denn dann schön hier, Papi?«

»Es ist die Heimat, mein Junge. Die Heimat ist immer schön. Sie ist eigentlich von allen Ländern am schönsten.«

Der kleine Junge starrte zu seinem Vater hinauf und schwieg. In seinen Augen aber lagen viele Fragen, doch er stellte nach einer Weile Nachdenken nur eine von ihnen: »Was ist Heimat, Papi?«

»Das Land, in dem wir geboren sind, mein Sohn.«

»Dann ist meine Heimat die Insel, Papi.«

Bäcker wußte darauf keine Antwort. Fast bittend sah er Anne an. Hilf mir, hieß dieser Blick. Wenn er weiter so spricht, fange ich an zu heulen. Ich bin endlich zu Hause, wir haben alles überlebt: die Haie, die Toteninsel, die grausame Fahrt mit dem Einbaum, Pauls Geburt. Fünf Jahre wuchs er unter unseren Händen auf wie ein herrlich gerader Baum. Wir haben aus einer Hölleninsel ein Paradies gemacht, und jetzt, an einem neuen Anfang, sehnt sich dieses Kind nach Einsamkeit, nach dem brüllenden Meer, nach sengender Sonne, unendlichem Himmel und weißem Sand, nach roten Korallenbänken und schwarzen Klippen, Vogelscharen, die die Sonne verdunkeln, und Fischschwärmen, durch die man waten kann. Hilf mir, Anne. Er spricht ja nur aus, was ich denke, was ich fühle.

»Er wird sich eingewöhnen«, sagte sie sanft. »Er ist noch zu jung, um alles zu begreifen. Er wird nie in die Lage kommen, wie du zu beten: ›Lieber Gott, laß es einmal schneien. Lieber Gott, ich möchte wieder ein Kornfeld sehen. Lieber Gott, einmal nur durch einen Birkenwald gehen. Lieber Gott, einmal den Duft von Tannen atmen.‹ Wir werden hier sehr glücklich sein, Werner. Wir alle.«

Er nickte, und er wußte gleichzeitig, daß sie log. Irgendwie waren sie fremd geworden in dieser normalen Welt, standen herum wie in einem Saal voll lärmender, verwirrender, erschreckender Maschinen und ertrugen die Fülle der Zivilisation, weil sie sich beide immer wieder einredeten: »Du gehörst hierher. Von hier bist du gekommen. Nun bist du zurückgekehrt. Wirf dich hinein in dieses schäumende Leben.«

Sie standen zwei Stunden am zugefrorenen Meer, bis Paul fragte: »Papi, wann wird es wieder warm?«

Da hob Bäcker ihn hoch und trug ihn auf seinen Armen zum Wagen zurück. »Bald, mein Sohn«, sagte er rauh. »Bald. Die Sonne kommt immer wieder.«

In Lübeck hatte sich für Bäcker vieles zum Guten verändert. Während der vergangenen Jahre hatten seine Aktien und Wertpapiere gute Zinsen getragen und waren im Kurs gestiegen. Die Firma in Auckland hatte damals auch noch ein Jahresgehalt auf das Konto überwiesen, und auch hier machten die Zinsen und Zinseszinsen von sechs Jahren einen schönen Betrag aus. Als Bäcker alle Konten zusammengerechnet hatte, war er selbst erstaunt. »Ich bin ein reicher Mann, Anne«, sagte er. »Während wir unsere Hütte bauten, in der Sonne lagen, fischten und jagten, hat sich mein Geld vermehrt, und ich bin reich geworden. Dazu noch die Honorare vom ›Globus‹, von den Fernsehrechten, den Auslandsrechten. Wir können uns an einem schönen Platz niederlassen. Was hältst du davon?«

»Darüber werden wir noch viel sprechen, Liebling.« Sie schob die Berechnung zusammen und warf sie in einen Papierkorb. »Zunächst wirst du dich in ein Bett legen und dein Gesicht und dein Bein operieren lassen.«

Er zuckte zusammen und griff nach Annes Händen. »Hat Paul etwas gesagt?« Seine Stimme klang entsetzt.

»Kein Wort. Aber wenn du jetzt die Chance hast –«

»Habe ich die wirklich?«

»Fragen wir die Chirurgen, Werner. Auf unserer Insel war es gleichgültig, wie du aussiehst, aber hier unter den anderen Menschen verlangt man ein Gesicht von dir.« Sie hielt seine Hände fest. »Menschen sind oft grausamer als Haie.«

Sie fuhren nach Hamburg zurück. Acht Tage lang wurde Werner Bäcker von einem Chirurgenteam untersucht; man entwarf Operationspläne und rechnete die Einwachszeiten der Transplantate nach den bisherigen Erfahrungen aus.

Professor Thoritz, der Chef der Klinik, sagte es Bäcker dann ganz klar, denn es hatte keinen Sinn, einem Mann wie Bäcker mit vielen schönen Worten eine halbe Wahrheit zu servieren: »Bis alle Operationen ausgestanden sind, wird es zwei bis drei Jahre dauern. Das verkürzte Bein kriegen wir wieder gerade. Es wird neu gebrochen, gestreckt, und schließlich schrauben wir eine Stahlplatte ein. Auch die Narben im Gesicht können wir korrigieren, die Höhle in der linken Wange wird mit einem Transplantat ausgefüllt, und der linke Nasenflügel wird erneuert. Nur zweierlei wird fast irreparabel sein: Die Pulvereinsprengsel im Gesicht können wir nicht entfernen, und neue Augenlider können wir Ihnen nicht anflicken. Wir Chirurgen können viel – aber da ist auch unsere Grenze. Sie werden sicherlich immer eine dunkle Brille tragen und nachts mit einer Augenbinde schlafen müssen. Lider und Wimpern erneuern – das sind auch heute noch Experimente ohne die geringste Garantie. Wenn Sie aber ein solches Experiment auf sich nehmen wollen –«

»Drei Jahre?« fragte Bäcker nachdenklich. »Dann bin ich wieder ein neuer Mensch?«

»Sagen wir: fast neu. Ihr Gesicht bleibt eine Art Pepitaanzug.« Thoritz lachte.

Drei Jahre, dachte Bäcker. Und während dieser Zeit werde ich immer von neuem auf den Operationstisch gelegt, werde Schmerzen haben und jedesmal mit der bangen Frage erwachen: Ist der Eingriff gelungen oder nicht? Ich werde immer ein Mensch sein, dem man die Hand mitleidsvoll drückt, den man ermunternd anlächelt, aber dieses Lächeln wird immer säuerlich sein, und in den Augen der anderen wird der Ekel stehen. Was wird der Lohn all dieser Plagen sein? Nach diesen drei Jahren werde ich noch immer keine Lider haben, ich werde noch immer eine pulvergesprenkelte Haut haben, nur gerade und ohne zu hinken werde ich gehen können. Lohnt sich das? »Ich werde es mir überlegen, Herr Professor«, sagte er zu Thoritz. »Ich danke Ihnen.« Und zu Anne sagte er am gleichen Abend: »Shirley hat sich in mir verewigt. Ich werde alles so lassen, wie es ist. Es war mein erster Sieg über ihn, und ich habe ihn für dich errungen. Andere Menschen tragen gestanzte Blechdinger am Körper, weil sie Menschen getötet haben, nennen es Orden, und alle bewundern sie. Ich habe meinen eigenen Orden: mein Gesicht. Verdammt, Anne, ich bin stolz darauf. Ich lasse nichts daran operieren! Und Paul werde ich alles erzählen, wenn er größer ist: von meinem Schiffbruch, deinem Flugzeugunglück, deiner Landung auf der Insel, von Shirley, von Yuls Ermordung und von diesen Monaten auf Viktoria-Eiland, als es auf der Welt nur dich und mich gab. Anne, es war eine herrliche Welt!« Er umklammerte mit beiden Händen seinen Kopf und lachte Anne an. »Er bleibt so, wie er ist, dieser Kopf. Es sei denn, du sagst zu mir: ›Verflucht, wie häßlich bist du!‹, dann lege ich mich sofort auf den Operationstisch.«

»Du bist der herrlichste Mann, Liebling«, sagte sie. »Bleib so – ich liebe dich so, wie du bist.«

V

Am zwanzigsten Tag nach seiner Ankunft in Deutschland fuhr Bäcker nach Norderney.

Er besuchte Lars Lüders, den Strandwärter, der damals die Flaschenpost gefunden hatte. Er blieb bis zum letzten Schiff, das zurück nach Norddeich fuhr, in Lüders' kleinem Haus und erzählte stundenlang von der Südsee, dem großen Traum des einsamen alten Mannes.

Als Lüders dann vom Hafen zurückkam und seine Buddel wegräumte, lag unter der Flasche ein Scheck.

Fünftausend Mark.

»Nein, so was!« sagte Lüders, fiel auf einen Stuhl und streckte die Beine weit von sich. »So was. Jeden Tag fünf Köm – das hält drei Jahre! Der Postverkehr mittels Flaschenpost sollte wiederaufgenommen werden.«

Zweiundvierzig Tage nach ihrer Rückkehr ging Hellersen zu Bäcker, um ihn zu fragen, wie er sich eingelebt habe und ob er wieder eine Stellung als Architekt annehmen wolle.

Er fand eine leere Wohnung vor. Die drei kleinen Zimmer, die Bäcker gemietet hatte, waren zwar noch eingerichtet, aber es waren billige Möbel und gerade so viele, daß man darin notdürftig wohnen konnte. Die Wohnungstür war unverschlossen, die Schränke waren ausgeräumt. Von Nachbarn erfuhr Hellersen, daß die Bäckers vorgestern mit vier Koffern das Haus verlassen hatten.

Hellersen gab Alarm. Im »Globus« brüllte der Chefredakteur, bis man ihn mit einigen Kognaks beruhigen konnte. Dann ergaben die sofort eingeleiteten Nachforschungen, daß Bäcker heimlich mit aller Gründlichkeit gearbeitet hatte: Er hatte sich mit seiner Familie ordnungsgemäß abgemeldet. Alle Bankkonten waren aufgelöst. Das Auto war verkauft. Flugtickets wiesen den weiteren Weg: zuerst nach Frankfurt, von dort nach Sydney. Man brauchte keine gedankliche Anstrengung, um das Ziel der Flucht zu erkennen.

»Ich habe es geahnt«, sagte Hellersen zu seinem Chef, als Bäckers Route feststand. »Ich habe es seit Tagen in seinen Augen gelesen, in Vickys Blick und vor allem in den Augen des

Jungen. Im Hintergrund ihrer Augen rauschte der Pazifik und bogen sich die Palmen im Wind. Bäcker ist in sein Paradies zurückgekehrt. Er konnte gar nicht anders.« Er steckte die Hände in die Taschen seiner Jacke. »Sollen wir wieder hinterherfliegen, Chef?«

»Sind Sie verrückt, Hellersen?« Der Chefredakteur des »Globus« winkte ab. »Das könnte Ihnen so passen, auf Kosten der Redaktion noch einmal Südseeurlaub zu machen! Nee, unseren Knüller haben wir gehabt... Was Bäcker jetzt macht, dieser neue, dickköpfige Robinson, ist allein seine Sache. Sagen Sie mal, Hellersen«, er zog das Kinn an, »würden Sie gerne auf so einem Spuckfleck von Insel leben?«

»Mit einer Frau wie Anne, ja.«

»Vicky heißt sie!«

»Anne.« Hellersen lächelte breit. »Anne Perkins. Das ist mein zweiter Kracher, Chef! Sie haben morgen die erste Folge des neuen Berichtes. Jetzt, wo sie alle weg sind, kann die Rakete hochgehen. Ich habe es Bäcker schwören müssen. Es war sein Abschiedsgeschenk an uns – ich hab's vor vier Tagen bloß noch nicht begriffen.«

Es war ein Tag voller Sonne und Wind, leicht gekräuseltem Meer und einem Geruch nach Ewigkeit, als Werner Bäckers neue weiße Jacht in den Ufersand von Viktoria-Eiland knirschte. Auf dem Hang hinter dem weiten Strand bogen sich die drei hohen, schlanken Kokospalmen.

Paul stand vorne an der Reling und warf jubelnd beide Arme hoch. Vogelscharen flatterten von den Klippen auf und zogen in breiten, kreischenden Wolken wie zur Begrüßung auf sie zu. Die Korallenbänke leuchteten rosa, und ein dichtgedrängter Schwarm silbern glitzernder Fischleiber glitt vor dem Bug des Schiffes durch das glasklare Wasser.

»Ich sehe unser Haus«, sagte Anne atemlos vor Glück auf der Steuerbrücke. Sie lehnte an Bäcker und hatte den Arm um seine Hüfte geschlungen. Er trug einen breitrandigen Hut und eine dunkle Brille, und die Jacht war vollgepackt mit Medikamenten, Möbeln, Werkzeugen, Konserven, Wassertanks, Batterien, einem Radio, Scheinwerfern, Lampen, Betten, Funkgeräten, Decken und Waffen.

Die dritte und jetzt vollkommene Eroberung der Insel hatte begonnen.

»Meine Schaukel!« schrie Paul. »Ich sehe meine Schaukel!«

»Und da ist die Rutsche«, sagte Bäcker. »Halb fertig war sie, als sie uns abholten. Junge, in drei Tagen kannst du rutschen.«

»Und unsere Gummiinsel, noch immer aufgespannt. Die erste Hütte«, sagte Anne leise. Plötzlich weinte sie, schmiegte sich an Bäcker und schlang die Arme um ihn. »Unser Paradies. Es ist noch da, unser Paradies.«

»Komm«, sagte Bäcker. Er nahm Anne auf seine Arme und winkte seinem Sohn, der die Leiter hinunter ins seichte Uferwasser kletterte und sich jubelnd in die Wellen warf. »Komm her! Wir wollen dem Meer, der Sonne und dem Wind die glücklichsten Menschen dieser Erde zeigen.«

Als Bäcker den Strand erreicht hatte, setzte er Anne auf den Boden. Seine erste Hütte aus Bambus und Blättern war bereits verfallen, Wind und Regen hatten sie zerstört. »Vielleicht werde ich sie wieder aufbauen«, sagte er, »zur Erinnerung an eine Zeit, da ich durch die Hölle ging, um ins Paradies zu kommen.«

Hand in Hand gingen sie hinauf zu ihrem Haus auf dem Hang. Bevor sie eintraten, umfaßte Bäckers Blick noch einmal das Meer, den Himmel und den Strand.

»Einmal habe ich das gefürchtet und verflucht«, sagte Bäkker leise. »Jetzt bin ich glücklich darüber: Es ist doch schön, unter Palmen zu sterben. Aber erst möchte ich noch leben. Ein Leben mit dir, Anne, ein Leben für unseren Sohn. Anne, wir sind zu Hause.«